Easy Faladesh

"ज्योतिष सिर्फ भविष्य के बारे में नहीं; यह खुद को समझने के बारे में है!"

"आपकी जन्म कुंडली संभावनाओं का नक्शा है—इसे खोजें!"

RISHI ROHIT SHARMA

Made with ❤ by Rishi Rohit Sharma

अस्वीकरण

हालाँकि लेखक/प्रकाशक ने इस पुस्तक में दी गई जानकारी को वर्तमान समय में सटीकता सुनिश्चित करने के लिए हर संभव प्रयास किया है, फिर भी लेखक और प्रकाशक किसी भी पक्ष के प्रति किसी भी हानि, नुकसान या व्यवधान के लिए किसी भी प्रकार की जिम्मेदारी नहीं लेते हैं और इसे स्पष्ट रूप से अस्वीकार करते हैं। यह हानि, नुकसान या व्यवधान किसी भी प्रकार की त्रुटियों, चूक या उपायों के निहितार्थ के कारण हो सकता है। चाहे ये त्रुटियाँ, चूक या उपाय लापरवाही, दुर्घटना, या किसी अन्य कारण से उत्पन्न हों। यह मैनुअल सभी उचित प्रयासों के साथ प्रकाशित किया गया है ताकि सामग्री त्रुटि-मुक्त हो सके, लेखक की सहमति के बाद। इस पुस्तक का कोई भी भाग बिना लेखक की लिखित अनुमति के किसी भी रूप में उपयोग या पुनः उत्पादित नहीं किया जाएगा।

कानूनी सूचनाः

यह कॉपीराइट से सुरक्षित है। आप समझते हैं और सहमति देते हैं कि इस को खरीदने के लिए आपकी आयु 18 वर्ष या उससे अधिक होनी चाहिए। यह केवल व्यक्तिगत उपयोग के लिए है। आप इस की किसी भी सामग्री के किसी भाग को बिना लेखक की सहमति के संशोधित, वितरित, बेचना, या पुनः प्रस्तुत नहीं कर सकते। किसी भी परिस्थिति में लेखक/प्रकाशक के खिलाफ किसी भी क्षति, हानि या वित्तीय हानि के लिए कोई कानूनी जिम्मेदारी या दोष नहीं रखा जाएगा, जो इस जानकारी के कारण, सीधे या अप्रत्यक्ष रूप से हो। कानूनी कारणों से, ऋषि रोहित शर्मा स्पष्ट करते हैं कि यह प्रणाली केवल शैक्षणिक और मनोरंजन के उद्देश्य से है। यह जानकारी शैक्षिक उद्देश्यों के लिए प्रदान की गई है, यह हमारी व्याख्या है, और

इसका उद्देश्य किसी बीमारी का निदान, इलाज, उपचार या रोकथाम नहीं है। यह किसी भी प्रकार की प्राकृतिक ऊर्जा चिकित्सा से संबद्ध नहीं है और इसे अब, पूर्व में या भविष्य में किसी अन्य ज्योतिषीय प्रणाली से भ्रमित नहीं किया जाना चाहिए। यह प्रणाली उन व्यक्तियों के लिए भिन्न रूप से कार्य कर सकती है जो इसे अपनाते हैं। केवल आपका उच्च आत्मा यह तय करता है कि क्या किसी भी ज्योतिषीय उपाय का प्रभाव होता है। यह सामग्री किसी भी पेशेवर चिकित्सा या कानूनी सलाह को प्रतिस्थापित करने के लिए नहीं है।

ऋषि रोहित शर्मा किसी भी प्रकार की चिकित्सा सेवा या निदान प्रदान करने में संलग्न नहीं हैं। ऋषि रोहित शर्मा ने सटीक जानकारी प्रदान करने के लिए हर संभव प्रयास किया है और किए गए सुझावों के लिए कोई जिम्मेदारी नहीं लेते हैं और जानकारी की वैधता के प्रति कोई गारंटी नहीं दी गई है। इस मैनुअल में दी गई जानकारी का उपयोग करने पर, आप गोपनीयता या सार्वजनिकता के अधिकारों के उल्लंघन और बौद्धिक संपदा के उल्लंघन के लिए ऋषि रोहित शर्मा को सभी मानहानि, अपमान, संपत्ति, या हानि या क्षति के सभी दावों से मुक्त रखने के लिए सहमत हैं। ऋषि रोहित शर्मा इस ज्योतिषीय प्रणाली को विज्ञापित करने में दूसरों द्वारा किए गए दावों के लिए जिम्मेदार नहीं हैं। आप आगे सहमत होते हैं कि आप ऋषि रोहित शर्मा को इस मैनुअल और/या ज्योतिषीय सेवाओं के आधार पर ऐसे दावों से उत्पन्न होने वाले सभी दायित्वों और व्यय, जिसमें वकील की फीस भी शामिल है, से मुक्त रखेंगे। यह मैनुअल त्रुटियों और टाइपोग्राफिकल त्रुटियों का सामना कर सकता है। ऋषि रोहित शर्मा सामग्रियों की सटीकता या पूर्णता की गारंटी नहीं देते हैं, या मैनुअल में प्रदर्शित या लिंक किए गए किसी भी सलाह, राय, बयान, या अन्य जानकारी की विश्वसनीयता की गारंटी नहीं देते हैं। इस मैनुअल को खरीदने या इस ज्योतिषीय सेवाओं को प्राप्त करने पर, आप यह

स्वीकार करते हैं कि ऐसी राय, बयानों, या जानकारी पर कोई भी भरोसा पूरी तरह से आपके जोखिम पर है। ऋषि रोहित शर्मा इस मैनुअल में किसी भी त्रुटि या चूक को सुधारने या इस मैनुअल को बदलने का अधिकार रखते हैं, जैसा कि वे उचित समझते हैं, मैनुअल को संशोधित करके। अंत में, सभी जानकारी के स्त्रोतों को उद्धृत करने का प्रयास किया गया है, यदि हम किसी को छोड़ते हैं, तो यह पूरी तरह से अनजाने में है।

अस्वीकरण

इस पुस्तक में वर्णित ग्रहों के प्रभाव समय, काल, स्थिति और राशि पर निर्भर करते हैं। ग्रहों की स्थिति, दशा, काल, और प्रसंग का ध्यान रखना अत्यंत महत्वपूर्ण है, क्योंकि ये सभी चीजें आपके जीवन में ग्रहों के प्रभाव को बदल सकती हैं। इसीलिए, यह आवश्यक है कि आप किसी भी ज्योतिषीय उपाय या सलाह को अपनाने से पहले अपने ज्योतिषी से परामर्श करें।

कृपया ध्यान दें कि बिना उचित मार्गदर्शन के उपायों या मंत्रों का पालन न करें। अगर आप किसी विशेष समस्या के समाधान के लिए मंत्र का उपयोग करने का सोच रहे हैं, तो सुनिश्चित करें कि आपने इसके लिए उचित प्रारंभिक विधि का पालन किया है। बिना उचित शिक्षा और मार्गदर्शन के किए गए उपाय न केवल असफल हो सकते हैं, बल्कि ये आपकी स्थिति को और भी जटिल बना सकते हैं।

आपके व्यक्तिगत कुंडली और ग्रहों की स्थिति के अनुसार परिणाम भिन्न हो सकते हैं। इसलिए, बिना उचित परामर्श और प्रारंभिक जानकारी के किसी भी उपाय या मंत्र का पालन न करें। ज्योतिषीय जानकारी का उद्देश्य केवल आपकी स्थिति को समझने और आपको सही दिशा में मार्गदर्शन करना है।

यह सलाह दी जाती है कि आप किसी भी ज्योतिषीय सेवा का उपयोग करने से पहले एक प्रमाणित ज्योतिषी से सलाह लें। आपका ज्योतिषी आपकी व्यक्तिगत कुंडली का सही विश्लेषण करके आपको सही उपाय और सलाह दे सकता है, जिससे आपके जीवन में सकारात्मक परिवर्तन हो सकें। किसी भी ज्योतिषीय सलाह का पालन करने से पहले अपने विवेक का उपयोग करना न भूलें।

"तारे आपके भाग्य को निर्धारित नहीं करते; वे आपके मार्ग को उजागर करते हैं!"

Contents

Introduction

नमस्कार!

आप सभी का स्वागत है हमारी पुस्तक "ईज़ी फलादेश" में, जिसमें हम ज्योतिष की अद्भुत और रहस्यमय दुनिया में आपका परिचय कराएंगे। ज्योतिष एक प्राचीन विज्ञान है, जो न केवल हमारे भविष्य को जानने में मदद करता है, बल्कि यह भी समझाने में सहायक होता है कि हमारे ग्रह और नक्षत्र हमारे जीवन को कैसे प्रभावित करते हैं।

इस पुस्तक में, हम सभी ग्रहों और उनके विभिन्न घरों में होने वाले प्रभावों को सरल और सहज भाषा में प्रस्तुत करेंगे। इससे न केवल आप ज्योतिष के विभिन्न पहलुओं को समझेंगे, बल्कि आप अपने और अपने प्रियजनों के जीवन में आने वाले बदलावों की पहचान भी कर सकेंगे।

हमने इस पुस्तक में प्रत्येक ग्रह और उनके विभिन्न संयोगों के प्रभावों को एक अद्वितीय शैली में लिखा है, ताकि आप आसानी से समझ सकें। प्रत्येक ग्रह के साथ उसके प्रभाव, निसानी, सावधानियाँ और उपाय दिए गए हैं, जिससे आप अपने जीवन में सकारात्मक बदलाव ला सकें।

तो, आइए इस यात्रा की शुरुआत करें और ज्योतिष के गहरे रहस्यों को उजागर करें। "ईज़ी फलादेश" के साथ, आपको मिलेगा एक नया दृष्टिकोण, जो न केवल आपके ज्ञान को बढ़ाएगा बल्कि आपके जीवन को भी सरल और सफल बनाएगा।

Preface

प्रिय पाठकगण,

आपका इस पुस्तक "ईज़ी फलादेश" में स्वागत है! यह पुस्तक आपके जीवन की एक नई दिशा और ज्योतिष के ज्ञान का एक अनमोल खजाना है। जब हम अपनी जीवन यात्रा पर निकलते हैं, तो हमें कई बार यह सोचने का मौका मिलता है कि हम किस दिशा में बढ़ रहे हैं और क्या हमें अपने भविष्य के बारे में कुछ संकेत प्राप्त हो सकते हैं। यही वह स्थान है जहाँ ज्योतिष हमें एक गाइड की तरह मार्गदर्शन करता है।

इस पुस्तक का उद्देश्य न केवल आपको ग्रहों और उनके प्रभावों की गहराई में ले जाना है, बल्कि आपको वह ज्ञान प्रदान करना है, जो आपके जीवन के प्रत्येक क्षेत्र को समृद्ध और सफल बना सके। हमने इसे सरल और स्पष्ट भाषा में लिखा है, ताकि आप आसानी से समझ सकें कि आपके ग्रहों की स्थिति आपके जीवन को कैसे प्रभावित करती है।

हमने इस पुस्तक में हर ग्रह के विशेष गुणों, उनकी संयोग स्थितियों, और उनके द्वारा उत्पन्न फलादेशों को समाहित किया है। आप जानेंगे कि सूर्य, चंद्रमा, मंगल, बुध, गुरु, शुक्र, शनि, राहु और केतु कैसे आपके जीवन के अलग-अलग क्षेत्रों को प्रभावित करते हैं। इसके अलावा, ग्रहों के संयोजनों और उनके प्रभावों की गहरी समझ विकसित करने के लिए हमने संक्षिप्त और सटीक जानकारी दी है।

आपकी यात्रा यहाँ समाप्त नहीं होती। हम आपको प्रेरित करते हैं कि आप इस ज्ञान को अपने जीवन में उतारें, अपने व्यक्तिगत और पेशेवर जीवन में बदलाव लाने के लिए ग्रहों की ऊर्जा का सही उपयोग करें।

हमारा लक्ष्य है कि आप अपने जीवन को एक नई दिशा दें और अपने भविष्य को एक सफल और सुखद यात्रा बनाएं। तो, चलिए इस ज्ञान के सफर पर निकलते हैं, जहाँ हम न केवल अपने भविष्य को समझेंगे, बल्कि उसे स्वयं बनाना भी सीखेंगे।

सच्चे मन से,

Rishi Rohit Sharm
1.11.2024

1. कुंडली का परिचय

शुरुआत एक कहानी से:

जब अंशुल अपने करियर में सही राह नहीं ढूंढ पा रहा था, उसने कई कोशिशें कीं लेकिन हर बार एक नई असफलता हाथ लगी। परेशान होकर उसने अपने दादाजी से बात की, जो ज्योतिष में गहरी समझ रखते थे। उन्होंने अंशुल को उसका कुंडली दिखाते हुए कहा, "तू अपनी ही कुंडली में छिपे उत्तर को देख। इसमें ही तेरा मार्गदर्शन है।" अंशुल ने धीरे-धीरे अपने जीवन के पहलुओं को अपने ग्रहों के दृष्टिकोण से देखना शुरू किया, और कुछ महीनों में उसे एक नई दिशा मिल गई। उसकी यह यात्रा कुंडली के प्रति उसकी नई समझ से प्रेरित हुई।

कुंडली क्या है?

कुंडली या जन्मपत्री वह नक्शा है, जो किसी व्यक्ति के जन्म के समय आकाश में ग्रहों की स्थिति को दर्शाता है। यह सिर्फ एक कागज पर खिंची हुई रेखाओं का समूह नहीं है, बल्कि आपके जीवन की कहानी का एक अनूठा नक्शा है। इसमें आपके जन्म की सही स्थिति से लेकर आपके जीवन के हर पहलू को गहराई से समझने का तरीका छिपा है। कुंडली में कुल 12 घर (भाव) होते हैं और हर घर जीवन के किसी विशेष हिस्से का प्रतिनिधित्व करता है, जैसे स्वास्थ्य, करियर, रिश्ते इत्यादि।

कुंडली की संरचना (Structure of the Horoscope)

हर कुंडली में कुछ प्रमुख घटक होते हैं:

- **राशि (Zodiac Sign):** कुल 12 राशियाँ होती हैं, जो जीवन के विभिन्न गुणों और व्यवहार को दर्शाती हैं।
- **ग्रह (Planets):** हर ग्रह का अपना एक अनूठा प्रभाव होता है, जो जीवन के विभिन्न पहलुओं पर प्रभाव डालता है।
- **भाव (Houses):** 12 घर होते हैं, जो जीवन के अलग-अलग क्षेत्रों का प्रतिनिधित्व करते हैं, जैसे पहला घर आत्मा का और दूसरा धन का।

राशि, ग्रह, और भाव का तालमेल

कुंडली में हर ग्रह किसी न किसी राशि और भाव में स्थित होता है, और इन तीनों का मेल ही जीवन की घटनाओं को प्रभावित करता है। जैसे:

- **पहला घर** हमारे व्यक्तित्व और आत्म-छवि को दर्शाता है। यहां स्थित ग्रह और राशि हमें बताते हैं कि हम अपने आप को और दूसरों को किस तरह दिखाते हैं।
- **चौथा घर** हमारी माता, घर और मानसिक शांति का कारक है, यहाँ स्थित ग्रह और राशि हमारे पारिवारिक जीवन के प्रति दृष्टिकोण को दर्शाते हैं।

ग्रहों का विशेष महत्व

हर ग्रह का असर आपके जीवन के विभिन्न हिस्सों पर पड़ता है। उदाहरण के लिए:

- **सूर्य (Sun):** आत्मविश्वास, पिता, और आत्मा का कारक।

- **चंद्रमा (Moon):** मन, माता, और भावनात्मक स्थिति का कारक।
- **मंगल (Mars):** साहस, उर्जा, और संघर्ष का प्रतीक।

ज्योतिष का यह पहलू इतना अद्भुत है कि कुंडली के ये घटक हमारे जीवन के हर पल और हर निर्णय पर असर डालते हैं। इसे समझना एक गहरी दृष्टि विकसित करना है, जिससे हम अपने जीवन को सही दिशा में ले जा सकते हैं।

कुंडली के लाभ (Benefits of Understanding Your Horoscope)

कुंडली का गहराई से अध्ययन करने पर हमें निम्नलिखित फायदे मिलते हैं:

1. **स्वयं को समझने में सहायक** – हम अपने स्वभाव, क्षमताओं, और कमजोरियों को बेहतर ढंग से जान पाते हैं।
2. **निर्णय लेने में सहायता** – करियर, संबंध, और व्यक्तिगत जीवन के फैसले लेने में यह हमें मार्गदर्शन देती है।
3. **समस्याओं का समाधान** – कुंडली के माध्यम से हम अपने जीवन की समस्याओं के लिए उपाय ढूंढ सकते हैं।
4. **आत्मविश्वास और आत्मबल** – सही दिशा में चलने से आत्मबल और आत्मविश्वास में वृद्धि होती है।

२. भावों का रहस्य

भावों की भूमिका

कुंडली में 12 भाव होते हैं, और हर भाव जीवन के एक विशेष क्षेत्र को दर्शाता है। ये भाव न केवल आपके व्यक्तित्व को आकार देते हैं, बल्कि आपके जीवन के विभिन्न पहलुओं, जैसे कि करियर, परिवार, प्रेम और स्वास्थ्य को भी प्रभावित करते हैं। इस अध्याय में, हम हर भाव के महत्व को समझेंगे और यह जानेंगे कि कैसे आप अपनी कुंडली में स्थित भावों के माध्यम से अपने जीवन के लक्ष्यों को पहचान सकते हैं।

पहला भाव: आत्मा और व्यक्तित्व (First House: Self and Personality)

पहला भाव, जिसे तृतीय भाव भी कहा जाता है, आपके व्यक्तित्व का प्रतीक है। यह दर्शाता है कि आप खुद को और दूसरों को कैसे देखते हैं। यहां स्थित ग्रह आपकी आत्म-छवि, स्वास्थ्य और समग्र दृष्टिकोण को दर्शाते हैं। अगर आपके पहले भाव में शुभ ग्रह हैं, तो आप आत्मविश्वास से भरे होते हैं, जबकि अशुभ ग्रह आत्म-संदेह को जन्म दे सकते हैं।

दूसरा भाव: धन और परिवार (Second House: Wealth and Family)

दूसरा भाव आपके धन, परिवार और मूल्यों का प्रतिनिधित्व करता है। यहां स्थित ग्रह यह संकेत देते हैं कि आप अपने धन और परिवार के प्रति कितने समर्पित हैं। यदि इस भाव में शुभ ग्रह हैं, तो आपको आर्थिक समृद्धि और परिवार में सौहार्द का अनुभव होगा।

तीसरा भाव: संचार और साहस (Third House: Communication and Courage)

तीसरा भाव आपकी संचार क्षमताओं, साहस और आत्म-प्रेरणा का प्रतीक है। यहां स्थित ग्रह यह बताते हैं कि आप कितने साहसी हैं और अपनी बात को कितनी स्पष्टता से व्यक्त कर पाते हैं। एक मजबूत तीसरा भाव आपको आगे बढ़ने और नए अवसरों का सामना करने में मदद करता है।

चौथा भाव: घर और परिवार (Fourth House: Home and Family)

चौथा भाव आपके घर, माता और मानसिक शांति का प्रतीक है। यहां स्थित ग्रह यह दर्शाते हैं कि आपके पारिवारिक संबंध कैसे हैं। एक मजबूत चौथा भाव आपको मानसिक स्थिरता और प्यार भरा परिवार देता है।

पाँचवां भाव: प्रेम और रचनात्मकता (Fifth House: Love and Creativity)

पाँचवां भाव प्रेम, रचनात्मकता और बच्चों का प्रतीक है। यहां स्थित ग्रह आपकी रचनात्मकता और प्यार के प्रति आपकी दृष्टिकोण को दर्शाते हैं। अगर इस भाव में शुभ ग्रह हैं, तो आपके जीवन में रोमांस और रचनात्मकता की कोई कमी नहीं होगी।

छठा भाव: स्वास्थ्य और सेवा (Sixth House: Health and Service)

छठा भाव स्वास्थ्य, सेवा और रोजमर्रा की चुनौतियों का प्रतिनिधित्व करता है। यहां स्थित ग्रह आपके स्वास्थ्य के प्रति आपकी समझ और सेवा के प्रति आपकी भावना को दर्शाते हैं। एक मजबूत छठा भाव आपको स्वास्थ्य संबंधी समस्याओं से बचाता है।

सातवां भाव: विवाह और साझेदारी (Seventh House: Marriage and Partnerships)

सातवां भाव विवाह, साझेदारी और रिश्तों का प्रतीक है। यहां स्थित ग्रह यह बताते हैं कि आप अपने रिश्तों में कैसे रहेंगे। अगर इस भाव में शुभ ग्रह हैं, तो आपके संबंध मजबूत और स्थायी होते हैं।

आठवां भाव: परिवर्तन और रहस्य (Eighth House: Transformation and Secrets)

आठवां भाव परिवर्तन, रहस्य और भौतिक संपत्ति का प्रतीक है। यहां स्थित ग्रह आपके जीवन में बदलाव और गहरे रहस्यों के प्रति आपकी प्रतिक्रिया को दर्शाते हैं। एक मजबूत आठवां भाव जीवन के कठिनाईयों से निपटने की क्षमता प्रदान करता है।

नवां भाव: ज्ञान और यात्रा (Ninth House: Knowledge and Travel)

नवां भाव ज्ञान, उच्च शिक्षा और यात्रा का प्रतीक है। यहां स्थित ग्रह आपके ज्ञान की खोज और विदेश यात्रा की संभावनाओं को दर्शाते हैं। अगर इस भाव में शुभ ग्रह हैं, तो आपको शिक्षा और यात्रा के माध्यम से समृद्धि मिलेगी।

दसवां भाव: करियर और प्रतिष्ठा (Tenth House: Career and Reputation)

दसवां भाव करियर, प्रतिष्ठा और सामाजिक स्थिति का प्रतीक है। यहां स्थित ग्रह आपके पेशेवर जीवन और समाज में आपकी स्थिति को दर्शाते हैं। एक मजबूत दसवां भाव सफलता और सम्मान की ओर अग्रसर करता है।

ग्यारहवां भाव: मित्रता और आकांक्षा (Eleventh House: Friendships and Aspirations)

ग्यारहवां भाव मित्रता, आकांक्षाएँ और सामाजिक नेटवर्क का प्रतीक है। यहां स्थित ग्रह आपकी मित्रता और लक्ष्यों की दिशा को दर्शाते हैं। अगर इस भाव में शुभ ग्रह हैं, तो आपके जीवन में सहयोग और समर्थन की कमी नहीं होगी।

बारहवां भाव: आध्यात्मिकता और अंतर्मुखिता (Twelfth House: Spirituality and Introspection)

बारहवां भाव आध्यात्मिकता, अंतर्मुखिता और रहस्यमय अनुभवों का प्रतीक है। यहां स्थित ग्रह आपके आध्यात्मिक विकास और आत्म-खोज की प्रक्रिया को दर्शाते हैं। एक मजबूत बारहवां भाव आत्मा की गहराइयों तक जाने की क्षमता प्रदान करता है।

3. ग्रहों का प्रभाव

ग्रहों की महत्ता

कुंडली में ग्रहों का विशेष महत्व होता है। ये ग्रह हमारे जीवन में विभिन्न पहलुओं को प्रभावित करते हैं और हमारे निर्णयों, भावनाओं और परिस्थितियों में महत्वपूर्ण भूमिका निभाते हैं। हर ग्रह की अपनी विशेषता होती है, जो उसे अनूठा बनाती है। इस अध्याय में, हम मुख्य ग्रहों की विशेषताओं और उनके प्रभाव को समझेंगे।

सूर्य (Sun) – आत्मा और ऊर्जा

सूर्य हमारे जीवन का केंद्रीय ग्रह है। यह आत्मा, आत्मविश्वास और जीवन शक्ति का प्रतीक है। सूर्य की स्थिति आपके व्यक्तित्व और जीवन के लक्ष्यों को दर्शाती है। यदि आपकी कुंडली में सूर्य मजबूत स्थिति में है, तो आप आत्मविश्वासी और प्रेरणादायक हो सकते हैं।

सूर्य के प्रभाव:

- **आत्म-विश्वास**: मजबूत सूर्य आत्म-विश्वास और नेतृत्व क्षमता प्रदान करता है।
- **पिता की भूमिका**: सूर्य पिता और प्राधिकरण का प्रतीक भी है, जो पारिवारिक संबंधों पर प्रभाव डालता है।

चंद्रमा (Moon) – मन और भावनाएँ

चंद्रमा आपकी भावनाओं, मनोदशा और अंतर्ज्ञान का प्रतिनिधित्व करता है। यह आपके मानसिक स्वास्थ्य और पारिवारिक संबंधों को प्रभावित करता है। एक मजबूत चंद्रमा आपको संवेदनशील और सहानुभूतिपूर्ण बनाता है।

चंद्रमा के प्रभाव:

- **भावनात्मक स्थिरता**: मजबूत चंद्रमा आपको मानसिक शांति और संतुलन प्रदान करता है।
- **माता का प्रभाव**: यह माता और पारिवारिक संबंधों में गहराई लाता है।

मंगल (Mars) – साहस और ऊर्जा

मंगल ऊर्जा, साहस और संघर्ष का प्रतीक है। यह आपके कार्यों, इच्छाओं और लक्ष्यों को प्राप्त करने की क्षमता को दर्शाता है। यदि मंगल मजबूत है, तो आप ऊर्जावान, साहसी और संघर्षशील होते हैं।

मंगल के प्रभाव:

- **साहस**: मजबूत मंगल साहस और आत्म-निर्भरता को बढ़ाता है।
- **संघर्ष का प्रतीक**: यह संघर्षों का सामना करने की क्षमता में सहायता करता है।

बुध (Mercury) – संचार और बुद्धिमत्ता

बुध संचार, बुद्धिमत्ता और तर्कशक्ति का प्रतीक है। यह आपकी विचारशीलता, संवाद कौशल और जानकारी को साझा करने की क्षमता को प्रभावित करता है। यदि आपकी कुंडली में बुध मजबूत है, तो आप अच्छे संवादकर्ता और विचारक हो सकते हैं।

बुध के प्रभाव:

- **संचार कौशल**: मजबूत बुध संवाद और विचारों को स्पष्टता से व्यक्त करने में मदद करता है।

- **बुद्धिमत्ता**: यह तर्क और निर्णय लेने की क्षमता को भी बढ़ाता है।

गुरु (Jupiter) – ज्ञान और समृद्धि

गुरु ज्ञान, आध्यात्मिकता और समृद्धि का ग्रह है। यह आपके जीवन में विस्तार, अवसर और सकारात्मकता लाता है। अगर आपकी कुंडली में गुरु मजबूत है, तो आप जीवन में शिक्षित और समृद्ध हो सकते हैं।

गुरु के प्रभाव:

- **ज्ञान और शिक्षा**: गुरु का प्रभाव शिक्षा और ज्ञान की खोज को बढ़ावा देता है।
- **धन और समृद्धि**: यह धन के अवसरों को भी खोलता है।

शुक्र (Venus) – प्रेम और सौंदर्य

शुक्र प्रेम, सौंदर्य और संतोष का ग्रह है। यह आपके संबंधों, सौंदर्यबोध और कला के प्रति आपकी रुचि को प्रभावित करता है। एक मजबूत शुक्र आपको अच्छे रिश्तों और कला में रुचि प्रदान करता है।

शुक्र के प्रभाव:

- **प्रेम और संबंध**: शुक्र मजबूत होने पर संबंधों में प्यार और सामंजस्य बढ़ता है।
- **सौंदर्य की समझ**: यह कला और सौंदर्य के प्रति आपकी समझ को भी बढ़ाता है।

शनि (Saturn) – अनुशासन और कर्म

शनि अनुशासन, कर्म और समय का ग्रह है। यह आपके जीवन में चुनौतियों और परीक्षणों का प्रतीक है। शनि की स्थिति आपके कार्यों के परिणामों और कर्तव्यों के प्रति आपकी जिम्मेदारी को दर्शाती है।

शनि के प्रभाव:

- **अनुशासन**: शनि का प्रभाव अनुशासन और समय प्रबंधन में सहायता करता है।
- **चुनौतियों का सामना**: यह जीवन में कठिनाईयों का सामना करने की क्षमता बढ़ाता है।

राहु और केतु (Rahu and Ketu) – रहस्य और मोड़

राहु और केतु चंद्रमा के छाया ग्रह हैं। ये ग्रह रहस्यमय अनुभव और परिवर्तन का प्रतीक हैं। राहु आपके जीवन में नवीनता और बदलाव लाता है, जबकि केतु आध्यात्मिकता और आत्मज्ञान को दर्शाता है।

राहु के प्रभाव:

- **नई दिशा**: राहु जीवन में नई दिशाएँ और अनुभव लाता है।
- **परिवर्तन**: यह अचानक बदलाव और नए अवसरों की खोज को प्रेरित करता है।

केतु के प्रभाव:

- **आध्यात्मिकता**: केतु आत्मज्ञान और गहनता की खोज में मदद करता है।
- **सामाजिक संबंध**: यह सामाजिक संबंधों में संशय और बदलाव का कारण बन सकता है।

4. ग्रहों की स्थिति

एक प्रेरणादायक कहानी:

नीरा एक मध्यमवर्गीय परिवार की लड़की थी, जो हमेशा से इंजीनियर बनना चाहती थी। हालांकि, उसे अपनी पढ़ाई के दौरान कई बार कठिनाइयों का सामना करना पड़ा। एक बार, उसने एक ज्योतिषी से अपनी कुंडली की जांच करवाई। ज्योतिषी ने बताया कि उसकी कुंडली में मंगल और राहु का एक विशेष योग है, जो उसे कठिनाइयों का सामना करने में मदद करेगा। उसने इस ज्ञान का उपयोग करते हुए अपने लक्ष्य पर ध्यान केंद्रित किया और कठिनाइयों को पार किया। अंततः, नीरा ने इंजीनियरिंग की परीक्षा में टॉप किया और अपने सपने को साकार किया। यह कहानी हमें यह समझाने में मदद करती है कि ग्रहों की स्थिति हमारे जीवन को कैसे प्रभावित कर सकती है।

ग्रहों की स्थिति का महत्व

आपकी कुंडली में ग्रहों की स्थिति आपके जीवन के विभिन्न पहलुओं को प्रभावित करती है। ग्रहों की स्थिति यह निर्धारित करती है कि आप किन क्षेत्रों में सफल होंगे, कौन-सी चुनौतियाँ आपके सामने आएँगी, और आपका व्यक्तित्व कैसा होगा। हर ग्रह की अपनी विशेषताएँ और प्रभाव होते हैं, जो व्यक्ति के जीवन को दिशा देते हैं।

प्रमुख ग्रहों और उनकी स्थितियों का विश्लेषण

1. **सूर्य (Sun)**:
    - **विशेषता**: आत्मा, स्वास्थ्य, शक्ति और प्रतिष्ठा का प्रतीक।

- **प्रभाव**: जब सूर्य उच्च स्थिति में होता है, तो व्यक्ति आत्मविश्वासी और प्रभावशाली होता है। इसका प्रभाव व्यक्ति की करियर की ऊँचाइयों पर पहुँचने में मदद करता है। यदि सूर्य कमजोर स्थिति में हो, तो व्यक्ति में आत्म-सम्मान की कमी और स्वास्थ्य संबंधी समस्याएँ हो सकती हैं।

2. **चंद्रमा (Moon)**:
   - **विशेषता**: मन, भावनाएँ, और मानसिक स्थिति का प्रतीक।
   - **प्रभाव**: जब चंद्रमा उच्च स्थिति में होता है, तो व्यक्ति का मन शांत और संतुलित होता है। इससे व्यक्ति को भावनात्मक सुरक्षा और संतोष मिलता है। यदि चंद्रमा कमजोर हो, तो व्यक्ति में चिंता, अवसाद और मानसिक तनाव की समस्याएँ हो सकती हैं।
3. **मंगल (Mars)**:
   - **विशेषता**: शक्ति, ऊर्जा, और प्रतिस्पर्धा का प्रतीक।
   - **प्रभाव**: जब मंगल उच्च स्थिति में होता है, तो व्यक्ति में नेतृत्व की क्षमता और प्रतिस्पर्धा की भावना होती है। यह व्यक्ति को लक्ष्य प्राप्त करने के लिए प्रेरित करता है। लेकिन अगर मंगल कमजोर हो, तो व्यक्ति में आक्रामकता और संघर्ष की प्रवृत्ति बढ़ सकती है।
4. **बुध (Mercury)**:

- **विशेषता**: बुद्धिमत्ता, संचार, और व्यापार का प्रतीक।
- **प्रभाव**: जब बुध उच्च स्थिति में होता है, तो व्यक्ति में अच्छे संवाद कौशल और विश्लेषणात्मक क्षमता होती है। यह व्यक्ति को व्यापार और व्यवसाय में सफलता दिलाने में मदद करता है। लेकिन यदि बुध कमजोर हो, तो व्यक्ति को संचार में कठिनाई और निर्णय लेने में समस्या हो सकती है।

5. **गुरु (Jupiter)**:
    - **विशेषता**: ज्ञान, शिक्षा, और समृद्धि का प्रतीक।
    - **प्रभाव**: जब गुरु उच्च स्थिति में होता है, तो व्यक्ति में ज्ञान और शिक्षा का गहरा प्रभाव होता है। यह व्यक्ति को अच्छे अवसर और समृद्धि दिलाने में मदद करता है। यदि गुरु कमजोर हो, तो व्यक्ति को ज्ञान और मार्गदर्शन की कमी का सामना करना पड़ सकता है।
6. **शुक्र (Venus)**:
    - **विशेषता**: प्रेम, सौंदर्य, और संबंधों का प्रतीक।
    - **प्रभाव**: जब शुक्र उच्च स्थिति में होता है, तो व्यक्ति में सौंदर्य की समझ और प्रेम संबंधों में सफलता होती है। यह व्यक्ति को प्रेम और रिश्तों में संतोष दिलाने में मदद करता है। यदि शुक्र कमजोर हो, तो व्यक्ति को प्रेम में समस्याएँ और संबंधों में तनाव का सामना करना पड़ सकता है।

7. **शनि (Saturn)**:

    - **विशेषता**: अनुशासन, परिश्रम, और समय का प्रतीक।
    - **प्रभाव**: जब शनि उच्च स्थिति में होता है, तो व्यक्ति में मेहनत और अनुशासन का गुण होता है। यह व्यक्ति को दीर्घकालिक सफलता दिलाने में मदद करता है। यदि शनि कमजोर हो, तो व्यक्ति को कड़ी मेहनत के बावजूद सफलता नहीं मिल सकती है।

ग्रहों की स्थिति का उपयोग कैसे करें

- **अपनी कुंडली का अध्ययन करें**: अपनी कुंडली में ग्रहों की स्थिति का अध्ययन करके, आप अपनी ताकत और कमजोरियों को समझ सकते हैं।
- **सकारात्मकता को अपनाएं**: यदि आपके पास अनुकूल ग्रह हैं, तो उनका अधिकतम लाभ उठाने के लिए मेहनत करें। अपने लक्ष्यों को स्पष्ट करें और उनके प्रति समर्पित रहें।
- **सुधार की दिशा में काम करें**: यदि आपके पास कठिन ग्रह हैं, तो इन्हें अवसर के रूप में देखें। अपनी कमजोरियों को पहचानें और उन्हें दूर करने के लिए उपाय अपनाएँ।

उदाहरण:

- *राहुल, एक युवा उद्यमी, ने अपनी कुंडली में गुरु की मजबूत स्थिति देखी। उसने अपनी शिक्षा और ज्ञान का उपयोग करके एक सफल व्यापार शुरू किया। उसके गुरु के*

मार्गदर्शन से, उसने अपने व्यवसाय को बढ़ाया और अपने सपनों को साकार किया।

- *संगीता ने अपनी कुंडली में चंद्रमा की स्थिति को देखा और इसे सुधारने के लिए ध्यान और सकारात्मक सोच को अपनाया। इससे उसका मानसिक स्वास्थ्य बेहतर हुआ, और उसने अपनी पढ़ाई में उत्कृष्टता प्राप्त की।*

संक्षेप में

ग्रहों की स्थिति आपके जीवन को आकार देती है। इसे समझकर, आप अपने जीवन में सकारात्मक परिवर्तन ला सकते हैं और अपने लक्ष्यों को प्राप्त करने की दिशा में आगे बढ़ सकते हैं।

5. ग्रहों की दशा

एक प्रेरणादायक कहानी:

अजय एक होशियार छात्र था, लेकिन हमेशा अपनी पढ़ाई में असफलता का सामना करता था। उसने सोचा कि शायद यह उसकी मेहनत की कमी है। एक दिन, उसकी दादी ने उसे सलाह दी कि वह अपनी कुंडली की दशा और अंतर्दशा देखे। जब अजय ने इसे देखा, तो उसे पता चला कि वह शनि की महादशा में है, जो उसकी कठिनाइयों का मुख्य कारण था। उसने शनि की विशेष पूजा की और धैर्य रखा। समय के साथ, उसकी स्थिति में सुधार हुआ, और उसने अपने सभी परीक्षाओं में अच्छे अंक प्राप्त किए। यह कहानी हमें यह समझाने में मदद करती है कि ग्रहों की दशा और अंतर्दशा हमारे जीवन में महत्वपूर्ण भूमिका निभाती है।

दशा और अंतर्दशा का महत्व

ज्योतिष में, ग्रहों की दशा और अंतर्दशा जीवन के विभिन्न चरणों को दर्शाते हैं। ये समय की अवधि होती हैं जिनमें किसी विशेष ग्रह का प्रभाव व्यक्ति के जीवन पर होता है। यह समझना जरूरी है कि ये समय व्यक्ति की किस्मत और अवसरों को प्रभावित करते हैं।

दशा और अंतर्दशा के प्रमुख तत्व

1. **महादशा (Mahadasha)**:
    - **विशेषता**: यह प्रमुख ग्रह की अवधि होती है, जो कई वर्षों तक चलती है। प्रत्येक ग्रह की महादशा के दौरान, उस ग्रह का प्रभाव जीवन में अधिकतम होता है।

- **प्रभाव**: महादशा के दौरान व्यक्ति को उस ग्रह के गुणों का अनुभव होता है। जैसे, यदि गुरु की महादशा चल रही है, तो व्यक्ति को ज्ञान, समृद्धि और अच्छे अवसर प्राप्त हो सकते हैं।

2. **अंतर्दशा (Antardasha)**:
   - **विशेषता**: यह महादशा के भीतर छोटे ग्रहों की अवधि होती है, जो कुछ महीनों से लेकर एक या दो वर्षों तक चल सकती है।
   - **प्रभाव**: अंतर्दशा के दौरान, उस ग्रह का प्रभाव महादशा के ग्रह के प्रभाव को और भी गहरा करता है। यह व्यक्ति के अनुभव को और भी समृद्ध बनाता है।

ग्रहों की दशा के प्रभाव

- **सकारात्मक प्रभाव**: जब किसी व्यक्ति की कुंडली में किसी शुभ ग्रह की महादशा होती है, तो वह व्यक्ति अपने लक्ष्यों को प्राप्त करने में सफल होता है। यह समय खुशियों, समृद्धि, और विकास का होता है।
- **नकारात्मक प्रभाव**: यदि किसी व्यक्ति की कुंडली में अशुभ ग्रह की महादशा होती है, तो उसे कठिनाइयों का सामना करना पड़ सकता है। यह समय संघर्ष, चिंता, और मानसिक दबाव का हो सकता है।

ग्रहों की दशा और अंतर्दशा का उपयोग कैसे करें

- **अपनी दशा की पहचान करें**: अपनी कुंडली में ग्रहों की दशा और अंतर्दशा का अध्ययन करें। यह आपको समझने

में मदद करेगा कि किस समय में आपको किस प्रकार के अनुभव हो सकते हैं।

- **सकारात्मकता को अपनाएं**: जब आपकी कुंडली में शुभ ग्रहों की महादशा चल रही हो, तो अपने लक्ष्यों की ओर ध्यान दें। इस समय का सदुपयोग करें और अपने सपनों को साकार करने के लिए मेहनत करें।
- **चुनौतियों का सामना करें**: यदि आपकी कुंडली में कठिन ग्रहों की महादशा चल रही हो, तो इसे अवसर के रूप में देखें। इस समय को सुधार के लिए उपयोग करें और अपनी मानसिक स्थिति को मजबूत बनाएं।

उदाहरण:

- *रविंद्र की कुंडली में गुरु की महादशा थी, जिसने उसे कई अच्छे अवसर दिए। उसने अपनी पढ़ाई को गंभीरता से लिया और अंततः उसे एक अच्छी नौकरी मिली।*
- *नीति की कुंडली में शनि की महादशा चल रही थी, जो उसे कई कठिनाइयों का सामना करवा रही थी। उसने शनि की पूजा की और धैर्य रखा। धीरे-धीरे, उसकी स्थिति में सुधार हुआ और उसने अपनी मेहनत से सफलता प्राप्त की।*

संक्षेप में

ग्रहों की दशा और अंतर्दशा आपके जीवन के विभिन्न चरणों को दर्शाते हैं। इन्हें समझकर, आप अपने जीवन को बेहतर बना सकते हैं और अपने लक्ष्यों को प्राप्त करने के लिए सही दिशा में आगे बढ़ सकते हैं।

6. ग्रहों के उपाय

एक प्रेरणादायक कहानी:

पूनम एक प्रतिभाशाली कलाकार थी, लेकिन उसे अपने करियर में लगातार असफलताओं का सामना करना पड़ रहा था। उसने कई बार कोशिश की, लेकिन हर बार उसे निराशा ही मिली। एक दिन, उसने एक ज्योतिषी से सलाह ली, जिसने उसे बताया कि उसकी कुंडली में कुछ ग्रहों की स्थिति उसके करियर में बाधा डाल रही है। ज्योतिषी ने उसे कुछ विशेष उपाय सुझाए, जैसे कि नियमित रूप से हनुमान चालीसा का पाठ करना और लाल चंदन का प्रयोग करना। पूनम ने इन उपायों को अपनाया और धीरे-धीरे उसकी कला में निखार आया। अंततः, उसे एक बड़ा ऑर्डर मिला और उसने अपनी पहचान बना ली। यह कहानी हमें यह सिखाती है कि ग्रहों के उपायों से हम अपने जीवन में सकारात्मक बदलाव ला सकते हैं।

ग्रहों के उपाय का महत्व

ज्योतिष में, ग्रहों के उपाय व्यक्ति की कुंडली में उपस्थित ग्रहों के अशुभ प्रभावों को कम करने के लिए किए जाते हैं। ये उपाय व्यक्ति को मानसिक, शारीरिक, और भावनात्मक दृष्टि से मजबूत बनाने में मदद करते हैं।

प्रमुख ग्रहों के उपाय

1. **सूर्य के उपाय**:
    - **उपाय**: रोज सुबह सूर्योदय के समय सूर्य को जल अर्पित करें और "ॐ सूर्याय नमः" का जाप करें।

- **प्रभाव**: यह उपाय आत्मविश्वास, स्वास्थ्य, और करियर में सफलता को बढ़ाता है।

2. **चंद्रमा के उपाय**:
   - **उपाय**: हर सोमवार को चांदी की चीज़ों का दान करें और दूध का सेवन करें।
   - **प्रभाव**: यह उपाय मानसिक संतुलन, भावनात्मक स्थिरता और रिश्तों में सुधार लाता है।
3. **मंगल के उपाय**:
   - **उपाय**: मंगलवार को लाल रंग की वस्तुओं का दान करें और "ॐ अंगारकाय नमः" का जाप करें।
   - **प्रभाव**: यह उपाय ऊर्जा, साहस और सफलता की भावना को बढ़ाता है।
4. **बुध के उपाय**:
   - **उपाय**: बुधवार को हरे रंग की वस्तुओं का दान करें और "ॐ बुधाय नमः" का जाप करें।
   - **प्रभाव**: यह उपाय बुद्धिमत्ता, संचार कौशल, और व्यापार में सफलता को बढ़ाता है।
5. **गुरु के उपाय**:
   - **उपाय**: गुरु पूर्णिमा पर पवित्र नदी में स्नान करें और पीले रंग की वस्तुओं का दान करें।

    - **प्रभाव**: यह उपाय ज्ञान, शिक्षा, और समृद्धि को बढ़ाता है।

6. **शुक्र के उपाय**:
    - **उपाय**: शुक्रवार को सफेद रंग की वस्तुओं का दान करें और "ॐ शुक्राय नमः" का जाप करें।
    - **प्रभाव**: यह उपाय प्रेम, सौंदर्य और संबंधों में सुधार लाता है।
7. **शनि के उपाय**:
    - **उपाय**: शनिवार को काले तिल का दान करें और "ॐ शनैश्चराय नमः" का जाप करें।
    - **प्रभाव**: यह उपाय कठिनाइयों को दूर करने और अनुशासन को बढ़ावा देता है।

उपायों का प्रभाव

- **सकारात्मक प्रभाव**: ग्रहों के उपायों को अपनाने से व्यक्ति के जीवन में सकारात्मक परिवर्तन होते हैं। ये उपाय आत्मविश्वास को बढ़ाते हैं और जीवन में अच्छे अवसर प्रदान करते हैं।
- **नकारात्मक प्रभाव**: यदि उपाय सही तरीके से नहीं किए जाएं, तो व्यक्ति को अपेक्षित परिणाम नहीं मिल सकते हैं। इसलिए, उपायों का पालन धैर्य और श्रद्धा के साथ करना आवश्यक है।

उदाहरण:

- *नीरज ने अपनी कुंडली में शनि की स्थिति को ध्यान में रखते हुए शनि के उपाय किए। उसने शनिवार को काले तिल का दान करना शुरू किया, जिससे उसके करियर में सुधार आया और उसे नई नौकरी मिली।*

- *माधुरी ने चंद्रमा के उपायों को अपनाया और मानसिक शांति प्राप्त की। उसने नियमित रूप से दूध का सेवन किया और मानसिक स्वास्थ्य में सुधार देखा।*

संक्षेप में

ग्रहों के उपाय व्यक्ति के जीवन में सकारात्मक परिवर्तन लाने में मदद करते हैं। इन्हें अपनाकर, आप अपने जीवन को बेहतर बना सकते हैं और अपने लक्ष्यों को प्राप्त करने की दिशा में आगे बढ़ सकते हैं।

7. नकारात्मक प्रभाव

एक प्रेरणादायक कहानी:

संजना एक महत्वाकांक्षी युवा महिला थी, जो अपने करियर में आगे बढ़ना चाहती थी। लेकिन उसे हर कदम पर बाधाओं का सामना करना पड़ रहा था। वह निराश हो गई और सोचने लगी कि क्या वह कभी अपने सपनों को पूरा कर पाएगी। एक दिन, उसकी दोस्त ने उसे एक ज्योतिषी से मिलने का सुझाव दिया। ज्योतिषी ने उसे बताया कि उसकी कुंडली में कुछ ग्रहों का नकारात्मक प्रभाव उसके प्रयासों को बाधित कर रहा है। उसने संजन को कुछ सुरक्षा उपाय सुझाए, जैसे कि नींबू और काली मिर्च का टोटका और हर मंगलवार को हनुमान जी की पूजा। संजन ने इन उपायों को अपनाया, और धीरे-धीरे उसके जीवन में सुधार हुआ। उसकी मेहनत रंग लाई, और उसने अपने सपनों को साकार किया। यह कहानी यह सिखाती है कि नकारात्मक ग्रहों के प्रभावों से बचने के लिए सही उपायों को अपनाना कितना महत्वपूर्ण है।

नकारात्मक ग्रहों के प्रभाव

ग्रहों का नकारात्मक प्रभाव जीवन में कई समस्याओं का कारण बन सकता है, जैसे स्वास्थ्य संबंधी मुद्दे, वित्तीय संकट, रिश्तों में दरार, और करियर में बाधाएँ। इन समस्याओं से बचने के लिए हमें नकारात्मक ग्रहों के प्रभावों से बचने के उपाय करने चाहिए।

सुरक्षा उपाय

1. **नींबू और काली मिर्च का टोटका**:

- **उपाय**: एक नींबू के चारों ओर सात काली मिर्च लपेटें और इसे किसी चौराहे पर छोड़ दें।
- **प्रभाव**: यह उपाय नकारात्मक ऊर्जा को दूर करता है और सुरक्षा प्रदान करता है।

2. **हनुमान चालीसा का पाठ**:
    - **उपाय**: हर मंगलवार को हनुमान चालीसा का पाठ करें और हनुमान जी को लाल चूना और मोती चूर का भोग अर्पित करें।
    - **प्रभाव**: यह उपाय संकटों से रक्षा करता है और मानसिक शक्ति को बढ़ाता है।
3. **सूर्य के मंत्र का जाप**:
    - **उपाय**: "ॐ सूर्याय नमः" का जाप करें, विशेषकर रविवार को।
    - **प्रभाव**: यह उपाय आत्मविश्वास और स्वास्थ्य में सुधार लाने में मदद करता है।
4. **काले तिल का प्रयोग**:
    - **उपाय**: शनिवार को काले तिल का दान करें और उन्हें जल में प्रवाहित करें।
    - **प्रभाव**: यह उपाय शनि के नकारात्मक प्रभावों को कम करने में मदद करता है।
5. **चांदी की वस्तुओं का दान**:

    - **उपाय**: चंद्रमा के दिन, विशेषकर सोमवार को चांदी की वस्तुओं का दान करें।
    - **प्रभाव**: यह उपाय मानसिक शांति और सकारात्मकता लाता है।

6. **गुलाब के फूल**:
    - **उपाय**: घर में रोज़ गुलाब के फूल रखें और इन्हें नियमित रूप से बदलते रहें।
    - **प्रभाव**: यह उपाय नकारात्मक ऊर्जा को दूर करता है और घर में सुख-शांति लाता है।
7. **ध्यान और प्राणायाम**:
    - **उपाय**: नियमित ध्यान और प्राणायाम करें, खासकर सुबह के समय।
    - **प्रभाव**: यह उपाय मानसिक स्वास्थ्य और तनाव को कम करता है।

उदाहरण:

- *रवि ने नींबू और काली मिर्च का टोटका अपनाया, जिससे उसे नकारात्मक ऊर्जा से राहत मिली। इसके बाद, उसने अपने करियर में नए अवसरों का सामना किया।*
- *सीमा ने हर मंगलवार को हनुमान चालीसा का पाठ करना शुरू किया और देखा कि उसकी जीवन में कठिनाइयों का सामना करना आसान हो गया।*

संक्षेप में

ग्रहों के नकारात्मक प्रभावों से बचने के लिए सुरक्षा उपाय अपनाना आवश्यक है। ये उपाय न केवल आपको मानसिक और भावनात्मक रूप से मजबूत बनाते हैं, बल्कि आपके जीवन में सकारात्मकता भी लाते हैं।

9. कुंडली के उपाय

कुंडली में सुधार का महत्व

कुंडली का प्रभाव हमारे जीवन के हर पहलू पर होता है। यदि हमारी कुंडली में ग्रहों की स्थिति सही नहीं है, तो हमें जीवन में कई कठिनाइयों का सामना करना पड़ सकता है। इसलिए, अपनी कुंडली को सुधारने के उपाय अपनाना बहुत आवश्यक है।

कुंडली सुधारने के प्रमुख उपाय

1. **रोजाना पूजा और ध्यान**:
    - **उपाय**: अपने दिन की शुरुआत पूजा और ध्यान से करें। विशेष रूप से उन देवताओं की पूजा करें जिनसे आपकी कुंडली में लाभ हो सकता है।
    - **प्रभाव**: यह उपाय मानसिक शांति और सकारात्मक ऊर्जा लाने में मदद करता है।
2. **विशेष रंगों का प्रयोग**:
    - **उपाय**: हर दिन उस ग्रह के विशेष रंग को पहनें, जो आपकी कुंडली में महत्वपूर्ण है। उदाहरण के लिए, बुधवार को हरा रंग पहनें।
    - **प्रभाव**: यह उपाय ग्रहों की सकारात्मक ऊर्जा को आकर्षित करता है।
3. **रत्न का चयन**:

- **उपाय**: अपने ग्रहों के अनुसार सही रत्न पहनें। उदाहरण के लिए, यदि आपका चंद्रमा कमजोर है, तो मोती पहनना फायदेमंद हो सकता है।
- **प्रभाव**: रत्न व्यक्ति के जीवन में सकारात्मकता और सुरक्षा का संचार करते हैं।

4. **ताबीज का उपयोग**:
   - **उपाय**: अपने लिए ज्योतिषीय ताबीज बनवाएं और उसे हमेशा अपने पास रखें।
   - **प्रभाव**: यह उपाय नकारात्मक ऊर्जा से रक्षा करता है और आपको साहस प्रदान करता है।

5. **शुभ दिन का चयन**:
   - **उपाय**: अपने महत्वपूर्ण कार्यों को शुभ दिनों में करें, जैसे कि शादी, नौकरी, या व्यवसाय शुरू करना।
   - **प्रभाव**: यह उपाय आपके प्रयासों को सफल बनाता है।

6. **व्रत का पालन**:
   - **उपाय**: अगर आपकी कुंडली में चंद्रमा की स्थिति खराब है, तो हर सोमवार को व्रत रखें।
   - **प्रभाव**: यह उपाय मानसिक स्थिरता और प्रेम संबंधों को मजबूत करता है।

7. **जल तत्व का महत्व**:

- **उपाय**: रोजाना सुबह सूर्योदय से पहले एक पानी का पात्र रखकर उसमें थोड़ी नमक डालें और फिर उसे प्रवाहित करें।
- **प्रभाव**: यह उपाय नकारात्मक ऊर्जा को दूर करता है और सकारात्मकता को बढ़ाता है।

8. **ग्रहों के मंत्रों का जाप**:
   - **उपाय**: नियमित रूप से अपने ग्रहों के मंत्रों का जाप करें, जैसे "ॐ गं गणपतये नमः" या "ॐ नमः शिवाय।"
   - **प्रभाव**: यह उपाय मानसिक शक्ति और आत्मविश्वास को बढ़ाता है।

उदाहरण:

- *मोहन ने रोजाना पूजा करने की आदत डाली और विशेष रंगों का प्रयोग शुरू किया। कुछ महीनों में ही उसकी स्थिति में सुधार आया, और उसे नौकरी में पदोन्नति मिली।*
- *सुरेश ने ताबीज पहनना शुरू किया और देखा कि उसके जीवन में अचानक सकारात्मक बदलाव आने लगे।*
- *कृष्णा ने चंद्रमा के लिए मोती पहनने का निर्णय लिया और उसके बाद से उसकी मानसिक स्थिति में बड़ा सुधार हुआ।*

10. जन्मतिथि से कुंडली

एक प्रेरणादायक कहानी:

नीति एक युवा लड़की थी, जो अपने जीवन के लक्ष्य और दिशा को समझने के लिए उत्सुक थी। उसने सुना था कि कुंडली से उसके भविष्य की दिशा का पता लगाया जा सकता है। लेकिन उसे यह नहीं पता था कि अपनी जन्मतिथि से अपनी कुंडली कैसे निकाली जाती है। एक दिन, उसकी एक दोस्त, जो ज्योतिष में अच्छी थी, ने उसे इस प्रक्रिया को सिखाया। नीति ने अपनी जन्मतिथि, समय, और स्थान को ध्यान में रखकर अपनी कुंडली निकाली। जब उसने अपनी कुंडली देखी, तो उसने अपने जीवन के विभिन्न पहलुओं को समझना शुरू किया। इस अनुभव ने उसे अपने सपनों को पूरा करने के लिए मार्गदर्शन दिया। यह कहानी हमें यह सिखाती है कि कुंडली का अध्ययन करना न केवल ज्ञानवर्धक होता है, बल्कि यह आत्म-समझ के लिए भी महत्वपूर्ण है।

कुंडली का महत्व

कुंडली, जिसे ज्योतिष चार्ट भी कहा जाता है, आपके जन्म के समय और स्थान के अनुसार बनती है। यह आपके व्यक्तित्व, जीवन के अनुभव, और भविष्य की संभावनाओं को दर्शाती है। कुंडली को समझकर, आप अपने जीवन के महत्वपूर्ण क्षेत्रों में निर्णय लेने में मदद पा सकते हैं।

अपनी कुंडली निकालने के लिए आवश्यक जानकारी

1. **जन्म तिथि**:
    - आपका जन्मदिन (दिन, महीने, वर्ष)।

2. **जन्म समय**:
    - ○ जन्म का सही समय, यदि संभव हो तो। यह समय आपके कुंडली में ग्रहों की स्थिति को निर्धारित करता है।
3. **जन्म स्थान**:
    - ○ आपका जन्म स्थान (शहर और देश)। यह भी कुंडली की गणना में महत्वपूर्ण होता है।

कुंडली निकालने की प्रक्रिया

1. **जानकारी एकत्रित करें**:
    - ○ अपने जन्म तिथि, समय और स्थान की जानकारी एकत्रित करें।
2. **ज्योतिषी या ऑनलाइन टूल का उपयोग करें**:
    - ○ यदि आपके पास ज्योतिषी से मिलने का समय नहीं है, तो आप विभिन्न ऑनलाइन कुंडली बनाने वाले टूल्स का उपयोग कर सकते हैं।
    - ○ कई वेबसाइट्स और ऐप्स हैं जो आपके द्वारा दी गई जानकारी के आधार पर कुंडली निकालते हैं।
3. **कुंडली का अध्ययन करें**:
    - ○ जब आपकी कुंडली तैयार हो जाए, तो उसमें विभिन्न ग्रहों, राशियों और भावों का अध्ययन करें।

- ध्यान दें कि किस ग्रह की स्थिति आपके जीवन पर अधिक प्रभाव डालती है।

4. **विश्लेषण करें**:
    - अपनी कुंडली को देखकर समझें कि आपके जीवन के कौन से क्षेत्र मजबूत हैं और किस क्षेत्र में आपको सुधार की आवश्यकता है।
    - ज्योतिषी की मदद से अपने ग्रहों और राशियों का विश्लेषण करें।
5. **संभावनाएँ जानें**:
    - अपनी कुंडली के माध्यम से जानें कि भविष्य में क्या संभावनाएँ हैं। यह आपको सही निर्णय लेने में मदद करेगा।

उदाहरण:

- *नीति ने अपनी जन्म तिथि और समय का सही प्रयोग किया, और जब उसने कुंडली देखी, तो उसे अपनी शिक्षा के लिए सही दिशा मिल गई।*
- *आर्यन ने ऑनलाइन टूल का उपयोग किया और अपनी कुंडली देखकर अपने करियर में संभावनाएँ समझीं।*

संक्षेप में

अपनी कुंडली निकालना एक सरल प्रक्रिया है जो आपके आत्म-ज्ञान और भविष्य की संभावनाओं को उजागर करने में मदद करती है। यह आपको अपने जीवन की दिशा निर्धारित करने में सहायता करती है।

11. अपनी कुंडली

कुंडली की संरचना

कुंडली एक चक्र के रूप में होती है, जिसमें 12 घर (भाव) और 9 ग्रह होते हैं। हर घर किसी विशेष क्षेत्र को दर्शाता है, जैसे कि स्वास्थ्य, करियर, विवाह, आदि।

1. **12 घर (भाव)**:
    - **पहला घर (लग्न)**: व्यक्तिगत जीवन, स्वास्थ्य, व्यक्तित्व
    - **दूसरा घर**: धन, परिवार, बोलने की कला
    - **तीसरा घर**: संचार, भाई-बहन, यात्रा
    - **चौथा घर**: माता, घर, संपत्ति
    - **पाँचवां घर**: शिक्षा, रचनात्मकता, प्रेम
    - **छठा घर**: स्वास्थ्य, काम, प्रतियोगिता
    - **सातवां घर**: विवाह, साझेदारी
    - **आठवां घर**: परिवर्तन, विरासत, गुप्त चीजें
    - **नौवां घर**: धर्म, दर्शन, यात्रा
    - **दसवां घर**: करियर, प्रतिष्ठा, समाज में स्थान
    - **ग्यारहवां घर**: मित्रता, लक्ष्यों की प्राप्ति

- **बारहवां घर**: आध्यात्मिकता, दूरदर्शिता, अंतर्दृष्टि

2. **ग्रह**:

   - सूर्य, चंद्रमा, मंगल, बुध, गुरु, शुक्र, शनि, राहु, और केतु।

कुंडली पढ़ने की प्रक्रिया

1. **कुंडली का अध्ययन करें**:

   - सबसे पहले, अपनी कुंडली पर नजर डालें। यह जानने की कोशिश करें कि कौन से ग्रह कौन से घर में हैं।

2. **ग्रहों की स्थिति**:

   - हर ग्रह की स्थिति को समझें। क्या वह किसी शुभ भाव में है या अशुभ? उदाहरण के लिए, यदि सूर्य आपके पहले घर में है, तो यह आपके व्यक्तित्व को उज्ज्वल बनाता है।

3. **घरों का महत्व**:

   - हर घर का अपना महत्व है। उदाहरण के लिए, यदि आपके तीसरे घर में शुभ ग्रह हैं, तो आपके संचार कौशल अच्छे होंगे।

4. **दिशा और प्रगति**:

   - ग्रहों की दिशा का ध्यान रखें। यदि कोई ग्रह आपके जन्म के समय स्थिति से आगे बढ़ रहा है, तो यह आपके जीवन में बदलाव ला सकता है।

5. **कुंडली की व्याख्या**:
    - हर ग्रह और घर की व्याख्या करें। उदाहरण के लिए, यदि मंगल आपके दूसरे घर में है, तो यह वित्तीय लाभ की संभावना को दर्शा सकता है।
6. **ज्योतिषी से परामर्श करें**:
    - यदि आप किसी ग्रह की स्थिति या घर की व्याख्या में उलझन में हैं, तो ज्योतिषी से परामर्श करने में संकोच न करें।

उदाहरण:

- *सिद्धार्थ ने अपनी कुंडली देखी और पाया कि उसका गुरु नौवें घर में है, जो उसे उच्च शिक्षा में मदद करेगा।*
- *सीमा ने अपने पहले घर में चंद्रमा की स्थिति देखी और समझा कि वह भावुक और सहानुभूति रखने वाली है।*

संक्षेप में

कुंडली देखना एक महत्वपूर्ण कौशल है जो आपको अपने व्यक्तित्व और भविष्य को समझने में मदद करता है। यह प्रक्रिया थोड़ी जटिल हो सकती है, लेकिन अभ्यास और अध्ययन से आप इसे आसानी से सीख सकते हैं।

भ्रमित करने वाली बातें

1. **घरों और राशियों का भ्रम**:
    - नए लोग अक्सर घरों और राशियों को एक समान समझ लेते हैं। घर स्थिर होते हैं, जबकि राशियाँ समय के साथ बदलती हैं। यह ध्यान रखना

महत्वपूर्ण है कि आपको हमेशा अपने लग्न को पहला घर मानना चाहिए।

2. **लग्न और कुंडली का सही अध्ययन**:
   - कई लोग अपने लग्न (ascendant) को पहचानने में गलती करते हैं। यदि आपका लग्न मेष है, तो मेष आपके पहले घर का प्रतिनिधित्व करेगा, लेकिन आपके अन्य घरों में विभिन्न राशियाँ हो सकती हैं। उदाहरण के लिए, यदि आपके लग्न मेष हैं और दूसरे घर में वृष राशि है, तो आपका धन और परिवार वृष राशि से प्रभावित होंगे।
3. **कुंडली की रेखा**:
   - कुंडली में 12 घर होते हैं, लेकिन घरों की सीमाएँ निश्चित होती हैं। इसका मतलब यह है कि यदि आपकी राशि किसी एक घर में है, तो इसका मतलब यह नहीं है कि वह घर का नंबर वही है। राशियाँ बदलती रहती हैं।
4. **पारंपरिक मान्यताएँ**:
   - कुछ लोग पारंपरिक मान्यताओं के अनुसार राशियों को घरों से जोड़ते हैं, जो कि हमेशा सही नहीं होती हैं। इसलिए, ज्ञान और अध्ययन पर ध्यान केंद्रित करें।
5. **भविष्यवाणियाँ और कुंडली**:
   - कई बार लोग कुंडली से भविष्यवाणियाँ करते हैं, लेकिन वे केवल राशियों के आधार पर करते हैं।

यह महत्वपूर्ण है कि कुंडली की सभी विशेषताओं को ध्यान में रखा जाए, जैसे कि ग्रहों की स्थिति और घरों का प्रभाव।

उदाहरण:

- *मान लीजिए कि अजय का लग्न मेष है। उसकी कुंडली में पहला घर मेष राशि का है। लेकिन जब वह अपने दूसरे घर को देखता है, तो वह वृष राशि का है। इसका मतलब है कि अजय का परिवार और धन वृष राशि से प्रभावित होगा, न कि मेष से।*

धनु लग्न का उदाहरण (Example of Sagittarius Ascendant)

कुंडली की संरचना

धनु लग्न (Sagittarius Ascendant) की कुंडली में, हर घर में राशियों का प्रभाव और उनके गुणों को समझना महत्वपूर्ण है। आइए देखें कि धनु लग्न के साथ कुंडली की संरचना कैसी होती है:

1. **पहला घर (लग्न)**: धनु राशि
    - व्यक्तित्व: उत्साही, स्वतंत्र, और खोज करने वाले होते हैं। ये व्यक्ति हमेशा नए अनुभवों के लिए तैयार रहते हैं।
2. **दूसरा घर**: मकर राशि
    - धन और परिवार: मकर राशि के प्रभाव में, व्यक्ति आर्थिक मामलों में स्थिरता और परिश्रम को महत्व देता है। परिवार में पारंपरिक और जिम्मेदार व्यक्ति होते हैं।

3. **तीसरा घर**: कुंभ राशि
    - संचार: कुंभ राशि संचार के क्षेत्र में नवीनता और मौलिकता लाती है। ऐसे व्यक्ति अपने विचारों को स्वतंत्रता से व्यक्त करते हैं।
4. **चौथा घर**: मीन राशि
    - घर और माता: मीन राशि संवेदनशीलता और भावनात्मक गहराई का प्रतीक है। इस घर में, व्यक्ति को अपने घर में आत्मीयता और भावनात्मक जुड़ाव की आवश्यकता होती है।
5. **पाँचवां घर**: मेष राशि
    - शिक्षा और प्रेम: मेष राशि रचनात्मकता और ऊर्जा को दर्शाती है। ऐसे व्यक्ति शिक्षा के क्षेत्र में सक्रिय रहते हैं और रोमांस में भी आगे रहते हैं।
6. **छठा घर**: वृष राशि
    - स्वास्थ्य और कार्य: वृष राशि का प्रभाव कार्य क्षेत्र में स्थिरता और धैर्य लाता है। ये लोग काम को पूरी मेहनत से करते हैं।
7. **सातवां घर**: मिथुन राशि
    - विवाह और साझेदारी: मिथुन राशि की विशेषताएँ विविधता और संवाद को दर्शाती हैं। ऐसे व्यक्ति अपने साथी के साथ संवाद को महत्व देते हैं।
8. **आठवां घर**: कर्क राशि

- परिवर्तन और गुप्त बातें: कर्क राशि परिवार और गहराई की भावना लाती है। ऐसे व्यक्ति पारिवारिक संबंधों में गहराई को पसंद करते हैं।

9. **नौवां घर**: सिंह राशि
   - धर्म और दर्शन: सिंह राशि आत्मविश्वास और नेतृत्व का प्रतीक है। ऐसे व्यक्ति अपने विश्वासों के प्रति दृढ़ रहते हैं।
10. **दसवां घर**: कन्या राशि
    - करियर और प्रतिष्ठा: कन्या राशि कार्यक्षमता और सेवा का प्रतीक है। ये लोग अपने करियर में मेहनत और सुधार लाते हैं।
11. **ग्यारहवां घर**: तुला राशि
    - मित्रता और लक्ष्य: तुला राशि सामंजस्य और सहयोग का प्रतीक है। ऐसे व्यक्ति अपने दोस्तों और सामाजिक जीवन में संतुलन बनाए रखते हैं।
12. **बारहवां घर**: वृश्चिक राशि
    - आध्यात्मिकता और अंतर्दृष्टि: वृश्चिक राशि गहराई और अंतर्दृष्टि का प्रतीक है। ये लोग आध्यात्मिकता और गहरी सोच में रुचि रखते हैं।

भ्रमित करने वाली बातें

- **राशियों और घरों का अंतर**: अक्सर लोग सोचते हैं कि घर का नंबर हमेशा राशि के लिए स्थिर होता है। लेकिन वास्तव में, राशियाँ घरों में बदलती रहती हैं। धनु लग्न वाले लोगों

को अपने पहले घर में धनु राशि को समझना चाहिए, जबकि अन्य घरों में विभिन्न राशियाँ हो सकती हैं।

- **उदाहरण**:
    - यदि किसी की कुंडली में लग्न धनु है, और दूसरा घर मकर है, तो इसका मतलब है कि उसके परिवार के साथ धन और परिश्रम का संबंध है, न कि केवल धनु राशि से।

हर लग्न के बारे में जानकारी (Understanding Each Ascendant from Aries)

1. मेष लग्न (Aries Ascendant)

- **पहला घर**: मेष राशि
    - **व्यक्तित्व**: मेष लग्न वाले लोग साहसी, आत्मविश्वासी और नेतृत्व करने वाले होते हैं। वे नई चुनौतियों को स्वीकार करने में रुचि रखते हैं।
- **दूसरा घर**: वृष राशि
    - **धन और परिवार**: स्थिरता और भौतिक सुख की ओर झुकाव।
- **तीसरा घर**: मिथुन राशि
    - **संचार**: तेज़ बुद्धि और संवाद में उत्कृष्टता।
- **चौथा घर**: कर्क राशि
    - **घर और माता**: भावनात्मक गहराई और पारिवारिक संबंधों में संवेदनशीलता।

- **पाँचवां घर**: सिंह राशि
    - **शिक्षा और प्रेम**: रचनात्मकता और रोमांटिक झुकाव।
- **छठा घर**: कन्या राशि
    - **स्वास्थ्य और कार्य**: व्यवस्थित और मेहनती कार्यशैली।
- **सातवां घर**: तुला राशि
    - **विवाह और साझेदारी**: सामंजस्यपूर्ण और संवादात्मक संबंध।
- **आठवां घर**: वृश्चिक राशि
    - **परिवर्तन और गुप्त बातें**: गहराई में सोचने की क्षमता।
- **नौवां घर**: धनु राशि
    - **धर्म और दर्शन**: खोजी प्रवृत्ति और नए अनुभवों की खोज।
- **दसवां घर**: मकर राशि
    - **करियर और प्रतिष्ठा**: मेहनत और धैर्य का महत्व।
- **ग्यारहवां घर**: कुंभ राशि
    - **मित्रता और लक्ष्य**: विविधता और स्वतंत्रता का महत्व।

- **बारहवां घर**: मीन राशि
    - **आध्यात्मिकता और अंतर्दृष्टि**: संवेदनशीलता और गहरी सोच।

2. वृष लग्न (Taurus Ascendant)

- **पहला घर**: वृष राशि
    - **व्यक्तित्व**: वृष लग्न वाले लोग स्थिर, विश्वसनीय और सौंदर्य प्रिय होते हैं।
- **दूसरा घर**: मिथुन राशि
    - **धन और परिवार**: संवाद और विचारों का आदान-प्रदान।
- **तीसरा घर**: कर्क राशि
    - **संचार**: भावनात्मक और संवेदनशील संवाद।
- **चौथा घर**: सिंह राशि
    - **घर और माता**: आत्मविश्वास और गर्व।
- **पाँचवां घर**: कन्या राशि
    - **शिक्षा और प्रेम**: विश्लेषणात्मक सोच और व्यावहारिकता।
- **छठा घर**: तुला राशि
    - **स्वास्थ्य और कार्य**: संतुलन और सहयोग।
- **सातवां घर**: वृश्चिक राशि

    - **विवाह और साझेदारी**: गहरे और साहसी संबंध।
- **आठवां घर**: धनु राशि
    - **परिवर्तन और गुप्त बातें**: ज्ञान और अनुभव की खोज।
- **नौवां घर**: मकर राशि
    - **धर्म और दर्शन**: महत्वाकांक्षा और धैर्य।
- **दसवां घर**: कुंभ राशि
    - **करियर और प्रतिष्ठा**: नवाचार और अनोखे विचार।
- **ग्यारहवां घर**: मीन राशि
    - **मित्रता और लक्ष्य**: सहानुभूति और संवेदनशीलता।
- **बारहवां घर**: मेष राशि
    - **आध्यात्मिकता और अंतर्दृष्टि**: साहसी और खोजी प्रवृत्ति।

3. मिथुन लग्न (Gemini Ascendant)

- **पहला घर**: मिथुन राशि
    - **व्यक्तित्व**: बुद्धिमान, सामाजिक और संवादात्मक।
- **दूसरा घर**: कर्क राशि

    - **धन और परिवार**: संवेदनशीलता और भावनात्मक संबंध।
- **तीसरा घर**: सिंह राशि
    - **संचार**: आत्मविश्वास और आकर्षण।
- **चौथा घर**: कन्या राशि
    - **घर और माता**: संगठन और प्रबंधन।
- **पाँचवां घर**: तुला राशि
    - **शिक्षा और प्रेम**: सामंजस्य और सौंदर्य।
- **छठा घर**: वृश्चिक राशि
    - **स्वास्थ्य और कार्य**: गहनता और समर्पण।
- **सातवां घर**: धनु राशि
    - **विवाह और साझेदारी**: स्वतंत्रता और साहस।
- **आठवां घर**: मकर राशि
    - **परिवर्तन और गुप्त बातें**: स्थिरता और परिश्रम।
- **नौवां घर**: कुंभ राशि
    - **धर्म और दर्शन**: नवीनता और मानवता।
- **दसवां घर**: मीन राशि
    - **करियर और प्रतिष्ठा**: संवेदनशीलता और रचनात्मकता।
- **ग्यारहवां घर**: मेष राशि

  - **मित्रता और लक्ष्य**: साहस और नेतृत्व।
- **बारहवां घर**: वृष राशि
  - **आध्यात्मिकता और अंतर्दृष्टि**: स्थिरता और धैर्य।

4. कर्क लग्न (Cancer Ascendant)

- **पहला घर**: कर्क राशि
  - **व्यक्तित्व**: संवेदनशील, देखभाल करने वाले और भावनात्मक।
- **दूसरा घर**: सिंह राशि
  - **धन और परिवार**: गर्व और आत्मविश्वास।
- **तीसरा घर**: कन्या राशि
  - **संचार**: विश्लेषणात्मक और व्यावहारिक।
- **चौथा घर**: तुला राशि
  - **घर और माता**: संतुलन और सौंदर्य।
- **पाँचवां घर**: वृश्चिक राशि
  - **शिक्षा और प्रेम**: गहराई और जटिलता।
- **छठा घर**: धनु राशि
  - **स्वास्थ्य और कार्य**: स्वतंत्रता और ज्ञान।
- **सातवां घर**: मकर राशि
  - **विवाह और साझेदारी**: स्थिरता और जिम्मेदारी।

- **आठवां घर**: कुंभ राशि
    - **परिवर्तन और गुप्त बातें**: नवीनता और अंतर्दृष्टि।
- **नौवां घर**: मीन राशि
    - **धर्म और दर्शन**: संवेदनशीलता और आध्यात्मिकता।
- **दसवां घर**: मेष राशि
    - **करियर और प्रतिष्ठा**: साहसी और अग्रणी।
- **ग्यारहवां घर**: वृष राशि
    - **मित्रता और लक्ष्य**: स्थिरता और धैर्य।
- **बारहवां घर**: मिथुन राशि
    - **आध्यात्मिकता और अंतर्दृष्टि**: संवादात्मक और खोजी।

5. सिंह लग्न (Leo Ascendant)

- **पहला घर**: सिंह राशि
    - **व्यक्तित्व**: आत्मविश्वासी, नेतृत्व करने वाले और अभिव्यक्तिशील।
- **दूसरा घर**: कन्या राशि
    - **धन और परिवार**: संगठन और व्यावहारिकता।
- **तीसरा घर**: तुला राशि
    - **संचार**: सामंजस्य और सौंदर्य।

- **चौथा घर**: वृश्चिक राशि
    - **घर और माता**: गहराई और सुरक्षा।
- **पाँचवां घर**: धनु राशि
    - **शिक्षा और प्रेम**: खोज और स्वतंत्रता।
- **छठा घर**: मकर राशि
    - **स्वास्थ्य और कार्य**: परिश्रम और स्थिरता।
- **सातवां घर**: कुंभ राशि
    - **विवाह और साझेदारी**: विविधता और मानवता।
- **आठवां घर**: मीन राशि
    - **परिवर्तन और गुप्त बातें**: संवेदनशीलता और आध्यात्मिकता।
- **नौवां घर**: मेष राशि
    - **धर्म और दर्शन**: साहस और नेतृत्व।
- **दसवां घर**: वृष राशि
    - **करियर और प्रतिष्ठा**: स्थिरता और भौतिक सुख।
- **ग्यारहवां घर**: मिथुन राशि
    - **मित्रता और लक्ष्य**: संवादात्मक और खोजी।
- **बारहवां घर**: कर्क राशि

- **आध्यात्मिकता और अंतर्दृष्टि**: संवेदनशीलता और सुरक्षा।

6. कन्या लग्न (Virgo Ascendant)

- **पहला घर**: कन्या राशि
  - **व्यक्तित्व**: विवेकशील, विश्लेषणात्मक और मेहनती। ऐसे लोग व्यवस्थित और सटीक होते हैं।
- **दूसरा घर**: तुला राशि
  - **धन और परिवार**: सामंजस्यपूर्ण और सहयोगात्मक धन प्रबंधन।
- **तीसरा घर**: वृश्चिक राशि
  - **संचार**: गहनता और गुप्तता के साथ संवाद करते हैं।
- **चौथा घर**: धनु राशि
  - **घर और माता**: स्वतंत्रता और खोज का प्रतीक।
- **पाँचवां घर**: मकर राशि
  - **शिक्षा और प्रेम**: ठोस आधार और परिश्रम।
- **छठा घर**: कुंभ राशि
  - **स्वास्थ्य और कार्य**: नवीनता और सुधार की ओर झुकाव।
- **सातवां घर**: मीन राशि

  - **विवाह और साझेदारी**: संवेदनशीलता और भावनात्मक जुड़ाव।
- **आठवां घर**: मेष राशि
  - **परिवर्तन और गुप्त बातें**: साहस और आत्मनिर्भरता।
- **नौवां घर**: वृष राशि
  - **धर्म और दर्शन**: स्थिरता और धैर्य।
- **दसवां घर**: मिथुन राशि
  - **करियर और प्रतिष्ठा**: संवादात्मक और विचारशील।
- **ग्यारहवां घर**: कर्क राशि
  - **मित्रता और लक्ष्य**: भावनात्मक और पारिवारिक संबंधों की अहमियत।
- **बारहवां घर**: सिंह राशि
  - **आध्यात्मिकता और अंतर्दृष्टि**: आत्म-प्रकाश और आत्म-सम्मान की भावना।

7. तुला लग्न (Libra Ascendant)

- **पहला घर**: तुला राशि
  - **व्यक्तित्व**: सामंजस्यपूर्ण, सौंदर्यप्रिय और न्यायप्रिय। ऐसे लोग संतुलन बनाने की कोशिश करते हैं।

- **दूसरा घर**: वृश्चिक राशि
    - **धन और परिवार**: गहराई और गुप्तता से भरा धन प्रबंधन।
- **तीसरा घर**: धनु राशि
    - **संचार**: स्वतंत्रता और खुलापन।
- **चौथा घर**: मकर राशि
    - **घर और माता**: जिम्मेदारी और स्थिरता।
- **पाँचवां घर**: कुंभ राशि
    - **शिक्षा और प्रेम**: नवाचार और मौलिकता।
- **छठा घर**: मीन राशि
    - **स्वास्थ्य और कार्य**: संवेदनशीलता और रचनात्मकता।
- **सातवां घर**: मेष राशि
    - **विवाह और साझेदारी**: साहसी और अग्रणी संबंध।
- **आठवां घर**: वृष राशि
    - **परिवर्तन और गुप्त बातें**: स्थिरता और धैर्य।
- **नौवां घर**: मिथुन राशि
    - **धर्म और दर्शन**: संवादात्मक और चिंतनशील।
- **दसवां घर**: कर्क राशि

    - **करियर और प्रतिष्ठा**: भावनात्मक जुड़ाव और सुरक्षा।
- **ग्यारहवां घर**: सिंह राशि
    - **मित्रता और लक्ष्य**: नेतृत्व और आत्मविश्वास।
- **बारहवां घर**: कन्या राशि
    - **आध्यात्मिकता और अंतर्दृष्टि**: विवेकशीलता और विचारशीलता।

8. वृश्चिक लग्न (Scorpio Ascendant)

- **पहला घर**: वृश्चिक राशि
    - **व्यक्तित्व**: गहन, रहस्यमय और आकर्षक। ये लोग अक्सर अपने इरादों को छिपाते हैं।
- **दूसरा घर**: धनु राशि
    - **धन और परिवार**: स्वतंत्रता और खोज की ओर झुकाव।
- **तीसरा घर**: मकर राशि
    - **संचार**: गंभीरता और जिम्मेदारी।
- **चौथा घर**: कुंभ राशि
    - **घर और माता**: नवीनता और स्वतंत्रता।
- **पाँचवां घर**: मीन राशि
    - **शिक्षा और प्रेम**: संवेदनशीलता और रचनात्मकता।

- **छठा घर**: मेष राशि
    - **स्वास्थ्य और कार्य**: साहस और सक्रियता।
- **सातवां घर**: वृष राशि
    - **विवाह और साझेदारी**: स्थिरता और विश्वसनीयता।
- **आठवां घर**: मिथुन राशि
    - **परिवर्तन और गुप्त बातें**: संवादात्मक और जिज्ञासु।
- **नौवां घर**: कर्क राशि
    - **धर्म और दर्शन**: भावनात्मक गहराई।
- **दसवां घर**: सिंह राशि
    - **करियर और प्रतिष्ठा**: नेतृत्व और गर्व।
- **ग्यारहवां घर**: कन्या राशि
    - **मित्रता और लक्ष्य**: संगठन और व्यावहारिकता।
- **बारहवां घर**: तुला राशि
    - **आध्यात्मिकता और अंतर्दृष्टि**: सामंजस्य और सौंदर्य।

9. धनु लग्न (Sagittarius Ascendant)

(Already covered in previous sections)

10. मकर लग्न (Capricorn Ascendant)

- **पहला घर**: मकर राशि
  - **व्यक्तित्व**: जिम्मेदार, मेहनती और स्थिर। ये लोग अक्सर लक्ष्य पर केंद्रित रहते हैं।
- **दूसरा घर**: कुंभ राशि
  - **धन और परिवार**: नवीनता और सामाजिक संबंध।
- **तीसरा घर**: मीन राशि
  - **संचार**: संवेदनशीलता और रचनात्मकता।
- **चौथा घर**: मेष राशि
  - **घर और माता**: साहस और स्वतंत्रता।
- **पाँचवां घर**: वृष राशि
  - **शिक्षा और प्रेम**: स्थिरता और सुरक्षा।
- **छठा घर**: मिथुन राशि
  - **स्वास्थ्य और कार्य**: संवादात्मक और सक्रियता।
- **सातवां घर**: कर्क राशि
  - **विवाह और साझेदारी**: भावनात्मक जुड़ाव।
- **आठवां घर**: सिंह राशि
  - **परिवर्तन और गुप्त बातें**: नेतृत्व और आत्मविश्वास।

- **नौवां घर**: कन्या राशि
    - **धर्म और दर्शन**: व्यावहारिकता और विश्लेषणात्मक सोच।
- **दसवां घर**: तुला राशि
    - **करियर और प्रतिष्ठा**: सामंजस्य और सौंदर्य।
- **ग्यारहवां घर**: वृश्चिक राशि
    - **मित्रता और लक्ष्य**: गहराई और साहस।
- **बारहवां घर**: धनु राशि
    - **आध्यात्मिकता और अंतर्दृष्टि**: स्वतंत्रता और खोज।

11. कुंभ लग्न (Aquarius Ascendant)

- **पहला घर**: कुंभ राशि
    - **व्यक्तित्व**: अनोखे, स्वतंत्र और मानवतावादी। ये लोग समाज के लिए नई सोच लाने में रुचि रखते हैं।
- **दूसरा घर**: मीन राशि
    - **धन और परिवार**: संवेदनशीलता और भावनात्मक संबंध।
- **तीसरा घर**: मेष राशि
    - **संचार**: साहस और सक्रियता।
- **चौथा घर**: वृष राशि

    - **घर और माता**: स्थिरता और धैर्य।
- **पाँचवां घर**: मिथुन राशि
    - **शिक्षा और प्रेम**: संवादात्मक और खोजी।
- **छठा घर**: कर्क राशि
    - **स्वास्थ्य और कार्य**: भावनात्मक गहराई।
- **सातवां घर**: सिंह राशि
    - **विवाह और साझेदारी**: आत्मविश्वास और नेतृत्व।
- **आठवां घर**: कन्या राशि
    - **परिवर्तन और गुप्त बातें**: विश्लेषणात्मक और व्यवस्थित।
- **नौवां घर**: तुला राशि
    - **धर्म और दर्शन**: सामंजस्य और सौंदर्य।
- **दसवां घर**: वृश्चिक राशि
    - **करियर और प्रतिष्ठा**: गहराई और समर्पण।
- **ग्यारहवां घर**: धनु राशि
    - **मित्रता और लक्ष्य**: स्वतंत्रता और खोज।
- **बारहवां घर**: मकर राशि
    - **आध्यात्मिकता और अंतर्दृष्टि**: स्थिरता और जिम्मेदारी।

12. मीन लग्न (Pisces Ascendant)

- **पहला घर**: मीन राशि
  - **व्यक्तित्व**: संवेदनशील, कल्पनाशील और सहानुभूति रखने वाले। ऐसे लोग अक्सर आध्यात्मिक होते हैं।
- **दूसरा घर**: मेष राशि
  - **धन और परिवार**: साहस और सक्रियता।
- **तीसरा घर**: वृष राशि
  - **संचार**: स्थिरता और धैर्य।
- **चौथा घर**: मिथुन राशि
  - **घर और माता**: संवादात्मक और रचनात्मकता।
- **पाँचवां घर**: कर्क राशि
  - **शिक्षा और प्रेम**: भावनात्मक गहराई और सुरक्षा।
- **छठा घर**: सिंह राशि
  - **स्वास्थ्य और कार्य**: आत्मविश्वास और नेतृत्व।
- **सातवां घर**: कन्या राशि
  - **विवाह और साझेदारी**: विश्लेषणात्मक और व्यवस्थित।
- **आठवां घर**: तुला राशि
  - **परिवर्तन और गुप्त बातें**: सामंजस्य और सौंदर्य।

- **नौवां घर**: वृश्चिक राशि
  - **धर्म और दर्शन**: गहराई और समर्पण।
- **दसवां घर**: धनु राशि
  - **करियर और प्रतिष्ठा**: स्वतंत्रता और खोज।
- **ग्यारहवां घर**: मकर राशि
  - **मित्रता और लक्ष्य**: स्थिरता और जिम्मेदारी।
- **बारहवां घर**: कुंभ राशि
  - **आध्यात्मिकता और अंतर्दृष्टि**: नवीनता और स्वतंत्रता।

इस तरह से, हर लग्न का अपने-अपने घरों के माध्यम से एक अनोखा व्यक्तित्व और जीवन के क्षेत्र में विशेषता होती है। इसे समझकर आप अपनी कुंडली को और बेहतर तरीके से देख पाएंगे।

12. नौ ग्रहों के बारे में विस्तृत जानकारी

1. सूर्य (Sun)

- **प्रभाव**: सूर्य जीवन का प्रतीक है, ऊर्जा, आत्मा, और आत्मविश्वास का स्रोत है।
- **स्वभाव**: सकारात्मक, अग्नि तत्व। यह करिश्माई और नेतृत्व क्षमता प्रदान करता है।
- **दूसरों पर प्रभाव**: सूर्य की स्थिति व्यक्ति की आत्म-सम्मान, मान-सम्मान, और मानसिक शक्ति को दर्शाती है।
- **गृह**: सिंह राशि का स्वामी है।
- **दोष**: अगर सूर्य कमजोर हो या प्रभावित हो, तो यह आत्मविश्वास में कमी, स्वास्थ्य समस्याएं और पारिवारिक तनाव का कारण बन सकता है।
- **उपाय**: सूर्य को मजबूत करने के लिए नियमित रूप से सूर्य को अर्घ्य देना, लाल रंग के कपड़े पहनना, और ताम्बूल का सेवन करना।

2. चंद्रमा (Moon)

- **प्रभाव**: चंद्रमा भावनाओं, मन, और अंतर्ज्ञान का प्रतिनिधित्व करता है।

- **स्वभाव**: नकारात्मक, जल तत्व। यह संवेदनशीलता और भावनात्मक गहराई लाता है।
- **दूसरों पर प्रभाव**: चंद्रमा की स्थिति व्यक्ति की मानसिक स्वास्थ्य, रिश्तों और घर के वातावरण को प्रभावित करती है।
- **गृह**: कर्क राशि का स्वामी है।
- **दोष**: कमजोर चंद्रमा मानसिक तनाव, मूड स्विंग और अवसाद का कारण बन सकता है।
- **उपाय**: चंद्रमा को मजबूत करने के लिए दूध और चावल का सेवन, सफेद रंग का उपयोग, और चंद्रमा की पूजा करना।

3. मंगल (Mars)

- **प्रभाव**: मंगल युद्ध, ऊर्जा, साहस, और कार्य करने की क्षमता का प्रतीक है।
- **स्वभाव**: सकारात्मक, अग्नि तत्व। यह साहस और सक्रियता प्रदान करता है।
- **दूसरों पर प्रभाव**: मंगल की स्थिति व्यक्ति की ऊर्जा स्तर, कार्यशक्ति, और शारीरिक स्वास्थ्य को दर्शाती है।
- **गृह**: मेष और वृश्चिक राशि का स्वामी है।
- **दोष**: कमजोर मंगल विवाद, शारीरिक समस्याएं और मानसिक तनाव का कारण बन सकता है।
- **उपाय**: मंगल को मजबूत करने के लिए लाल वस्त्र पहनना, गेहूँ का सेवन, और हनुमान चालीसा का पाठ करना।

4. बुध (Mercury)

- **प्रभाव**: बुध ज्ञान, बुद्धिमत्ता, संचार, और वाणिज्य का प्रतिनिधित्व करता है।
- **स्वभाव**: नकारात्मक, वायु तत्व। यह सोचने की क्षमता और संवाद कौशल बढ़ाता है।
- **दूसरों पर प्रभाव**: बुध की स्थिति व्यक्ति की संवाद शैली, व्यापारिक कौशल, और शैक्षणिक सफलता को दर्शाती है।
- **गृह**: मिथुन और कन्या राशि का स्वामी है।
- **दोष**: कमजोर बुध के कारण संचार में रुकावट, शिक्षा में बाधा और व्यापार में कठिनाई हो सकती है।
- **उपाय**: बुध को मजबूत करने के लिए हरे रंग का उपयोग, हरे वस्त्र पहनना, और बुध मंत्र का जाप करना।

5. गुरु (Jupiter)

- **प्रभाव**: गुरु ज्ञान, समृद्धि, और नैतिकता का प्रतीक है।
- **स्वभाव**: सकारात्मक, अग्नि तत्व। यह उच्च विचार और आचार का प्रोत्साहन करता है।
- **दूसरों पर प्रभाव**: गुरु की स्थिति व्यक्ति की शिक्षा, आचार-विचार, और धन-संपत्ति को दर्शाती है।
- **गृह**: धनु और मीन राशि का स्वामी है।
- **दोष**: कमजोर गुरु के कारण शिक्षा में कमी, धन की कमी और नैतिक संकट हो सकता है।

- **उपाय**: गुरु को मजबूत करने के लिए पीले वस्त्र पहनना, हल्दी का सेवन करना, और गुरु मंत्र का जाप करना।

6. शुक्र (Venus)

- **प्रभाव**: शुक्र प्रेम, सौंदर्य, और भौतिक सुख का प्रतीक है।
- **स्वभाव**: सकारात्मक, जल तत्व। यह प्रेम और सौंदर्य की भावना को बढ़ाता है।
- **दूसरों पर प्रभाव**: शुक्र की स्थिति व्यक्ति की प्रेम जीवन, कला, और धन के प्रति रुचि को दर्शाती है।
- **गृह**: वृष और तुला राशि का स्वामी है।
- **दोष**: कमजोर शुक्र से प्रेम में कठिनाइयाँ, वित्तीय समस्याएं, और कलात्मकता में कमी हो सकती है।
- **उपाय**: शुक्र को मजबूत करने के लिए सफेद रंग का उपयोग, चावल का सेवन, और देवी लक्ष्मी की पूजा करना।

7. शनि (Saturn)

- **प्रभाव**: शनि अनुशासन, जिम्मेदारी, और समय का प्रतीक है।
- **स्वभाव**: नकारात्मक, वायु तत्व। यह धैर्य और कड़ी मेहनत को बढ़ावा देता है।
- **दूसरों पर प्रभाव**: शनि की स्थिति व्यक्ति की मेहनत, जिम्मेदारियों, और जीवन की कठिनाइयों को दर्शाती है।
- **गृह**: मकर और कुम्भ राशि का स्वामी है।

- **दोष**: कमजोर शनि से कड़ी मेहनत का फल नहीं मिल सकता, और जीवन में कठिनाइयाँ आ सकती हैं।
- **उपाय**: शनि को मजबूत करने के लिए काले रंग का उपयोग, काले तिल का सेवन, और शनि देव की पूजा करना।

8. राहु (Rahu)

- **प्रभाव**: राहु मायाजाल, भौतिकता, और अधूरे इच्छाओं का प्रतीक है।
- **स्वभाव**: नकारात्मक, वायु तत्व। यह भ्रम और चिंता को जन्म देता है।
- **दूसरों पर प्रभाव**: राहु की स्थिति व्यक्ति के मानसिक स्वास्थ्य और व्यक्तिगत विकास को प्रभावित करती है।
- **गृह**: कोई विशेष राशि का स्वामी नहीं है, लेकिन मिथुन और धनु में प्रभाव डालता है।
- **दोष**: कमजोर राहु से मानसिक चिंता, अवसाद, और अधूरे इच्छाएं हो सकती हैं।
- **उपाय**: राहु को मजबूत करने के लिए नीले रंग का उपयोग, काले वस्त्र पहनना, और राहु मंत्र का जाप करना।

9. केतु (Ketu)

- **प्रभाव**: केतु आध्यात्मिकता, रहस्य, और मोक्ष का प्रतीक है।
- **स्वभाव**: नकारात्मक, अग्नि तत्व। यह ध्यान और अंतर्दृष्टि को बढ़ावा देता है।

- **दूसरों पर प्रभाव**: केतु की स्थिति व्यक्ति की आध्यात्मिक यात्रा और मानसिक शांति को दर्शाती है।
- **गृह**: कोई विशेष राशि का स्वामी नहीं है, लेकिन धनु और मीन में प्रभाव डालता है।
- **दोष**: कमजोर केतु से आध्यात्मिक संकट, भ्रम और आत्म-मूल्यांकन की कमी हो सकती है।
- **उपाय**: केतु को मजबूत करने के लिए पीले वस्त्र पहनना, बकरी का पालन करना, और केतु मंत्र का जाप करना।

13. चंद्रमा की भविष्यवाणियाँ

चंद्रमा पहले भाव में

एक पंक्ति की भविष्यवाणियाँ (One-liner Predictions):

1. चंद्रमा पहले भाव में होने से व्यक्ति भावुक और संवेदनशील होता है।
2. इस स्थिति में चेहरे पर विशेष आकर्षण और चमक दिखाई देती है।
3. मन जल्दी-जल्दी बदलता है और व्यक्ति मूड स्विंग्स का शिकार हो सकता है।
4. चंद्रमा पहले भाव में होने पर व्यक्ति दूसरों की भावनाओं को गहराई से समझता है।
5. ऐसे व्यक्ति का मन बहुत कल्पनाशील और रचनात्मक होता है।
6. चंद्रमा पहले भाव में होने से परिवार और माता से गहरा लगाव रहता है।
7. इस स्थिति में व्यक्ति दूसरों की मदद करने के लिए हमेशा तैयार रहता है।

8. चंद्रमा पहले भाव में होने पर व्यक्ति का स्वभाव सौम्य और दयालु होता है।

9. इस स्थिति में व्यक्ति की निर्णय क्षमता में भावनाओं का असर होता है।

10. चंद्रमा पहले भाव में होने से व्यक्ति को मानसिक शांति और स्थिरता की तलाश रहती है।

11. व्यक्ति को पानी के निकट रहने से विशेष शांति और सुकून मिलता है।

12. इस स्थिति में व्यक्ति को छाती और पेट से जुड़ी समस्याएँ हो सकती हैं।

13. चंद्रमा पहले भाव में होने पर व्यक्ति का परिवार और घर उसके जीवन का केंद्र बिंदु होते हैं।

14. इस स्थिति में व्यक्ति को नई चीज़ें सीखने और अनुभव करने का शौक रहता है।

15. चंद्रमा पहले भाव में होने से व्यक्ति की याददाश्त तेज और स्पष्ट होती है।

16. इस स्थिति में व्यक्ति को बचपन से ही माता का विशेष स्नेह और संरक्षण मिलता है।

17. चंद्रमा पहले भाव में होने से व्यक्ति का चेहरा भावनाओं का आईना बन जाता है।

18. इस स्थिति में व्यक्ति को ठंडा वातावरण और सर्द मौसम पसंद होता है।

19. चंद्रमा पहले भाव में होने पर व्यक्ति का मन धार्मिक और आध्यात्मिक झुकाव रखता है।
20. इस स्थिति में व्यक्ति का मूड मौसम के अनुसार बदल सकता है।

निशानियाँ (Symptoms/Characteristics):

1. व्यक्ति का चेहरा गोल और आकर्षक हो सकता है।
2. उसकी आँखों में एक चमक और सौम्यता होती है।
3. मन में जल्दी बदलाव आते हैं और मूड स्विंग्स होते हैं।
4. व्यक्ति बहुत ही भावुक और संवेदनशील होता है।
5. बचपन से ही माता का स्नेह और घर के प्रति लगाव दिखता है।
6. व्यक्ति की भावनाएँ अक्सर चेहरे पर साफ झलकती हैं।
7. चंद्रमा पहले भाव में होने से व्यक्ति को पानी, झील, नदी या समुंदर के निकट रहने की इच्छा होती है।

सावधानियाँ (Precautions):

1. **भावनात्मक स्थिरता बनाए रखें**: अपनी भावनाओं को संतुलित रखने के लिए ध्यान और प्राणायाम का अभ्यास करें।
2. **अनावश्यक चिंता से बचें**: छोटी-छोटी बातों पर चिंता करना छोड़ें और सकारात्मक दृष्टिकोण अपनाएं।
3. **अत्यधिक भावुकता से सावधान रहें**: बहुत जल्दी आहत न हों, अपनी भावनाओं पर नियंत्रण रखें।

4. **जल से जुड़ी बीमारियों से बचें**: ठंडे और नम स्थानों से दूरी बनाकर रखें, खासकर बारिश के मौसम में।
5. **समय पर भोजन करें**: पेट और छाती से जुड़ी समस्याओं से बचने के लिए खानपान का ध्यान रखें।
6. **माता-पिता के प्रति आदर बनाए रखें**: माता-पिता के साथ रिश्ते अच्छे बनाए रखें।

उपाय (Remedies):

1. **चंद्र मंत्र का जाप करें**: "ॐ सों सोमाय नमः" मंत्र का नियमित रूप से जाप करें।
2. **सोमवार का व्रत रखें**: सोमवार के दिन व्रत रखने से चंद्रमा के अशुभ प्रभाव कम हो सकते हैं।
3. **दूध और सफेद चीज़ों का दान करें**: गरीबों को दूध, चावल, सफेद कपड़े, या चाँदी का दान करें।
4. **माँ दुर्गा की पूजा करें**: माता की कृपा प्राप्त करने के लिए माँ दुर्गा की आराधना करें।
5. **मोतियों की माला धारण करें**: चाँदी में मोती (पर्ल) पहनने से मानसिक शांति मिल सकती है।
6. **सोमवार के दिन शिवलिंग पर जल चढ़ाएं**: चंद्रमा की कृपा के लिए शिवलिंग पर कच्चा दूध और जल चढ़ाएं।
7. **रात को चंद्रमा का दर्शन करें**: खुले आसमान में बैठकर चाँद को देखें और मानसिक शांति प्राप्त करें।

8. **चाँदी की अंगूठी पहनें**: अनामिका उंगली में चाँदी की अंगूठी पहनने से चंद्रमा की सकारात्मक ऊर्जा प्राप्त होती है।

9. **गाय का दूध पीएं**: गाय का दूध पीना और अन्य दूध उत्पादों का सेवन चंद्रमा को मजबूत कर सकता है।

10. **चंद्र कवच का पाठ करें**: चंद्र कवच स्तोत्र का नियमित पाठ करें।

विशेष ध्यान दें:

- घर के वातावरण को सकारात्मक और शांतिपूर्ण बनाए रखें।
- पानी से जुड़े स्थानों पर विशेष ध्यान रखें, खासकर यात्रा के समय।
- अधिक भावुकता या मानसिक दबाव से बचने के लिए परिवार के सदस्यों के साथ समय बिताएं।

चंद्रमा दूसरे भाव में

एक पंक्ति की भविष्यवाणियाँ (One-liner Predictions):

1. चंद्रमा दूसरे भाव में होने से व्यक्ति का परिवार और धन-संपत्ति में गहरा लगाव होता है।
2. ऐसे व्यक्ति को बोलने में मधुरता और मिठास होती है।
3. चंद्रमा दूसरे भाव में होने पर व्यक्ति को पैसों के मामलों में उतार-चढ़ाव का सामना करना पड़ सकता है।
4. इस स्थिति में व्यक्ति का भोजन में विशेष रुचि होती है।

5. व्यक्ति का पारिवारिक जीवन शांत और सुखद होता है।

6. चंद्रमा दूसरे भाव में होने से व्यक्ति को जायदाद से लाभ होने की संभावना रहती है।

7. इस स्थिति में व्यक्ति को माता-पिता के प्रति जिम्मेदारी का बोध होता है।

8. व्यक्ति को जीवन में समय-समय पर आर्थिक मदद मिलती रहती है।

9. चंद्रमा दूसरे भाव में होने से व्यक्ति के आवाज़ में आकर्षण होता है।

10. इस स्थिति में व्यक्ति को जल तत्व की चीजों में धन खर्च करने की प्रवृत्ति होती है।

निशानियाँ (Symptoms/Characteristics):

1. व्यक्ति को भोजन और स्वादिष्ट पकवानों में गहरी रुचि होती है।

2. पारिवारिक मामलों में व्यक्ति भावुक और संवेदनशील रहता है।

3. आवाज़ में मधुरता और आकर्षण होता है।

4. ऐसे लोग कभी-कभी पैसों के मामले में बहुत उदार हो सकते हैं।

5. पारिवारिक परंपराओं और रीति-रिवाजों का पालन करना पसंद करते हैं।

6. व्यक्ति अपने धन और संपत्ति को लेकर चिंतित रह सकता है।

7. किसी भी प्रकार के पारिवारिक कलह से ये जल्दी आहत हो सकते हैं।

सावधानियाँ (Precautions):

1. **पैसों के मामले में संतुलित रहें**: धन खर्च करने में समझदारी बरतें और अनावश्यक खर्चों से बचें।

2. **भोजन में संयम रखें**: अत्यधिक खाने-पीने से स्वास्थ्य संबंधी समस्याएं हो सकती हैं, इसलिए संयम बरतें।

3. **भावुकता को काबू में रखें**: पारिवारिक मुद्दों पर अत्यधिक भावुक होने से बचें।

4. **जल से जुड़ी समस्याओं से सावधान रहें**: घर में पानी के रिसाव या नमी से बचें, खासकर चंद्र ग्रहण के दौरान।

5. **पारिवारिक संबंधों को महत्व दें**: रिश्तों में गलतफहमियों से बचें और पारिवारिक संबंधों में तालमेल बनाए रखें।

6. **जल्दबाजी में निर्णय न लें**: आर्थिक मामलों में सोच-समझकर निर्णय लें।

उपाय (Remedies):

1. **सोमवार का व्रत रखें**: आर्थिक समृद्धि और पारिवारिक सुख के लिए सोमवार का व्रत करें।

2. **चाँदी का सिक्का रखें**: तिजोरी या धन स्थान में चाँदी का सिक्का रखें।

3. **दूध और चीनी का दान करें**: सोमवार के दिन गरीबों को दूध और चीनी का दान करें।

4. **गौरी शंकर रुद्राक्ष धारण करें**: आर्थिक समस्याओं से निजात पाने के लिए गौरी शंकर रुद्राक्ष पहनें।

5. **माँ लक्ष्मी की पूजा करें**: धन और समृद्धि के लिए माँ लक्ष्मी की पूजा करें और शुक्रवार के दिन उनको सफेद कमल का फूल अर्पित करें।

6. **घर के ईशान कोण को स्वच्छ रखें**: चंद्रमा की कृपा प्राप्त करने के लिए घर के ईशान कोण को हमेशा साफ और व्यवस्थित रखें।

7. **मंगलवार को सफेद गाय को रोटी खिलाएं**: चंद्रमा की शांति के लिए सफेद गाय को आटा और गुड़ की रोटी खिलाएं।

8. **चाँदी का गहना धारण करें**: चाँदी का अंगूठी या कोई अन्य गहना पहनें, विशेषकर दाहिने हाथ की छोटी उंगली में।

9. **शिवलिंग पर कच्चे दूध से अभिषेक करें**: सोमवार के दिन शिवलिंग पर क़च्चे दूध और गंगाजल से अभिषेक करें।

10. **गायत्री मंत्र का जाप करें**: "ॐ भूर्भुवः स्वः तत्सवितुर्वरेण्यं" का 108 बार जाप करें।

विशेष ध्यान दें (Special Attention):

- पारिवारिक सदस्यों के साथ समय बिताएं और उनके प्रति संवेदनशील रहें।

- किसी भी पारिवारिक कलह को हल्के में न लें और शांतिपूर्ण ढंग से सुलझाने का प्रयास करें।
- घर के वातावरण को साफ, सकारात्मक और शांतिपूर्ण बनाए रखें।
- खाने-पीने में संयम बरतें, विशेषकर त्यौहार या विशेष अवसरों पर।
- धन को सोच-समझकर निवेश करें और अनावश्यक खर्चों से बचें।

चंद्रमा तीसरे भाव में

एक पंक्ति की भविष्यवाणियाँ (One-liner Predictions):

1. चंद्रमा तीसरे भाव में होने से व्यक्ति का संचार कुशल और प्रभावशाली होता है।
2. इस स्थिति में व्यक्ति के भाई-बहनों के साथ मधुर संबंध रहते हैं।
3. चंद्रमा तीसरे भाव में होने पर व्यक्ति को यात्राओं का शौक होता है।
4. इस स्थिति में व्यक्ति का मन खोजी और रचनात्मक होता है।
5. व्यक्ति की कल्पनाशक्ति बहुत ऊँची होती है।
6. चंद्रमा तीसरे भाव में होने से व्यक्ति अपने विचारों को खुलकर प्रकट करता है।

7. इस स्थिति में व्यक्ति को लेखन, साहित्य, या कला में विशेष रुचि हो सकती है।
8. चंद्रमा तीसरे भाव में होने से व्यक्ति की निर्णय क्षमता में कभी-कभी भावनाओं का हस्तक्षेप होता है।
9. इस स्थिति में व्यक्ति को छोटी दूरी की यात्राएँ अधिक करनी पड़ सकती हैं।
10. चंद्रमा तीसरे भाव में होने पर व्यक्ति अपने परिवार और प्रियजनों के प्रति बहुत सहानुभूतिशील होता है।

निशानियाँ (Symptoms/Characteristics):

1. व्यक्ति बातचीत में कुशल और सजीव होता है।
2. परिवार और खासकर भाई-बहनों के प्रति भावनात्मक जुड़ाव महसूस करता है।
3. व्यक्ति को छोटे-छोटे कामों में रचनात्मकता दिखाने का शौक होता है।
4. किसी भी नए विषय को सीखने और समझने की तीव्र जिज्ञासा होती है।
5. व्यक्ति को यात्राएँ करना पसंद होता है, खासकर ग्रामीण और प्राकृतिक स्थानों पर।
6. लेखन, कविता, और निबंध लेखन में रुचि होती है।
7. किसी भी विवाद में आसानी से भावुक हो सकता है और तर्क से प्रभावित हो सकता है।

सावधानियाँ (Precautions):

1. **भावनाओं में बहकर निर्णय न लें**: निर्णय लेते समय भावनाओं को काबू में रखें और तर्क का सहारा लें।
2. **भाई-बहनों के साथ रिश्ते मधुर बनाए रखें**: अनावश्यक बहस या विवादों से बचें।
3. **यात्राओं में सावधानी बरतें**: यात्रा करते समय सुरक्षा के सभी उपाय अपनाएं।
4. **तुरंत प्रतिक्रिया न दें**: संचार में संयम बनाए रखें और गुस्से में कुछ कहने से पहले सोचें।
5. **विचारों में स्थिरता बनाए रखें**: बार-बार विचार बदलने की आदत को काबू में रखें।
6. **अपनी क्षमताओं पर विश्वास रखें**: आत्म-संदेह से बचें और अपनी क्षमताओं को कम न आँकें।

उपाय (Remedies):

1. **सोमवार के दिन सफेद रंग के वस्त्र पहनें**: चंद्रमा की कृपा पाने के लिए सफेद रंग के कपड़े पहनें।
2. **चाँदी का कड़ा धारण करें**: बाएं हाथ में चाँदी का कड़ा पहनें।
3. **दूध और जल का दान करें**: गरीबों को सोमवार के दिन दूध और जल का दान करें।
4. **शिवलिंग पर जल अर्पित करें**: सोमवार को शिवलिंग पर जल चढ़ाएं और "ॐ नमः शिवाय" मंत्र का जाप करें।
5. **श्वेत वस्त्रों का दान करें**: सफेद कपड़ों का दान करें, खासकर पूर्णिमा के दिन।

6. **गाय के घी का दीपक जलाएं**: घर में सोमवार को गाय के घी का दीपक जलाएं।

7. **भाई-बहनों के साथ अच्छे संबंध बनाए रखें**: भाई-बहनों को उपहार दें और उनसे अच्छे संबंध बनाए रखें।

8. **दूध का सेवन करें**: चंद्रमा को मजबूत करने के लिए प्रतिदिन दूध का सेवन करें।

9. **सोमवार का व्रत रखें**: चंद्रमा की स्थिति को सुधारने के लिए सोमवार का व्रत रखें।

10. **पानी में कच्चे चावल डालें**: स्नान करते समय पानी में थोड़े कच्चे चावल डालें।

विशेष ध्यान दें (Special Attention):

- अपने भाई-बहनों के साथ तालमेल बनाए रखें और उनके साथ अच्छे संबंध रखें।
- अपने संचार कौशल का सही उपयोग करें, दूसरों के प्रति सहानुभूतिपूर्ण और विनम्र रहें।
- यात्राओं के समय सावधानी बरतें और जल्दबाजी में कोई निर्णय न लें।
- किसी भी नई चीज़ को सीखने और समझने के लिए अपने मन को खुला रखें।
- अपने रचनात्मक विचारों को लिखने या व्यक्त करने का प्रयास करें।
- परिवार के छोटे सदस्यों के साथ समय बिताएं और उन्हें प्रोत्साहित करें।

चंद्रमा चौथे भाव में

एक पंक्ति की भविष्यवाणियाँ (One-liner Predictions):

1. चंद्रमा चौथे भाव में होने से व्यक्ति का घर, परिवार, और माता के प्रति विशेष लगाव होता है।
2. इस स्थिति में व्यक्ति को अपने घर में आराम और सुख-सुविधा पसंद होती है।
3. चंद्रमा चौथे भाव में होने पर व्यक्ति का मन शांत और स्थिर रहता है।
4. इस स्थिति में व्यक्ति को पैतृक संपत्ति से लाभ मिल सकता है।
5. व्यक्ति का घरेलू जीवन सुखी और संपन्न हो सकता है।
6. चंद्रमा चौथे भाव में होने से व्यक्ति के मन में मातृभूमि के प्रति प्रेम और सम्मान होता है।
7. इस स्थिति में व्यक्ति का मन उदार और करुणामयी होता है।
8. व्यक्ति को जीवन में अच्छे वाहन और संपत्ति की प्राप्ति हो सकती है।
9. चंद्रमा चौथे भाव में होने से व्यक्ति का मन अक्सर अपने घर के वातावरण में संतुष्ट रहता है।
10. इस स्थिति में व्यक्ति को मानसिक शांति और आराम की अत्यधिक आवश्यकता होती है।

निशानियाँ (Symptoms/Characteristics):

1. व्यक्ति का स्वभाव शांत और संवेदनशील होता है।
2. ऐसे लोग अपने घर और परिवार के प्रति बहुत चिंतित रहते हैं।
3. घर का वातावरण सकारात्मक और सुंदर बनाए रखने की कोशिश करते हैं।
4. व्यक्ति को बड़े और हवादार घर पसंद होते हैं।
5. घर की साज-सज्जा और आरामदायक जीवन शैली में रुचि रखते हैं।
6. माता के प्रति गहरा भावनात्मक लगाव होता है।
7. व्यक्ति को जल से जुड़ी चीजों का आकर्षण होता है, जैसे तालाब, झील, या फव्वारे।
8. व्यक्ति को दूध, चावल, और सफेद खाद्य पदार्थों का शौक होता है।

सावधानियाँ (Precautions):

1. **घर के माहौल को शांतिपूर्ण रखें**: घर में कलह और तनाव से बचें।
2. **माता के साथ रिश्ते मधुर बनाए रखें**: माता के साथ अच्छी बातचीत करें और उन्हें सम्मान दें।
3. **भावनाओं में संतुलन बनाए रखें**: अपने मन को स्थिर रखने के लिए ध्यान और योग का अभ्यास करें।
4. **घरेलू खर्चों में समझदारी बरतें**: घर की सजावट में अनावश्यक खर्चों से बचें।

5. **भावनात्मक समस्याओं से दूर रहें**: परिवार में भावनात्मक मुद्दों को तटस्थता से सुलझाएं।

6. **पेट और छाती से संबंधित बीमारियों का ध्यान रखें**: अपनी सेहत पर ध्यान दें, खासकर सर्दी-जुकाम से बचें।

उपाय (Remedies):

1. **सोमवार का व्रत रखें**: चंद्रमा के शुभ प्रभाव के लिए सोमवार का व्रत करें।

2. **शिवलिंग पर जल चढ़ाएं**: सोमवार के दिन शिवलिंग पर जल चढ़ाएं और "ॐ नमः शिवाय" का जाप करें।

3. **दूध और चावल का दान करें**: सोमवार को गरीबों को दूध, चावल, और सफेद कपड़े का दान करें।

4. **सफेद वस्त्र धारण करें**: सोमवार को सफेद रंग के वस्त्र पहनें।

5. **गाय का दूध पीएं**: चंद्रमा को मजबूत करने के लिए प्रतिदिन गाय का दूध पीएं।

6. **घर में शांति पाठ करें**: घर के माहौल को सकारात्मक रखने के लिए नियमित रूप से शांति पाठ करें।

7. **माँ दुर्गा की पूजा करें**: माँ दुर्गा की कृपा पाने के लिए उनकी पूजा करें और सफेद फूल चढ़ाएं।

8. **पानी के फव्वारे का उपयोग करें**: घर के आंगन या बालकनी में पानी का फव्वारा लगाएं।

9. **शुभ शंख की ध्वनि करें**: घर में शुभ शंख बजाएं, जिससे चंद्रमा की सकारात्मक ऊर्जा बढ़े।

10. **चाँदी के गहने पहनें**: दाहिने हाथ की अंगुली में चाँदी की अंगूठी पहनें।

विशेष ध्यान दें (Special Attention):

- घर का वातावरण साफ, सुखद, और सकारात्मक बनाए रखें।
- माता के साथ अच्छे संबंध बनाए रखें और उनके स्वास्थ्य का ध्यान रखें।
- अपने मन को शांत रखने के लिए ध्यान और श्वास-प्रश्वास का अभ्यास करें।
- परिवार के साथ समय बिताएं और उनके साथ भावनात्मक जुड़ाव बनाए रखें।
- घर की सजावट में प्राकृतिक तत्वों का उपयोग करें, जैसे पौधे और पानी के स्त्रोत।
- घरेलू विवादों को शांति से सुलझाएं और परिवार में प्यार और सहयोग बढ़ाएं।

चंद्रमा पाँचवे भाव में

एक पंक्ति की भविष्यवाणियाँ (One-liner Predictions):

1. चंद्रमा पाँचवे भाव में होने से व्यक्ति का रचनात्मकता और कलात्मकता की ओर झुकाव होता है।
2. इस स्थिति में व्यक्ति का बच्चों के प्रति गहरा लगाव और स्नेह होता है।

3. चंद्रमा पाँचवे भाव में होने पर व्यक्ति के प्रेम संबंधों में भावनात्मकता की प्रमुखता रहती है।

4. इस स्थिति में व्यक्ति के लिए शिक्षा और अध्ययन में रुचि होती है।

5. व्यक्ति की कल्पनाशक्ति और रचनात्मक क्षमता अत्यधिक प्रबल होती है।

6. चंद्रमा पाँचवे भाव में होने से व्यक्ति को रोमांटिक और प्रेमपूर्ण जीवन का अनुभव होता है।

7. इस स्थिति में व्यक्ति को बच्चों के माध्यम से सुख और संतोष प्राप्त हो सकता है।

8. व्यक्ति को साहित्य, संगीत, और कला में विशेष रुचि हो सकती है।

9. चंद्रमा पाँचवे भाव में होने पर व्यक्ति का मन बच्चों के स्वास्थ्य और सुख की ओर अधिक केंद्रित होता है।

10. इस स्थिति में व्यक्ति का भाग्य शिक्षा, रचनात्मकता, और प्रेम संबंधों से जुड़ा हो सकता है।

निशानियाँ (Symptoms/Characteristics):

1. व्यक्ति का स्वभाव भावुक और रचनात्मक होता है।

2. बच्चों के प्रति गहरी सहानुभूति और प्यार महसूस करता है।

3. व्यक्ति को रोमांटिक और प्रेमपूर्ण स्थितियों का अनुभव होता है।

4. व्यक्ति को ड्रामा, अभिनय, और कला की तरफ आकर्षण होता है।
5. बच्चों की शिक्षा और उनके विकास में विशेष रुचि लेता है।
6. मन में नई योजनाएँ और विचार लगातार आते रहते हैं।
7. प्रेम संबंधों में उतार-चढ़ाव का अनुभव हो सकता है।

सावधानियाँ (Precautions):

1. **भावनात्मक निर्णय न लें**: प्रेम और रिश्तों में भावनाओं के आधार पर निर्णय लेने से बचें।
2. **बच्चों की जरूरतों को समझें**: बच्चों के साथ सख्ती से नहीं बल्कि प्रेमपूर्वक व्यवहार करें।
3. **रचनात्मक ऊर्जा का सही उपयोग करें**: अपनी कल्पनाशक्ति का सकारात्मक दिशा में उपयोग करें।
4. **अधूरी योजनाओं को न छोड़ें**: जो भी रचनात्मक परियोजना शुरू करें, उसे पूरा करने की कोशिश करें।
5. **अपनी भावनाओं को नियंत्रित करें**: शिक्षा और प्रेम संबंधों में संतुलन बनाए रखें।
6. **शेयर बाजार में सतर्क रहें**: यदि शेयर बाजार में निवेश करते हैं, तो सोच-समझकर करें।

उपाय (Remedies):

1. **सोमवार का व्रत करें**: चंद्रमा की कृपा पाने के लिए सोमवार का व्रत रखें।

2. **गाय का दूध बच्चों को पिलाएं**: चंद्रमा की स्थिति को सुधारने के लिए बच्चों को दूध पिलाएं।

3. **सफेद वस्त्र पहनें**: सोमवार को सफेद कपड़े पहनें और सफेद खाद्य पदार्थ खाएं।

4. **शिवलिंग पर दूध अर्पित करें**: सोमवार को शिवलिंग पर दूध चढ़ाएं और "ॐ नमः शिवाय" का जाप करें।

5. **बच्चों के स्वास्थ्य का ध्यान रखें**: बच्चों की शिक्षा और सेहत में सुधार के लिए उचित कदम उठाएं।

6. **चाँदी का कड़ा पहनें**: बाएं हाथ में चाँदी का कड़ा पहनें।

7. **गाय की सेवा करें**: गाय की सेवा करें और गाय के घी का दीपक जलाएं।

8. **चाँदी का दान करें**: पूर्णिमा के दिन चाँदी का दान करें।

9. **चंद्रमा के मंत्रों का जाप करें**: प्रतिदिन "ॐ सोम सोमाय नमः" मंत्र का जाप करें।

10. **बच्चों के साथ समय बिताएं**: उनके साथ खेलें और उनकी भावनात्मक जरूरतों का ख्याल रखें।

विशेष ध्यान दें (Special Attention):

- अपने बच्चों के साथ भावनात्मक रूप से जुड़ें और उनके साथ समय बिताएँ।
- रचनात्मकता को बढ़ावा देने के लिए कला, संगीत, और नृत्य का अभ्यास करें।

- प्रेम संबंधों में धैर्य रखें और दूसरे व्यक्ति की भावनाओं का सम्मान करें।
- शिक्षा और अध्ययन में अपनी रुचि को बनाए रखें, और नई चीजें सीखने का प्रयास करें।
- वित्तीय मामलों में जोखिम उठाने से पहले सोचें और अपने निवेश में सतर्क रहें।
- बच्चों के स्वास्थ्य पर विशेष ध्यान दें और उन्हें अच्छा मार्गदर्शन प्रदान करें।

चंद्रमा छठे भाव में

एक पंक्ति की भविष्यवाणियाँ (One-liner Predictions):

1. चंद्रमा छठे भाव में होने से व्यक्ति का स्वास्थ्य और दैनिक जीवन प्रभावित हो सकता है।
2. इस स्थिति में व्यक्ति को मानसिक तनाव और चिंता का सामना करना पड़ सकता है।
3. चंद्रमा छठे भाव में होने पर व्यक्ति को कार्यस्थल पर चुनौतियाँ और संघर्ष देखने को मिल सकते हैं।
4. इस स्थिति में व्यक्ति का मन चिंताओं से ग्रसित रह सकता है।
5. व्यक्ति को पेट और पाचन से संबंधित समस्याएँ हो सकती हैं।
6. चंद्रमा छठे भाव में होने से व्यक्ति का विरोधियों के साथ टकराव हो सकता है।

7. इस स्थिति में व्यक्ति को अपनी दिनचर्या में अनुशासन की आवश्यकता होती है।
8. व्यक्ति को कर्ज या ऋण से जुड़ी समस्याओं का सामना करना पड़ सकता है।
9. चंद्रमा छठे भाव में होने पर व्यक्ति का झुकाव सेवा और कल्याण कार्यों की ओर हो सकता है।
10. इस स्थिति में व्यक्ति का मन शरीर की सेहत और फिटनेस पर केंद्रित हो सकता है।

निशानियाँ (Symptoms/Characteristics):

1. व्यक्ति का स्वभाव चिंतित और संवेदनशील होता है।
2. अक्सर छोटी-छोटी स्वास्थ्य समस्याएँ बनी रह सकती हैं।
3. व्यक्ति को भावनात्मक उतार-चढ़ाव का सामना करना पड़ता है।
4. कार्यस्थल पर संघर्ष या राजनीति से जूझना पड़ सकता है।
5. व्यक्ति के मन में दूसरों की सेवा और मदद करने की भावना प्रबल होती है।
6. रोजमर्रा की जिंदगी में अनुशासन और कड़ी मेहनत की जरूरत महसूस होती है।
7. व्यक्ति को पाचन तंत्र और पेट से जुड़ी समस्याओं की संभावना होती है।

सावधानियाँ (Precautions):

1. **स्वास्थ्य का ध्यान रखें**: पाचन तंत्र और पेट संबंधी बीमारियों से बचने के लिए सही खानपान रखें।
2. **चिंता और तनाव को नियंत्रित करें**: योग, ध्यान, और प्राणायाम का अभ्यास करें।
3. **कार्यस्थल पर विवाद से बचें**: ऑफिस में सहकर्मियों के साथ अनावश्यक बहस और संघर्ष से दूर रहें।
4. **अनुशासन बनाए रखें**: अपनी दिनचर्या में अनुशासन लाएँ और समय पर काम करें।
5. **कर्ज लेने से बचें**: ऋण लेने में सावधानी बरतें और अनावश्यक कर्ज से बचें।
6. **अत्यधिक भावुक न हों**: भावनाओं में बहकर निर्णय लेने से बचें।

उपाय (Remedies):

1. **सोमवार का व्रत रखें**: चंद्रमा की कृपा के लिए सोमवार का व्रत करें।
2. **शिवलिंग पर दूध चढ़ाएं**: सोमवार को शिवलिंग पर दूध और जल अर्पित करें।
3. **चाँदी का कड़ा पहनें**: बाएं हाथ में चाँदी का कड़ा धारण करें।
4. **दूध और चावल का दान करें**: सोमवार को गरीबों में दूध और चावल का दान करें।
5. **चंद्रमा के मंत्रों का जाप करें**: प्रतिदिन "ॐ सोम सोमाय नमः" मंत्र का जाप करें।

6. **दैनिक रूप से ध्यान करें**: मानसिक शांति के लिए रोज ध्यान और प्राणायाम का अभ्यास करें।

7. **अश्वगंधा का सेवन करें**: मानसिक तनाव और चिंता को दूर करने के लिए अश्वगंधा का सेवन करें।

8. **बिल्व पत्र का शिवलिंग पर अर्पण करें**: बिल्व पत्र चढ़ाने से चंद्रमा की स्थिति में सुधार हो सकता है।

9. **गाय के दूध का सेवन करें**: गाय का दूध पीने से चंद्रमा के शुभ प्रभाव मिल सकते हैं।

10. **ध्यान और योग की शिक्षा लें**: योग गुरु से ध्यान और श्वास-प्रश्वास की तकनीकें सीखें।

विशेष ध्यान दें (Special Attention):

- स्वास्थ्य पर विशेष ध्यान दें, खासकर पाचन तंत्र और पेट से जुड़ी समस्याओं पर।
- मानसिक तनाव को कम करने के लिए ध्यान, प्राणायाम, और शांति से जुड़े अभ्यास करें।
- कार्यस्थल पर संयम और धैर्य बनाए रखें, और अनावश्यक विवादों से बचें।
- अपने जीवन में अनुशासन और नियमों का पालन करें, इससे तनाव कम होगा।
- वित्तीय मामलों में सतर्कता बरतें और कर्ज लेने से पहले सोच-समझकर निर्णय लें।
- दूसरों की सेवा करने का प्रयास करें, लेकिन अपनी सीमाओं का भी ख्याल रखें।

चंद्रमा सातवें भाव में

एक पंक्ति की भविष्यवाणियाँ (One-liner Predictions):

1. चंद्रमा सातवें भाव में होने से व्यक्ति का झुकाव विवाह और साझेदारी की ओर अधिक होता है।
2. इस स्थिति में व्यक्ति का जीवनसाथी संवेदनशील और भावुक हो सकता है।
3. चंद्रमा सातवें भाव में होने पर व्यक्ति को जीवनसाथी से अच्छा सहयोग मिलता है।
4. इस स्थिति में व्यक्ति का व्यापार में साझेदारी में सफलता मिलने की संभावना होती है।
5. व्यक्ति के रिश्तों में भावनात्मक उतार-चढ़ाव का अनुभव हो सकता है।
6. चंद्रमा सातवें भाव में होने से व्यक्ति की सार्वजनिक छवि भावनात्मक रूप से प्रभावित हो सकती है।
7. इस स्थिति में व्यक्ति का झुकाव रोमांटिक और प्यार भरे संबंधों की ओर होता है।
8. जीवनसाथी के साथ भावनात्मक जुड़ाव और संबंधों में गहराई महसूस होती है।
9. चंद्रमा सातवें भाव में होने पर व्यक्ति का विवाह जीवन शांतिपूर्ण और सामंजस्यपूर्ण हो सकता है।
10. इस स्थिति में व्यक्ति का सामाजिक जीवन सक्रिय और लोकप्रिय हो सकता है।

निशानियाँ (Symptoms/Characteristics):

1. व्यक्ति का स्वभाव मिलनसार और रोमांटिक होता है।
2. जीवनसाथी का स्वभाव संवेदनशील और भावुक हो सकता है।
3. रिश्तों में अत्यधिक भावनात्मकता और संवेदनशीलता रहती है।
4. व्यक्ति का झुकाव सुंदरता और सौंदर्य की ओर होता है।
5. व्यवसाय और व्यापार में साझेदारी से जुड़े रहने की प्रवृत्ति होती है।
6. व्यक्ति को संबंधों में भावनात्मक सुरक्षा और स्थिरता की आवश्यकता महसूस होती है।
7. सामाजिक जीवन में सक्रिय और दूसरों के साथ जुड़ने में रुचि रखता है।

सावधानियाँ (Precautions):

1. **रिश्तों में भावनात्मक संतुलन बनाए रखें**: अत्यधिक भावुक होने से बचें और व्यावहारिक दृष्टिकोण अपनाएँ।
2. **जीवनसाथी के साथ विवादों से बचें**: छोटी-छोटी बातों पर बहस करने से रिश्तों में दरार आ सकती है।
3. **व्यापार में सावधानी बरतें**: साझेदारी में व्यापार करते समय अनुबंध और नियमों पर ध्यान दें।
4. **भावनात्मक निर्णय न लें**: संबंधों में किसी भी निर्णय को भावनाओं के आधार पर न लें।

5. **सार्वजनिक छवि का ख्याल रखें**: अपनी छवि को बनाए रखने के लिए सार्वजनिक जीवन में संयम रखें।

6. **अत्यधिक संवेदनशीलता से बचें**: जीवनसाथी की भावनाओं को समझें, लेकिन अत्यधिक संवेदनशील न बनें।

उपाय (Remedies):

1. **सोमवार का व्रत करें**: चंद्रमा की कृपा के लिए सोमवार का व्रत रखें।

2. **शिवलिंग पर दूध चढ़ाएं**: सोमवार को शिवलिंग पर दूध अर्पित करें और "ॐ नमः शिवाय" का जाप करें।

3. **सफेद वस्त्र पहनें**: सोमवार के दिन सफेद कपड़े पहनें और सफेद खाद्य पदार्थों का सेवन करें।

4. **चाँदी का कड़ा पहनें**: बाएं हाथ में चाँदी का कड़ा पहनें।

5. **दूध और चावल का दान करें**: गरीबों में सोमवार को दूध और चावल का दान करें।

6. **चंद्रमा के मंत्रों का जाप करें**: प्रतिदिन "ॐ सोम सोमाय नमः" मंत्र का जाप करें।

7. **गौ सेवा करें**: गाय की सेवा करें और गाय के घी का दीपक जलाएं।

8. **माँ लक्ष्मी की पूजा करें**: माँ लक्ष्मी की कृपा पाने के लिए उनका पूजन करें और सफेद फूल अर्पित करें।

9. **दूध और शक्कर का सेवन करें**: चंद्रमा को मजबूत करने के लिए दूध और शक्कर का सेवन करें।

10. **सकारात्मक ऊर्जा के लिए मोती धारण करें**: चाँदी की अंगूठी में मोती धारण करें।

विशेष ध्यान दें (Special Attention):

- रिश्तों में धैर्य और समझदारी बनाए रखें, खासकर जीवनसाथी के साथ।
- सार्वजनिक जीवन में सकारात्मक छवि बनाए रखें और अनावश्यक विवादों से बचें।
- व्यापार में साझेदारी करते समय सभी शर्तों और अनुबंधों पर ध्यान दें।
- परिवार और जीवनसाथी के साथ भावनात्मक संबंध मजबूत करने का प्रयास करें।
- सामाजिक मेलजोल में सक्रिय रहें और अपने संबंधों को सशक्त बनाएं।
- जीवनसाथी के स्वास्थ्य का ख्याल रखें और उनके साथ समय बिताने की कोशिश करें।

चंद्रमा आठवें भाव में

एक पंक्ति की भविष्यवाणियाँ (One-liner Predictions):

1. चंद्रमा आठवें भाव में होने से व्यक्ति को अचानक लाभ या हानि का सामना करना पड़ सकता है।
2. इस स्थिति में व्यक्ति गहरे रहस्यों और आध्यात्मिक विषयों की ओर आकर्षित हो सकता है।

3. चंद्रमा आठवें भाव में होने पर व्यक्ति का स्वास्थ्य उतार-चढ़ाव से प्रभावित हो सकता है।

4. इस स्थिति में व्यक्ति को जीवन में छुपे रहस्यों को जानने की जिज्ञासा रहती है।

5. व्यक्ति को मानसिक तनाव और अनिश्चितताओं का सामना करना पड़ सकता है।

6. चंद्रमा आठवें भाव में होने से व्यक्ति का रुचि ज्योतिष, तंत्र, और आध्यात्मिकता में बढ़ सकती है।

7. इस स्थिति में व्यक्ति के भावनात्मक संबंध गहरे और जटिल हो सकते हैं।

8. व्यक्ति को अचानक से धन या संपत्ति की प्राप्ति हो सकती है।

9. चंद्रमा आठवें भाव में होने से व्यक्ति का रुचि चिकित्सा और गूढ़ विज्ञान में हो सकता है।

10. इस स्थिति में व्यक्ति का मन अनिश्चितताओं और अनदेखे भय से ग्रसित हो सकता है।

निशानियाँ (Symptoms/Characteristics):

1. व्यक्ति का स्वभाव गूढ़ और रहस्यमय होता है।

2. जीवन में अचानक बदलाव और उतार-चढ़ाव देखने को मिलते हैं।

3. व्यक्ति का मानसिक संतुलन अस्थिर रह सकता है, खासकर भावनात्मक मामलों में।

4. स्वास्थ्य समस्याएँ अचानक उत्पन्न हो सकती हैं, विशेषकर मानसिक और भावनात्मक स्वास्थ्य।
5. व्यक्ति गुप्त और गहरे विषयों में रुचि रखता है, जैसे ज्योतिष, तंत्र, और आध्यात्मिकता।
6. जीवन में छुपे रहस्यों को जानने की प्रबल इच्छा रहती है।
7. व्यक्ति की भावनात्मक गहराई अत्यधिक होती है, जिससे संबंधों में जटिलता आ सकती है।

सावधानियाँ (Precautions):

1. **मानसिक तनाव को नियंत्रित करें**: ध्यान, योग, और प्राणायाम का अभ्यास करें।
2. **आनुवंशिक बीमारियों से सतर्क रहें**: परिवार के स्वास्थ्य इतिहास की जानकारी रखें।
3. **अनिश्चितताओं से घबराएं नहीं**: जीवन के उतार-चढ़ाव को समझने का प्रयास करें और धैर्य बनाए रखें।
4. **धन के मामलों में सतर्क रहें**: अचानक धन लाभ के मामलों में समझदारी से निवेश करें।
5. **भावनात्मक मामलों में गहराई से सोचें**: रिश्तों में अत्यधिक गहराई और जटिलता से बचें।
6. **गुप्त शत्रुओं से सतर्क रहें**: किसी भी छुपे हुए शत्रुता या दुश्मनी से बचने की कोशिश करें।
7. **आकस्मिक घटनाओं के लिए तैयार रहें**: जीवन में अचानक बदलावों के लिए मानसिक रूप से तैयार रहें।

उपाय (Remedies):

1. **सोमवार का व्रत करें**: चंद्रमा की कृपा के लिए सोमवार का व्रत रखें।
2. **शिवलिंग पर जल चढ़ाएं**: सोमवार को शिवलिंग पर जल अर्पित करें और "ॐ नमः शिवाय" का जाप करें।
3. **सफेद रंग का अधिक प्रयोग करें**: सफेद रंग के कपड़े पहनें और सफेद खाद्य पदार्थों का सेवन करें।
4. **चाँदी का कड़ा धारण करें**: बाएं हाथ में चाँदी का कड़ा पहनें।
5. **चंद्रमा के मंत्रों का जाप करें**: प्रतिदिन "ॐ सोम सोमाय नमः" मंत्र का जाप करें।
6. **दूध और चीनी का दान करें**: सोमवार को गरीबों में दूध और चीनी का दान करें।
7. **पवित्र तीर्थ यात्रा करें**: मन की शांति के लिए पवित्र स्थानों की यात्रा करें।
8. **मोती धारण करें**: चाँदी की अंगूठी में मोती धारण करें।
9. **गाय का घी दीपक जलाएं**: घर में सकारात्मक ऊर्जा के लिए गाय के घी का दीपक जलाएं।
10. **अपना जीवन व्यवस्थित रखें**: जीवन में अनुशासन बनाए रखें और अनियमितताओं से बचें।

विशेष ध्यान दें (Special Attention):

- मानसिक और भावनात्मक संतुलन बनाए रखें, खासकर अचानक घटित होने वाली घटनाओं के दौरान।
- स्वास्थ्य पर विशेष ध्यान दें, विशेषकर उन बीमारियों पर जो परिवार में प्रचलित हो सकती हैं।
- अपनी भावनाओं को संतुलित करने के लिए ध्यान, योग, और आत्मचिंतन का सहारा लें।
- जीवन के गहरे और गूढ़ रहस्यों को जानने की इच्छा को सकारात्मक दिशा में मोड़ें।
- आर्थिक मामलों में सतर्क रहें, खासकर अचानक धन लाभ या हानि के मामलों में।
- आध्यात्मिकता और गूढ़ विज्ञान में रुचि को सकारात्मक और सृजनात्मक तरीके से अपनाएँ।
- रिश्तों में धैर्य और समझदारी बनाए रखें, खासकर जब भावनात्मक उतार-चढ़ाव हो।

चंद्रमा नवें भाव में

एक पंक्ति की भविष्यवाणियाँ (One-liner Predictions):

1. चंद्रमा नवें भाव में होने से व्यक्ति धार्मिक और आध्यात्मिक झुकाव वाला होता है।
2. इस स्थिति में व्यक्ति को लंबी यात्राओं का अवसर मिल सकता है।
3. चंद्रमा नवें भाव में होने पर व्यक्ति भाग्यशाली होता है और किस्मत का साथ मिलता है।

4. इस स्थिति में व्यक्ति का गुरु और शिक्षकों के प्रति आदर बढ़ जाता है।
5. व्यक्ति को धार्मिक और दार्शनिक विषयों में रुचि हो सकती है।
6. चंद्रमा नवें भाव में होने से व्यक्ति का पारिवारिक और सामाजिक जीवन सुखी होता है।
7. इस स्थिति में व्यक्ति का झुकाव उच्च शिक्षा और ज्ञान की ओर होता है।
8. व्यक्ति के जीवन में विदेश यात्राएँ और संस्कृति का प्रभाव हो सकता है।
9. चंद्रमा नवें भाव में होने से व्यक्ति की धार्मिक और आध्यात्मिक सिद्धियों में रुचि बढ़ सकती है।
10. इस स्थिति में व्यक्ति का भाग्य उसके जीवन के निर्णयों पर सकारात्मक प्रभाव डालता है।

निशानियाँ (Symptoms/Characteristics):

1. व्यक्ति धार्मिक और आध्यात्मिक गतिविधियों में सक्रिय रहता है।
2. लंबी और धार्मिक यात्राओं का शौक होता है।
3. व्यक्ति का मन दार्शनिक और उच्च विचारों की ओर आकर्षित होता है।
4. परिवार में बुजुर्गों और गुरुजनों से अच्छे संबंध होते हैं।

5. व्यक्ति का मन उच्च शिक्षा और अनुसंधान में लगनशील रहता है।

6. आध्यात्मिक ज्ञान और दर्शन में गहरी रुचि होती है।

7. व्यक्ति का भाग्यशाली स्वभाव उसके निर्णयों में दिखाई देता है।

8. विदेश यात्रा और अन्य संस्कृतियों को जानने की जिज्ञासा रहती है।

9. व्यक्ति को जीवन में धार्मिक और सामाजिक सम्मान मिलता है।

10. परिवार में धार्मिक संस्कार और परंपराओं का पालन होता है।

सावधानियाँ (Precautions):

1. **अत्यधिक धार्मिकता से बचें**: अपने धार्मिक दृष्टिकोण को संतुलित रखें और दूसरों के विचारों का सम्मान करें।

2. **यात्राओं में सावधानी बरतें**: लंबी यात्राओं के दौरान सुरक्षा का ध्यान रखें।

3. **ज्ञान को व्यावहारिक बनाएं**: दार्शनिक दृष्टिकोण को व्यावहारिक जीवन में लागू करने का प्रयास करें।

4. **अत्यधिक आदर्शवाद से बचें**: अत्यधिक आदर्शवाद से वास्तविक जीवन में समस्याएं आ सकती हैं।

5. **शिक्षकों और गुरुओं के प्रति अंधविश्वास से बचें**: उनके विचारों को समझदारी से अपनाएं।

6. **भाग्य पर अत्यधिक निर्भर न रहें**: कर्म और प्रयास पर ध्यान केंद्रित करें।
7. **धार्मिक विवादों से दूर रहें**: धार्मिक और दार्शनिक मुद्दों पर तर्क और विवाद से बचें।
8. **शिक्षा में लापरवाही न करें**: शिक्षा के प्रति गंभीर रहें और अपने लक्ष्यों को स्पष्ट रखें।
9. **विदेश यात्राओं में सही योजना बनाएं**: विदेश यात्रा के दौरान बजट और योजना का ध्यान रखें।
10. **पारिवारिक परंपराओं का सम्मान करें**: परिवार की धार्मिक परंपराओं का पालन करें और उन्हें जीवित रखें।

उपाय (Remedies):

1. **सोमवार का व्रत करें**: चंद्रमा की कृपा के लिए सोमवार का व्रत रखें।
2. **शिवलिंग पर दूध चढ़ाएं**: सोमवार को शिवलिंग पर दूध अर्पित करें और "ॐ नमः शिवाय" का जाप करें।
3. **चाँदी का कड़ा धारण करें**: बाएं हाथ में चाँदी का कड़ा पहनें।
4. **गौ माता की सेवा करें**: गौ माता की सेवा करने से चंद्रमा का सकारात्मक प्रभाव बढ़ता है।
5. **चंद्रमा के मंत्रों का जाप करें**: प्रतिदिन "ॐ सोम सोमाय नमः" मंत्र का जाप करें।
6. **धार्मिक ग्रंथों का अध्ययन करें**: धार्मिक और दार्शनिक ग्रंथों का अध्ययन करें।

7. **सफेद फूल चढ़ाएं**: सोमवार के दिन शिवलिंग पर सफेद फूल अर्पित करें।

8. **मोती धारण करें**: चाँदी की अंगूठी में मोती धारण करें।

9. **दूध और चावल का दान करें**: गरीबों में सोमवार को दूध और चावल का दान करें।

10. **गुरुजनों का सम्मान करें**: गुरुजनों और बुजुर्गों का आशीर्वाद प्राप्त करें।

विशेष ध्यान दें (Special Attention):

- धार्मिक और आध्यात्मिक अध्ययन में गहरी रुचि बनाए रखें और इसे जीवन में लागू करने का प्रयास करें।
- लंबी यात्राओं के दौरान अपनी सुरक्षा का ध्यान रखें और सभी आवश्यक तैयारी करें।
- ज्ञान को एकत्रित करें और इसे जीवन के विभिन्न पहलुओं में लागू करने का प्रयास करें।
- परिवार और समाज में धार्मिक और दार्शनिक विचारों का प्रसार करें।
- गुरुजनों और शिक्षकों के प्रति आदर बनाए रखें और उनकी शिक्षाओं का पालन करें।
- अपने भाग्य पर विश्वास बनाए रखें, लेकिन कर्म और मेहनत को प्राथमिकता दें।
- धार्मिक और सामाजिक मान्यताओं का सम्मान करें और परिवार की परंपराओं का पालन करें।

चंद्रमा दसवें भाव में

एक पंक्ति की भविष्यवाणियाँ (One-liner Predictions):

1. चंद्रमा दसवें भाव में होने से व्यक्ति का करियर स्थिर और प्रभावशाली होता है।
2. इस स्थिति में व्यक्ति को समाज में मान-सम्मान और प्रतिष्ठा प्राप्त होती है।
3. चंद्रमा दसवें भाव में होने पर व्यक्ति का झुकाव प्रशासनिक और नेतृत्व कार्यों की ओर होता है।
4. इस स्थिति में व्यक्ति के करियर में उतार-चढ़ाव हो सकते हैं, लेकिन सफलता की संभावना भी अधिक होती है।
5. व्यक्ति को माता के साथ गहरा संबंध और उनके सहयोग का लाभ मिलता है।
6. चंद्रमा दसवें भाव में होने से व्यक्ति समाज में प्रसिद्धि और मान्यता प्राप्त करता है।
7. इस स्थिति में व्यक्ति की सोच में स्पष्टता होती है, जिससे करियर में सही निर्णय लेने की क्षमता होती है।
8. व्यक्ति को सरकारी और प्रशासनिक क्षेत्र में काम करने का अवसर मिल सकता है।
9. चंद्रमा दसवें भाव में होने से व्यक्ति के करियर में सार्वजनिक और सामाजिक संबंधों का महत्व होता है।
10. इस स्थिति में व्यक्ति का मानवीय स्वभाव उसे दूसरों के लिए प्रेरणास्त्रोत बना सकता है।

निशानियाँ (Symptoms/Characteristics):

1. व्यक्ति का करियर उसके जीवन का केंद्र बिंदु होता है।
2. समाज में उच्च पद और सम्मान पाने की इच्छा होती है।
3. माता के साथ भावनात्मक और समर्थनपूर्ण संबंध होते हैं।
4. व्यक्ति प्रशासनिक और नेतृत्व गुणों से संपन्न होता है।
5. करियर में उतार-चढ़ाव का सामना करना पड़ सकता है, लेकिन अंततः सफलता मिलती है।
6. व्यक्ति समाज में प्रतिष्ठा और मान्यता प्राप्त करने की कोशिश करता है।
7. सार्वजनिक और सामाजिक जीवन में सक्रिय रूप से भाग लेता है।
8. सरकारी या प्रशासनिक क्षेत्रों में सफलता की संभावना होती है।
9. व्यक्ति की सोच में स्पष्टता और करियर के प्रति प्रतिबद्धता होती है।
10. दूसरों के लिए एक आदर्श और प्रेरणास्त्रोत बनने की इच्छा होती है।

सावधानियाँ (Precautions):

1. **करियर में भावनाओं को संतुलित रखें**: कार्यस्थल पर भावनाओं को नियंत्रित रखें और व्यावसायिक दृष्टिकोण बनाए रखें।

2. **अनावश्यक तनाव से बचें**: करियर में उतार-चढ़ाव के दौरान धैर्य बनाए रखें और तनाव को नकारात्मक रूप से न लें।

3. **माता के साथ संबंधों में संतुलन रखें**: माता के साथ अच्छे संबंध बनाए रखें और उनकी भावनाओं का सम्मान करें।

4. **समाज में मान-सम्मान को अधिक महत्व न दें**: प्रतिष्ठा की बजाय कर्म को प्राथमिकता दें।

5. **अत्यधिक नेतृत्व से बचें**: कार्यस्थल पर अत्यधिक नियंत्रण की कोशिश न करें, टीमवर्क पर ध्यान दें।

6. **सरकारी मामलों में सतर्कता रखें**: किसी भी सरकारी या प्रशासनिक कार्य में नियमों का पालन करें।

7. **सार्वजनिक जीवन में अपनी छवि का ध्यान रखें**: समाज में अपनी छवि को बनाए रखें और विवादास्पद मुद्दों से बचें।

8. **परिवार और कार्य में संतुलन बनाए रखें**: परिवारिक जीवन और करियर के बीच संतुलन बनाए रखें।

9. **स्वस्थ्य का ध्यान रखें**: करियर के दबाव के कारण स्वास्थ्य की अनदेखी न करें।

10. **लक्ष्यों को स्पष्ट रखें**: अपने करियर लक्ष्यों को स्पष्ट रूप से परिभाषित करें और उन पर काम करें।

उपाय (Remedies):

1. **सोमवार का व्रत करें**: चंद्रमा की कृपा के लिए सोमवार का व्रत रखें।

2. **शिवलिंग पर कच्चे दूध का अर्पण करें**: सोमवार को शिवलिंग पर कच्चे दूध का अर्पण करें और "ॐ नमः शिवाय" का जाप करें।

3. **चाँदी का कड़ा धारण करें**: बाएं हाथ में चाँदी का कड़ा पहनें।

4. **चंद्रमा के मंत्रों का जाप करें**: प्रतिदिन "ॐ सोम सोमाय नमः" मंत्र का जाप करें।

5. **मोती धारण करें**: चाँदी की अंगूठी में मोती धारण करें।

6. **गाय के घी का दीपक जलाएं**: सकारात्मकता के लिए सोमवार को घर में गाय के घी का दीपक जलाएं।

7. **श्वेत वस्त्र पहनें**: सोमवार को सफेद रंग के कपड़े पहनें और सफेद खाद्य पदार्थों का सेवन करें।

8. **चंद्रमा से संबंधित चीज़ों का दान करें**: सोमवार को सफेद वस्त्र, चावल, और दूध का दान करें।

9. **माता का सम्मान करें**: माता की सेवा करें और उनके साथ अच्छे संबंध बनाए रखें।

10. **सार्वजनिक सेवा में योगदान करें**: समाज की भलाई के लिए किसी सामाजिक कार्य में भाग लें।

विशेष ध्यान दें (Special Attention):

- करियर में सफलता के लिए मेहनत और लगन बनाए रखें, भाग्य पर अधिक निर्भर न रहें।
- माता के साथ अच्छे संबंध बनाए रखें, उनकी सलाह और आशीर्वाद का सम्मान करें।

- सार्वजनिक जीवन में एक सकारात्मक छवि बनाए रखें और दूसरों के लिए एक उदाहरण बनें।
- समाज में मान-सम्मान प्राप्त करने के लिए अच्छे कर्म और नैतिकता का पालन करें।
- कार्यस्थल पर भावनाओं को संतुलित रखें और निर्णय लेने में व्यावसायिक दृष्टिकोण अपनाएं।
- समाज और सार्वजनिक जीवन में सकारात्मक भूमिका निभाने की कोशिश करें।
- सरकारी और प्रशासनिक कार्यों में नियमों और निर्देशों का पालन करें।
- अपनी सोच और दृष्टिकोण को सकारात्मक बनाए रखें और करियर में स्पष्टता रखें।
- नेतृत्व के गुणों का सही दिशा में उपयोग करें और दूसरों के सहयोग को महत्व दें।
- समाज में एक आदर्श व्यक्ति बनने की कोशिश करें, लेकिन बिना दिखावे के।

चंद्रमा ग्यारहवें भाव में

एक पंक्ति की भविष्यवाणियाँ (One-liner Predictions):

1. चंद्रमा ग्यारहवें भाव में होने से व्यक्ति को दोस्तों और समाज से लाभ प्राप्त होता है।
2. इस स्थिति में व्यक्ति की इच्छाएँ और आकांक्षाएँ पूरी होती हैं।

3. व्यक्ति का समाज में प्रभावशाली मित्र मंडल हो सकता है।
4. चंद्रमा ग्यारहवें भाव में होने से व्यक्ति के पास कई स्रोतों से धन आता है।
5. इस स्थिति में व्यक्ति का मानवीय और उदार स्वभाव होता है।
6. व्यक्ति को अपने लक्ष्यों की प्राप्ति में मित्रों और समूहों से सहयोग मिलता है।
7. चंद्रमा ग्यारहवें भाव में होने पर व्यक्ति की सामाजिक सक्रियता बढ़ती है।
8. व्यक्ति की सामाजिक प्रतिष्ठा में सुधार होता है।
9. व्यक्ति के पास अच्छा नेटवर्क और सामाजिक संपर्क होते हैं।
10. चंद्रमा ग्यारहवें भाव में होने से व्यक्ति को जीवन में कई अवसर प्राप्त होते हैं।

निशानियाँ (Symptoms/Characteristics):

1. व्यक्ति के पास मित्रों का बड़ा समूह होता है और वह समाज में लोकप्रिय होता है।
2. इच्छाओं और सपनों की पूर्ति की प्रवृत्ति होती है।
3. व्यक्ति की सोच मानवीय और उदार होती है।
4. समाज में अच्छी पहचान और प्रतिष्ठा होती है।
5. व्यक्ति के पास धन के कई स्रोत होते हैं और वह आर्थिक रूप से स्थिर होता है।

6. सामाजिक और सार्वजनिक कार्यक्रमों में रुचि होती है।
7. व्यक्ति का समाज में एक प्रभावशाली नेटवर्क होता है।
8. जीवन में लक्ष्य और आकांक्षाओं को पूरा करने के लिए साहसिक निर्णय लेता है।
9. मित्रों और समाज से समर्थन और सहयोग प्राप्त होता है।
10. व्यक्ति का झुकाव समूह गतिविधियों और सामाजिक कार्यों की ओर होता है।

सावधानियाँ (Precautions):

1. **मित्रों के चयन में सावधानी बरतें**: सभी मित्र सच्चे नहीं हो सकते, इसलिए मित्रों का चयन समझदारी से करें।
2. **अनावश्यक खर्चों से बचें**: धन के कई स्त्रोतों के बावजूद अनावश्यक खर्चों पर नियंत्रण रखें।
3. **इच्छाओं को संतुलित रखें**: अत्यधिक इच्छाओं की पूर्ति में संतुलन बनाए रखें।
4. **अत्यधिक सामाजिक गतिविधियों से बचें**: समाज में अत्यधिक व्यस्तता से अपने व्यक्तिगत जीवन को प्रभावित न होने दें।
5. **भरोसेमंद व्यक्तियों पर ही निर्भर रहें**: केवल उन्हीं पर भरोसा करें जिनकी निष्ठा पर कोई संदेह न हो।
6. **समूहों में निर्णय लेते समय सतर्क रहें**: किसी भी समूह या संगठन में निर्णय लेते समय सावधानी बरतें।

7. **व्यर्थ की प्रतिष्ठा की चिंता न करें**: समाज में प्रतिष्ठा की बजाय अच्छे कार्यों पर ध्यान दें।

8. **धन के स्त्रोतों को सुरक्षित रखें**: अपने धन के स्त्रोतों का सही उपयोग करें और उन्हें सुरक्षित रखें।

9. **स्वयं पर ध्यान दें**: सामाजिक गतिविधियों के चलते स्वयं के स्वास्थ्य और कल्याण को नज़रअंदाज़ न करें।

10. **समय प्रबंधन का ध्यान रखें**: समाज में सक्रिय रहने के बावजूद अपने समय का सही प्रबंधन करें।

उपाय (Remedies):

1. **सोमवार का व्रत करें**: चंद्रमा की कृपा पाने के लिए सोमवार का व्रत रखें।

2. **चाँदी का कड़ा पहनें**: बाएं हाथ में चाँदी का कड़ा धारण करें।

3. **शिवलिंग पर दूध अर्पित करें**: सोमवार को शिवलिंग पर दूध अर्पित करें और "ॐ नमः शिवाय" का जाप करें।

4. **चंद्रमा के मंत्रों का जाप करें**: प्रतिदिन "ॐ सोम सोमाय नमः" मंत्र का जाप करें।

5. **मोती धारण करें**: चाँदी की अंगूठी में मोती धारण करें।

6. **सफेद चीजों का दान करें**: सोमवार के दिन सफेद चीजों जैसे चावल, दूध, और सफेद वस्त्र का दान करें।

7. **ध्यान और योग करें**: मन को शांत और स्थिर रखने के लिए नियमित ध्यान और योग करें।

8. **माता का सम्मान करें**: माता का आशीर्वाद प्राप्त करें और उनके साथ अच्छे संबंध बनाए रखें।

9. **समाज में सेवा कार्य करें**: समाज में जरूरतमंदों की मदद करें और सेवा कार्यों में हिस्सा लें।

10. **चंद्र यंत्र धारण करें**: चंद्रमा के प्रभाव को मजबूत करने के लिए चंद्र यंत्र धारण करें।

विशेष ध्यान दें (Special Attention):

- समाज और मित्रों में संतुलन बनाए रखें, अत्यधिक सामाजिकता से खुद को दूर न करें।
- धन के स्रोतों को पहचानें और उनका सही तरीके से उपयोग करें।
- मित्रों का चुनाव सोच-समझकर करें और केवल उन्हीं पर भरोसा करें जो आपके प्रति निष्ठावान हैं।
- जीवन के लक्ष्यों की प्राप्ति के लिए धैर्य बनाए रखें और सभी निर्णय समझदारी से लें।
- सामाजिक प्रतिष्ठा के पीछे न भागें, बल्कि समाज के लिए अच्छे कार्य करें।
- परिवार और समाज में सम्मान प्राप्त करने के लिए ईमानदारी और नैतिकता का पालन करें।
- मन को शांत और स्थिर रखने के लिए ध्यान और योग का अभ्यास करें।
- अपने नेटवर्क और सामाजिक संपर्कों को सकारात्मक दिशा में उपयोग करें।

- परिवारिक संबंधों का सम्मान करें और माता का विशेष ध्यान रखें।
- जीवन में संतुलन बनाए रखें और अपनी इच्छाओं को संतुलित तरीके से पूरा करने का प्रयास करें।

चंद्रमा बारहवें भाव में

एक पंक्ति की भविष्यवाणियाँ (One-liner Predictions):

1. चंद्रमा बारहवें भाव में होने से व्यक्ति का मन रहस्यमय और गूढ़ विषयों की ओर आकर्षित होता है।
2. इस स्थिति में व्यक्ति के खर्चे अधिक होते हैं, लेकिन धन का सदुपयोग भी करता है।
3. व्यक्ति को विदेश यात्रा या विदेश में बसने की संभावना होती है।
4. चंद्रमा बारहवें भाव में होने पर व्यक्ति का मानसिक स्वास्थ्य संवेदनशील हो सकता है।
5. व्यक्ति में गहन अंतर्दृष्टि और अध्यात्म की ओर झुकाव होता है।
6. इस स्थिति में व्यक्ति को गुप्त शत्रुओं से सावधान रहना चाहिए।
7. व्यक्ति का मन शांति और एकांत की ओर आकर्षित हो सकता है।
8. चंद्रमा बारहवें भाव में होने से व्यक्ति को नींद में समस्याएँ हो सकती हैं।

9. व्यक्ति के जीवन में आत्मिक और आध्यात्मिक अनुभवों का महत्व बढ़ जाता है।

10. इस स्थिति में व्यक्ति के मन में अनजानी चिंताओं का भय बना रह सकता है।

निशानियाँ (Symptoms/Characteristics):

1. व्यक्ति का मन आत्मचिंतन और एकांत में रहना पसंद करता है।

2. व्यक्ति गहरे और रहस्यमय विषयों की ओर आकर्षित होता है।

3. व्यक्ति के खर्चे अधिक हो सकते हैं, खासकर विलासिता की चीजों पर।

4. व्यक्ति का झुकाव विदेश यात्रा या विदेश में बसने की ओर होता है।

5. व्यक्ति में गहरी अंतर्दृष्टि होती है और वह अध्यात्म में रुचि रखता है।

6. नींद में व्यवधान और अनिद्रा की समस्या हो सकती है।

7. व्यक्ति का मानसिक स्वास्थ्य संवेदनशील हो सकता है और वह चिंता की प्रवृत्ति का शिकार हो सकता है।

8. व्यक्ति को गुप्त शत्रुओं से सावधान रहना चाहिए, क्योंकि छुपे हुए विरोधी हो सकते हैं।

9. व्यक्ति के जीवन में रहस्य और छुपी हुई चीजों का आकर्षण होता है।

10. इस स्थिति में व्यक्ति को मन की शांति और ध्यान की आवश्यकता होती है।

सावधानियाँ (Precautions):

1. **अनावश्यक खर्चों से बचें**: खर्चों पर नियंत्रण रखें और धन का सही उपयोग करें।
2. **गुप्त शत्रुओं से सतर्क रहें**: छुपे हुए विरोधियों और धोखाधड़ी से बचें।
3. **नींद का ध्यान रखें**: नियमित नींद के लिए ध्यान और योग का सहारा लें।
4. **मानसिक शांति बनाए रखें**: तनाव और चिंता को कम करने के लिए ध्यान का अभ्यास करें।
5. **विदेश यात्रा में सतर्कता बरतें**: विदेश यात्रा के दौरान सावधानी बरतें और सभी दस्तावेजों को सुरक्षित रखें।
6. **अत्यधिक विलासिता से दूर रहें**: विलासिता पर अत्यधिक धन खर्च करने से बचें।
7. **आध्यात्मिक साधना पर ध्यान दें**: मन की शांति के लिए अध्यात्म और ध्यान की ओर ध्यान दें।
8. **स्वास्थ्य का ध्यान रखें**: मानसिक और शारीरिक स्वास्थ्य के प्रति सतर्क रहें।
9. **ध्यान और योग करें**: मन की शांति और स्थिरता के लिए नियमित ध्यान और योग का अभ्यास करें।
10. **भ्रम और चिंता से दूर रहें**: अनावश्यक चिंताओं और भयों से खुद को दूर रखें।

उपाय (Remedies):

1. **सोमवार का व्रत करें**: चंद्रमा की कृपा के लिए सोमवार का व्रत रखें।
2. **मोती धारण करें**: चाँदी की अंगूठी में मोती धारण करें।
3. **शिवलिंग पर कच्चे दूध का अर्पण करें**: सोमवार को शिवलिंग पर कच्चे दूध का अर्पण करें और "ॐ नमः शिवाय" का जाप करें।
4. **चाँदी का कड़ा पहनें**: बाएं हाथ में चाँदी का कड़ा धारण करें।
5. **चंद्रमा के मंत्रों का जाप करें**: प्रतिदिन "ॐ सोम सोमाय नमः" मंत्र का जाप करें।
6. **सोमवार को सफेद चीजों का दान करें**: चावल, दूध, और सफेद वस्त्र का दान करें।
7. **ध्यान और योग करें**: मानसिक शांति के लिए नियमित ध्यान और योग का अभ्यास करें।
8. **माता का सम्मान करें**: माता की सेवा करें और उनके साथ अच्छे संबंध बनाए रखें।
9. **रात्रि में चंद्र दर्शन करें**: रात में चंद्रमा का दर्शन करें और प्रार्थना करें।
10. **राहु से संबंधित उपाय करें**: चंद्रमा के साथ बारहवें भाव में राहु की स्थिति हो तो राहु के नकारात्मक प्रभावों को कम करने के उपाय करें।

विशेष ध्यान दें (Special Attention):

- मानसिक शांति के लिए ध्यान और एकांत समय को प्राथमिकता दें।
- विदेश यात्रा में सभी दस्तावेज़ों को सुरक्षित रखें और सावधानी बरतें।
- नींद की गुणवत्ता बनाए रखने के लिए अनिद्रा की समस्या का समाधान खोजें।
- विलासिता की चीजों पर अनावश्यक खर्चों से बचें और धन का सही प्रबंधन करें।
- अध्यात्म और ध्यान की ओर झुकाव बनाए रखें और मन की शांति के लिए योग का सहारा लें।
- किसी भी प्रकार की मानसिक तनाव को कम करने के लिए सकारात्मक सोच को अपनाएँ।
- अनावश्यक चिंताओं और भयों से बचें और आत्मविश्वास को मजबूत बनाए रखें।
- छुपे हुए विरोधियों से सतर्क रहें और धोखाधड़ी से बचें।
- मन की एकाग्रता बनाए रखने के लिए ध्यान और साधना का अभ्यास करें।
- समाज में एकांत और शांति को बनाए रखने की कोशिश करें, लेकिन सामाजिकता से भी दूर न भागें।

14. सूर्य की भविष्यवाणियाँ

सूर्य पहले भाव में

एक पंक्ति की भविष्यवाणियाँ (One-liner Predictions):

1. सूर्य पहले भाव में होने से व्यक्ति आत्मविश्वासी और नेतृत्व क्षमता से भरपूर होता है।
2. इस स्थिति में व्यक्ति का व्यक्तित्व आकर्षक और प्रभावशाली होता है।
3. व्यक्ति का स्वास्थ्य अच्छा रहता है, लेकिन उसे गर्म मिजाज हो सकता है।
4. व्यक्ति का झुकाव सत्तात्मक और उच्च पदों की ओर होता है।
5. सूर्य पहले भाव में होने से व्यक्ति में आत्म-सम्मान की भावना अधिक होती है।
6. इस स्थिति में व्यक्ति का स्वभाव स्वतंत्र और निर्णायक होता है।
7. व्यक्ति का मनोबल मजबूत और साहसी होता है।
8. सूर्य पहले भाव में होने से व्यक्ति का समाज में उच्च स्थान प्राप्त होता है।
9. व्यक्ति नेतृत्व की भूमिकाओं में सफलता प्राप्त करता है।

10. इस स्थिति में व्यक्ति का झुकाव आत्म-केन्द्रित हो सकता है।

निशानियाँ (Symptoms/Characteristics):

1. व्यक्ति में आत्मविश्वास और आत्म-गौरव की भावना अधिक होती है।
2. स्वभाव में तेज और गर्मजोशी हो सकती है।
3. व्यक्ति के चेहरे पर तेज और चमक होती है।
4. नेतृत्व की भावना और स्वाभिमान की भावना प्रबल होती है।
5. व्यक्ति स्वतंत्रता और स्वायत्तता को पसंद करता है।
6. समाज में व्यक्ति का प्रभावशाली व्यक्तित्व और आकर्षक छवि होती है।
7. व्यक्ति को मान-सम्मान और प्रशंसा की आवश्यकता होती है।
8. स्वास्थ्य में गर्मी और उष्णता की अधिकता हो सकती है।
9. व्यक्ति सत्तात्मक और शक्तिशाली पदों की ओर आकर्षित होता है।
10. स्वार्थी और आत्म-केन्द्रित प्रवृत्तियाँ उभर सकती हैं।

सावधानियाँ (Precautions):

1. **अति आत्म-गौरव से बचें**: आत्म-गौरव और अहंकार के बीच संतुलन बनाए रखें।

2. **स्वास्थ्य का ध्यान रखें**: शरीर में गर्मी से संबंधित समस्याओं का ध्यान रखें।
3. **स्वार्थी प्रवृत्तियों से दूर रहें**: व्यक्तिगत हितों की तुलना में सामूहिक हितों पर ध्यान दें।
4. **क्रोध और हठधर्मिता से बचें**: आवेश और जिद से निर्णय लेने से बचें।
5. **सुनने की आदत डालें**: अपने विचारों के साथ-साथ दूसरों की राय का भी सम्मान करें।
6. **अधिकार का दुरुपयोग न करें**: अपनी शक्ति और अधिकारों का सही उपयोग करें।
7. **दूसरों पर हावी न हों**: नेतृत्व करते समय दूसरों की भावनाओं का भी ध्यान रखें।
8. **खुद को सर्वश्रेष्ठ न समझें**: दूसरों के योगदान की सराहना करें और उन्हें भी महत्व दें।
9. **अति स्वतंत्रता से बचें**: व्यक्तिगत स्वतंत्रता के नाम पर संबंधों को नकारात्मक रूप से प्रभावित न करें।
10. **निर्णय लेते समय धैर्य रखें**: बिना सोच-विचार के त्वरित निर्णय लेने से बचें।

उपाय (Remedies):

1. **सूर्य को जल चढ़ाएं**: प्रतिदिन सुबह ताम्बे के लोटे में जल भरकर सूर्य को अर्पित करें।
2. **लाल रंग का प्रयोग करें**: लाल रंग के वस्त्र या रुमाल का प्रयोग करें।

3. **रविवार का व्रत करें**: सूर्य के प्रभाव को मजबूत करने के लिए रविवार का व्रत रखें।

4. **गायत्री मंत्र का जाप करें**: प्रतिदिन "ॐ भूर्भुवः स्वः तत्सवितुर्वरेण्यं" का जाप करें।

5. **सूर्य से संबंधित चीजों का दान करें**: तांबे के बर्तन, लाल वस्त्र, और गुड़ का दान करें।

6. **आदित्य हृदय स्तोत्र का पाठ करें**: प्रतिदिन आदित्य हृदय स्तोत्र का पाठ करें।

7. **सूर्य देव की आराधना करें**: सूर्य देवता की पूजा करें और "ॐ सूर्याय नमः" मंत्र का जाप करें।

8. **आचार और सत्य का पालन करें**: जीवन में ईमानदारी और नैतिकता का पालन करें।

9. **तांबे का कड़ा पहनें**: बाएं हाथ में तांबे का कड़ा धारण करें।

10. **स्वर्णाभूषण पहनें**: सोने के आभूषण धारण करें, जैसे कि अंगूठी या चेन।

विशेष ध्यान दें (Special Attention):

- आत्म-विश्वास में संतुलन बनाए रखें, अहंकार से दूर रहें।
- नेतृत्व की भावना को सकारात्मक दिशा में उपयोग करें और दूसरों को प्रेरित करें।
- समाज में प्रभावशाली होने के साथ-साथ विनम्रता का भी ध्यान रखें।

- स्वास्थ्य का विशेष ध्यान रखें, खासकर गर्मी और उष्णता से जुड़ी समस्याओं का।
- परिवार और समाज में संबंधों को बनाए रखने के लिए धैर्य और संयम का पालन करें।
- सूर्य की ऊर्जा को संतुलित करने के लिए ध्यान और योग का अभ्यास करें।
- अपनी शक्ति और अधिकारों का सही तरीके से उपयोग करें और दूसरों की भावनाओं का सम्मान करें।
- अपने स्वाभाव में आत्म-अनुशासन और जिम्मेदारी का पालन करें।
- समाज में मान-सम्मान पाने के लिए सच्चाई और नैतिकता का मार्ग अपनाएँ।
- आत्म-केन्द्रित स्वभाव को संतुलित करें और दूसरों की भावनाओं को समझने की कोशिश करें।

सूर्य दूसरे भाव में

एक पंक्ति की भविष्यवाणियाँ (One-liner Predictions):

1. सूर्य दूसरे भाव में होने से व्यक्ति को धन और संपत्ति के क्षेत्र में सफलता मिलती है।
2. इस स्थिति में व्यक्ति का स्वाभिमान और आत्म-सम्मान मजबूत होता है।
3. व्यक्ति की वाणी में प्रभावशालीता होती है और वह दूसरों को प्रेरित कर सकता है।

4. व्यक्ति का झुकाव पारिवारिक मामलों और संपत्ति पर रहता है।
5. इस स्थिति में व्यक्ति को पारिवारिक संपत्ति का लाभ मिल सकता है।
6. व्यक्ति में वित्तीय निर्णय लेने की कुशलता होती है।
7. इस स्थिति में व्यक्ति की वाणी कभी-कभी कठोर हो सकती है।
8. व्यक्ति अपने परिवार के लिए समर्पित और उत्तरदायी होता है।
9. सूर्य दूसरे भाव में होने से व्यक्ति को प्रतिष्ठा और मान-सम्मान मिलता है।
10. इस स्थिति में व्यक्ति का ध्यान भौतिक समृद्धि और आर्थिक स्थिरता पर रहता है।

निशानियाँ (Symptoms/Characteristics):

1. व्यक्ति का झुकाव धन और संपत्ति की ओर अधिक रहता है।
2. व्यक्ति की वाणी प्रभावशाली और स्पष्ट होती है।
3. व्यक्ति अपने परिवार के प्रति समर्पित और परिवार की मान-मर्यादा का रक्षक होता है।
4. इस स्थिति में व्यक्ति को पैतृक संपत्ति से लाभ हो सकता है।
5. व्यक्ति के पास वित्तीय प्रबंधन की अच्छी समझ होती है।

6. व्यक्ति का ध्यान धन की बचत और निवेश पर रहता है।
7. स्वाभिमान और आत्म-सम्मान की भावना व्यक्ति में प्रबल होती है।
8. व्यक्ति अपने परिवार और संबंधियों के साथ संबंध बनाए रखने में सक्षम होता है।
9. इस स्थिति में व्यक्ति की वाणी कभी-कभी तीखी हो सकती है।
10. व्यक्ति का झुकाव भौतिक संपत्ति और विलासिता की ओर हो सकता है।

सावधानियाँ (Precautions):

1. **वाणी की मधुरता बनाए रखें**: कठोर वाणी का प्रयोग न करें और दूसरों की भावनाओं का सम्मान करें।
2. **धन का सदुपयोग करें**: धन को सही तरीके से खर्च करें और निवेश में सतर्कता बरतें।
3. **पारिवारिक मामलों में संयम रखें**: पारिवारिक विवादों में धैर्य और संयम बनाए रखें।
4. **आर्थिक फैसले सोच-समझकर लें**: वित्तीय निर्णय लेने में जल्दबाजी न करें।
5. **अति स्वाभिमान से बचें**: आत्म-सम्मान और घमंड के बीच अंतर बनाए रखें।
6. **संपत्ति के मामलों में सावधानी बरतें**: संपत्ति के कानूनी दस्तावेजों की पूरी जांच करें।

7. **गुस्से पर काबू रखें**: पारिवारिक मामलों में गुस्से और हठधर्मिता से बचें।

8. **धन की सुरक्षा करें**: धन की चोरी या हानि से बचने के लिए सावधानी बरतें।

9. **आर्थिक रूप से संतुलित रहें**: खर्च और आय में संतुलन बनाए रखें।

10. **पारिवारिक प्रतिष्ठा का ध्यान रखें**: पारिवारिक मान-सम्मान को बनाए रखने का प्रयास करें।

उपाय (Remedies):

1. **सूर्य को जल अर्पित करें**: प्रतिदिन सुबह ताम्बे के लोटे में जल भरकर सूर्य को अर्पित करें।

2. **रविवार का व्रत करें**: रविवार को उपवास रखें और सूर्य भगवान की पूजा करें।

3. **गायत्री मंत्र का जाप करें**: प्रतिदिन "ॐ भूर्भुवः स्वः तत्सवितुर्वरेण्यं" का जाप करें।

4. **सोने का आभूषण धारण करें**: सोने की अंगूठी या चेन धारण करें।

5. **शहद का सेवन करें**: रविवार को शहद का सेवन करें, जिससे सूर्य की ऊर्जा संतुलित हो।

6. **लाल वस्त्र पहनें**: रविवार को लाल रंग के वस्त्र धारण करें।

7. **तांबे के बर्तन का उपयोग करें**: भोजन और जल के लिए तांबे के बर्तन का उपयोग करें।

8. **सूर्य से संबंधित चीजों का दान करें**: गुड़, लाल वस्त्र, और तांबे के बर्तन का दान करें।

9. **आदित्य हृदय स्तोत्र का पाठ करें**: प्रतिदिन आदित्य हृदय स्तोत्र का पाठ करें।

10. **स्वाभिमान और आत्म-सम्मान का ध्यान रखें**: जीवन में ईमानदारी और सत्यता का पालन करें।

विशेष ध्यान दें (Special Attention):

- अपनी वाणी में मिठास बनाए रखें और कठोर शब्दों का प्रयोग न करें।
- धन के प्रबंधन में सावधानी बरतें और अनावश्यक खर्चों से बचें।
- पारिवारिक मामलों में धैर्य और संयम बनाए रखें, ताकि संबंध मजबूत रहें।
- संपत्ति के मामलों में कानूनी दस्तावेज़ों की पूरी जांच करें।
- आत्म-सम्मान को बनाए रखते हुए दूसरों की भावनाओं का सम्मान करें।
- निवेश और वित्तीय निर्णयों में जल्दबाजी न करें, सोच-समझकर कदम उठाएँ।
- स्वाभिमान और घमंड के बीच संतुलन बनाए रखें, ताकि संबंधों में मधुरता बनी रहे।
- स्वास्थ्य का विशेष ध्यान रखें, खासकर आँखों और सिर से संबंधित समस्याओं का।

- सूर्य की सकारात्मक ऊर्जा को बनाए रखने के लिए ध्यान और योग का अभ्यास करें।
- पारिवारिक प्रतिष्ठा और सम्मान को बनाए रखने के लिए ईमानदारी और सच्चाई का मार्ग अपनाएँ।

सूर्य तीसरे भाव में

एक पंक्ति की भविष्यवाणियाँ (One-liner Predictions):

1. सूर्य तीसरे भाव में होने से व्यक्ति साहसी और निडर स्वभाव का होता है।
2. इस स्थिति में व्यक्ति की संचार और लेखन क्षमता बहुत अच्छी होती है।
3. व्यक्ति अपने भाई-बहनों के साथ मजबूत और प्रभावशाली संबंध रखता है।
4. व्यक्ति को छोटी यात्राओं और शॉर्ट-टर्म प्रोजेक्ट्स में सफलता मिलती है।
5. इस स्थिति में व्यक्ति को समाज में अपने विचारों को प्रस्तुत करने की कला आती है।
6. व्यक्ति का आत्मविश्वास उच्च रहता है और वह निर्णय लेने में सक्षम होता है।
7. इस स्थिति में व्यक्ति का झुकाव साहसिक कार्यों और जोखिम लेने की ओर होता है।
8. व्यक्ति समाज में अपनी राय को स्पष्ट रूप से रखने में सक्षम होता है।

9. व्यक्ति के पास नेतृत्व की क्षमता होती है, विशेषकर छोटे समूहों में।

10. सूर्य तीसरे भाव में होने से व्यक्ति को संचार के क्षेत्र में सम्मान मिलता है।

निशानियाँ (Symptoms/Characteristics):

1. व्यक्ति साहसी और निडर होता है, जो किसी भी चुनौती का सामना कर सकता है।

2. व्यक्ति में आत्म-विश्वास की भावना अधिक होती है।

3. संचार और लेखन में व्यक्ति का प्रदर्शन उत्तम होता है।

4. व्यक्ति को छोटी-छोटी यात्राओं का आनंद मिलता है और ये यात्राएँ सफल होती हैं।

5. व्यक्ति अपने भाई-बहनों के साथ घनिष्ठ संबंध रखता है, हालांकि कभी-कभी विवाद भी हो सकते हैं।

6. व्यक्ति समाज में अपने विचारों को खुलकर प्रस्तुत करता है।

7. साहसी और निर्णायक स्वभाव के कारण व्यक्ति जोखिम लेने में हिचकिचाता नहीं है।

8. व्यक्ति की नेतृत्व क्षमता मजबूत होती है, खासकर व्यक्तिगत और सामाजिक स्तर पर।

9. व्यक्ति छोटी योजनाओं और कार्यों को अच्छे से प्रबंधित कर सकता है।

10. इस स्थिति में व्यक्ति को संचार और मीडियामें अच्छा करियर मिल सकता है।

सावधानियाँ (Precautions):

1. **आत्म-विश्वास में संतुलन बनाए रखें**: अत्यधिक आत्म-विश्वास से बचें, जिससे गलत निर्णय लेने की संभावना हो।
2. **संचार में मधुरता बनाए रखें**: कठोर भाषा या वाणी से बचें, खासकर परिवार और मित्रों के साथ।
3. **जोखिम भरे कार्यों में सावधानी बरतें**: अति-जोखिम से बचें, विशेषकर वित्तीय मामलों में।
4. **भाई-बहनों के साथ संबंध अच्छे रखें**: छोटे-छोटे विवादों से बचें और भाई-बहनों के साथ सामंजस्य बनाए रखें।
5. **जल्दबाजी में निर्णय न लें**: त्वरित निर्णय लेने से पहले सोच-समझकर काम करें।
6. **संचार में स्पष्टता बनाए रखें**: गलतफहमियों से बचने के लिए अपनी बात को स्पष्ट रूप से कहें।
7. **स्वभाव में धैर्य रखें**: क्रोध और आवेश से बचें, विशेषकर छोटी-छोटी बातों पर।
8. **सामाजिक संबंधों को मजबूत करें**: समाज में अपनी छवि को बेहतर बनाने के लिए विनम्रता का पालन करें।
9. **स्वास्थ्य का ध्यान रखें**: शरीर में अधिक गर्मी और मानसिक तनाव से बचें।
10. **साहसी निर्णय लेने से पहले सावधानी बरतें**: जोखिम उठाने से पहले उसके सभी पहलुओं पर विचार करें।

उपाय (Remedies):

1. **सूर्य को जल अर्पित करें**: प्रतिदिन सुबह तांबे के लोटे में जल भरकर सूर्य को अर्पित करें।
2. **गायत्री मंत्र का जाप करें**: प्रतिदिन "ॐ भूर्भुवः स्वः तत्सवितुर्वरेण्यं" का जाप करें।
3. **सोने की अंगूठी या चेन धारण करें**: सोने का कोई गहना धारण करें।
4. **रविवार का व्रत करें**: सूर्य के प्रभाव को मजबूत करने के लिए रविवार का व्रत रखें।
5. **लाल रंग का प्रयोग करें**: रविवार को लाल रंग के वस्त्र धारण करें।
6. **सूर्य से संबंधित चीजों का दान करें**: तांबे के बर्तन, गुड़ और लाल वस्त्र का दान करें।
7. **तांबे के बर्तन का उपयोग करें**: भोजन और जल के लिए तांबे के बर्तन का प्रयोग करें।
8. **आदित्य हृदय स्तोत्र का पाठ करें**: प्रतिदिन आदित्य हृदय स्तोत्र का पाठ करें।
9. **रिश्तों में सामंजस्य बनाए रखें**: भाई-बहनों और दोस्तों के साथ तालमेल बनाए रखने का प्रयास करें।
10. **ध्यान और योग का अभ्यास करें**: मानसिक शांति और संतुलन के लिए ध्यान और योग करें।

विशेष ध्यान दें (Special Attention):

- संचार में हमेशा स्पष्टता और सच्चाई का पालन करें।
- भाई-बहनों के साथ अच्छे संबंध बनाए रखें और उनके साथ किसी भी प्रकार के विवाद से बचें।
- साहसी निर्णय लेते समय सभी संभावनाओं पर विचार करें।
- समाज में अपनी छवि को सुधारने के लिए विनम्रता और संयम का पालन करें।
- आत्म-विश्वास को हमेशा बनाए रखें, लेकिन अहंकार से बचें।
- छोटी यात्राओं और परियोजनाओं में धैर्य और संयम का पालन करें।
- परिवार और समाज में संचार के माध्यम से सकारात्मकता फैलाएं।
- स्वास्थ्य का विशेष ध्यान रखें, विशेषकर कंधे और हाथों से संबंधित समस्याओं का।
- सूर्य की सकारात्मक ऊर्जा को बनाए रखने के लिए नियमित रूप से सूर्य नमस्कार करें।
- समाज में सम्मान पाने के लिए सच्चाई और नैतिकता का पालन करें।

सूर्य चौथे भाव में

एक पंक्ति की भविष्यवाणियाँ (One-liner Predictions):

1. सूर्य चौथे भाव में होने से व्यक्ति का झुकाव परिवार और घरेलू मामलों की ओर अधिक होता है।

2. इस स्थिति में व्यक्ति अपने माता-पिता का सम्मान करता है और उनसे गहरा लगाव रखता है।

3. व्यक्ति को संपत्ति और जमीन-जायदाद में सफलता मिलती है।

4. व्यक्ति अपने घर को सुंदर और सुव्यवस्थित बनाने का प्रयास करता है।

5. इस स्थिति में व्यक्ति का ध्यान मानसिक शांति और आंतरिक संतुलन पर रहता है।

6. व्यक्ति में नेतृत्व की भावना होती है, खासकर घरेलू मामलों में।

7. इस स्थिति में व्यक्ति को पैतृक संपत्ति का लाभ हो सकता है।

8. व्यक्ति के घर में धार्मिक और आध्यात्मिक गतिविधियों का महत्व होता है।

9. व्यक्ति को अपने परिवार और माता-पिता के साथ भावनात्मक संबंधों में संतुलन बनाए रखना पड़ता है।

10. सूर्य चौथे भाव में होने से व्यक्ति को जीवन में स्थिरता और सुरक्षा की खोज रहती है।

निशानियाँ (Symptoms/Characteristics):

1. व्यक्ति का झुकाव घर-परिवार की ओर अधिक रहता है।

2. व्यक्ति अपने माता-पिता के प्रति समर्पित होता है और उनके स्वास्थ्य का ध्यान रखता है।

3. घर की सुंदरता और साज-सज्जा में व्यक्ति की रुचि होती है।
4. व्यक्ति को पैतृक संपत्ति या जमीन से लाभ मिलने की संभावना होती है।
5. व्यक्ति की मानसिक स्थिति स्थिर और शांत होती है।
6. व्यक्ति घर में शांति और सद्भाव बनाए रखने की कोशिश करता है।
7. पारिवारिक मामलों में व्यक्ति नेतृत्व की भूमिका निभाता है।
8. व्यक्ति अपने घर को एक सुरक्षित और स्थिर स्थान बनाने का प्रयास करता है।
9. धार्मिक और आध्यात्मिक गतिविधियों में व्यक्ति का रुझान होता है।
10. व्यक्ति को घर में सुख और शांति की आवश्यकता होती है।

सावधानियाँ (Precautions):

1. **माता-पिता का सम्मान करें**: माता-पिता के साथ अच्छे संबंध बनाए रखें और उनके स्वास्थ्य का ध्यान रखें।
2. **घरेलू मामलों में संयम बरतें**: घरेलू विवादों में धैर्य और संयम बनाए रखें।
3. **संपत्ति के मामलों में सावधानी बरतें**: संपत्ति से जुड़े दस्तावेजों की अच्छी तरह से जांच करें।
4. **आत्म-संतुलन बनाए रखें**: मानसिक तनाव से बचें और शांति बनाए रखने की कोशिश करें।

5. **गृहस्थ जीवन में संतुलन बनाए रखें**: घर और काम के बीच संतुलन बनाए रखें।

6. **घमंड से बचें**: अपनी संपत्ति और स्थिति का घमंड न करें, विनम्र रहें।

7. **अति भावुकता से बचें**: घर-परिवार के मामलों में अति भावुकता से बचें।

8. **ध्यान और योग का अभ्यास करें**: मानसिक शांति और स्थिरता के लिए ध्यान और योग का अभ्यास करें।

9. **रिश्तों में सामंजस्य बनाए रखें**: पारिवारिक संबंधों में सामंजस्य बनाए रखने का प्रयास करें।

10. **धार्मिक आस्थाओं का सम्मान करें**: घर में धार्मिक और आध्यात्मिकता का वातावरण बनाए रखें।

उपाय (Remedies):

1. **सूर्य को जल अर्पित करें**: प्रतिदिन सुबह तांबे के लोटे में जल भरकर सूर्य को अर्पित करें।

2. **रविवार का व्रत करें**: सूर्य के प्रभाव को मजबूत करने के लिए रविवार का व्रत रखें।

3. **गायत्री मंत्र का जाप करें**: प्रतिदिन "ॐ भूर्भुवः स्वः तत्सवितुर्वरेण्यं" का जाप करें।

4. **पीतल का सूर्य यंत्र घर में रखें**: घर में पीतल का सूर्य यंत्र स्थापित करें।

5. **माता-पिता का आशीर्वाद लें**: हर सुबह माता-पिता के चरण स्पर्श करें और उनका आशीर्वाद लें।

6. **सूर्य संबंधित चीजों का दान करें**: तांबे के बर्तन, लाल वस्त्र और गुड़ का दान करें।

7. **ध्यान और प्राणायाम करें**: मानसिक शांति के लिए नियमित ध्यान और प्राणायाम करें।

8. **स्वर्ण धारण करें**: सोने की अंगूठी या चेन धारण करें।

9. **घी का दीपक जलाएं**: घर में सूर्य देवता के सामने घी का दीपक जलाएं।

10. **आदित्य हृदय स्तोत्र का पाठ करें**: प्रतिदिन आदित्य हृदय स्तोत्र का पाठ करें।

विशेष ध्यान दें (Special Attention):

- माता-पिता और बुजुर्गों के साथ अच्छे संबंध बनाए रखें, उनका सम्मान करें।
- घरेलू मामलों में संयम बनाए रखें और विवादों को सुलझाने का प्रयास करें।
- संपत्ति से जुड़े सभी कानूनी दस्तावेजों की अच्छी तरह जांच करें।
- मानसिक शांति और स्थिरता बनाए रखने के लिए नियमित ध्यान करें।
- घर के सदस्यों के साथ संबंधों में मिठास बनाए रखें और पारिवारिक विवादों से बचें।
- घर को एक सुखद और शांत वातावरण बनाने के लिए धार्मिक और आध्यात्मिक गतिविधियाँ करें।

- घमंड से बचें और पारिवारिक मामलों में विनम्रता और संयम बनाए रखें।
- संपत्ति और जमीन-जायदाद के मामलों में सोच-समझकर निर्णय लें।
- पारिवारिक सुरक्षा और स्थिरता के लिए सतर्क रहें और आवश्यक उपाय करें।
- घर में खुशहाली और सौहार्द्र बनाए रखने के लिए प्रेम और सहयोग का भाव रखें।

सूर्य पांचवें भाव में

एक पंक्ति की भविष्यवाणियाँ (One-liner Predictions):

1. सूर्य पांचवें भाव में होने से व्यक्ति रचनात्मक और कलात्मक स्वभाव का होता है।
2. इस स्थिति में व्यक्ति को शिक्षा और विद्या में सफलता मिलती है।
3. व्यक्ति में नेतृत्व की प्रवृत्ति होती है और वह दूसरों को प्रेरित कर सकता है।
4. इस स्थिति में संतान से संबंधित मामलों में सुख और संतोष की संभावना होती है।
5. व्यक्ति का झुकाव साहित्य, कला, और सृजनात्मक कार्यों की ओर होता है।
6. व्यक्ति अपने विचारों को स्पष्टता और आत्म-विश्वास के साथ प्रस्तुत करता है।

7. इस स्थिति में व्यक्ति को संतान से लाभ और सहयोग प्राप्त हो सकता है।

8. व्यक्ति रोमांटिक और प्रेम संबंधों में ईमानदार और सच्चे होते हैं।

9. व्यक्ति शिक्षा और अध्यापन के क्षेत्र में उन्नति करता है।

10. सूर्य पांचवें भाव में होने से व्यक्ति को रचनात्मक विचारों और नवाचारों में सफलता मिलती है।

निशानियाँ (Symptoms/Characteristics):

1. व्यक्ति रचनात्मक और कलात्मक कार्यों में रुचि रखता है।

2. व्यक्ति का शिक्षा और अध्ययन के प्रति झुकाव रहता है।

3. संतान सुख में वृद्धि होती है और व्यक्ति का अपने बच्चों के साथ अच्छा संबंध होता है।

4. व्यक्ति में आत्म-विश्वास की भावना होती है और वह नेतृत्व की भूमिका निभा सकता है।

5. व्यक्ति साहित्य, कला, नाटक, और संगीत के क्षेत्र में प्रतिभाशाली होता है।

6. व्यक्ति अपने विचारों को प्रभावी ढंग से व्यक्त करता है और वह प्रेरणादायक होता है।

7. व्यक्ति का प्रेम और रोमांटिक जीवन सजीव और सार्थक होता है।

8. व्यक्ति अपने बच्चों के लिए प्रेरणादायक और मार्गदर्शक होता है।

9. व्यक्ति के पास शिक्षा और ज्ञान के क्षेत्र में उन्नति करने की क्षमता होती है।

10. व्यक्ति नवाचार और नए विचारों में रुचि रखता है और उन पर काम करता है।

सावधानियाँ (Precautions):

1. **घमंड से बचें**: अपनी रचनात्मकता और प्रतिभा का घमंड न करें, विनम्र रहें।

2. **संतान के प्रति धैर्य रखें**: बच्चों के मामलों में धैर्य बनाए रखें और उनकी समस्याओं को समझें।

3. **जोखिम भरे निवेश से बचें**: अति-उत्साह में जोखिम भरे वित्तीय निवेश न करें।

4. **अहंकार से बचें**: अपने ज्ञान और उपलब्धियों का घमंड न करें, दूसरों को भी महत्व दें।

5. **प्रेम संबंधों में संतुलन बनाए रखें**: अपने प्रेम संबंधों में संतुलन बनाए रखें और भावनाओं को नियंत्रित करें।

6. **सही निर्णय लें**: शिक्षा और करियर के मामलों में जल्दबाजी में निर्णय न लें।

7. **संतान के प्रति सख्ती न बरतें**: बच्चों के मामलों में अधिक कठोर न बनें, उनके विचारों का सम्मान करें।

8. **रचनात्मकता में स्थिरता बनाए रखें**: रचनात्मक कार्यों में निरंतरता बनाए रखें और अति-उत्साह से बचें।

9. **शिक्षा में अनुशासन बनाए रखें**: अध्ययन और शिक्षा में नियमितता बनाए रखें।

10. **विनम्रता का पालन करें**: नेतृत्व की स्थिति में भी विनम्रता बनाए रखें और दूसरों की राय का सम्मान करें।

उपाय (Remedies):

1. **सूर्य को जल अर्पित करें**: प्रतिदिन सुबह तांबे के लोटे में जल भरकर सूर्य को अर्पित करें।
2. **गायत्री मंत्र का जाप करें**: प्रतिदिन "ॐ भूर्भुवः स्वः तत्सवितुर्वरेण्यं" का जाप करें।
3. **पीले रंग का प्रयोग करें**: गुरुवार को पीले रंग के वस्त्र धारण करें।
4. **मंत्र जाप करें**: "ॐ ह्रां ह्रीं ह्रौं सः सूर्याय नमः" मंत्र का नियमित जाप करें।
5. **सूर्य संबंधित चीजों का दान करें**: तांबे के बर्तन, लाल वस्त्र, और गुड़ का दान करें।
6. **ध्यान और योग का अभ्यास करें**: मानसिक संतुलन और शांति के लिए ध्यान और योग करें।
7. **सोने का गहना धारण करें**: सोने की अंगूठी या चेन धारण करें।
8. **धार्मिक कार्यों में भाग लें**: घर में धार्मिक और आध्यात्मिक गतिविधियों का आयोजन करें।
9. **सूर्य नमस्कार करें**: नियमित रूप से सूर्य नमस्कार का अभ्यास करें।
10. **संतान से मधुर संबंध बनाए रखें**: बच्चों के साथ अच्छे संबंध रखें और उनके प्रति धैर्यवान रहें।

विशेष ध्यान दें (Special Attention):

- संतान के मामलों में संवेदनशीलता और धैर्य बनाए रखें।
- प्रेम संबंधों में सच्चाई और ईमानदारी का पालन करें।
- शिक्षा और ज्ञान के क्षेत्र में निरंतर प्रयास करते रहें।
- रचनात्मकता को बढ़ावा देने के लिए अपने विचारों पर काम करें।
- बच्चों के साथ अच्छे संबंध बनाए रखने के लिए उनके विचारों का सम्मान करें।
- समाज में अपनी छवि को बेहतर बनाने के लिए विनम्रता और संयम का पालन करें।
- नेतृत्व की स्थिति में रहते हुए भी दूसरों की राय का सम्मान करें।
- रचनात्मक और कलात्मक क्षेत्र में नवीन विचारों पर ध्यान दें।
- बच्चों के साथ धैर्यपूर्वक व्यवहार करें और उनके लिए प्रेरणास्त्रोत बनें।
- शिक्षा, साहित्य, और कला के क्षेत्र में उन्नति के लिए निरंतर अध्ययन करें।

सूर्य छठे भाव में

एक पंक्ति की भविष्यवाणियाँ (One-liner Predictions):

1. सूर्य छठे भाव में होने से व्यक्ति को अपने विरोधियों पर विजय प्राप्त करने की क्षमता होती है।
2. इस स्थिति में व्यक्ति मेहनती और संघर्षशील होता है।
3. व्यक्ति को अपने स्वास्थ्य पर विशेष ध्यान देना पड़ता है।
4. इस स्थिति में व्यक्ति को रोजगार और नौकरी के क्षेत्र में अच्छी सफलता मिलती है।
5. व्यक्ति अपने कार्यक्षेत्र में अपने अनुशासन और परिश्रम के कारण सम्मान प्राप्त करता है।
6. इस स्थिति में व्यक्ति के आसपास के लोग उसके नेतृत्व को स्वीकार करते हैं।
7. व्यक्ति को कानूनी मामलों में सफलता प्राप्त होती है।
8. व्यक्ति अपने शत्रुओं पर हावी रहता है और उनके षड्यंत्रों से बचा रहता है।
9. व्यक्ति सेवा, चिकित्सा, और स्वास्थ्य से संबंधित क्षेत्रों में उन्नति करता है।
10. सूर्य छठे भाव में होने से व्यक्ति में आत्म-विश्वास की भावना होती है जो उसे संघर्षों में जीत दिलाती है।

निशानियाँ (Symptoms/Characteristics):

1. व्यक्ति संघर्षशील और मेहनती होता है।
2. व्यक्ति का स्वभाव अनुशासन और आत्म-नियंत्रण से भरा होता है।

3. स्वास्थ्य के प्रति जागरूकता रहती है और वह अपने स्वास्थ्य का ध्यान रखता है।

4. व्यक्ति कानूनी और न्यायिक मामलों में सफलता प्राप्त करता है।

5. व्यक्ति के कार्यक्षेत्र में उसका नेतृत्व स्वीकार किया जाता है।

6. व्यक्ति अपने विरोधियों पर हावी रहता है और उनकी चालों से बचा रहता है।

7. व्यक्ति का रुझान सेवा और चिकित्सा के क्षेत्र की ओर होता है।

8. व्यक्ति छोटी-छोटी बातों में भी सावधान रहता है और हर पहलू पर ध्यान देता है।

9. कार्यक्षेत्र में उसे सम्मान और मान्यता प्राप्त होती है।

10. व्यक्ति की संघर्षशीलता और परिश्रम उसे उन्नति के शिखर तक ले जाती है।

सावधानियाँ (Precautions):

1. **स्वास्थ्य का ध्यान रखें**: अपने स्वास्थ्य के प्रति सावधान रहें और नियमित स्वास्थ्य जांच करवाएं।

2. **अति मेहनत से बचें**: अत्यधिक परिश्रम से बचें, आराम का भी ध्यान रखें।

3. **शत्रुओं से सतर्क रहें**: विरोधियों की चालों से सावधान रहें और समझदारी से काम लें।

4. **संवेदनशील न बनें**: छोटी-छोटी बातों पर अधिक संवेदनशील न बनें।

5. **धैर्य बनाए रखें**: संघर्षों में धैर्य रखें और जल्दबाजी में निर्णय न लें।

6. **संतुलित आहार लें**: अपने खान-पान में संतुलन बनाए रखें और स्वस्थ भोजन करें।

7. **आर्थिक मामलों में सावधानी बरतें**: आर्थिक मामलों में सोच-समझकर निर्णय लें।

8. **कानूनी मामलों में सावधानी बरतें**: कानूनी दस्तावेजों को ध्यानपूर्वक पढ़ें और समझें।

9. **आत्मविश्वास में अति न करें**: आत्म-विश्वास को अहंकार में बदलने न दें।

10. **सेवा के क्षेत्र में संतुलन बनाए रखें**: सेवा के कार्यों में संतुलन बनाए रखें और अत्यधिक न करें।

उपाय (Remedies):

1. **सूर्य को जल अर्पित करें**: प्रतिदिन सुबह तांबे के लोटे में जल भरकर सूर्य को अर्पित करें।

2. **गायत्री मंत्र का जाप करें**: प्रतिदिन "ॐ भूर्भुवः स्वः तत्सवितुर्वरेण्यं" का जाप करें।

3. **छाया दान करें**: शनिवार को सरसों का तेल और काले वस्त्र का दान करें।

4. **आदित्य हृदय स्तोत्र का पाठ करें**: प्रतिदिन आदित्य हृदय स्तोत्र का पाठ करें।

5. **रविवार का व्रत करें**: रविवार को सूर्य के व्रत का पालन करें।

6. **गायत्री मंत्र का नियमित जाप करें**: मानसिक शांति और आत्म-विश्वास के लिए गायत्री मंत्र का जाप करें।

7. **सूर्य संबंधित चीजों का दान करें**: लाल वस्त्र, तांबे के बर्तन, और गुड़ का दान करें।

8. **ध्यान और योग का अभ्यास करें**: मानसिक स्थिरता और स्वास्थ्य के लिए ध्यान और योग का अभ्यास करें।

9. **नकारात्मकता से बचें**: नकारात्मक विचारों और व्यक्तियों से दूर रहें।

10. **तुलसी के पौधे का ध्यान करें**: घर में तुलसी का पौधा लगाएं और उसकी नियमित देखभाल करें।

विशेष ध्यान दें (Special Attention):

- स्वास्थ्य के मामलों में सतर्क रहें और नियमित व्यायाम करें।
- विरोधियों के प्रति सचेत रहें और उनकी चालों का सामना समझदारी से करें।
- अपने कामकाज में अनुशासन और आत्म-नियंत्रण बनाए रखें।
- कानूनी मामलों में सतर्कता बरतें और दस्तावेजों की अच्छी तरह से जांच करें।
- कार्यक्षेत्र में संतुलन बनाए रखें और अति-परिश्रम से बचें।

- सेवा और चिकित्सा के क्षेत्र में कार्य करते समय संतुलित दृष्टिकोण रखें।
- संघर्षों में आत्म-विश्वास बनाए रखें लेकिन अति आत्म-विश्वास से बचें।
- मानसिक शांति बनाए रखने के लिए ध्यान और प्राणायाम करें।
- अपने खान-पान का ध्यान रखें और स्वस्थ जीवनशैली अपनाएं।
- आर्थिक मामलों में सोच-समझकर निर्णय लें और अति व्यय से बचें।

सूर्य सातवें भाव में

एक पंक्ति की भविष्यवाणियाँ (One-liner Predictions):

1. सूर्य सातवें भाव में होने से व्यक्ति में सामाजिक और व्यवसायिक नेतृत्व की क्षमता होती है।
2. इस स्थिति में व्यक्ति का वैवाहिक जीवन महत्वपूर्ण भूमिका निभाता है।
3. व्यक्ति को पार्टनर से अच्छे सहयोग और लाभ की संभावना रहती है।
4. व्यवसायिक भागीदारी में सफलता प्राप्त होती है।
5. व्यक्ति समाज में अपनी प्रभावशाली छवि बनाता है।
6. इस स्थिति में व्यक्ति का वैवाहिक जीवन में आत्म-विश्वास और नेतृत्व की भावना होती है।

7. व्यक्ति को साझेदारी में लाभ और उन्नति मिलती है।

8. इस स्थिति में व्यक्ति का व्यवहार आत्म-विश्वास और प्रभावशाली होता है।

9. व्यक्ति के जीवनसाथी का स्वभाव ऊर्जावान और आत्म-विश्वास से भरा होता है।

10. व्यक्ति में दूसरों को प्रभावित करने की क्षमता होती है, विशेषकर सार्वजनिक जीवन में।

निशानियाँ (Symptoms/Characteristics):

1. व्यक्ति को साझेदारी में सफलता प्राप्त होती है, चाहे वह व्यापारिक हो या व्यक्तिगत।

2. विवाह और रिश्तों में व्यक्ति का आत्म-विश्वास प्रबल होता है।

3. व्यक्ति की सामाजिक स्थिति में उन्नति होती है और वह समाज में सम्मानित होता है।

4. व्यक्ति के जीवनसाथी का स्वभाव ऊर्जावान और आत्म-विश्वासी होता है।

5. व्यक्ति व्यवसायिक भागीदारी में अपनी नेतृत्व की भूमिका निभाता है।

6. व्यक्ति के जीवन में वैवाहिक मामलों का विशेष महत्व होता है।

7. व्यक्ति का आत्म-विश्वास और प्रभावशाली व्यक्तित्व उसे दूसरों के बीच में लोकप्रिय बनाता है।

8. साझेदारी के मामलों में व्यक्ति को आत्म-विश्वास और निर्णय लेने की क्षमता होती है।

9. व्यक्ति को सामाजिक और सार्वजनिक कार्यों में सफलता प्राप्त होती है।

10. व्यक्ति अपने संबंधों में वफादार और ईमानदार होता है।

सावधानियाँ (Precautions):

1. **आत्म-केंद्रित न बनें**: विवाह और साझेदारी में आत्म-केंद्रितता से बचें और सहयोगात्मक रहें।

2. **झगड़ों से बचें**: वैवाहिक जीवन में अनावश्यक विवादों से बचें।

3. **जीवनसाथी के विचारों का सम्मान करें**: जीवनसाथी के विचारों और भावनाओं का सम्मान करें।

4. **अति आत्म-विश्वास से बचें**: साझेदारी में अति आत्म-विश्वास से बचें, सामंजस्य बनाए रखें।

5. **धैर्य बनाए रखें**: संबंधों में धैर्य रखें और जल्दबाजी में निर्णय न लें।

6. **सार्वजनिक जीवन में सावधानी बरतें**: सार्वजनिक जीवन में किसी विवाद में न फंसें।

7. **ईर्ष्या से बचें**: साझेदारी में ईर्ष्या और जलन की भावना से बचें।

8. **व्यक्तिगत अहंकार पर नियंत्रण रखें**: व्यक्तिगत अहंकार को रिश्तों पर हावी न होने दें।

9. **विवादित मुद्दों से दूर रहें**: विवादित और तनावपूर्ण मुद्दों से दूरी बनाए रखें।
10. **व्यवसायिक साझेदारियों में सतर्क रहें**: व्यापारिक भागीदारी में सतर्कता से निर्णय लें।

उपाय (Remedies):

1. **सूर्य को जल अर्पित करें**: प्रतिदिन सुबह तांबे के लोटे में जल भरकर सूर्य को अर्पित करें।
2. **गायत्री मंत्र का जाप करें**: प्रतिदिन "ॐ भूर्भुवः स्वः तत्सवितुर्वरेण्यं" का जाप करें।
3. **रविवार का व्रत करें**: रविवार को सूर्य के व्रत का पालन करें।
4. **पीले या लाल रंग का प्रयोग करें**: रविवार को पीले या लाल वस्त्र धारण करें।
5. **सूर्य मंत्र का जाप करें**: "ॐ ह्रां ह्रीं ह्रौं सः सूर्याय नमः" मंत्र का नियमित जाप करें।
6. **सूर्य से संबंधित चीजों का दान करें**: तांबे के बर्तन, लाल वस्त्र, और गुड़ का दान करें।
7. **विवाहिक जीवन में मधुरता बनाए रखें**: जीवनसाथी के साथ अच्छे संबंध बनाए रखने के लिए संवाद बढ़ाएं।
8. **पारिवारिक धार्मिक गतिविधियों में भाग लें**: घर में धार्मिक कार्यों का आयोजन करें।
9. **तुलसी के पौधे का ध्यान करें**: घर में तुलसी का पौधा लगाएं और उसकी नियमित देखभाल करें।

10. **ध्यान और प्राणायाम का अभ्यास करें**: मानसिक संतुलन और आत्म-विश्वास के लिए ध्यान और प्राणायाम करें।

विशेष ध्यान दें (Special Attention):

- वैवाहिक जीवन में सामंजस्य और धैर्य बनाए रखें।
- अपने साझेदार के साथ अच्छे संबंध बनाए रखें और उसे सहयोग दें।
- वैवाहिक मामलों में स्पष्टता और पारदर्शिता का पालन करें।
- व्यवसायिक साझेदारियों में ईमानदारी और निष्पक्षता का पालन करें।
- अपने सामाजिक जीवन में सकारात्मक और आत्म-विश्वासी बने रहें।
- जीवनसाथी के विचारों का सम्मान करें और उनकी भावनाओं का ध्यान रखें।
- वैवाहिक जीवन में अहंकार को स्थान न दें और अपने रिश्तों को मजबूत बनाएं।
- सार्वजनिक कार्यों में भाग लें और सामाजिक सेवा के लिए तैयार रहें।
- अपने व्यक्तित्व को विकसित करने के लिए सकारात्मक सोच और ध्यान का अभ्यास करें।
- संबंधों में ईमानदारी और समर्पण का पालन करें, चाहे वे व्यवसायिक हों या व्यक्तिगत।

सूर्य आठवें भाव में

एक पंक्ति की भविष्यवाणियाँ (One-liner Predictions):

1. सूर्य आठवें भाव में होने से व्यक्ति में गूढ़ और रहस्यमयी विषयों की रुचि होती है।
2. इस स्थिति में व्यक्ति का जीवन अचानक परिवर्तन और रहस्यों से भरा होता है।
3. व्यक्ति को अपने जीवन में गहरे आध्यात्मिक अनुभव प्राप्त होते हैं।
4. इस स्थिति में व्यक्ति को पैतृक संपत्ति से लाभ मिलने की संभावना रहती है।
5. व्यक्ति का स्वभाव गहन विचारशील और अनुसंधान करने वाला होता है।
6. इस स्थिति में व्यक्ति को स्वास्थ्य से जुड़ी छोटी-मोटी समस्याओं का सामना करना पड़ सकता है।
7. व्यक्ति में गहरी अंतर्दृष्टि और रहस्यमयी शक्ति होती है।
8. व्यक्ति का झुकाव तंत्र, मंत्र, और गूढ़ विज्ञान की ओर होता है।
9. इस स्थिति में व्यक्ति का जीवन में अचानक लाभ और हानि का अनुभव होता है।
10. व्यक्ति को जीवन में मानसिक और भावनात्मक उतार-चढ़ाव का सामना करना पड़ता है।

निशानियाँ (Symptoms/Characteristics):

1. व्यक्ति का स्वभाव गहन और रहस्यमयी होता है।
2. व्यक्ति गहरे अनुसंधान और गूढ़ विषयों की ओर आकर्षित होता है।
3. व्यक्ति को अचानक धन लाभ या हानि का सामना करना पड़ता है।
4. व्यक्ति में गहरी अंतर्दृष्टि और मानसिक शक्ति होती है।
5. व्यक्ति के जीवन में अचानक और अप्रत्याशित परिवर्तन होते रहते हैं।
6. व्यक्ति का झुकाव तंत्र, मंत्र, और योग की ओर होता है।
7. स्वास्थ्य से जुड़ी छोटी-मोटी समस्याओं का सामना करना पड़ सकता है।
8. व्यक्ति को अपने परिवार और रिश्तों में रहस्यमय स्थिति का सामना करना पड़ सकता है।
9. व्यक्ति को पैतृक संपत्ति या विरासत में लाभ प्राप्त होता है।
10. व्यक्ति की गहन और रहस्यमयी दृष्टि से लोग प्रभावित होते हैं।

सावधानियाँ (Precautions):

1. **स्वास्थ्य का ध्यान रखें**: अपने स्वास्थ्य के प्रति सचेत रहें और नियमित जांच करवाएं।
2. **आर्थिक निर्णय सावधानी से लें**: अचानक धन लाभ या हानि से बचने के लिए सोच-समझकर निर्णय लें।

3. **आध्यात्मिकता में संतुलन बनाए रखें**: गूढ़ और तांत्रिक गतिविधियों में अति न करें।

4. **अचानक परिवर्तन के लिए तैयार रहें**: जीवन में अचानक आने वाले बदलावों के लिए मानसिक रूप से तैयार रहें।

5. **भावनात्मक संतुलन बनाए रखें**: मानसिक और भावनात्मक संतुलन बनाए रखने के लिए ध्यान और योग करें।

6. **धैर्य बनाए रखें**: जीवन की अप्रत्याशित घटनाओं का सामना धैर्य से करें।

7. **रिश्तों में पारदर्शिता रखें**: पारिवारिक और व्यक्तिगत संबंधों में पारदर्शिता बनाए रखें।

8. **संपत्ति मामलों में सावधानी बरतें**: पैतृक संपत्ति या विरासत से जुड़े मामलों में सतर्कता बरतें।

9. **गूढ़ विषयों का अध्ययन विवेकपूर्वक करें**: गूढ़ और रहस्यमय विषयों का अध्ययन करते समय विवेक का पालन करें।

10. **नकारात्मक सोच से दूर रहें**: नकारात्मकता और अवसाद से बचने के लिए सकारात्मक सोच बनाए रखें।

उपाय (Remedies):

1. **सूर्य को जल अर्पित करें**: प्रतिदिन सुबह तांबे के लोटे में जल भरकर सूर्य को अर्पित करें।

2. **आदित्य हृदय स्तोत्र का पाठ करें**: प्रतिदिन आदित्य हृदय स्तोत्र का पाठ करें।

3. **नमक का दान करें**: शनिवार को काले वस्त्र और नमक का दान करें।

4. **गायत्री मंत्र का जाप करें**: प्रतिदिन गायत्री मंत्र "ॐ भूर्भुवः स्वः तत्सवितुर्वरेण्यं" का जाप करें।

5. **शनि से संबंधित वस्त्र और धातु का दान करें**: काले तिल और काले वस्त्र का दान करें।

6. **ध्यान और योग का अभ्यास करें**: मानसिक स्थिरता के लिए नियमित ध्यान और योग का अभ्यास करें।

7. **सूर्य मंत्र का जाप करें**: "ॐ ह्रां ह्रीं ह्रौं सः सूर्याय नमः" मंत्र का नियमित जाप करें।

8. **आध्यात्मिक साधना में संतुलन बनाए रखें**: तंत्र और मंत्र में अति न करें, विवेकपूर्ण साधना करें।

9. **नकारात्मक ऊर्जा से दूर रहें**: घर में साफ-सफाई रखें और सकारात्मक वातावरण बनाए रखें।

10. **रविवार का व्रत करें**: रविवार के दिन व्रत करें और सूर्य से संबंधित वस्त्र पहनें।

विशेष ध्यान दें (Special Attention):

- स्वास्थ्य का विशेष ध्यान रखें और अपने खान-पान पर संतुलन बनाए रखें।
- अचानक धन लाभ या हानि से बचने के लिए सोच-समझकर वित्तीय निर्णय लें।
- जीवन में आने वाले अप्रत्याशित बदलावों के प्रति मानसिक रूप से तैयार रहें।

- आध्यात्मिकता में संतुलन बनाए रखें और गूढ़ विषयों का अध्ययन सोच-समझकर करें।
- पारिवारिक और व्यक्तिगत संबंधों में पारदर्शिता और ईमानदारी बनाए रखें।
- मानसिक शांति और भावनात्मक स्थिरता के लिए ध्यान और प्राणायाम का अभ्यास करें।
- आध्यात्मिक और रहस्यमय ज्ञान के प्रति आकर्षण रखते हुए विवेकपूर्ण निर्णय लें।
- अपने जीवन में आने वाले उतार-चढ़ाव का सामना धैर्य और साहस के साथ करें।
- पैतृक संपत्ति और विरासत से संबंधित मामलों में सतर्कता बरतें।
- सकारात्मक सोच और सकारात्मक गतिविधियों के माध्यम से अपने मन को शांत रखें।

सूर्य नवें भाव में

एक पंक्ति की भविष्यवाणियाँ (One-liner Predictions):

1. सूर्य नवें भाव में होने से व्यक्ति में धार्मिक और आध्यात्मिक झुकाव होता है।
2. इस स्थिति में व्यक्ति का भाग्य बलवान होता है और उसे अच्छे अवसर प्राप्त होते हैं।
3. व्यक्ति में उच्च शिक्षा और ज्ञान प्राप्त करने की तीव्र इच्छा होती है।

4. व्यक्ति का झुकाव धर्म, दर्शन और अध्यात्म की ओर होता है।
5. इस स्थिति में व्यक्ति को विदेश यात्रा करने का अवसर मिलता है।
6. व्यक्ति का स्वभाव धार्मिक और आध्यात्मिक होता है।
7. इस स्थिति में व्यक्ति का पिता के साथ विशेष संबंध होता है।
8. व्यक्ति का सामाजिक और धार्मिक गतिविधियों में सक्रिय भागीदारी होती है।
9. व्यक्ति को अपने जीवन में गुरु या मार्गदर्शक से विशेष सहयोग प्राप्त होता है।
10. व्यक्ति में उच्च आदर्शों और सिद्धांतों का पालन करने की प्रवृत्ति होती है।

निशानियाँ (Symptoms/Characteristics):

1. व्यक्ति का झुकाव धार्मिक, आध्यात्मिक और दर्शनशास्त्र की ओर होता है।
2. व्यक्ति को उच्च शिक्षा और विदेश यात्रा में सफलता मिलती है।
3. व्यक्ति में सत्य, ईमानदारी और उच्च नैतिक मूल्यों के प्रति निष्ठा होती है।
4. व्यक्ति का भाग्य बलवान होता है और उसे अनुकूल अवसर प्राप्त होते हैं।

5. व्यक्ति का संबंध उसके पिता या गुरु के साथ गहरा और महत्वपूर्ण होता है।
6. व्यक्ति का सामाजिक और धार्मिक गतिविधियों में विशेष योगदान रहता है।
7. व्यक्ति की उच्च शिक्षा या शोध कार्य में रुचि होती है।
8. व्यक्ति का स्वभाव धार्मिक और दार्शनिक दृष्टिकोण से भरा होता है।
9. व्यक्ति में बड़े और दीर्घकालिक लक्ष्य निर्धारित करने की क्षमता होती है।
10. व्यक्ति को जीवन में मार्गदर्शन और समर्थन प्राप्त होता है।

सावधानियाँ (Precautions):

1. **अहंकार से बचें**: अपनी धार्मिक और दार्शनिक मान्यताओं में अहंकार का स्थान न दें।
2. **आलोचना न करें**: दूसरों के धार्मिक और आध्यात्मिक विचारों की आलोचना से बचें।
3. **धर्म के प्रति कट्टरता न दिखाएं**: धार्मिक दृष्टिकोण में कट्टरता न रखें, सहिष्णुता बनाए रखें।
4. **ध्यान और संतुलन बनाए रखें**: अध्यात्म में अति न करें, संतुलन बनाए रखें।
5. **शिक्षा में धैर्य रखें**: उच्च शिक्षा और ज्ञान प्राप्ति में धैर्य रखें।
6. **अवसरों का सदुपयोग करें**: जीवन में मिलने वाले अवसरों का विवेकपूर्ण ढंग से सदुपयोग करें।

7. **पिता या गुरु के साथ संबंधों को बनाए रखें**: पिता या गुरु के साथ संबंधों में पारदर्शिता और सम्मान बनाए रखें।

8. **विवेकपूर्ण यात्रा करें**: विदेश यात्रा या लंबी दूरी की यात्रा करते समय सतर्क रहें।

9. **सत्य बोलें**: अपने विचारों और सिद्धांतों में ईमानदारी और सच्चाई बनाए रखें।

10. **अपनी विचारधारा में लचीलापन रखें**: दूसरों के विचारों को भी सम्मान दें और अपनी सोच में लचीलापन बनाए रखें।

उपाय (Remedies):

1. **सूर्य को जल अर्पित करें**: प्रतिदिन तांबे के लोटे में जल भरकर सूर्य को अर्पित करें।

2. **गायत्री मंत्र का जाप करें**: प्रतिदिन गायत्री मंत्र "ॐ भूर्भुवः स्वः तत्सवितुर्वरेण्यं" का जाप करें।

3. **ध्यान और योग का अभ्यास करें**: मानसिक शांति और आध्यात्मिक उन्नति के लिए ध्यान और योग का अभ्यास करें।

4. **सूर्य मंत्र का जाप करें**: "ॐ ह्रां ह्रीं ह्रौं सः सूर्याय नमः" मंत्र का नियमित जाप करें।

5. **विद्यार्थियों की मदद करें**: शिक्षा के क्षेत्र में विद्यार्थियों की मदद करें या दान करें।

6. **धार्मिक ग्रंथों का अध्ययन करें**: धार्मिक और दार्शनिक ग्रंथों का अध्ययन करें।

7. **गुरुवार का व्रत करें**: गुरुवार को व्रत रखें और धार्मिक कार्यों में संलग्न रहें।

8. **पीले वस्त्र धारण करें**: गुरुवार के दिन पीले वस्त्र पहनें और गुरु से संबंधित दान करें।

9. **सत्यनारायण कथा का आयोजन करें**: घर में सत्यनारायण कथा का आयोजन करें।

10. **पिता का सम्मान करें**: पिता का आशीर्वाद लें और उनके प्रति आदर और सम्मान बनाए रखें।

विशेष ध्यान दें (Special Attention):

- उच्च शिक्षा और ज्ञान प्राप्ति के प्रति जागरूक रहें।
- धार्मिक और आध्यात्मिक दृष्टिकोण में सहिष्णुता और संतुलन बनाए रखें।
- अपनी दार्शनिक और धार्मिक मान्यताओं में अहंकार न आने दें।
- पिता और गुरु के साथ संबंधों में पारदर्शिता बनाए रखें।
- जीवन में आने वाले अवसरों का विवेकपूर्ण ढंग से सदुपयोग करें।
- अपने सिद्धांतों और आदर्शों का पालन करते हुए सत्य और ईमानदारी पर ध्यान दें।
- धार्मिक और सामाजिक कार्यों में सक्रिय भागीदारी करें और समाज के लिए योगदान दें।
- विदेश यात्रा या लंबी दूरी की यात्रा करते समय सतर्क रहें।

- अपने जीवन में दीर्घकालिक लक्ष्यों को ध्यान में रखते हुए योजनाएं बनाएं।
- सकारात्मक सोच और आध्यात्मिक उन्नति के लिए ध्यान, योग, और साधना में संलग्न रहें।

सूर्य दसवें भाव में

एक पंक्ति की भविष्यवाणियाँ (One-liner Predictions):

1. सूर्य दसवें भाव में होने से व्यक्ति को करियर में प्रतिष्ठा और उच्च पद प्राप्त होता है।
2. इस स्थिति में व्यक्ति को समाज में सम्मान और मान्यता मिलती है।
3. व्यक्ति नेतृत्व क्षमता से परिपूर्ण होता है और अच्छे नेतृत्वकर्ता बनता है।
4. इस स्थिति में व्यक्ति का करियर में तेजी से उन्नति होती है।
5. व्यक्ति का झुकाव प्रशासनिक और सरकारी कार्यों की ओर रहता है।
6. इस स्थिति में व्यक्ति को सरकारी और राजनीतिक क्षेत्रों में सफलता मिलती है।
7. व्यक्ति का स्वभाव महत्वाकांक्षी और आत्मनिर्भर होता है।
8. इस स्थिति में व्यक्ति का पब्लिक इमेज और सामाजिक प्रतिष्ठा मजबूत होती है।
9. व्यक्ति को करियर में कठिन मेहनत और परिश्रम का फल मिलता है।

10. व्यक्ति का परिवार और समाज में महत्वपूर्ण स्थान होता है।

निशानियाँ (Symptoms/Characteristics):

1. व्यक्ति को उच्च पद और प्रशासनिक जिम्मेदारियां मिलती हैं।
2. व्यक्ति का सामाजिक प्रतिष्ठा और प्रभावशाली पब्लिक इमेज होती है।
3. व्यक्ति का झुकाव करियर और करियर उन्नति की ओर अधिक होता है।
4. व्यक्ति में नेतृत्व क्षमता और आत्मविश्वास की कमी नहीं होती।
5. व्यक्ति का परिवार और समाज में सम्मानजनक स्थान होता है।
6. व्यक्ति को सरकारी और प्रशासनिक क्षेत्रों में सफलता प्राप्त होती है।
7. व्यक्ति का जीवन में कार्य और करियर को उच्च प्राथमिकता देने का स्वभाव होता है।
8. व्यक्ति को समाज और समुदाय में नेतृत्व की भूमिका निभाने का अवसर मिलता है।
9. व्यक्ति में आत्मनिर्भरता और महत्वाकांक्षा की भावना अधिक होती है।
10. व्यक्ति को करियर में उच्च पदों और जिम्मेदारियों के अवसर प्राप्त होते हैं।

सावधानियाँ (Precautions):

1. **अहंकार से बचें**: करियर में सफलता के बावजूद अहंकार से बचें।
2. **सामाजिक प्रतिष्ठा को बनाए रखें**: समाज में अपनी पब्लिक इमेज को हमेशा सम्मानजनक बनाए रखें।
3. **करियर में संतुलन बनाए रखें**: करियर और पारिवारिक जीवन में संतुलन बनाए रखें।
4. **परिश्रम से पीछे न हटें**: कार्य में कठिनाईयों का सामना करते समय धैर्य बनाए रखें और परिश्रम से पीछे न हटें।
5. **दूसरों की सलाह को महत्व दें**: नेतृत्व करते समय दूसरों की सलाह और सुझावों का सम्मान करें।
6. **सक्रियता बनाए रखें**: समाज और समुदाय में सक्रिय भागीदारी बनाए रखें।
7. **काम में धैर्य रखें**: जल्दबाजी में निर्णय न लें, सोच-समझकर निर्णय लें।
8. **आर्थिक मामलों में सतर्कता बरतें**: आर्थिक और वित्तीय मामलों में सतर्क रहें।
9. **रिश्तों में ध्यान दें**: करियर की व्यस्तता के बावजूद पारिवारिक और व्यक्तिगत संबंधों को महत्व दें।
10. **न्याय और सच्चाई का पालन करें**: अपने करियर में ईमानदारी और सत्यता का पालन करें।

उपाय (Remedies):

1. **सूर्य को जल अर्पित करें**: प्रतिदिन तांबे के लोटे में जल भरकर सूर्य को अर्पित करें।

2. **आदित्य हृदय स्तोत्र का पाठ करें**: प्रतिदिन आदित्य हृदय स्तोत्र का पाठ करें।

3. **नमक का दान करें**: रविवार को काले वस्त्र और नमक का दान करें।

4. **गायत्री मंत्र का जाप करें**: प्रतिदिन गायत्री मंत्र "ॐ भूर्भुवः स्वः तत्सवितुर्वरेण्यं" का जाप करें।

5. **सूर्य मंत्र का जाप करें**: "ॐ ह्रां ह्रीं ह्रौं सः सूर्याय नमः" मंत्र का नियमित जाप करें।

6. **सूर्य से संबंधित वस्त्र और धातु का दान करें**: तांबे की वस्तुएं और लाल वस्त्र का दान करें।

7. **ध्यान और योग का अभ्यास करें**: मानसिक शांति और आत्मविश्वास बढ़ाने के लिए ध्यान और योग का अभ्यास करें।

8. **रविवार का व्रत करें**: रविवार के दिन व्रत करें और सूर्य से संबंधित वस्त्र पहनें।

9. **आर्थिक मामलों में संयम रखें**: आर्थिक मामलों में संतुलन और संयम बनाए रखें।

10. **सूर्य नमस्कार का अभ्यास करें**: प्रतिदिन सूर्य नमस्कार का अभ्यास करें।

विशेष ध्यान दें (Special Attention):

- करियर में उन्नति और सफलता के लिए नियमित परिश्रम और ईमानदारी से कार्य करें।
- समाज और परिवार में अपनी पब्लिक इमेज और प्रतिष्ठा को बनाए रखने का प्रयास करें।
- नेतृत्व क्षमता को सकारात्मक दिशा में उपयोग करें और दूसरों की मदद करें।
- करियर की व्यस्तता के बावजूद अपने परिवार और व्यक्तिगत संबंधों को महत्व दें।
- आर्थिक और वित्तीय मामलों में सोच-समझकर निर्णय लें और अनावश्यक जोखिमों से बचें।
- मानसिक और शारीरिक स्वास्थ्य का ध्यान रखें और संतुलन बनाए रखें।
- अपनी नेतृत्व की क्षमता को निखारने के लिए सकारात्मक सोच और आत्मविश्वास को बढ़ाएं।
- धार्मिक और आध्यात्मिक दृष्टिकोण में संतुलन बनाए रखें।
- अपने कार्य में न्याय, सच्चाई, और ईमानदारी का पालन करें।
- सफलता के बावजूद विनम्रता बनाए रखें और अहंकार से दूर रहें।

सूर्य ग्यारहवें भाव में

एक पंक्ति की भविष्यवाणियाँ (One-liner Predictions):

1. सूर्य ग्यारहवें भाव में होने से व्यक्ति को समाज में उच्च स्थान और प्रतिष्ठा प्राप्त होती है।
2. इस स्थिति में व्यक्ति को अच्छे मित्रों और सहयोगियों का समर्थन मिलता है।
3. व्यक्ति की इच्छाएं और आकांक्षाएं आसानी से पूरी होती हैं।
4. व्यक्ति को आर्थिक लाभ और धन प्राप्ति के अच्छे अवसर मिलते हैं।
5. व्यक्ति का नेटवर्क और समाज में संपर्कों का दायरा विस्तृत होता है।
6. इस स्थिति में व्यक्ति में नेतृत्व की क्षमता और प्रभावशाली व्यक्तित्व होता है।
7. व्यक्ति का जीवन में बड़े और महत्वाकांक्षी लक्ष्यों को प्राप्त करने की संभावना रहती है।
8. व्यक्ति को समाजिक और सामुदायिक कार्यों में सफलता मिलती है।
9. व्यक्ति का भविष्य में लाभ और आर्थिक स्थिरता की संभावना अधिक होती है।
10. इस स्थिति में व्यक्ति में अपने लक्ष्यों को प्राप्त करने की दृढ़ इच्छा शक्ति होती है।

निशानियाँ (Symptoms/Characteristics):

1. व्यक्ति का सामाजिक नेटवर्क मजबूत और प्रभावशाली होता है।

2. व्यक्ति को अच्छे और सहायक मित्र मिलते हैं जो जीवन में सहयोग करते हैं।
3. व्यक्ति का झुकाव बड़े उद्देश्यों और समाज सेवा की ओर होता है।
4. व्यक्ति का करियर में आर्थिक उन्नति और स्थिरता प्राप्त होती है।
5. व्यक्ति में आत्मविश्वास और नेतृत्व की क्षमता का विकास होता है।
6. व्यक्ति का झुकाव सामाजिक और सामुदायिक संगठनों में शामिल होने की ओर होता है।
7. व्यक्ति की इच्छाएं और आकांक्षाएं समय के साथ पूरी होती हैं।
8. व्यक्ति में समाज में अपना प्रभाव छोड़ने की क्षमता होती है।
9. व्यक्ति का जीवन में लक्ष्य स्पष्ट और महत्वाकांक्षी होते हैं।
10. व्यक्ति को लाभकारी अवसरों की पहचान करने में कुशलता होती है।

सावधानियाँ (Precautions):

1. **दोस्ती में सतर्कता बरतें**: हर दोस्त पर आँख मूंदकर विश्वास न करें, मित्रों का चयन सोच-समझकर करें।
2. **अहंकार से बचें**: समाज में उच्च स्थान प्राप्त करने के बाद भी विनम्रता बनाए रखें।

3. **धन का संतुलित उपयोग करें**: आर्थिक लाभ को सही दिशा में निवेश करें और अनावश्यक खर्चों से बचें।

4. **लक्ष्यों को व्यवस्थित करें**: बड़े और महत्वाकांक्षी लक्ष्यों को प्राप्त करने के लिए योजना बनाएं।

5. **समय का सही उपयोग करें**: अपने समय का सदुपयोग करें और उसे बर्बाद न करें।

6. **स्वार्थ से दूर रहें**: सामाजिक कार्यों में स्वार्थ की भावना से बचें और निःस्वार्थ सेवा करें।

7. **स्वास्थ्य का ध्यान रखें**: अत्यधिक सामाजिक और सामुदायिक गतिविधियों के कारण स्वास्थ्य की उपेक्षा न करें।

8. **समाज में संतुलन बनाए रखें**: समाज में अपना स्थान और प्रतिष्ठा बनाए रखने के लिए संतुलन बनाए रखें।

9. **आर्थिक मामलों में सतर्कता रखें**: निवेश करते समय सतर्कता बरतें और जोखिमों का सही आकलन करें।

10. **अवसरों का सदुपयोग करें**: जीवन में मिलने वाले अवसरों का विवेकपूर्ण ढंग से सदुपयोग करें।

उपाय (Remedies):

1. **सूर्य को जल अर्पित करें**: प्रतिदिन तांबे के लोटे में जल भरकर सूर्य को अर्पित करें।

2. **गायत्री मंत्र का जाप करें**: प्रतिदिन गायत्री मंत्र "ॐ भूर्भुवः स्वः तत्सवितुर्वरेण्यं" का जाप करें।

3. **रविवार का व्रत रखें**: रविवार के दिन व्रत रखें और सूर्य से संबंधित वस्त्र पहनें।

4. **ध्यान और योग का अभ्यास करें**: मानसिक शांति और सामाजिक तनाव से बचने के लिए ध्यान और योग का अभ्यास करें।

5. **सूर्य मंत्र का जाप करें**: "ॐ ह्रां ह्रीं ह्रौं सः सूर्याय नमः" मंत्र का नियमित जाप करें।

6. **धार्मिक और सामाजिक कार्यों में भाग लें**: धार्मिक और सामाजिक कार्यों में सक्रिय रूप से भाग लें।

7. **पीले वस्त्र धारण करें**: रविवार के दिन पीले वस्त्र पहनें और सूर्य से संबंधित वस्तुओं का दान करें।

8. **गायों को चारा खिलाएं**: रविवार को गायों को हरा चारा खिलाएं।

9. **विद्यार्थियों की मदद करें**: शिक्षा के क्षेत्र में विद्यार्थियों की मदद करें या दान करें।

10. **सूर्य नमस्कार का अभ्यास करें**: प्रतिदिन सूर्य नमस्कार का अभ्यास करें।

विशेष ध्यान दें (Special Attention):

- आर्थिक मामलों में संतुलन बनाए रखें और सही निवेश करें।
- मित्रों और सामाजिक नेटवर्क में विवेकपूर्ण ढंग से संबंध बनाएं।
- अपनी महत्वाकांक्षाओं को प्राप्त करने के लिए योजनाबद्ध ढंग से काम करें।

- समाज में अपनी प्रतिष्ठा को बनाए रखने के लिए संतुलित दृष्टिकोण अपनाएं।
- नेतृत्व क्षमता का सही उपयोग करें और समाज के लिए सकारात्मक योगदान दें।
- करियर और आर्थिक मामलों में निर्णय लेते समय सोच-समझकर काम करें।
- मित्रों के साथ व्यवहार में सच्चाई और ईमानदारी का पालन करें।
- समाज में अपनी पहचान और सम्मान को बनाए रखने के लिए सक्रिय और सकारात्मक रहें।
- जीवन में मिलने वाले अवसरों का विवेकपूर्ण ढंग से लाभ उठाएं।
- मानसिक और शारीरिक स्वास्थ्य का ध्यान रखें और संतुलित जीवनशैली अपनाएं।

सूर्य बारहवें भाव में

एक पंक्ति की भविष्यवाणियाँ (One-liner Predictions):

1. सूर्य बारहवें भाव में होने से व्यक्ति में आध्यात्मिक झुकाव और एकांतप्रियता की भावना होती है।
2. इस स्थिति में व्यक्ति को विदेश यात्रा या विदेश में रहने की संभावना होती है।
3. व्यक्ति में गोपनीयता बनाए रखने की प्रवृत्ति होती है।

4. इस स्थिति में व्यक्ति को अपने लक्ष्यों को प्राप्त करने में कठिनाइयों का सामना करना पड़ सकता है।

5. व्यक्ति में गहरे आध्यात्मिक विचार और गुप्त ज्ञान की ओर आकर्षण होता है।

6. इस स्थिति में व्यक्ति का स्वास्थ्य कमजोर हो सकता है।

7. व्यक्ति की धन संचय करने की प्रवृत्ति कम होती है।

8. इस स्थिति में व्यक्ति अपने आत्मज्ञान की तलाश में रहता है।

9. व्यक्ति को नींद में कठिनाइयों या मानसिक तनाव की समस्याओं का सामना करना पड़ सकता है।

10. व्यक्ति का व्यक्तित्व शांत, गंभीर, और आत्मविश्लेषी होता है।

निशानियाँ (Symptoms/Characteristics):

1. व्यक्ति में एकांतप्रियता और गोपनीयता की भावना होती है।

2. व्यक्ति का झुकाव ध्यान, योग, और आध्यात्मिकता की ओर अधिक होता है।

3. व्यक्ति को विदेश यात्रा या विदेशी व्यवसाय में सफलता मिल सकती है।

4. व्यक्ति को स्वास्थ्य संबंधी समस्याएं या मानसिक तनाव का सामना करना पड़ सकता है।

5. व्यक्ति का धन संचय करने में विशेष रुचि नहीं होती।

6. व्यक्ति में आत्मविश्लेषण और आत्मज्ञान की तीव्र इच्छा होती है।

7. व्यक्ति का व्यक्तित्व गंभीर और शांत होता है।

8. व्यक्ति को नींद में समस्याएं या रात में जागने की आदत हो सकती है।

9. व्यक्ति का झुकाव धार्मिक, आध्यात्मिक, और गुप्त विद्याओं की ओर होता है।

10. व्यक्ति अपने लक्ष्यों को पाने के लिए गुप्त रूप से कार्य करना पसंद करता है।

सावधानियाँ (Precautions):

1. **स्वास्थ्य का ध्यान रखें**: शारीरिक और मानसिक स्वास्थ्य की समस्याओं से बचने के लिए नियमित स्वास्थ्य जांच करवाएं।

2. **धन का सही प्रबंधन करें**: धन संचय और निवेश के मामलों में सावधानी बरतें।

3. **अकेलापन न अपनाएं**: अत्यधिक एकांतप्रियता से बचें और समाज के साथ संपर्क बनाए रखें।

4. **आध्यात्मिकता में संतुलन रखें**: आध्यात्मिकता में संतुलन बनाए रखें और व्यावहारिक जीवन से दूर न भागें।

5. **नींद पर ध्यान दें**: नींद के लिए उचित समय निर्धारित करें और आराम करें।

6. **छुपाव से बचें**: गोपनीयता बनाए रखते समय पारदर्शिता का भी ध्यान रखें।

7. **कठिनाइयों का सामना करें**: जीवन में आने वाली कठिनाइयों का सामना धैर्य और संयम से करें।

8. **नकारात्मक विचारों से दूर रहें**: नकारात्मक विचारों और भावनाओं से बचने का प्रयास करें।

9. **सकारात्मक दृष्टिकोण अपनाएं**: जीवन की चुनौतियों का सामना सकारात्मक दृष्टिकोण से करें।

10. **आध्यात्मिकता को व्यावहारिकता के साथ संतुलित करें**: आध्यात्मिकता और व्यावहारिकता के बीच संतुलन बनाए रखें।

उपाय (Remedies):

1. **सूर्य को जल अर्पित करें**: प्रतिदिन तांबे के लोटे में जल भरकर सूर्य को अर्पित करें।

2. **आदित्य हृदय स्तोत्र का पाठ करें**: प्रतिदिन आदित्य हृदय स्तोत्र का पाठ करें।

3. **सूर्य मंत्र का जाप करें**: "ॐ ह्रां ह्रीं ह्रौं सः सूर्याय नमः" मंत्र का नियमित जाप करें।

4. **रविवार का व्रत रखें**: रविवार के दिन व्रत रखें और सूर्य से संबंधित वस्त्र पहनें।

5. **ध्यान और योग का अभ्यास करें**: मानसिक शांति और तनाव कम करने के लिए ध्यान और योग का अभ्यास करें।

6. **सकारात्मक विचारधारा अपनाएं**: नकारात्मक विचारों को दूर रखने के लिए सकारात्मक विचारधारा का अभ्यास करें।

7. **गायत्री मंत्र का जाप करें**: प्रतिदिन गायत्री मंत्र "ॐ भूर्भुवः स्वः तत्सवितुर्वरेण्यं" का जाप करें।
8. **धार्मिक और आध्यात्मिक साधना करें**: धार्मिक और आध्यात्मिक साधना के लिए समय निकालें।
9. **दान करें**: जरूरतमंदों को तांबे की वस्तुएं और अन्य धार्मिक वस्त्रों का दान करें।
10. **विदेश यात्रा के लिए अनुकूल उपाय करें**: अगर विदेश यात्रा की योजना है, तो उसके लिए विशेष उपाय करें।

विशेष ध्यान दें (Special Attention):

- मानसिक और शारीरिक स्वास्थ्य का ध्यान रखें और संतुलित जीवनशैली अपनाएं।
- धन के मामलों में संयम और विवेक से काम करें, अनावश्यक खर्चों से बचें।
- सामाजिक जीवन में संतुलन बनाए रखें, अत्यधिक एकांतप्रियता से बचें।
- आध्यात्मिकता को अपने जीवन में संतुलित तरीके से शामिल करें।
- कठिन परिस्थितियों का सामना करने के लिए धैर्य और सकारात्मकता बनाए रखें।
- गुप्त ज्ञान और आध्यात्मिकता में रुचि रखते हुए व्यावहारिक जीवन से भी जुड़े रहें।
- अपने आत्मविश्वास को मजबूत बनाए रखें और आत्मविश्लेषण में समय व्यतीत करें।

- विदेशी अवसरों और करियर के अवसरों का विवेकपूर्ण ढंग से लाभ उठाएं।
- मानसिक तनाव और चिंता को कम करने के लिए ध्यान और योग का अभ्यास करें।
- अपने लक्ष्यों को प्राप्त करने के लिए धैर्य और संयम से काम करें।

15. गुरु की भविष्यवाणियाँ

गुरु पहले भाव में

एक पंक्ति की भविष्यवाणियाँ (One-liner Predictions):

1. गुरु पहले भाव में होने से व्यक्ति में उच्च आत्मविश्वास और सकारात्मकता की भावना रहती है।
2. इस स्थिति में व्यक्ति को ज्ञान, शिक्षा, और धार्मिकता की ओर झुकाव होता है।
3. व्यक्ति का व्यक्तित्व आकर्षक, उदार, और दयालु होता है।
4. इस स्थिति में व्यक्ति के जीवन में भाग्य का समर्थन रहता है।
5. व्यक्ति में अच्छे नैतिक मूल्यों और सिद्धांतों का पालन करने की प्रवृत्ति होती है।
6. इस स्थिति में व्यक्ति को समाज में सम्मान और प्रतिष्ठा प्राप्त होती है।
7. व्यक्ति का स्वास्थ्य अच्छा रहता है और जीवन में लंबी आयु की संभावना होती है।
8. व्यक्ति में सलाहकार बनने की क्षमता होती है और लोग उनकी सलाह को मानते हैं।
9. इस स्थिति में व्यक्ति की बुद्धिमत्ता और ज्ञान का स्तर ऊँचा होता है।

10. व्यक्ति के जीवन में आर्थिक स्थिरता और समृद्धि का संकेत मिलता है।

निशानियाँ (Symptoms/Characteristics):

1. व्यक्ति में स्वाभाविक रूप से आत्मविश्वास और सकारात्मकता होती है।
2. व्यक्ति का झुकाव धार्मिक और आध्यात्मिक कार्यों की ओर अधिक होता है।
3. व्यक्ति का व्यक्तित्व प्रभावशाली और आकर्षक होता है।
4. व्यक्ति को समाज में उच्च सम्मान और प्रतिष्ठा मिलती है।
5. व्यक्ति में अच्छे नैतिक मूल्य और सिद्धांतों का पालन करने की क्षमता होती है।
6. व्यक्ति का स्वास्थ्य अच्छा और ऊर्जा से भरा रहता है।
7. व्यक्ति का जीवन में भाग्य अच्छा होता है और समय-समय पर अनपेक्षित लाभ प्राप्त होते हैं।
8. व्यक्ति की बौद्धिक क्षमता और शिक्षण की ओर झुकाव होता है।
9. व्यक्ति में दूसरों की मदद करने और सलाह देने की प्रवृत्ति होती है।
10. व्यक्ति के जीवन में समृद्धि और आर्थिक स्थिरता की संभावना अधिक होती है।

सावधानियाँ (Precautions):

1. **अहंकार से बचें**: अपनी बुद्धिमत्ता और ज्ञान के कारण अहंकारी न बनें।
2. **अनुशासन बनाए रखें**: जीवन में अनुशासन और समय प्रबंधन का ध्यान रखें।
3. **अत्यधिक खाने से बचें**: भोजन में संयम बनाए रखें और सेहत का ध्यान रखें।
4. **दूसरों की भावनाओं का सम्मान करें**: सलाह देते समय दूसरों की भावनाओं का सम्मान करें।
5. **धार्मिकता में संतुलन रखें**: अत्यधिक धार्मिकता या आडंबर में न उलझें।
6. **अत्यधिक दान से बचें**: दान करते समय अपने परिवार और भविष्य की भी चिंता करें।
7. **अत्यधिक विश्वास न करें**: जीवन में हर व्यक्ति पर आसानी से विश्वास न करें।
8. **व्यर्थ के तर्क-वितर्क से बचें**: अनावश्यक तर्क-वितर्क और बहस में न उलझें।
9. **स्वास्थ्य का ध्यान रखें**: नियमित स्वास्थ्य जांच करवाएं और अनुशासित जीवनशैली अपनाएं।
10. **आर्थिक मामलों में सतर्कता बरतें**: आर्थिक मामलों में समझदारी से निवेश करें और अनावश्यक खर्चों से बचें।

उपाय (Remedies):

1. **गुरुवार का व्रत रखें**: गुरुवार के दिन व्रत रखें और पीले वस्त्र धारण करें।

2. **पीपल के वृक्ष की सेवा करें**: गुरुवार को पीपल के पेड़ की पूजा करें और जल चढ़ाएं।
3. **ब्रह्मस्पति मंत्र का जाप करें**: "ॐ ग्रां ग्रीं ग्रौं सः गुरुवे नमः" मंत्र का नियमित जाप करें।
4. **पीली वस्तुओं का दान करें**: गुरुवार को पीले वस्त्र, चने की दाल, और हल्दी का दान करें।
5. **गुरु यंत्र की स्थापना करें**: अपने घर में गुरु यंत्र की स्थापना करें और उसकी नियमित पूजा करें।
6. **ध्यान और योग का अभ्यास करें**: मानसिक शांति और स्थिरता के लिए ध्यान और योग का अभ्यास करें।
7. **ब्रह्माणों की सेवा करें**: ब्रह्माणों को भोजन कराएं और उनका आशीर्वाद प्राप्त करें।
8. **तुलसी के पौधे की पूजा करें**: प्रतिदिन तुलसी के पौधे की पूजा करें और उसमें जल चढ़ाएं।
9. **संत और ज्ञानी व्यक्तियों का सम्मान करें**: संतों और ज्ञानी व्यक्तियों से शिक्षा प्राप्त करें और उनका सम्मान करें।
10. **गाय को चारा खिलाएं**: गुरुवार के दिन गाय को हरा चारा और गुड़ खिलाएं।

विशेष ध्यान दें (Special Attention):

- अपनी बुद्धिमत्ता और ज्ञान को अहंकार का कारण न बनने दें।
- स्वास्थ्य का ध्यान रखें और संतुलित आहार का सेवन करें।

- आर्थिक मामलों में संयम और समझदारी से निर्णय लें।
- धार्मिकता और आध्यात्मिकता में संतुलन बनाए रखें और व्यावहारिक जीवन से दूर न भागें।
- दूसरों की मदद करने और सलाह देने से पहले उनकी भावनाओं का सम्मान करें।
- जीवन में अनुशासन और समय प्रबंधन का पालन करें।
- समाज में अपनी प्रतिष्ठा को बनाए रखने के लिए संयमित व्यवहार करें।
- ध्यान और योग के माध्यम से मानसिक और शारीरिक संतुलन बनाए रखें।
- जीवन में आने वाली कठिनाइयों का सामना धैर्य और सकारात्मक दृष्टिकोण से करें।
- शिक्षा और ज्ञान के क्षेत्र में अपने कौशल का सही उपयोग करें और समाज के लिए प्रेरणा स्रोत बनें।

गुरु दूसरे भाव में

एक पंक्ति की भविष्यवाणियाँ (One-liner Predictions):

1. गुरु दूसरे भाव में होने से व्यक्ति के धन और संपत्ति में वृद्धि के संकेत मिलते हैं।
2. इस स्थिति में व्यक्ति की वाणी मधुर और प्रभावशाली होती है।
3. व्यक्ति को अपने परिवार से प्रेम और समर्थन मिलता है।

4. इस स्थिति में व्यक्ति का धन संचय करने का स्वभाव होता है।
5. व्यक्ति में अच्छे संस्कार और पारिवारिक मूल्य विकसित होते हैं।
6. इस स्थिति में व्यक्ति का झुकाव धार्मिक और आध्यात्मिक कार्यों की ओर रहता है।
7. व्यक्ति के जीवन में आर्थिक स्थिरता और समृद्धि की संभावना अधिक होती है।
8. व्यक्ति को समाज में एक प्रतिष्ठित व्यक्ति के रूप में पहचाना जाता है।
9. इस स्थिति में व्यक्ति की वाणी में प्रभावशाली और परामर्श देने की क्षमता होती है।
10. व्यक्ति का भोजन और खान-पान में रुचि होती है, और उसे अच्छे भोजन का शौक होता है।

निशानियाँ (Symptoms/Characteristics):

1. व्यक्ति में धन संचय करने की तीव्र इच्छा होती है।
2. व्यक्ति की वाणी मधुर, आकर्षक, और प्रभावशाली होती है।
3. परिवार के सदस्यों के साथ अच्छे संबंध और पारिवारिक मूल्य का सम्मान करता है।
4. व्यक्ति का झुकाव धार्मिक और आध्यात्मिक गतिविधियों की ओर होता है।

5. व्यक्ति के पास धन और संपत्ति संचय करने की क्षमता होती है।

6. व्यक्ति समाज में एक सम्माननीय व्यक्ति के रूप में पहचाना जाता है।

7. व्यक्ति का भोजन के प्रति गहरा लगाव होता है और उसे अच्छे भोजन का शौक होता है।

8. व्यक्ति का जीवन सुखद और समृद्धि से भरपूर होता है।

9. व्यक्ति की आवाज में एक प्राकृतिक आकर्षण होता है जो दूसरों को प्रभावित करता है।

10. व्यक्ति में अच्छे नैतिक मूल्य और संस्कार होते हैं।

सावधानियाँ (Precautions):

1. **अत्यधिक भोजन से बचें**: खाने में संयम रखें और स्वास्थ्यवर्धक भोजन करें।

2. **धन का सही प्रबंधन करें**: आर्थिक मामलों में संयम और विवेक से काम लें।

3. **अहंकार से बचें**: धन और संपत्ति के कारण अहंकार में न आएं।

4. **वाणी का सदुपयोग करें**: अपनी मधुर वाणी का सही ढंग से उपयोग करें और दूसरों के प्रति संवेदनशील रहें।

5. **धार्मिकता में संतुलन बनाए रखें**: अत्यधिक धार्मिकता या आडंबर में न उलझें।

6. **आर्थिक मामलों में सतर्कता बरतें**: जोखिम भरे निवेशों से बचें और सही सलाह लें।

7. **व्यर्थ के व्ययों से बचें**: अनावश्यक खर्चों पर नियंत्रण रखें।

8. **पारिवारिक सदस्यों के प्रति संवेदनशील रहें**: परिवार के सदस्यों के साथ अच्छे संबंध बनाए रखें।

9. **सामाजिक प्रतिष्ठा का ध्यान रखें**: समाज में अपनी प्रतिष्ठा को बनाए रखने के लिए संयमित व्यवहार करें।

10. **स्वास्थ्य का ध्यान रखें**: शारीरिक और मानसिक स्वास्थ्य का ध्यान रखें और तनाव से दूर रहें।

उपाय (Remedies):

1. **गुरुवार का व्रत रखें**: गुरुवार के दिन व्रत रखें और पीले वस्त्र धारण करें।

2. **पीली वस्तुओं का दान करें**: गुरुवार को पीले वस्त्र, चने की दाल, हल्दी, और केसर का दान करें।

3. **गुरु मंत्र का जाप करें**: "ॐ ग्रां ग्रीं ग्रौं सः गुरुवे नमः" मंत्र का नियमित जाप करें।

4. **बृहस्पति यंत्र की स्थापना करें**: अपने घर में बृहस्पति यंत्र की स्थापना करें और उसकी पूजा करें।

5. **गायत्री मंत्र का जाप करें**: प्रतिदिन गायत्री मंत्र "ॐ भूर्भुवः स्वः तत्सवितुर्वरेण्यं" का जाप करें।

6. **ध्यान और योग का अभ्यास करें**: मानसिक शांति और स्वास्थ्य के लिए ध्यान और योग का अभ्यास करें।

7. **गुरु से ज्ञान प्राप्त करें**: किसी अनुभवी गुरु से ज्ञान प्राप्त करें और उनका आशीर्वाद लें।

8. **गाय को चारा खिलाएं**: गुरुवार के दिन गाय को हरा चारा और गुड़ खिलाएं।

9. **पारिवारिक सद्भाव के लिए हवन करें**: परिवार में सद्भाव और समृद्धि के लिए नियमित रूप से हवन करें।

10. **पीपल के वृक्ष की सेवा करें**: गुरुवार को पीपल के वृक्ष की पूजा करें और जल चढ़ाएं।

विशेष ध्यान दें (Special Attention):

- भोजन और खान-पान में संयम बनाए रखें और स्वास्थ्य का ध्यान रखें।
- धन और संपत्ति का सही ढंग से प्रबंधन करें और अनावश्यक खर्चों से बचें।
- परिवार के सदस्यों के साथ अच्छे संबंध बनाए रखें और उनकी भावनाओं का सम्मान करें।
- धार्मिक और आध्यात्मिक गतिविधियों में संतुलन बनाए रखें।
- समाज में अपनी प्रतिष्ठा को बनाए रखने के लिए संयमित और विवेकपूर्ण व्यवहार करें।
- धन संचय करने के साथ-साथ दूसरों की मदद करने में भी विश्वास रखें।
- अपनी वाणी को मधुर और प्रभावशाली बनाए रखें और दूसरों के प्रति सम्मान दिखाएं।

- जीवन में नैतिक मूल्यों और सिद्धांतों का पालन करें।
- आर्थिक मामलों में समझदारी और सतर्कता से निर्णय लें।
- अपने जीवन में भाग्य और समृद्धि को संतुलित तरीके से संभालें और संतुलित दृष्टिकोण अपनाएं।

गुरु तीसरे भाव में

एक पंक्ति की भविष्यवाणियाँ (One-liner Predictions):

1. गुरु तीसरे भाव में होने से व्यक्ति का संचार कौशल अत्यधिक प्रभावशाली होता है।
2. इस स्थिति में व्यक्ति का झुकाव शिक्षा, लेखन, और संचार की ओर होता है।
3. व्यक्ति अपने छोटे भाई-बहनों के साथ अच्छे संबंध बनाता है।
4. इस स्थिति में व्यक्ति साहसी, उत्साही और आत्मविश्वास से भरा होता है।
5. व्यक्ति के पास सृजनात्मकता और नई चीजें सीखने की तीव्र इच्छा होती है।
6. इस स्थिति में व्यक्ति यात्रा करने और नई जगहों को जानने में रुचि रखता है।
7. व्यक्ति समाज में अपने विचारों और सुझावों के कारण मान्यता प्राप्त करता है।
8. व्यक्ति में दूसरों की मदद करने और मार्गदर्शन देने की प्रवृत्ति होती है।

9. इस स्थिति में व्यक्ति का आत्मविश्वास मजबूत होता है और वह अपने विचारों को व्यक्त करने में निडर होता है।

10. व्यक्ति का जीवन में लक्ष्यों की प्राप्ति के लिए धैर्य और साहसिकता की भावना होती है।

निशानियाँ (Symptoms/Characteristics):

1. व्यक्ति का संचार कौशल उत्तम होता है और वह अच्छी तरह से संवाद कर सकता है।

2. व्यक्ति का झुकाव लेखन, शिक्षा, और अध्यापन की ओर होता है।

3. व्यक्ति के पास सृजनात्मक विचार और नई चीजें सीखने की क्षमता होती है।

4. व्यक्ति के छोटे भाई-बहनों के साथ अच्छे संबंध होते हैं और वह उनकी मदद करने को तत्पर रहता है।

5. व्यक्ति में साहस और आत्मविश्वास की भावना होती है और वह जीवन में जोखिम लेने से नहीं डरता।

6. व्यक्ति को यात्रा करने और नई जगहों को खोजने की रुचि होती है।

7. व्यक्ति का समाज में एक प्रभावशाली व्यक्ति के रूप में स्थान होता है।

8. व्यक्ति अपने विचारों को स्पष्ट और निडर तरीके से व्यक्त करता है।

9. व्यक्ति को शिक्षा और ज्ञान के क्षेत्र में सफलता प्राप्त होती है।

10. व्यक्ति की निर्णय लेने की क्षमता मजबूत और स्पष्ट होती है।

सावधानियाँ (Precautions):

1. **अत्यधिक आत्मविश्वास से बचें**: आत्मविश्वास का संतुलन बनाए रखें और अहंकार से बचें।
2. **दूसरों की भावनाओं का सम्मान करें**: संवाद करते समय दूसरों की भावनाओं का ध्यान रखें।
3. **अत्यधिक जोखिम न लें**: जोखिम भरे फैसले लेने से पहले सोच-समझकर निर्णय लें।
4. **अत्यधिक यात्राओं से बचें**: अनावश्यक यात्राओं से समय और धन का अपव्यय न करें।
5. **अत्यधिक तर्क-वितर्क से बचें**: बहस में फंसने से बचें और संयमित रहकर संवाद करें।
6. **छोटे भाई-बहनों के साथ तालमेल बनाए रखें**: उनके साथ विवाद और मतभेद से बचें।
7. **अपनी ऊर्जा का सही उपयोग करें**: अपनी सृजनात्मकता और ऊर्जा को सकारात्मक दिशा में लगाएं।
8. **अत्यधिक बोलने से बचें**: बातचीत में संतुलन बनाए रखें और दूसरों को भी सुनने का मौका दें।
9. **अनावश्यक यात्राओं और योजनाओं से बचें**: जीवन में अनुशासन बनाए रखें और योजनाबद्ध तरीके से काम करें।
10. **लक्ष्य को ध्यान में रखें**: अपने लक्ष्यों को प्राप्त करने में धैर्य रखें और छोटी बाधाओं से विचलित न हों।

उपाय (Remedies):

1. **गुरुवार का व्रत रखें**: गुरुवार के दिन व्रत रखें और पीले वस्त्र धारण करें।
2. **गुरु मंत्र का जाप करें**: "ॐ ग्रां ग्रीं ग्रौं सः गुरुवे नमः" मंत्र का नियमित जाप करें।
3. **पीली वस्तुओं का दान करें**: गुरुवार को चने की दाल, हल्दी, और पीले वस्त्र का दान करें।
4. **तुलसी की पूजा करें**: प्रतिदिन तुलसी के पौधे की पूजा करें और उसमें जल चढ़ाएं।
5. **गाय को चारा खिलाएं**: गुरुवार के दिन गाय को हरा चारा और गुड़ खिलाएं।
6. **ध्यान और योग का अभ्यास करें**: मानसिक शांति और ध्यान केंद्रित करने के लिए ध्यान और योग का अभ्यास करें।
7. **गुरु यंत्र की स्थापना करें**: घर में गुरु यंत्र की स्थापना करें और उसकी नियमित पूजा करें।
8. **सफेद चंदन का तिलक करें**: गुरुवार को माथे पर सफेद चंदन का तिलक लगाएं।
9. **वेद पाठ करें**: वेद मंत्रों का पाठ करें या किसी विद्वान से वेद मंत्रों का श्रवण करें।
10. **ज्ञान की प्राप्ति के लिए ब्रह्माणों को भोजन कराएं**: गुरुवार को ब्रह्माणों को भोजन कराएं और उनका आशीर्वाद प्राप्त करें।

विशेष ध्यान दें (Special Attention):

- संवाद करते समय दूसरों की भावनाओं का सम्मान करें और संयम बनाए रखें।
- अत्यधिक जोखिम न लें और अपने लक्ष्यों को प्राप्त करने के लिए योजना बनाएं।
- अपने छोटे भाई-बहनों के साथ अच्छे संबंध बनाए रखें और उनके साथ समय बिताएं।
- सृजनात्मकता और संचार कौशल का सही ढंग से उपयोग करें।
- यात्रा करते समय सावधानी बरतें और अनावश्यक खर्चों से बचें।
- जीवन में अनुशासन बनाए रखें और योजनाबद्ध तरीके से काम करें।
- धैर्य और संयम बनाए रखें और निर्णय लेने से पहले सोच-समझकर काम करें।
- शिक्षा और ज्ञान के क्षेत्र में अपने कौशल का सही उपयोग करें।
- जीवन में छोटी-छोटी कठिनाइयों से विचलित न हों और सकारात्मक दृष्टिकोण बनाए रखें।
- अपनी ऊर्जा का सही उपयोग करें और जीवन में लक्ष्यों की प्राप्ति के लिए प्रयासरत रहें।

गुरु चौथे भाव में

एक पंक्ति की भविष्यवाणियाँ (One-liner Predictions):

1. गुरु चौथे भाव में होने से व्यक्ति को अपने परिवार और घर से विशेष प्रेम मिलता है।
2. इस स्थिति में व्यक्ति का घर सुखी और समृद्ध होता है।
3. व्यक्ति को माता से विशेष प्रेम और समर्थन प्राप्त होता है।
4. इस स्थिति में व्यक्ति का झुकाव शिक्षा, ज्ञान और उच्च शिक्षा की ओर होता है।
5. व्यक्ति को भूमि, संपत्ति, और वाहनों का लाभ मिलता है।
6. इस स्थिति में व्यक्ति का स्वभाव धार्मिक और आध्यात्मिक होता है।
7. व्यक्ति के पास सामाजिक सम्मान और प्रतिष्ठा प्राप्त करने की संभावना अधिक होती है।
8. व्यक्ति का स्वास्थ्य अच्छा रहता है और मानसिक शांति प्राप्त होती है।
9. इस स्थिति में व्यक्ति की शिक्षा में सफलता की संभावना अधिक होती है।
10. व्यक्ति को परिवार में सुख और शांति की प्राप्ति होती है।

निशानियाँ (Symptoms/Characteristics):

1. व्यक्ति का झुकाव शिक्षा, अध्यापन और उच्च ज्ञान की ओर होता है।
2. व्यक्ति का घर सुंदर, सुव्यवस्थित और समृद्धि से भरा होता है।

3. व्यक्ति की माता के साथ अच्छे संबंध और विशेष प्रेम होता है।

4. व्यक्ति का धार्मिक और आध्यात्मिक कार्यों में विश्वास होता है।

5. व्यक्ति के पास संपत्ति और वाहनों का सुख होता है।

6. व्यक्ति के जीवन में मानसिक शांति और संतुलन होता है।

7. व्यक्ति का समाज में एक प्रतिष्ठित और सम्माननीय स्थान होता है।

8. व्यक्ति को घर और परिवार में आराम और सुख की प्राप्ति होती है।

9. व्यक्ति का झुकाव गृहस्थ जीवन में होता है और वह पारिवारिक मूल्यों का पालन करता है।

10. व्यक्ति का स्वभाव विनम्र, शांतिप्रिय और धार्मिक होता है।

सावधानियाँ (Precautions):

1. **धार्मिक आडंबर से बचें**: धर्म और आध्यात्मिकता में संतुलन बनाए रखें, आडंबर से दूर रहें।

2. **माता-पिता की सेवा करें**: माता-पिता का सम्मान करें और उनकी देखभाल में कमी न करें।

3. **अत्यधिक भावुकता से बचें**: भावनात्मक निर्णय लेने से बचें और संतुलित सोच रखें।

4. **अनावश्यक खर्चों से बचें**: घर और संपत्ति से संबंधित अनावश्यक खर्चों से बचें।

5. **स्वास्थ्य का ध्यान रखें**: शारीरिक और मानसिक स्वास्थ्य पर ध्यान दें और स्वस्थ दिनचर्या बनाए रखें।

6. **गृहस्थ जीवन में संयम बनाए रखें**: पारिवारिक विवादों से बचें और समझदारी से निर्णय लें।

7. **संपत्ति से जुड़े विवादों में सावधानी बरतें**: संपत्ति के मामलों में कानूनी सलाह लें और सोच-समझकर निर्णय करें।

8. **धार्मिक विचारधाराओं में संतुलन बनाए रखें**: अत्यधिक धार्मिकता से बचें और यथार्थवादी दृष्टिकोण अपनाएं।

9. **अनावश्यक यात्राओं से बचें**: घर पर ध्यान दें और परिवार के साथ समय बिताएं।

10. **अति आत्मविश्वास से बचें**: सफलता में संतुलन बनाए रखें और अति आत्मविश्वास से दूर रहें।

उपाय (Remedies):

1. **गुरुवार का व्रत रखें**: गुरुवार के दिन व्रत रखें और पीले वस्त्र धारण करें।

2. **पीले वस्तुओं का दान करें**: गुरुवार को पीले वस्त्र, चने की दाल, हल्दी, और केसर का दान करें।

3. **गाय को चारा खिलाएं**: गुरुवार के दिन गाय को हरा चारा और गुड़ खिलाएं।

4. **गुरु मंत्र का जाप करें**: "ॐ ग्रां ग्रीं ग्रौं सः गुरुवे नमः" मंत्र का नियमित जाप करें।

5. **तुलसी की पूजा करें**: प्रतिदिन तुलसी के पौधे की पूजा करें और उसमें जल चढ़ाएं।

6. **बृहस्पति यंत्र की स्थापना करें**: घर में बृहस्पति यंत्र की स्थापना करें और उसकी पूजा करें।

7. **ध्यान और योग का अभ्यास करें**: मानसिक शांति और स्वास्थ्य के लिए ध्यान और योग का अभ्यास करें।

8. **पंडित या ब्राह्मण को भोजन कराएं**: गुरुवार को पंडित या ब्राह्मण को भोजन कराएं और आशीर्वाद प्राप्त करें।

9. **पवित्र ग्रंथों का अध्ययन करें**: धार्मिक ग्रंथों का अध्ययन करें और उनसे प्रेरणा लें।

10. **पारिवारिक हवन करें**: परिवार में सुख-शांति के लिए हवन करें और ईश्वर का आशीर्वाद प्राप्त करें।

विशेष ध्यान दें (Special Attention):

- माता-पिता और परिवार के सदस्यों के प्रति प्रेम और सम्मान बनाए रखें।
- घर में सुख-शांति और समृद्धि के लिए ध्यान केंद्रित करें।
- मानसिक शांति बनाए रखने के लिए ध्यान और योग का अभ्यास करें।
- धार्मिकता और आध्यात्मिकता में संतुलन बनाए रखें, अति धार्मिकता से दूर रहें।
- संपत्ति और धन से जुड़े मामलों में सावधानी बरतें और कानूनी सलाह लें।

- शिक्षा और ज्ञान के प्रति रुचि बनाए रखें और अपने ज्ञान का विस्तार करें।
- गृहस्थ जीवन में संतुलन बनाए रखें और परिवार के साथ अच्छे संबंध बनाएं।
- घर में स्वच्छता और सकारात्मक ऊर्जा बनाए रखें।
- मानसिक संतुलन और आत्म-विश्वास को मजबूत करने के लिए सकारात्मक दृष्टिकोण अपनाएं।
- पारिवारिक सुख-शांति के लिए नियमित रूप से प्रार्थना और धार्मिक अनुष्ठान करें।

गुरु पाँचवें भाव में

एक पंक्ति की भविष्यवाणियाँ (One-liner Predictions):

1. गुरु पाँचवें भाव में होने से व्यक्ति को बुद्धिमानी और सृजनात्मकता में विशेषता मिलती है।
2. इस स्थिति में व्यक्ति को शिक्षा और ज्ञान की ओर झुकाव होता है।
3. व्यक्ति के बच्चों के साथ अच्छे संबंध होते हैं और वे जीवन में सफलता प्राप्त करते हैं।
4. इस स्थिति में व्यक्ति को सृजनात्मक कार्यों में सफलता मिलती है।
5. व्यक्ति को प्रेम संबंधों में भाग्यशाली माना जाता है।
6. इस स्थिति में व्यक्ति का झुकाव धार्मिकता और अध्यात्म की ओर होता है।

7. व्यक्ति को जीवन में उच्च शिक्षा और ज्ञान की प्राप्ति होती है।

8. इस स्थिति में व्यक्ति को भाग्य का सहयोग मिलता है।

9. व्यक्ति के पास नेतृत्व क्षमता और आत्म-विश्वास की भावना होती है।

10. व्यक्ति के जीवन में रोमांच और आनंद की कमी नहीं होती है।

निशानियाँ (Symptoms/Characteristics):

1. व्यक्ति का शिक्षा और ज्ञान के प्रति गहरा लगाव होता है।

2. व्यक्ति के पास सृजनात्मक सोच और नई चीजों को सिखने की जिज्ञासा होती है।

3. व्यक्ति के बच्चों के साथ अच्छे और स्नेहपूर्ण संबंध होते हैं।

4. व्यक्ति प्रेम संबंधों में सफल रहता है और उसकी सोच सकारात्मक होती है।

5. व्यक्ति धार्मिक कार्यों और धार्मिक पुस्तकों में रुचि लेता है।

6. व्यक्ति का सामाजिक जीवन सक्रिय और सम्माननीय होता है।

7. व्यक्ति को उच्च शिक्षा में सफलता प्राप्त होती है और वह विद्वान माना जाता है।

8. व्यक्ति की नेतृत्व क्षमता मजबूत होती है और वह दूसरों का मार्गदर्शन कर सकता है।

9. व्यक्ति का जीवन में सकारात्मक दृष्टिकोण और धैर्य होता है।
10. व्यक्ति सृजनात्मक कार्यों और कला में रुचि रखता है।

सावधानियाँ (Precautions):

1. **अत्यधिक आत्म-विश्वास से बचें**: आत्म-विश्वास का संतुलन बनाए रखें और अहंकार से दूर रहें।
2. **बच्चों की अपेक्षाओं को समझें**: बच्चों के प्रति अत्यधिक कठोर न हों, उनकी भावनाओं का ध्यान रखें।
3. **प्रेम संबंधों में संतुलन बनाए रखें**: संबंधों में धैर्य और समझदारी से काम लें।
4. **धार्मिक आडंबर से बचें**: धार्मिकता में संतुलन रखें और अत्यधिक धार्मिक होने से बचें।
5. **सृजनात्मकता को अनुशासित करें**: अपने सृजनात्मक विचारों को सकारात्मक दिशा में लगाएं।
6. **अत्यधिक विचारशीलता से बचें**: सोच में अत्यधिक गहराई में न जाएं और व्यावहारिक बनें।
7. **ध्यान केंद्रित रखें**: शिक्षा और ज्ञान की दिशा में ध्यान केंद्रित रखें और अनावश्यक विचलित न हों।
8. **अति महत्वाकांक्षा से बचें**: जीवन में संतुलन बनाए रखें और अपनी महत्वाकांक्षाओं को नियंत्रित रखें।
9. **संबंधों में धैर्य रखें**: प्रेम और पारिवारिक संबंधों में धैर्य बनाए रखें और जल्दबाजी न करें।

10. **स्वास्थ्य का ध्यान रखें**: मानसिक और शारीरिक स्वास्थ्य पर ध्यान दें और नियमित योग और ध्यान करें।

उपाय (Remedies):

1. **गुरुवार का व्रत रखें**: गुरुवार के दिन व्रत रखें और पीले वस्त्र धारण करें।
2. **गुरु मंत्र का जाप करें**: "ॐ ग्रां ग्रीं ग्रौं सः गुरुवे नमः" मंत्र का नियमित जाप करें।
3. **पीली वस्तुओं का दान करें**: गुरुवार को पीले वस्त्र, चने की दाल, हल्दी, और केसर का दान करें।
4. **गाय को चारा खिलाएं**: गुरुवार के दिन गाय को हरा चारा और गुड़ खिलाएं।
5. **तुलसी की पूजा करें**: प्रतिदिन तुलसी के पौधे की पूजा करें और उसमें जल चढ़ाएं।
6. **ध्यान और योग का अभ्यास करें**: मानसिक शांति और आत्म-विश्वास के लिए ध्यान और योग का अभ्यास करें।
7. **पंडित या ब्राह्मण को भोजन कराएं**: गुरुवार को पंडित या ब्राह्मण को भोजन कराएं और आशीर्वाद प्राप्त करें।
8. **धार्मिक पुस्तकों का अध्ययन करें**: धार्मिक और ज्ञानवर्धक पुस्तकों का अध्ययन करें और उनसे प्रेरणा लें।
9. **पीले रत्न धारण करें**: पीला पुखराज या अन्य उपयुक्त रत्न धारण करें (विशेषज्ञ की सलाह से)।
10. **बृहस्पति यंत्र की पूजा करें**: घर में बृहस्पति यंत्र की स्थापना करें और उसकी नियमित पूजा करें।

विशेष ध्यान दें (Special Attention):

- शिक्षा और ज्ञान की ओर ध्यान दें और नई चीजों को सीखने के लिए उत्साहित रहें।
- सृजनात्मकता का सही दिशा में उपयोग करें और अपनी कलात्मक क्षमताओं का विकास करें।
- प्रेम और पारिवारिक़ संबंधों में धैर्य और समझदारी का पालन करें।
- धार्मिक और आध्यात्मिक जीवन में संतुलन बनाए रखें और अति धार्मिकता से बचें।
- अपने बच्चों के साथ अच्छे संबंध बनाए रखें और उनकी भावनाओं का सम्मान करें।
- आत्म-विश्वास को संतुलित रखें और अहंकार से दूर रहें।
- मानसिक और शारीरिक स्वास्थ्य के लिए नियमित योग और ध्यान का अभ्यास करें।
- सामाजिक जीवन में सक्रिय रहें और अपने विचारों को व्यक्त करें।
- शिक्षा और उच्च ज्ञान की दिशा में मेहनत करें और अपने लक्ष्यों को प्राप्त करें।
- परिवार के साथ समय बिताएं और उनके सुख-दुःख में सहभागी बनें।

गुरु छठे भाव में

एक पंक्ति की भविष्यवाणियाँ (One-liner Predictions):

1. गुरु छठे भाव में होने से व्यक्ति को शत्रुओं पर विजय प्राप्त होती है।
2. इस स्थिति में व्यक्ति को स्वास्थ्य समस्याओं से जल्दी उबरने की क्षमता होती है।
3. व्यक्ति का जीवन सेवा और सहायता के प्रति समर्पित होता है।
4. इस स्थिति में व्यक्ति के पास कानूनी और चिकित्सा क्षेत्रों में सफल होने की क्षमता होती है।
5. व्यक्ति को अपने कार्यक्षेत्र में आदर और प्रतिष्ठा प्राप्त होती है।
6. इस स्थिति में व्यक्ति को ऋण या कर्ज से बचने की सलाह दी जाती है।
7. व्यक्ति का झुकाव धार्मिक और सामाजिक सेवा की ओर होता है।
8. इस स्थिति में व्यक्ति के पास अच्छा आत्म-विश्वास और निर्णय लेने की क्षमता होती है।
9. व्यक्ति को नौकरी में सफलता और उन्नति की संभावना अधिक होती है।
10. व्यक्ति का स्वास्थ्य अच्छा रहता है और उसकी रोग-प्रतिरोधक क्षमता मजबूत होती है।

निशानियाँ (Symptoms/Characteristics):

1. व्यक्ति के जीवन में शत्रुओं पर विजय प्राप्त करने की प्रवृत्ति होती है।

2. व्यक्ति का स्वास्थ्य अच्छा रहता है और बीमारियों से उबरने की क्षमता अधिक होती है।

3. व्यक्ति का झुकाव सेवा और सामाजिक कार्यों की ओर होता है।

4. व्यक्ति के पास चिकित्सा, कानून, और सेवा से जुड़े क्षेत्रों में सफलता की संभावना होती है।

5. व्यक्ति के जीवन में संयम और अनुशासन का महत्व होता है।

6. व्यक्ति का स्वभाव धार्मिक और दानशील होता है।

7. व्यक्ति के पास अपने विचारों को प्रभावशाली ढंग से व्यक्त करने की क्षमता होती है।

8. व्यक्ति का जीवन में आत्म-विश्वास और धैर्य बना रहता है।

9. व्यक्ति का पारिवारिक और सामाजिक जीवन सामंजस्यपूर्ण होता है।

10. व्यक्ति की नेतृत्व क्षमता मजबूत होती है और वह दूसरों की मदद करने में सक्षम होता है।

सावधानियाँ (Precautions):

1. **ऋण और कर्ज से बचें**: कर्ज लेने से बचें और वित्तीय मामलों में समझदारी से काम लें।

2. **आहार और स्वास्थ्य का ध्यान रखें**: संतुलित आहार लें और नियमित स्वास्थ्य जांच कराएं।

3. **शत्रुओं से सावधान रहें**: अपने शत्रुओं के प्रति सतर्क रहें और समझदारी से व्यवहार करें।

4. **चिकित्सा मामलों में लापरवाही न करें**: स्वास्थ्य संबंधी समस्याओं को नज़रअंदाज़ न करें।

5. **अति आत्म-विश्वास से बचें**: अति आत्म-विश्वास से बचें और यथार्थवादी दृष्टिकोण अपनाएं।

6. **कानूनी मामलों में सावधानी बरतें**: कानूनी मुद्दों में सतर्क रहें और उचित सलाह लें।

7. **दूसरों की सहायता करते समय संतुलन बनाए रखें**: सेवा कार्यों में संतुलन बनाए रखें और स्वयं की अनदेखी न करें।

8. **धार्मिकता में अति न करें**: धर्म और आध्यात्मिकता में संतुलन बनाए रखें, अति धार्मिकता से दूर रहें।

9. **आलस्य से बचें**: नियमित रूप से सक्रिय रहें और आलस्य से बचें।

10. **सकारात्मक दृष्टिकोण बनाए रखें**: जीवन में सकारात्मक दृष्टिकोण बनाए रखें और निराशा से बचें।

उपाय (Remedies):

1. **गुरुवार का व्रत रखें**: गुरुवार के दिन व्रत रखें और पीले वस्त्र धारण करें।

2. **गुरु मंत्र का जाप करें**: "ॐ ग्रां ग्रीं ग्रौं सः गुरुवे नमः" मंत्र का नियमित जाप करें।

3. **पीली वस्तुओं का दान करें**: गुरुवार को पीले वस्त्र, चने की दाल, हल्दी, और केसर का दान करें।

4. **गाय को चारा खिलाएं**: गुरुवार के दिन गाय को हरा चारा और गुड़ खिलाएं।

5. **तुलसी की पूजा करें**: प्रतिदिन तुलसी के पौधे की पूजा करें और उसमें जल चढ़ाएं।

6. **ध्यान और योग का अभ्यास करें**: मानसिक शांति और आत्म-विश्वास के लिए ध्यान और योग का अभ्यास करें।

7. **पीला पुखराज धारण करें**: पीला पुखराज रत्न धारण करें (विशेषज्ञ की सलाह से)।

8. **दान और सेवा करें**: धर्मस्थल में दान करें और समाज सेवा में संलग्न रहें।

9. **पंडित या ब्राह्मण को भोजन कराएं**: गुरुवार को पंडित या ब्राह्मण को भोजन कराएं और आशीर्वाद प्राप्त करें।

10. **बृहस्पति यंत्र की पूजा करें**: घर में बृहस्पति यंत्र की स्थापना करें और उसकी पूजा करें।

विशेष ध्यान दें (Special Attention):

- शत्रुओं से सावधान रहें और विवादों से दूर रहें।
- स्वास्थ्य का विशेष ध्यान रखें और नियमित स्वास्थ्य जांच कराएं।
- सामाजिक सेवा और दान में संलग्न रहें, लेकिन संतुलन बनाए रखें।
- वित्तीय मामलों में समझदारी और अनुशासन का पालन करें।

- अपने कार्यक्षेत्र में अनुशासन और मेहनत बनाए रखें।
- जीवन में आत्म-विश्वास बनाए रखें लेकिन अति आत्म-विश्वास से बचें।
- धार्मिकता और आध्यात्मिकता में संतुलन बनाए रखें, अति धार्मिकता से दूर रहें।
- योग और ध्यान का नियमित अभ्यास करें और मानसिक शांति प्राप्त करें।
- सेवा कार्यों में सहभागी बनें लेकिन अपनी जिम्मेदारियों को न भूलें।
- कानूनी मामलों में सावधानी बरतें और उचित सलाह का पालन करें।

गुरु सातवें भाव में

एक पंक्ति की भविष्यवाणियाँ (One-liner Predictions):

1. गुरु सातवें भाव में होने से व्यक्ति को भाग्यशाली विवाह और सुखद वैवाहिक जीवन प्राप्त होता है।
2. इस स्थिति में व्यक्ति का जीवनसाथी धार्मिक और बुद्धिमान हो सकता है।
3. व्यक्ति को व्यापार और साझेदारी में लाभ होने की संभावना रहती है।
4. इस स्थिति में व्यक्ति की समाज में अच्छी प्रतिष्ठा होती है।
5. व्यक्ति को सामाजिक और व्यक्तिगत संबंधों में स्थिरता प्राप्त होती है।

6. इस स्थिति में व्यक्ति के जीवन में सुख, शांति, और संतुलन बना रहता है।

7. व्यक्ति का जीवनसाथी दयालु और स्नेही होता है।

8. इस स्थिति में व्यक्ति का झुकाव धार्मिक और आध्यात्मिकता की ओर होता है।

9. व्यक्ति को कानूनी मामलों में सफलता मिलती है।

10. व्यक्ति का व्यापारिक और साझेदारी संबंधी निर्णय सफल होते हैं।

निशानियाँ (Symptoms/Characteristics):

1. व्यक्ति के जीवन में विवाह के बाद भाग्य का उदय होता है।

2. व्यक्ति का जीवनसाथी बुद्धिमान, धार्मिक और नैतिक मूल्यों से युक्त हो सकता है।

3. व्यक्ति व्यापार और साझेदारी में सफलता प्राप्त करता है।

4. समाज में व्यक्ति की एक सम्माननीय स्थिति होती है।

5. व्यक्ति का पारिवारिक जीवन सुखमय और संतुलित होता है।

6. व्यक्ति का झुकाव धार्मिक कार्यों और धार्मिक ग्रंथों की ओर होता है।

7. व्यक्ति का स्वभाव दयालु, स्नेही, और मिलनसार होता है।

8. व्यक्ति को दूसरों की सहायता करने में आनंद मिलता है।

9. व्यक्ति के वैवाहिक जीवन में स्थिरता और संतुलन बना रहता है।

10. व्यक्ति का जीवनसाथी ईमानदार और समझदार होता है।

सावधानियाँ (Precautions):

1. **साझेदारी में सावधानी बरतें**: साझेदारी में ईमानदारी बनाए रखें और आर्थिक लेन-देन में स्पष्टता रखें।

2. **वैवाहिक संबंधों में धैर्य बनाए रखें**: वैवाहिक जीवन में धैर्य और समझदारी से काम लें।

3. **अति धार्मिकता से बचें**: धार्मिकता में संतुलन बनाए रखें और अति धार्मिकता से दूर रहें।

4. **आर्थिक मामलों में समझदारी दिखाएं**: व्यापार और वित्तीय मामलों में सोच-समझकर निर्णय लें।

5. **अपेक्षाएँ कम रखें**: जीवनसाथी से अत्यधिक अपेक्षाएँ न रखें, संतुलन बनाए रखें।

6. **कानूनी मामलों में सतर्क रहें**: कानूनी मुद्दों में समझदारी से काम लें और उचित सलाह लें।

7. **दूसरों पर अधिक निर्भर न हों**: व्यक्तिगत जिम्मेदारियों को खुद संभालें और दूसरों पर अधिक निर्भर न हों।

8. **संतुलित दृष्टिकोण बनाए रखें**: जीवन में संतुलन और धैर्य बनाए रखें।

9. **संबंधों में ईमानदारी रखें**: वैवाहिक और साझेदारी संबंधों में ईमानदारी बनाए रखें।

10. **दूसरों के प्रति संवेदनशील रहें**: दूसरों की भावनाओं का सम्मान करें और किसी भी विवाद से बचें।

उपाय (Remedies):

1. **गुरुवार का व्रत रखें**: गुरुवार के दिन व्रत रखें और पीले वस्त्र धारण करें।
2. **गुरु मंत्र का जाप करें**: "ॐ ग्रां ग्रीं ग्रौं सः गुरुवे नमः" मंत्र का नियमित जाप करें।
3. **पीली वस्तुओं का दान करें**: गुरुवार को पीले वस्त्र, चने की दाल, हल्दी, और केसर का दान करें।
4. **गाय को चारा खिलाएं**: गुरुवार के दिन गाय को हरा चारा और गुड़ खिलाएं।
5. **पति-पत्नी के बीच संवाद बनाए रखें**: वैवाहिक संबंधों में संवाद बनाए रखें और एक-दूसरे की भावनाओं को समझें।
6. **तुलसी की पूजा करें**: प्रतिदिन तुलसी के पौधे की पूजा करें और उसमें जल चढ़ाएं।
7. **ध्यान और योग का अभ्यास करें**: मानसिक शांति और आत्म-विश्वास के लिए ध्यान और योग का अभ्यास करें।
8. **पीला पुखराज धारण करें**: पीला पुखराज रत्न धारण करें (विशेषज्ञ की सलाह से)।
9. **दूसरों की सहायता करें**: धार्मिक कार्यों में सहभागी बनें और दान-पुण्य करें।
10. **बृहस्पति यंत्र की पूजा करें**: घर में बृहस्पति यंत्र की स्थापना करें और उसकी पूजा करें।

विशेष ध्यान दें (Special Attention):

- वैवाहिक जीवन में धैर्य और समझदारी का पालन करें।
- व्यापार और साझेदारी में स्पष्टता और ईमानदारी बनाए रखें।
- जीवनसाथी के साथ सामंजस्य बनाए रखें और एक-दूसरे की भावनाओं का सम्मान करें।
- धार्मिकता में संतुलन बनाए रखें और अति धार्मिकता से दूर रहें।
- सामाजिक कार्यों में सक्रिय रहें और दूसरों की सहायता करें।
- कानूनी मामलों में उचित सलाह का पालन करें और सोच-समझकर निर्णय लें।
- जीवन में संतुलित दृष्टिकोण बनाए रखें और किसी भी विवाद से बचें।
- योग और ध्यान का नियमित अभ्यास करें और मानसिक शांति प्राप्त करें।
- जीवन में ईमानदारी और नैतिकता का पालन करें।
- जीवनसाथी के साथ मिलकर महत्वपूर्ण निर्णय लें और साथ में समय बिताएं।

गुरु अष्टम भाव में

एक पंक्ति की भविष्यवाणियाँ (One-liner Predictions):

1. गुरु अष्टम भाव में होने से व्यक्ति को गहन आध्यात्मिकता और रहस्यों की जानकारी प्राप्त होती है।

2. इस स्थिति में व्यक्ति को अचानक धन लाभ या संपत्ति की प्राप्ति हो सकती है।

3. व्यक्ति का जीवन गूढ़ विज्ञानों और गहन शोध की ओर आकर्षित हो सकता है।

4. इस स्थिति में व्यक्ति की आयु लंबी होती है और उसे स्वास्थ्य संबंधी समस्याओं से राहत मिलती है।

5. व्यक्ति के जीवन में विपरीत परिस्थितियों में भी संतुलन बनाए रखने की क्षमता होती है।

6. इस स्थिति में व्यक्ति को पैतृक संपत्ति और जायदाद से लाभ हो सकता है।

7. व्यक्ति का स्वभाव रहस्यमय और आकर्षक हो सकता है।

8. इस स्थिति में व्यक्ति के जीवन में कठिनाइयाँ आती हैं, लेकिन गुरु का आशीर्वाद उन पर विजय दिलाता है।

9. व्यक्ति का झुकाव गूढ़ और तांत्रिक विधियों की ओर हो सकता है।

10. व्यक्ति का स्वास्थ्य सामान्यतः अच्छा रहता है, लेकिन पेट और जिगर से जुड़ी समस्याएँ हो सकती हैं।

निशानियाँ (Symptoms/Characteristics):

1. व्यक्ति का स्वभाव गूढ़ और रहस्यमय होता है।

2. व्यक्ति का झुकाव आध्यात्मिकता, तंत्र, और गूढ़ ज्ञान की ओर होता है।

3. व्यक्ति को पैतृक संपत्ति से लाभ हो सकता है।

4. व्यक्ति के पास दूसरों के रहस्यों को समझने और उन्हें सुलझाने की क्षमता होती है।

5. व्यक्ति के जीवन में अचानक बदलाव और परिवर्तन हो सकते हैं।

6. व्यक्ति को जोखिमपूर्ण निवेश और योजनाओं में लाभ प्राप्त हो सकता है।

7. व्यक्ति का स्वास्थ्य अच्छा रहता है, लेकिन पेट और जिगर से जुड़ी समस्याओं का ध्यान रखना चाहिए।

8. व्यक्ति का जीवन आध्यात्मिक शोध और अध्ययन में बीत सकता है।

9. व्यक्ति का स्वभाव गंभीर और गहन होता है, और वह जीवन के रहस्यों को जानने के प्रति उत्सुक रहता है।

10. व्यक्ति को जीवन में अचानक धन प्राप्ति या अनपेक्षित लाभ की संभावनाएँ होती हैं।

सावधानियाँ (Precautions):

1. **पेट और जिगर का ध्यान रखें**: स्वास्थ्य का ध्यान रखें और पेट से जुड़ी समस्याओं की अनदेखी न करें।

2. **अचानक बदलावों के लिए तैयार रहें**: जीवन में अचानक बदलावों के लिए मानसिक रूप से तैयार रहें।

3. **गूढ़ और रहस्यमय विषयों में संतुलन बनाए रखें**: तंत्र और गूढ़ विषयों में गहराई से जुड़े रहने पर संयम रखें।
4. **धन के मामलों में समझदारी दिखाएं**: जोखिमपूर्ण निवेशों में सोच-समझकर निर्णय लें।
5. **अत्यधिक चिंता से बचें**: जीवन के रहस्यों पर अत्यधिक चिंता न करें और संतुलित दृष्टिकोण अपनाएँ।
6. **स्वास्थ्य को प्राथमिकता दें**: नियमित स्वास्थ्य जांच कराएं और स्वस्थ जीवनशैली अपनाएँ।
7. **पैतृक संपत्ति से जुड़े विवादों में सतर्क रहें**: पैतृक संपत्ति और जायदाद के मामलों में सावधानी बरतें।
8. **भावनाओं पर काबू रखें**: भावनाओं को नियंत्रित रखें और जीवन के उतार-चढ़ाव से विचलित न हों।
9. **अति आध्यात्मिकता से बचें**: आध्यात्मिकता में संतुलन बनाए रखें और अति धार्मिकता से दूर रहें।
10. **सामाजिक संबंधों को सहेजें**: सामाजिक जीवन में संतुलन बनाए रखें और दूसरों के साथ व्यवहार में समझदारी दिखाएँ।

उपाय (Remedies):

1. **गुरुवार का व्रत रखें**: गुरुवार के दिन व्रत रखें और पीले वस्त्र धारण करें।
2. **गुरु मंत्र का जाप करें**: "ॐ ग्रां ग्रीं ग्रौं सः गुरुवे नमः" मंत्र का नियमित जाप करें।

3. **पीली वस्तुओं का दान करें**: गुरुवार को पीले वस्त्र, चने की दाल, हल्दी, और केसर का दान करें।
4. **गाय को चारा खिलाएं**: गुरुवार के दिन गाय को हरा चारा और गुड़ खिलाएं।
5. **ध्यान और योग का अभ्यास करें**: मानसिक शांति और आत्म-विश्वास के लिए ध्यान और योग का अभ्यास करें।
6. **पीला पुखराज धारण करें**: पीला पुखराज रत्न धारण करें (विशेषज्ञ की सलाह से)।
7. **दान-पुण्य करें**: धार्मिक कार्यों में सहभागी बनें और दान-पुण्य करें।
8. **नियमित प्राणायाम करें**: स्वास्थ्य के लिए नियमित रूप से प्राणायाम और ध्यान का अभ्यास करें।
9. **पंडित या ब्राह्मण को भोजन कराएं**: गुरुवार को पंडित या ब्राह्मण को भोजन कराएं और आशीर्वाद प्राप्त करें।
10. **बृहस्पति यंत्र की पूजा करें**: घर में बृहस्पति यंत्र की स्थापना करें और उसकी पूजा करें।

विशेष ध्यान दें (Special Attention):

- स्वास्थ्य का विशेष ध्यान रखें, विशेषकर पेट और जिगर से जुड़ी समस्याओं का।
- पैतृक संपत्ति और वित्तीय मामलों में समझदारी से निर्णय लें।
- जीवन में अचानक आने वाले परिवर्तनों को सहजता से स्वीकारें।

- आध्यात्मिकता में गहराई के साथ संतुलन बनाए रखें और जीवन में अत्यधिक चिंता से बचें।
- योग और ध्यान का नियमित अभ्यास करें और मानसिक शांति प्राप्त करें।
- जोखिमपूर्ण निवेशों में सोच-समझकर निर्णय लें और अत्यधिक लाभ की उम्मीद न करें।
- सामाजिक और पारिवारिक जीवन में संतुलन बनाए रखें।
- धार्मिक कार्यों और दान-पुण्य में संलग्न रहें, लेकिन संतुलन बनाए रखें।
- तंत्र और गूढ़ ज्ञान की ओर आकर्षित होने पर सावधानी बरतें।
- जीवन में विनम्रता और धैर्य का पालन करें और विवादों से दूर रहें।

गुरु नवम भाव में

एक पंक्ति की भविष्यवाणियाँ (One-liner Predictions):

1. गुरु नवम भाव में होने से व्यक्ति धार्मिक और आध्यात्मिक प्रवृत्ति का होता है।
2. व्यक्ति को उच्च शिक्षा में सफलता और ज्ञान की प्राप्ति होती है।
3. इस स्थिति में व्यक्ति भाग्यशाली होता है और उसके कार्यों में सफलता मिलती है।

4. व्यक्ति का जीवन नैतिकता और सिद्धांतों पर आधारित होता है।
5. इस स्थिति में व्यक्ति को धार्मिक यात्राओं का आनंद प्राप्त होता है।
6. व्यक्ति को गुरुजनों और बुजुर्गों का सहयोग मिलता है।
7. इस स्थिति में व्यक्ति विदेश यात्राओं और विदेश में बसने की संभावनाएँ रखता है।
8. व्यक्ति का झुकाव धर्म, दर्शन और आध्यात्मिकता की ओर होता है।
9. व्यक्ति समाज में प्रतिष्ठित और सम्मानित होता है।
10. इस स्थिति में व्यक्ति का भाग्य मजबूत होता है और जीवन में तरक्की मिलती है।

निशानियाँ (Symptoms/Characteristics):

1. व्यक्ति धार्मिक और नैतिक मूल्यों में विश्वास रखता है।
2. उच्च शिक्षा और ज्ञान की ओर झुकाव होता है।
3. व्यक्ति धार्मिक यात्राओं और तीर्थ स्थानों की यात्रा करना पसंद करता है।
4. व्यक्ति का स्वभाव दार्शनिक और विचारशील होता है।
5. जीवन में गुरुजनों और बुजुर्गों का सम्मान करता है।
6. व्यक्ति का भाग्य उसके कार्यों में सफलता दिलाता है।

7. व्यक्ति को सामाजिक और धार्मिक गतिविधियों में भाग लेने का शौक होता है।

8. जीवन में नैतिकता और सच्चाई का पालन करता है।

9. व्यक्ति की शिक्षा और ज्ञान दूसरों के लिए प्रेरणा का स्रोत बनता है।

10. व्यक्ति समाज में एक शिक्षाविद, धर्मगुरु या विचारक के रूप में पहचाना जाता है।

सावधानियाँ (Precautions):

1. **अत्यधिक धार्मिकता से बचें**: धार्मिकता में संतुलन बनाए रखें और अंधविश्वास से दूर रहें।

2. **धार्मिक संघर्षों में न उलझें**: धर्म और दर्शन के मामलों में विवादों से बचें।

3. **गुरुओं के प्रति अत्यधिक निर्भर न हों**: गुरुजनों का सम्मान करें, लेकिन उन पर पूरी तरह निर्भर न हों।

4. **व्यर्थ की यात्राओं से बचें**: धार्मिक यात्राओं में अत्यधिक समय न बिताएँ और समय का सदुपयोग करें।

5. **स्वयं के सिद्धांतों पर अडिग न हों**: अत्यधिक कठोरता और सिद्धांतवाद से बचें।

6. **विदेश यात्राओं में सावधानी बरतें**: विदेश यात्राओं के दौरान सावधानी बरतें और उचित योजना बनाएं।

7. **धार्मिक मान्यताओं में लचीला दृष्टिकोण अपनाएँ**: धार्मिक मान्यताओं में लचीलापन बनाए रखें और दूसरों की राय का सम्मान करें।

8. **आत्म-ध्यान और आत्म-मूल्यांकन करें**: अपने आंतरिक मनोभावों का मूल्यांकन करें और मानसिक संतुलन बनाए रखें।

9. **गुरु मंत्र का पालन सोच-समझकर करें**: गुरु मंत्रों और धार्मिक विधियों का पालन सोच-समझकर करें।

10. **धर्म और दर्शन में संतुलन बनाए रखें**: जीवन में धर्म और दर्शन के बीच संतुलन बनाए रखें और अत्यधिक धार्मिकता से बचें।

उपाय (Remedies):

1. **गुरुवार का व्रत रखें**: गुरुवार के दिन व्रत रखें और पीले वस्त्र धारण करें।

2. **गुरु मंत्र का जाप करें**: "ॐ बृं बृहस्पतये नमः" मंत्र का नियमित जाप करें।

3. **पीली वस्तुओं का दान करें**: गुरुवार को पीली वस्तुएं जैसे हल्दी, चने की दाल, पीले वस्त्र आदि दान करें।

4. **गुरुजनों और बुजुर्गों का सम्मान करें**: गुरुजनों और बुजुर्गों का आशीर्वाद प्राप्त करें।

5. **धार्मिक ग्रंथों का अध्ययन करें**: धार्मिक और आध्यात्मिक ग्रंथों का नियमित अध्ययन करें।

6. **विदेश यात्राओं में उचित तैयारी करें**: विदेश यात्राओं के लिए सही योजना बनाएं और सावधानी बरतें।

7. **धार्मिक यात्राओं का आयोजन करें**: धार्मिक यात्राओं का आयोजन करें और तीर्थ स्थानों की यात्रा करें।

8. **पीला पुखराज धारण करें**: पीला पुखराज धारण करें (विशेषज्ञ की सलाह से)।
9. **ध्यान और प्राणायाम करें**: मानसिक शांति के लिए ध्यान और प्राणायाम का अभ्यास करें।
10. **धार्मिक कार्यक्रमों में सहभागिता करें**: धार्मिक और सामाजिक कार्यक्रमों में सक्रिय रूप से भाग लें।

विशेष ध्यान दें (Special Attention):

- जीवन में नैतिकता और सच्चाई का पालन करें और दूसरों के प्रति उदार रहें।
- धार्मिक यात्राओं और तीर्थ स्थानों का ध्यानपूर्वक चयन करें और अत्यधिक यात्राओं से बचें।
- उच्च शिक्षा और ज्ञान की प्राप्ति के लिए नियमित अध्ययन करें और गुरुजनों की सलाह लें।
- जीवन में संतुलन बनाए रखें और धर्म, दर्शन, तथा आध्यात्मिकता में संतुलन बनाए रखें।
- विदेश यात्राओं और विदेश में बसने के अवसरों का लाभ उठाएं, लेकिन सही योजना बनाएं।
- समाज में एक अच्छे विचारक, शिक्षाविद, और मार्गदर्शक के रूप में अपनी पहचान बनाएँ।
- धार्मिकता और नैतिकता में अत्यधिक कठोरता से बचें और लचीला दृष्टिकोण अपनाएं।
- ध्यान और आत्मचिंतन के लिए समय निकालें और अपने आंतरिक मनोभावों का मूल्यांकन करें।

- धर्म और दर्शन के बीच संतुलन बनाए रखें और किसी भी तरह के विवादों से दूर रहें।
- दूसरों के विचारों और मान्यताओं का सम्मान करें और धार्मिक संघर्षों में न उलझें।

गुरु दशम भाव में

एक पंक्ति की भविष्यवाणियाँ (One-liner Predictions):

1. गुरु दशम भाव में होने से व्यक्ति का करियर और समाज में प्रतिष्ठा मजबूत होती है।
2. व्यक्ति को नेतृत्व करने की क्षमता मिलती है और वह समाज में एक प्रतिष्ठित स्थान प्राप्त करता है।
3. इस स्थिति में व्यक्ति का कार्यक्षेत्र शिक्षा, धर्म, या आध्यात्मिकता से जुड़ा हो सकता है।
4. व्यक्ति का भाग्य करियर में सफलता की ओर बढ़ता है।
5. इस स्थिति में व्यक्ति उच्च पदों पर नियुक्ति पाता है।
6. व्यक्ति का समाज में एक मार्गदर्शक या शिक्षक के रूप में सम्मान होता है।
7. इस स्थिति में व्यक्ति का प्रभाव समाज पर सकारात्मक रूप से पड़ता है।
8. व्यक्ति को कार्यक्षेत्र में स्थिरता और विकास प्राप्त होता है।
9. व्यक्ति के परिवार और समाज में उसका मान-सम्मान बढ़ता है।

10. इस स्थिति में व्यक्ति एक अच्छे सलाहकार और प्रबंधनकर्ता के रूप में उभरता है।

निशानियाँ (Symptoms/Characteristics):

1. व्यक्ति करियर और पेशे में सफलता प्राप्त करता है।
2. समाज में उसका मान-सम्मान बढ़ता है और वह एक प्रतिष्ठित व्यक्ति के रूप में पहचाना जाता है।
3. व्यक्ति का झुकाव धार्मिक और नैतिक कार्यों की ओर होता है।
4. व्यक्ति उच्च पदों पर आसीन हो सकता है और नेतृत्व की भूमिका निभाता है।
5. शिक्षा, धर्म, और आध्यात्मिकता में व्यक्ति की गहरी रुचि होती है।
6. व्यक्ति का जीवन में लक्ष्यों को प्राप्त करने का संकल्प मजबूत होता है।
7. व्यक्ति की समाज में एक प्रभावशाली उपस्थिति होती है।
8. व्यक्ति का परिवार और समाज में उसका आदर होता है।
9. करियर में स्थिरता और आर्थिक समृद्धि प्राप्त होती है।
10. व्यक्ति अच्छे और नैतिक कार्यों में विश्वास करता है।

सावधानियाँ (Precautions):

1. **अत्यधिक गर्व से बचें**: समाज में प्रतिष्ठा और सफ़लता प्राप्त करने के बाद अहंकार से बचें।

2. **कार्यक्षेत्र में अनुशासन बनाए रखें**: कार्यक्षेत्र में अनुशासन और कड़ी मेहनत का पालन करें।
3. **धार्मिकता में संतुलन बनाए रखें**: धार्मिकता में संतुलन बनाए रखें और अंधविश्वास से बचें।
4. **अधिकारों का दुरुपयोग न करें**: उच्च पदों पर नियुक्ति के बाद अपने अधिकारों का दुरुपयोग न करें।
5. **करियर में स्थिरता पर ध्यान दें**: करियर में स्थिरता बनाए रखें और जल्दी सफलता की उम्मीद न करें।
6. **परिवार के प्रति जिम्मेदारी निभाएं**: परिवार के प्रति अपने कर्तव्यों को नजरअंदाज न करें।
7. **सत्यता और नैतिकता का पालन करें**: जीवन में सत्य और नैतिकता का पालन करें।
8. **नेतृत्व में संतुलन बनाए रखें**: नेतृत्व में संतुलन बनाए रखें और दूसरों के विचारों का सम्मान करें।
9. **समाज में विवादों से बचें**: समाज में विवादों और अनचाही समस्याओं से दूर रहें।
10. **लक्ष्यों के प्रति दृढ़ रहें**: अपने लक्ष्यों के प्रति दृढ़ रहें और अधूरे कार्यों को पूरा करें।

उपाय (Remedies):

1. **गुरुवार का व्रत रखें**: गुरुवार के दिन व्रत रखें और भगवान विष्णु की पूजा करें।
2. **पीली वस्तुओं का दान करें**: गुरुवार को पीली वस्त्र, चने की दाल, और हल्दी का दान करें।

3. **गुरु मंत्र का जाप करें**: "ॐ बृं बृहस्पतये नमः" मंत्र का नियमित जाप करें।

4. **गुरुजनों का सम्मान करें**: गुरुजनों और बुजुर्गों का आदर करें और उनके आशीर्वाद प्राप्त करें।

5. **धार्मिक ग्रंथों का अध्ययन करें**: धार्मिक ग्रंथों का अध्ययन करें और धार्मिकता में संतुलन बनाए रखें।

6. **सकारात्मक सोच रखें**: करियर और समाज में सकारात्मक सोच बनाए रखें।

7. **पीला पुखराज धारण करें**: पीला पुखराज धारण करें (विशेषज्ञ की सलाह से)।

8. **समाज में सेवा कार्य करें**: समाज में सेवा कार्यों में भाग लें और दान करें।

9. **ध्यान और प्राणायाम करें**: मानसिक शांति के लिए ध्यान और प्राणायाम का अभ्यास करें।

10. **नैतिकता और सच्चाई का पालन करें**: जीवन में नैतिकता और सच्चाई का पालन करें और दूसरों के प्रति उदार रहें।

विशेष ध्यान दें (Special Attention):

- जीवन में नैतिकता और सच्चाई का पालन करें और समाज में एक अच्छे नागरिक की भूमिका निभाएं।
- करियर और पेशे में संतुलन बनाए रखें और अति महत्वाकांक्षी न बनें।
- उच्च पदों पर नियुक्ति के बाद अपनी जिम्मेदारियों को समझें और उनका पालन करें।

- धार्मिकता और नैतिकता में संतुलन बनाए रखें और अंधविश्वास से दूर रहें।
- समाज में सेवा कार्यों में भाग लें और समाज को योगदान दें।
- करियर में स्थिरता और विकास के लिए अनुशासन और कड़ी मेहनत का पालन करें।
- गुरुजनों और बुजुर्गों का आदर करें और उनके अनुभवों से सीखें।
- समाज में विवादों और अनचाही समस्याओं से दूर रहें और शांतिपूर्ण जीवन जीने का प्रयास करें।
- सकारात्मक सोच और धैर्य बनाए रखें, विशेषकर करियर में कठिन समय के दौरान।
- जीवन के लक्ष्यों के प्रति दृढ़ रहें और अधूरे कार्यों को पूरा करने का संकल्प लें।

गुरु एकादश भाव में

एक पंक्ति की भविष्यवाणियाँ (One-liner Predictions):

1. गुरु एकादश भाव में होने से व्यक्ति के मित्र और सामाजिक संपर्कों में वृद्धि होती है।
2. इस स्थिति में व्यक्ति को समाज में मान-सम्मान और आर्थिक लाभ प्राप्त होता है।
3. व्यक्ति के इच्छाओं और आकांक्षाओं की पूर्ति आसानी से होती है।

4. व्यक्ति का झुकाव धार्मिक और आध्यात्मिक गतिविधियों की ओर होता है।

5. इस स्थिति में व्यक्ति के मित्र मंडली में प्रतिष्ठित और सहयोगी लोग शामिल होते हैं।

6. व्यक्ति को अपने सपनों और लक्ष्यों को प्राप्त करने में सफलता मिलती है।

7. व्यक्ति का भाग्य मित्रों और समाज के सहयोग से प्रबल होता है।

8. व्यक्ति का करियर और व्यवसाय में आर्थिक लाभ बढ़ता है।

9. इस स्थिति में व्यक्ति को समाज में एक मार्गदर्शक के रूप में पहचाना जाता है।

10. व्यक्ति का समाज में एक सकारात्मक और प्रभावशाली उपस्थिति होती है।

निशानियाँ (Symptoms/Characteristics):

1. व्यक्ति के मित्र और सामाजिक संबंध मजबूत होते हैं।

2. व्यक्ति का झुकाव समाजसेवा और धार्मिक कार्यों की ओर होता है।

3. व्यक्ति आर्थिक रूप से समृद्ध होता है और उसे संपत्ति का लाभ मिलता है।

4. व्यक्ति का लक्ष्य-प्राप्ति के प्रति संकल्प मजबूत होता है।

5. व्यक्ति के समाज में आदर और मान-सम्मान बढ़ता है।

6. व्यक्ति को मित्रों और सहयोगियों से सहयोग मिलता है।
7. व्यक्ति की सामाजिक पहचान सकारात्मक होती है।
8. व्यक्ति का धर्म और अध्यात्म में गहरा रुझान होता है।
9. व्यक्ति का समाज में एक अच्छा मार्गदर्शक और सलाहकार के रूप में सम्मान होता है।
10. व्यक्ति अपने लक्ष्यों को पूरा करने में धैर्य और आत्मविश्वास दिखाता है।

सावधानियाँ (Precautions):

1. **फिजूलखर्ची से बचें**: धन का अनुचित खर्च न करें और आर्थिक मामलों में सतर्क रहें।
2. **अत्यधिक विश्वास से बचें**: मित्रों और सहयोगियों पर अत्यधिक विश्वास न करें।
3. **लक्ष्य के प्रति अनुशासन बनाए रखें**: लक्ष्यों की प्राप्ति के लिए अनुशासन का पालन करें।
4. **धार्मिकता में संतुलन बनाए रखें**: धार्मिकता में संतुलन बनाए रखें और अंधविश्वास से बचें।
5. **मित्रों के साथ संबंध सुधारें**: मित्रों के साथ अच्छे संबंध बनाए रखें और विवादों से बचें।
6. **समाज में विनम्रता बनाए रखें**: समाज में अहंकार से बचें और विनम्र रहें।
7. **आर्थिक मामलों में सतर्क रहें**: निवेश और वित्तीय निर्णयों में सावधानी बरतें।

8. **लक्ष्यों के प्रति धैर्य रखें**: लक्ष्य-प्राप्ति के लिए धैर्य बनाए रखें और जल्दबाजी न करें।

9. **नेतृत्व में सहयोगी बनें**: नेतृत्व में सहयोग की भावना बनाए रखें और दूसरों की सुनें।

10. **सकारात्मक सोच रखें**: समाज में सकारात्मक सोच बनाए रखें और दूसरों की मदद करें।

उपाय (Remedies):

1. **गुरुवार का व्रत रखें**: गुरुवार के दिन व्रत रखें और भगवान विष्णु की पूजा करें।

2. **पीले रंग के वस्त्र धारण करें**: पीले रंग के वस्त्र धारण करें और भोजन में हल्दी का उपयोग करें।

3. **गुरु मंत्र का जाप करें**: "ॐ बृं बृहस्पतये नमः" मंत्र का नियमित जाप करें।

4. **गुरुजनों का सम्मान करें**: गुरुजनों का आदर करें और उनके अनुभवों का लाभ उठाएं।

5. **धार्मिक स्थलों की यात्रा करें**: धार्मिक स्थलों की यात्रा करें और दान करें।

6. **गुरुवार को पीली वस्तुओं का दान करें**: गुरुवार को चने की दाल, पीले वस्त्र, और हल्दी का दान करें।

7. **समाजसेवा में भाग लें**: समाजसेवा के कार्यों में भाग लें और जरूरतमंदों की मदद करें।

8. **ध्यान और प्राणायाम करें**: मानसिक शांति और संतुलन के लिए ध्यान और प्राणायाम का अभ्यास करें।

9. **आध्यात्मिक ग्रंथों का अध्ययन करें**: धार्मिक और आध्यात्मिक ग्रंथों का अध्ययन करें।

10. **गुरु के आशीर्वाद लें**: गुरु के आशीर्वाद प्राप्त करें और उनके द्वारा बताए गए मार्ग पर चलें।

विशेष ध्यान दें (Special Attention):

- समाज में सहयोग और मित्रता के प्रति समर्पित रहें और अच्छे संबंध बनाए रखें।
- लक्ष्यों की प्राप्ति के लिए धैर्य और अनुशासन बनाए रखें।
- धार्मिकता और आध्यात्मिकता में संतुलन बनाए रखें और अंधविश्वास से बचें।
- आर्थिक मामलों में सतर्कता बरतें और फिजूलखर्ची से बचें।
- समाज में सेवा और दान के कार्यों में भाग लें और जरूरतमंदों की मदद करें।
- सकारात्मक सोच और विनम्रता बनाए रखें और समाज में विवादों से बचें।
- गुरुजनों का आदर करें और उनके अनुभवों से सीखें।
- मित्रों और सहयोगियों के साथ अच्छे संबंध बनाए रखें और उनकी सलाह का सम्मान करें।
- समाज में नेतृत्व की भूमिका निभाएं और दूसरों के लिए प्रेरणा स्रोत बनें।
- लक्ष्यों की प्राप्ति के लिए ईमानदारी और सत्यता का पालन करें।

गुरु द्वादश भाव में

एक पंक्ति की भविष्यवाणियाँ (One-liner Predictions):

1. गुरु द्वादश भाव में होने से व्यक्ति का झुकाव आध्यात्मिकता और ध्यान की ओर अधिक होता है।
2. इस स्थिति में व्यक्ति विदेश यात्रा करने या विदेश में बसने की संभावना रखता है।
3. व्यक्ति को अपने सपनों और कल्पनाओं में सफलता मिलती है।
4. आर्थिक मामलों में संयम न रखने से हानि हो सकती है।
5. व्यक्ति को छिपे हुए ज्ञान और रहस्यों की खोज में रुचि होती है।
6. यह स्थिति व्यक्ति को समाजसेवा और परोपकार के कार्यों में सक्रिय बनाती है।
7. व्यक्ति के जीवन में धार्मिकता और आध्यात्मिकता का प्रमुख स्थान होता है।
8. इस स्थिति में व्यक्ति का स्वास्थ्य ठीक रहता है लेकिन मानसिक शांति पाने के लिए ध्यान आवश्यक है।
9. व्यक्ति का झुकाव धर्म और मोक्ष की प्राप्ति की ओर होता है।
10. गुरु द्वादश भाव में होने पर व्यक्ति का सपना देखना और भविष्यवाणी करने में कौशल प्रबल होता है।

निशानियाँ (Symptoms/Characteristics):

1. व्यक्ति का स्वभाव शांत और दार्शनिक होता है।
2. व्यक्ति को धर्म और अध्यात्म में गहरी रुचि होती है।
3. व्यक्ति को एकांत में रहना और ध्यान करना पसंद होता है।
4. व्यक्ति को परोपकार और समाजसेवा में खुशी मिलती है।
5. व्यक्ति का धन विदेश या अप्रत्याशित स्त्रोतों से आता है।
6. व्यक्ति के सपनों में वास्तविकता का आभास होता है।
7. व्यक्ति छिपे हुए रहस्यों और गूढ़ विज्ञानों की ओर आकर्षित होता है।
8. व्यक्ति का जीवन धार्मिकता और आध्यात्मिकता से भरपूर होता है।
9. व्यक्ति को नींद में भविष्यवाणी करने की क्षमता होती है।
10. व्यक्ति के स्वभाव में शांतता और संवेदनशीलता होती है।

सावधानियाँ (Precautions):

1. **धन के मामलों में सतर्क रहें**: फिजूलखर्ची और अति-उपभोग से बचें।
2. **आध्यात्मिकता में संतुलन बनाए रखें**: धार्मिकता में अंधविश्वास से बचें और वास्तविकता का ध्यान रखें।
3. **छिपे हुए दुश्मनों से सतर्क रहें**: गुप्त शत्रुओं और षड्यंत्रों से सावधान रहें।
4. **स्वास्थ्य का ध्यान रखें**: मानसिक शांति के लिए ध्यान और योग का अभ्यास करें।

5. **विदेश यात्रा में सावधानी बरतें**: विदेश यात्रा से पहले पूरी जानकारी और तैयारी करें।
6. **एकांत में अधिक समय न बिताएं**: समाज में सक्रिय रहें और अकेलेपन से बचें।
7. **रहस्यमय कार्यों से दूर रहें**: अनावश्यक रूप से गूढ़ और रहस्यमय कार्यों में न उलझें।
8. **व्यावहारिकता बनाए रखें**: वास्तविकता का ध्यान रखें और केवल आध्यात्मिकता में न खोएं।
9. **धन के निवेश में सावधानी बरतें**: निवेश करने से पहले अच्छी तरह विचार करें।
10. **आध्यात्मिक गुरु का चयन सोच-समझकर करें**: गुरु का चयन करते समय सावधान रहें।

उपाय (Remedies):

1. **गुरुवार का व्रत रखें**: गुरुवार को व्रत करें और भगवान विष्णु की पूजा करें।
2. **पीले रंग का दान करें**: पीले वस्त्र, चना दाल, और हल्दी का दान करें।
3. **गुरु मंत्र का जाप करें**: "ॐ बृं बृहस्पतये नमः" मंत्र का जाप करें।
4. **गुरुजनों का सम्मान करें**: गुरुजनों और वृद्धों का आदर करें।
5. **धार्मिक स्थलों की यात्रा करें**: पवित्र धार्मिक स्थलों की यात्रा करें और ध्यान करें।

6. **ध्यान और प्राणायाम करें**: मानसिक शांति के लिए नियमित ध्यान और प्राणायाम करें।

7. **गुरुवार को पीले फूल अर्पित करें**: पीले फूलों से भगवान विष्णु की पूजा करें।

8. **गुरुवार को मीठा दान करें**: बेसन की मिठाई या पीला मिष्ठान्न गरीबों में बांटें।

9. **धार्मिक पुस्तकें पढ़ें**: धार्मिक ग्रंथों का अध्ययन करें और आध्यात्मिक ज्ञान बढ़ाएं।

10. **गुरुवार को गाय को चारा खिलाएं**: गाय को हरी घास और चना दाल खिलाएं।

विशेष ध्यान दें (Special Attention):

- धन और आर्थिक मामलों में संतुलन बनाए रखें, फिजूलखर्ची से बचें।
- ध्यान और प्राणायाम से मानसिक शांति प्राप्त करें।
- धार्मिकता और आध्यात्मिकता में संतुलन बनाए रखें और अंधविश्वास से बचें।
- विदेश यात्रा के लिए तैयारी में कोई कमी न रखें।
- गुप्त शत्रुओं और षड्यंत्रों से सतर्क रहें और हर परिस्थिति में धैर्य बनाए रखें।
- समाज में सेवा और परोपकार के कार्यों में भाग लें और समाज में सक्रिय रहें।

- जीवन में संतुलन बनाए रखें, आध्यात्मिकता और व्यावहारिकता के बीच सही तालमेल रखें।
- समाज में सकारात्मक और दार्शनिक दृष्टिकोण बनाए रखें।
- स्वास्थ्य का ध्यान रखें और मानसिक शांति के लिए ध्यान का अभ्यास करें।
- गुरुजनों के आशीर्वाद प्राप्त करें और उनके मार्गदर्शन का पालन करें।

16. मंगल की भविष्यवाणियाँ

मंगल प्रथम भाव में

एक पंक्ति की भविष्यवाणियाँ (One-liner Predictions):

1. प्रथम भाव में मंगल व्यक्ति को साहसी और आत्मविश्वासी बनाता है।

2. व्यक्ति का स्वभाव ऊर्जा और जोश से भरपूर होता है।

3. इस स्थिति में व्यक्ति में नेतृत्व करने की अद्वितीय क्षमता होती है।

4. व्यक्ति को क्रोध पर काबू रखने में कठिनाई हो सकती है।

5. यह स्थिति व्यक्ति को खेलकूद और साहसिक गतिविधियों में आगे बढ़ाती है।

6. व्यक्ति का शारीरिक स्वास्थ्य मजबूत और ताकतवर होता है।

7. इस स्थिति में व्यक्ति को चोटों और दुर्घटनाओं से सावधान रहना चाहिए।

8. व्यक्ति अपने उद्देश्य को पाने के लिए दृढ़ और निडर होता है।

9. यह स्थिति व्यक्ति को स्वतंत्रता और आत्मनिर्भरता की भावना देती है।

10. मंगल प्रथम भाव में होने से व्यक्ति को जीवन में जोखिम लेने की प्रवृत्ति होती है।

निशानियाँ (Symptoms/Characteristics):

1. व्यक्ति का स्वभाव जुझारू और निर्णायक होता है।
2. व्यक्ति के शरीर में अतिरिक्त ऊर्जा और ताकत दिखाई देती है।
3. चेहरे पर आक्रामकता और आत्मविश्वास झलकता है।
4. व्यक्ति को नई चीजें शुरू करने का शौक होता है।
5. जल्दी गुस्सा आना और तुरंत प्रतिक्रिया देना व्यक्ति की आदत होती है।
6. व्यक्ति साहसिक कार्यों में रुचि रखता है, जैसे कि पर्वतारोहण या एडवेंचर स्पोर्ट्स।
7. व्यक्ति की त्वचा पर चोट या निशान होने की संभावना होती है।
8. व्यक्ति का जीवन में एक सीधा दृष्टिकोण होता है, जो कभी-कभी कठोर हो सकता है।
9. व्यक्ति में नेतृत्व करने की क्षमता होती है और वह अपने विचारों पर डटा रहता है।
10. व्यक्ति को स्वतंत्रता पसंद होती है और वह किसी पर निर्भर नहीं रहना चाहता।

सावधानियाँ (Precautions):

1. **क्रोध पर नियंत्रण रखें**: अनावश्यक रूप से क्रोध में न आएं, धैर्य से काम लें।

2. **दुर्घटनाओं से बचें**: वाहन चलाते समय या साहसिक गतिविधियों में सतर्क रहें।

3. **स्वास्थ्य का ध्यान रखें**: नियमित व्यायाम करें लेकिन अति न करें।

4. **जल्दी निर्णय लेने से बचें**: किसी भी निर्णय को अच्छी तरह सोच-समझकर लें।

5. **बोलने में संयम बरतें**: कठोर शब्दों का उपयोग न करें, विनम्रता से बात करें।

6. **चोटों और घावों का ध्यान रखें**: किसी भी प्रकार की चोट को नज़रअंदाज न करें।

7. **आत्मविश्लेषण करें**: अपनी गलतियों को समझें और सुधारने का प्रयास करें।

8. **स्वभाव में संतुलन बनाए रखें**: जोश और धैर्य के बीच संतुलन बनाए रखें।

9. **आत्मविश्वास को अहंकार में न बदलें**: अपने आत्मविश्वास को सकारात्मक तरीके से पेश करें।

10. **जल्दबाजी से बचें**: हर कार्य को शांति और संतुलन के साथ करें।

उपाय (Remedies):

1. **मंगलवार का व्रत करें**: मंगलदेव की पूजा और मंगलवार का व्रत करें।

2. **हनुमान चालीसा का पाठ करें**: नियमित हनुमान चालीसा का पाठ करें।
3. **लाल रंग का दान करें**: लाल वस्त्र, मसूर दाल और लाल चंदन का दान करें।
4. **मंगल मंत्र का जाप करें**: "ॐ अं अंगारकाय नमः" मंत्र का जाप करें।
5. **भगवान हनुमान की आराधना करें**: हनुमानजी के मंदिर में जाएं और उन्हें गुड़ और चने का प्रसाद अर्पित करें।
6. **तांबे की अंगूठी धारण करें**: तांबे की अंगूठी पहनें, विशेष रूप से मंगलवार को।
7. **जल्दी गुस्सा न करें**: गुस्से में किसी पर कठोर शब्द न कहें।
8. **मंगलवार को गुड़ का दान करें**: गरीबों में गुड़ और लाल वस्त्र बांटें।
9. **स्वास्थ्य के लिए नियमित व्यायाम करें**: शारीरिक ताकत को बनाए रखने के लिए नियमित रूप से व्यायाम करें।
10. **रक्तदान करें**: आवश्यकता पड़ने पर रक्तदान करें, यह मंगल दोष को शांत करता है।

विशेष ध्यान दें (Special Attention):

- साहस और शक्ति को सकारात्मक दिशा में उपयोग करें।
- गुस्से को नियंत्रण में रखें और धैर्यपूर्वक कार्य करें।
- चोटों और घावों के प्रति सजग रहें, विशेषकर दुर्घटनाओं से बचें।

- आत्मविश्वास को अहंकार में न बदलें, दूसरों के विचारों का भी सम्मान करें।
- नियमित हनुमान चालीसा का पाठ करें और मंगल ग्रह को शांत रखने के उपाय अपनाएं।
- स्वास्थ्य के प्रति जागरूक रहें और नियमित व्यायाम को अपने जीवन का हिस्सा बनाएं।
- समाज में नेतृत्व की क्षमता को सकारात्मक तरीके से प्रस्तुत करें।
- अपने क्रोध को रचनात्मक ऊर्जा में बदलें और धैर्यपूर्वक समस्याओं का समाधान करें।
- साहसिक कार्यों में हिस्सा लें लेकिन हमेशा सुरक्षा का ध्यान रखें।
- किसी भी कार्य में जल्दबाजी न करें, सोच-समझकर कदम उठाएं।

मंगल द्वितीय भाव में

एक पंक्ति की भविष्यवाणियाँ (One-liner Predictions):

1. द्वितीय भाव में मंगल व्यक्ति को धन कमाने के लिए साहसी और मेहनती बनाता है।
2. इस स्थिति में व्यक्ति के वाणी में तीखापन और स्पष्टता होती है।
3. व्यक्ति परिवार में अधिकारपूर्ण भूमिका निभाने की कोशिश करता है।

4. यह स्थिति व्यक्ति को परिवार से जुड़े मामलों में आक्रामक बना सकती है।
5. व्यक्ति में धन संचय करने की अच्छी क्षमता होती है।
6. द्वितीय भाव में मंगल संपत्ति और संपत्ति के मामलों में संघर्ष ला सकता है।
7. इस स्थिति में व्यक्ति की आर्थिक स्थिति समय-समय पर बदल सकती है।
8. व्यक्ति की खाने की आदतें तीखी और मसालेदार हो सकती हैं।
9. यह स्थिति व्यक्ति को व्यवसाय और व्यापार में साहसिक निर्णय लेने में सक्षम बनाती है।
10. व्यक्ति अपनी प्रतिष्ठा और मान-सम्मान के लिए संघर्ष कर सकता है।

निशानियाँ (Symptoms/Characteristics):

1. व्यक्ति की वाणी में तीखापन और स्पष्टता होती है।
2. परिवार के मामलों में व्यक्ति आक्रामकता दिखा सकता है।
3. व्यक्ति में धन कमाने और संपत्ति में वृद्धि की प्रबल इच्छा होती है।
4. आर्थिक मामलों में व्यक्ति की समझ अच्छी होती है लेकिन खर्चों पर नियंत्रण कम हो सकता है।
5. व्यक्ति की रुचि तीखे और मसालेदार खाने में अधिक हो सकती है।

6. संपत्ति और संपत्ति से जुड़े मामलों में विवाद हो सकते हैं।

7. व्यक्ति का धन से संबंधित मामलों में व्यवहार कठोर हो सकता है।

8. परिवार में अधिकार की भावना रखने की प्रवृत्ति होती है।

9. व्यक्ति का स्वभाव स्पष्टवादी और सीधा होता है, जिससे कभी-कभी परिवार में तनाव हो सकता है।

10. व्यक्ति को संपत्ति और पैतृक धन से लाभ मिल सकता है।

सावधानियाँ (Precautions):

1. **वाणी में मिठास रखें**: कठोर शब्दों के बजाय सकारात्मक और सौम्य भाषा का उपयोग करें।

2. **खर्चों पर नियंत्रण रखें**: बेवजह खर्च करने से बचें और आर्थिक योजनाएं बनाएं।

3. **परिवार के सदस्यों के साथ सहयोगात्मक बनें**: विवाद और तर्क से बचें।

4. **संपत्ति से जुड़े मामलों में समझदारी दिखाएं**: कानूनी दस्तावेजों को अच्छी तरह समझें।

5. **स्वास्थ्य का ध्यान रखें**: तीखे और मसालेदार भोजन का सेवन कम करें।

6. **क्रोध को नियंत्रित करें**: गुस्से में धन या संपत्ति के मामलों में निर्णय न लें।

7. **धन संचय की योजना बनाएं**: भविष्य के लिए धन संचय करें और निवेश के बारे में सोचें।

8. **आर्थिक जोखिम लेने से बचें**: सोच-समझकर आर्थिक निर्णय लें।

9. **व्यवसाय में सतर्कता बरतें**: व्यावसायिक साझेदारी में सावधानी बरतें।

10. **संपत्ति के मामलों में परिवार के सदस्यों से विचार-विमर्श करें**: किसी भी निर्णय से पहले परिवार की राय जानें।

उपाय (Remedies):

1. **मंगलवार का व्रत करें**: मंगल देव की पूजा और मंगलवार का व्रत करें।

2. **हनुमान चालीसा का पाठ करें**: नियमित हनुमान चालीसा का पाठ करें।

3. **लाल वस्त्र और मसूर दाल का दान करें**: मंगलवार के दिन लाल वस्त्र और मसूर दाल का दान करें।

4. **मंगल मंत्र का जाप करें**: "ॐ अं अंगारकाय नमः" मंत्र का 108 बार जाप करें।

5. **सादा और सात्विक भोजन करें**: तीखे और मसालेदार भोजन का सेवन कम करें।

6. **भगवान हनुमान की पूजा करें**: हनुमानजी की आराधना करें और उन्हें गुड़ और चने का प्रसाद चढ़ाएं।

7. **संपत्ति से जुड़े विवादों को हल करें**: संपत्ति के मामलों में कानूनी सलाह लें और विवादों का समाधान शांतिपूर्ण ढंग से करें।

8. **व्यवसाय में निर्णय सोच-समझकर लें**: आर्थिक मामलों में निवेश से पहले विशेषज्ञ से सलाह लें।

9. **दान-पुण्य करें**: गरीबों में अन्न, वस्त्र और लाल चंदन का दान करें।

10. **लाल रंग की वस्तुएं अपने पास रखें**: लाल धागा या लाल रुमाल अपने पास रखें।

विशेष ध्यान दें (Special Attention):

- परिवार के साथ संबंध सुधारने का प्रयास करें और उनके विचारों को महत्व दें।
- गुस्से में आर्थिक निर्णय लेने से बचें और धैर्यपूर्वक कार्य करें।
- खर्चों पर नियंत्रण रखें और आर्थिक योजनाओं को बेहतर बनाने का प्रयास करें।
- संपत्ति के मामलों में धैर्यपूर्वक और समझदारी से निर्णय लें।
- तीखे भोजन का सेवन कम करें और स्वास्थ्य का ध्यान रखें।
- मंगल देव की पूजा और हनुमानजी की आराधना से जीवन में आने वाले संघर्षों में कमी आ सकती है।
- व्यापारिक मामलों में सहयोग और समझौता करने का प्रयास करें।
- परिवार के सदस्यों के साथ संवाद बढ़ाएं और उनसे भावनात्मक रूप से जुड़े रहें।

- आर्थिक दृष्टिकोण से सोच-समझकर निर्णय लें और अनावश्यक जोखिम से बचें।
- संपत्ति से जुड़े मामलों में विवाद होने पर शांतिपूर्ण समाधान की दिशा में काम करें।

मंगल तृतीय भाव में

एक पंक्ति की भविष्यवाणियाँ (One-liner Predictions):

1. तृतीय भाव में मंगल व्यक्ति को साहसी और आत्मविश्वासी बनाता है।
2. इस स्थिति में व्यक्ति में जोखिम लेने की प्रवृत्ति होती है।
3. भाई-बहनों के साथ रिश्तों में उतार-चढ़ाव आ सकते हैं।
4. व्यक्ति में नेतृत्व करने की क्षमता होती है और वे दूसरों को प्रेरित कर सकते हैं।
5. यह स्थिति व्यक्ति को त्वरित निर्णय लेने की क्षमता देती है।
6. व्यक्ति में तीव्र संचार कौशल होता है, लेकिन कभी-कभी कठोर बोल सकते हैं।
7. व्यक्ति के साहस और साहसिक कार्यों के कारण समाज में प्रतिष्ठा बढ़ सकती है।
8. छोटी यात्राओं और अभियानों में सफलता मिलती है।
9. व्यक्ति में प्रतिस्पर्धा की भावना होती है और वे खेल-कूद में रुचि रखते हैं।

10. व्यक्ति के पास मजबूत इच्छाशक्ति और आत्म-निर्णय शक्ति होती है।

निशानियाँ (Symptoms/Characteristics):

1. व्यक्ति साहसी और आत्मविश्वासी होता है।
2. व्यक्ति के साहसिक कार्य और जोखिम लेने की प्रवृत्ति को देखकर लोग उन्हें प्रेरक मान सकते हैं।
3. छोटे भाई-बहनों के साथ तनावपूर्ण संबंध हो सकते हैं।
4. व्यक्ति नेतृत्व की क्षमता रखता है और समूहों में प्रभावशाली भूमिका निभाता है।
5. छोटी यात्राओं और अभियानों में व्यक्ति सफलता प्राप्त करता है।
6. व्यक्ति के विचार स्पष्ट और सीधेतौर पर अभिव्यक्त किए जाते हैं।
7. खेल-कूद और शारीरिक गतिविधियों में रुचि अधिक होती है।
8. व्यक्ति में साहसिक निर्णय लेने की क्षमता होती है, जो उन्हें सफल बनाती है।
9. दूसरों के प्रति व्यवहार कभी-कभी कठोर या दबंग हो सकता है।
10. व्यक्ति प्रतिस्पर्धात्मक कार्यों में सक्रिय रूप से भाग लेते हैं।

सावधानियाँ (Precautions):

1. **भाई-बहनों के साथ सहयोग करें**: रिश्तों में सामंजस्य बनाए रखने का प्रयास करें।
2. **वाणी में सौम्यता रखें**: कठोर शब्दों के बजाय विनम्र भाषा का उपयोग करें।
3. **जोखिमपूर्ण निर्णयों में सतर्कता बरतें**: आर्थिक और व्यक्तिगत मामलों में जोखिम लेने से पहले सोचें।
4. **संचार में संयम बरतें**: बिना सोचे-समझे तीखे शब्दों का प्रयोग न करें।
5. **स्वास्थ्य का ध्यान रखें**: अत्यधिक शारीरिक मेहनत से बचें और शरीर को आराम दें।
6. **छोटी यात्राओं में सतर्कता बरतें**: यात्रा के दौरान सुरक्षा का ध्यान रखें।
7. **अभिमान और अहंकार से दूर रहें**: दूसरों की राय का सम्मान करें और अहंकारी न बनें।
8. **अधीरता से बचें**: त्वरित निर्णयों में संयम बरतें और सोच-समझकर निर्णय लें।
9. **ध्यान और योग का अभ्यास करें**: मानसिक शांति के लिए ध्यान का सहारा लें।
10. **परिवार के साथ संवाद बनाए रखें**: परिवार के सदस्यों से जुड़े रहें और उनकी भावनाओं का सम्मान करें।

उपाय (Remedies):

1. **मंगलवार का व्रत करें**: मंगलवार के दिन व्रत रखें और मंगल देव की पूजा करें।

2. **हनुमान चालीसा का पाठ करें**: नियमित हनुमान चालीसा का पाठ करें।

3. **भाई-बहनों के साथ सहयोगात्मक संबंध बनाएं**: उनके साथ समय बिताएं और उनके विचारों का सम्मान करें।

4. **लाल वस्त्र और गुड़ का दान करें**: मंगलवार के दिन लाल वस्त्र और गुड़ का दान करें।

5. **मंगल मंत्र का जाप करें**: "ॐ अं अंगारकाय नमः" मंत्र का 108 बार जाप करें।

6. **हनुमान मंदिर में प्रसाद चढ़ाएं**: हनुमानजी को चने और गुड़ का प्रसाद चढ़ाएं।

7. **किसी बहन या भाई को उपहार दें**: भाई-बहनों के साथ प्रेम और सहयोग बढ़ाने के लिए उन्हें उपहार दें।

8. **संचार में सौम्यता रखें**: कठोर भाषा का त्याग करें और दूसरों के साथ सम्मानपूर्वक बातचीत करें।

9. **ध्यान और योग करें**: मानसिक शांति के लिए ध्यान और योग का अभ्यास करें।

10. **सूर्य की उपासना करें**: सुबह के समय सूर्य नमस्कार करें और सूर्य देव को अर्घ्य दें।

विशेष ध्यान दें (Special Attention):

- भाई-बहनों के साथ संबंधों में मधुरता लाने का प्रयास करें।
- छोटी यात्राओं के दौरान सावधानी बरतें और सुरक्षा का ध्यान रखें।

- कठोर भाषा का प्रयोग न करें और संयमित संचार करें।
- अत्यधिक शारीरिक गतिविधियों से बचें और अपने स्वास्थ्य का ध्यान रखें।
- त्वरित निर्णय लेने से पहले अच्छी तरह विचार करें और धैर्यपूर्वक कार्य करें।
- मंगल देव की पूजा और हनुमानजी की आराधना से साहसिक कार्यों में सफलता प्राप्त होगी।
- समाज और समुदाय में सकारात्मक भूमिका निभाने का प्रयास करें।
- परिवार के सदस्यों की भावनाओं का सम्मान करें और उनके साथ अच्छा संवाद बनाए रखें।
- जोखिमपूर्ण कार्यों में सोच-समझकर निर्णय लें और अनावश्यक संघर्ष से बचें।
- अपनी ऊर्जा का सही दिशा में उपयोग करें और सकारात्मकता बनाए रखें।

मंगल चतुर्थ भाव में

एक पंक्ति की भविष्यवाणियाँ (One-liner Predictions):

1. चतुर्थ भाव में मंगल घर में अशांति और तनाव ला सकता है।
2. इस स्थिति में व्यक्ति की माता के साथ संबंधों में उतार-चढ़ाव हो सकते हैं।

3. घर में ऊर्जा और उत्साह की अधिकता रहती है, लेकिन कभी-कभी संघर्ष की स्थिति बन सकती है।
4. यह स्थिति व्यक्ति को अचल संपत्ति और भूमि से लाभ देती है।
5. घर के निर्माण और सुधार के कार्यों में रुचि होती है।
6. व्यक्ति के मन में गहरी भावनाएँ होती हैं, जो कभी-कभी गुस्से के रूप में प्रकट हो सकती हैं।
7. व्यक्ति परिवार के प्रति समर्पित होता है, लेकिन उनके विचारों को थोपने की प्रवृत्ति हो सकती है।
8. घरेलू जीवन में संघर्ष और विवाद की संभावना बढ़ जाती है।
9. माता की सेहत का विशेष ध्यान रखने की आवश्यकता होती है।
10. व्यक्ति के मन में स्वतंत्रता की चाह होती है और वे अपने नियम खुद बनाना पसंद करते हैं।

निशानियाँ (Symptoms/Characteristics):

1. घर में उत्तेजना और ऊर्जा की अधिकता होती है।
2. माता के साथ संबंधों में तनाव और विवाद की संभावना होती है।
3. व्यक्ति का झुकाव घर के निर्माण और सुधार कार्यों की ओर रहता है।

4. पारिवारिक मामलों में व्यक्ति की राय हमेशा प्रभावशाली होती है।
5. घरेलू जीवन में उतार-चढ़ाव का सामना करना पड़ता है।
6. घर में अक्सर बदलाव और नवीनीकरण की प्रवृत्ति रहती है।
7. व्यक्ति अपने घर और संपत्ति की सुरक्षा के प्रति सचेत रहता है।
8. परिवार के सदस्यों के साथ कभी-कभी कठोर व्यवहार कर सकते हैं।
9. माता के स्वास्थ्य में उतार-चढ़ाव देखने को मिल सकता है।
10. व्यक्ति की मनःस्थिति में अस्थिरता रह सकती है, जो भावनात्मक तनाव का कारण बन सकती है।

सावधानियाँ (Precautions):

1. **माता के साथ संबंध मधुर बनाएं**: उनके विचारों का सम्मान करें और उनके साथ अच्छा व्यवहार करें।
2. **गुस्से पर नियंत्रण रखें**: गुस्से की स्थिति में शांत रहें और भावनाओं को व्यक्त करने से पहले सोचें।
3. **घरेलू विवादों से बचें**: परिवार के सदस्यों के साथ अनावश्यक विवादों में न उलझें।
4. **घर में शांति बनाए रखें**: घर का वातावरण सकारात्मक और शांतिपूर्ण बनाए रखें।

5. **माता के स्वास्थ्य का ध्यान रखें**: उनके स्वास्थ्य में किसी भी समस्या का तुरंत समाधान करें।

6. **अचल संपत्ति के मामलों में सतर्क रहें**: भूमि और संपत्ति से जुड़े फैसले सोच-समझकर लें।

7. **भावनात्मक संतुलन बनाए रखें**: गहरी भावनाओं को नियंत्रित करने का प्रयास करें।

8. **स्वास्थ्य का ध्यान रखें**: विशेषकर हृदय और पेट संबंधी समस्याओं पर ध्यान दें।

9. **परिवार के सदस्यों की भावनाओं का सम्मान करें**: उनकी राय का सम्मान करें और धैर्यपूर्वक सुनें।

10. **घर में सकारात्मक ऊर्जा बनाए रखें**: घर के माहौल को सौम्यता और प्रेम से भरने का प्रयास करें।

उपाय (Remedies):

1. **मंगलवार का व्रत रखें**: मंगल ग्रह की शांति के लिए मंगलवार का व्रत करें।

2. **हनुमान चालीसा का पाठ करें**: हनुमानजी की आराधना करें और हनुमान चालीसा का नियमित पाठ करें।

3. **लाल वस्त्र और मसूर की दाल का दान करें**: जरूरतमंदों को लाल वस्त्र और मसूर की दाल का दान करें।

4. **माता का आशीर्वाद लें**: माता की सेवा करें और उनका आशीर्वाद प्राप्त करें।

5. **मंगल मंत्र का जाप करें**: "ॐ अं अंगारकाय नमः" मंत्र का 108 बार जाप करें।

6. **रसोई में साफ-सफाई बनाए रखें**: रसोई का विशेष ध्यान रखें और उसे साफ रखें।

7. **घर में सकारात्मक ऊर्जा के लिए दीप जलाएं**: घर में सुबह और शाम दीपक जलाएं।

8. **लाल चंदन का तिलक लगाएं**: माथे पर लाल चंदन का तिलक करें।

9. **घर की नकारात्मक ऊर्जा दूर करने के लिए धूप दिखाएं**: घर में धूप-दीप का नियमित रूप से प्रयोग करें।

10. **पीपल के वृक्ष के नीचे सरसों के तेल का दीपक जलाएं**: यह मंगल ग्रह की शांति के लिए लाभकारी है।

विशेष ध्यान दें (Special Attention):

- माता के साथ संबंधों में मधुरता लाने का प्रयास करें और उनके प्रति सम्मान बनाए रखें।
- घर के सदस्यों के साथ संयमित और विनम्र व्यवहार करें, खासकर जब कोई विवाद हो।
- घर के माहौल को शांतिपूर्ण बनाए रखने का प्रयास करें और तनावपूर्ण स्थितियों से बचें।
- अचल संपत्ति से जुड़े फैसलों में सतर्कता बरतें और सोच-समझकर निर्णय लें।
- परिवार के सदस्यों की भावनाओं का सम्मान करें और उन्हें सुनने के लिए धैर्य रखें।
- अपने स्वास्थ्य का ध्यान रखें, विशेषकर भावनात्मक स्वास्थ्य का।

- मंगल ग्रह की पूजा और हनुमानजी की आराधना से घर में शांति और सुख-समृद्धि आएगी।
- गुस्से और आक्रोश से बचें और धैर्यपूर्वक समस्याओं का समाधान करें।
- घर में सकारात्मक ऊर्जा के लिए साफ-सफाई का ध्यान रखें और नियमित रूप से धूप दिखाएं।
- परिवार के सदस्यों के बीच प्रेम और सहयोग को बढ़ावा दें।

मंगल पंचम भाव में

एक पंक्ति की भविष्यवाणियाँ (One-liner Predictions):

1. पंचम भाव में मंगल व्यक्ति को साहसी और आत्मविश्वासी बनाता है।
2. इस स्थिति में व्यक्ति के बच्चों के साथ संबंधों में संघर्ष हो सकता है।
3. शिक्षा और अध्ययन में ध्यान केंद्रित रखने में कठिनाई हो सकती है।
4. व्यक्ति में रचनात्मकता की अधिकता होती है, लेकिन कभी-कभी आक्रामकता भी झलक सकती है।
5. प्रेम संबंधों में उत्साह और जुनून अधिक होता है।
6. यह स्थिति खेल-कूद में रुचि और प्रतिस्पर्धात्मक भावना को बढ़ावा देती है।
7. व्यक्ति के बच्चों में ऊर्जा और उत्साह की अधिकता देखी जा सकती है।

8. यह स्थिति अचानक वित्तीय लाभ या हानि की संभावनाएं दर्शाती है।

9. व्यक्ति साहसिक गतिविधियों की ओर आकर्षित होता है।

10. प्रेम संबंधों में गहरी भावनाएँ होती हैं, लेकिन उतार-चढ़ाव भी रह सकते हैं।

निशानियाँ (Symptoms/Characteristics):

1. शिक्षा के दौरान ध्यान की कमी और अधिक ऊर्जा के कारण अध्ययन में कठिनाई हो सकती है।

2. बच्चों के साथ संबंधों में उतार-चढ़ाव और कभी-कभी तनाव की स्थिति हो सकती है।

3. रचनात्मक कार्यों में रुचि और नए विचारों की अधिकता रहती है।

4. व्यक्ति खेल-कूद और साहसिक गतिविधियों में रुचि रखता है।

5. रोमांटिक जीवन में उतार-चढ़ाव और संघर्ष की संभावना हो सकती है।

6. प्रतियोगी परीक्षाओं में सफलता पाने की जिद हो सकती है।

7. बच्चों के साथ संवाद में कठोरता आ सकती है।

8. व्यक्ति जोखिम उठाने के लिए तैयार रहता है, जो कभी-कभी वित्तीय नुकसान का कारण बन सकता है।

9. प्रेम संबंधों में अत्यधिक जुनून के कारण संघर्ष हो सकता है।

10. व्यक्ति में आत्मविश्वास की कमी नहीं होती, लेकिन आक्रामकता से बचना चाहिए।

सावधानियाँ (Precautions):

1. **बच्चों के साथ धैर्य रखें**: बच्चों के साथ संवाद करते समय धैर्य और संयम बनाए रखें।

2. **शिक्षा पर ध्यान केंद्रित करें**: अध्ययन में रुचि बनाए रखने के लिए एकाग्रता बढ़ाने का प्रयास करें।

3. **रोमांटिक जीवन में संतुलन बनाए रखें**: प्रेम संबंधों में धैर्य और समझ बनाए रखें।

4. **जोखिम उठाने से बचें**: वित्तीय मामलों में सोच-समझकर निर्णय लें और अनावश्यक जोखिमों से बचें।

5. **आक्रामकता पर नियंत्रण रखें**: गुस्से और आक्रामकता को नियंत्रित करें, विशेषकर परिवार और बच्चों के प्रति।

6. **प्रतियोगी परीक्षाओं की तैयारी में धैर्य रखें**: सफलता पाने के लिए धैर्यपूर्वक तैयारी करें।

7. **बच्चों के स्वास्थ्य पर ध्यान दें**: उनके स्वास्थ्य का ख्याल रखें और समस्याओं का समय पर समाधान करें।

8. **रचनात्मक ऊर्जा को सही दिशा दें**: रचनात्मकता को सकारात्मक दिशा में चैनल करें।

9. **अनुशासन का पालन करें**: अपनी दिनचर्या में अनुशासन बनाए रखें और समय का सदुपयोग करें।

10. **सकारात्मक दृष्टिकोण बनाए रखें**: समस्याओं का समाधान सकारात्मक दृष्टिकोण से करें और निराशा से बचें।

उपाय (Remedies):

1. **मंगलवार का व्रत रखें**: मंगल की शांति के लिए मंगलवार का व्रत करें।
2. **हनुमान चालीसा का पाठ करें**: हनुमानजी की आराधना करें और हनुमान चालीसा का पाठ करें।
3. **लाल मसूर की दाल का दान करें**: जरूरतमंदों को लाल मसूर की दाल का दान करें।
4. **बच्चों के साथ समय बिताएं**: उनके साथ खेलें और संवाद बढ़ाएं।
5. **लाल वस्त्र धारण करें**: मंगलवार के दिन लाल वस्त्र पहनें।
6. **मंगल मंत्र का जाप करें**: "ॐ अं अंगारकाय नमः" मंत्र का 108 बार जाप करें।
7. **घर में लाल रंग के फूल रखें**: घर में लाल फूलों को सजाएं और मंगल की ऊर्जा को आकर्षित करें।
8. **स्वयंसेवी कार्य करें**: मंगल की सकारात्मक ऊर्जा को बढ़ाने के लिए समाज सेवा करें।
9. **बच्चों के साथ धैर्यपूर्वक संवाद करें**: उनकी बातों को सुनें और धैर्यपूर्वक समाधान करें।
10. **रचनात्मक कार्यों में सहभागिता बढ़ाएं**: रचनात्मक ऊर्जा को सही दिशा में उपयोग करें।

विशेष ध्यान दें (Special Attention):

- बच्चों के साथ संबंधों में मधुरता लाने का प्रयास करें और उनकी भावनाओं का सम्मान करें।
- शिक्षा में ध्यान केंद्रित रखने के लिए नियमित अध्ययन की आदत डालें और समय का प्रबंधन करें।
- प्रेम संबंधों में धैर्य और समझ बनाए रखें और किसी भी तरह के संघर्ष से बचें।
- खेल-कूद और साहसिक गतिविधियों में रुचि रखने वाले बच्चों को प्रेरित करें, लेकिन उन्हें सुरक्षित रखें।
- वित्तीय मामलों में जोखिम उठाने से पहले अच्छी तरह से सोचें और अनुशासित रहें।
- परिवार के सदस्यों के साथ संयमित और विनम्र व्यवहार करें, विशेषकर जब कोई विवाद हो।
- मंगल ग्रह की पूजा और हनुमानजी की आराधना से पारिवारिक सुख और समृद्धि बढ़ेगी।
- गुस्से और आक्रोश से बचें और धैर्यपूर्वक समस्याओं का समाधान करें।
- रचनात्मक ऊर्जा को सकारात्मक दिशा में ले जाएं और अपनी रचनात्मक क्षमताओं का सही उपयोग करें।
- परिवार और बच्चों के बीच प्रेम और सहयोग को बढ़ावा देने का प्रयास करें।

मंगल षष्ठम भाव में

एक पंक्ति की भविष्यवाणियाँ (One-liner Predictions):

1. षष्ठम भाव में मंगल व्यक्ति को रोग और शत्रुओं से लड़ने की क्षमता प्रदान करता है।
2. व्यक्ति साहसी होता है और कठिनाइयों से निपटने में निडर रहता है।
3. कार्यस्थल पर सहयोगियों के साथ संघर्ष की संभावना बढ़ जाती है।
4. यह स्थिति व्यक्ति को स्वास्थ्य समस्याओं के प्रति जागरूक बनाती है।
5. व्यक्ति में प्रतिस्पर्धात्मक भावना की अधिकता होती है।
6. कर्ज और ऋण से निपटने की क्षमता में सुधार हो सकता है।
7. किसी भी चुनौती का सामना करने की क्षमता में वृद्धि होती है।
8. नौकरी में प्रमोशन के लिए कड़ी मेहनत करनी पड़ सकती है।
9. इस स्थिति में व्यक्ति साहसी, परिश्रमी और लड़ाकू स्वभाव का हो सकता है।
10. स्वास्थ्य संबंधी समस्याओं का सामना करके व्यक्ति और अधिक मजबूत बन सकता है।

निशानियाँ (Symptoms/Characteristics):

1. स्वास्थ्य में उतार-चढ़ाव हो सकते हैं, खासकर पेट और रक्त से संबंधित समस्याएं।
2. कार्यस्थल पर प्रतिद्वंद्वियों से संघर्ष और प्रतियोगिता बढ़ सकती है।
3. कर्ज और ऋण से निपटने के लिए व्यक्ति हरसंभव प्रयास करता है।
4. रोगों से लड़ने की क्षमता और स्वस्थ रहने की इच्छा होती है।
5. व्यक्ति में गुस्सा और आक्रामकता की प्रवृत्ति अधिक हो सकती है।
6. जीवन में छोटी-मोटी समस्याओं से निरंतर जूझने की स्थिति बन सकती है।
7. परिवार और दोस्तों के साथ विचारों का टकराव संभव है।
8. प्रतियोगी परीक्षाओं में सफल होने के लिए कड़ी मेहनत करनी पड़ सकती है।
9. व्यक्ति आत्मनिर्भर होता है और अपनी समस्याओं का समाधान खुद ढूंढता है।
10. जीवन में अनुशासन और नियमों का पालन करना व्यक्ति के लिए आवश्यक होता है।

सावधानियाँ (Precautions):

1. **गुस्से पर नियंत्रण रखें**: गुस्से और आक्रामकता को नियंत्रित करने का प्रयास करें।

2. **स्वास्थ्य का ध्यान रखें**: स्वास्थ्य संबंधी समस्याओं को नजरअंदाज न करें, विशेषकर पेट और रक्त से जुड़ी समस्याएं।

3. **कार्यस्थल पर सहयोगी बनें**: कार्यस्थल पर सहयोगियों के साथ अच्छे संबंध बनाए रखें और संघर्ष से बचें।

4. **कर्ज से बचें**: अनावश्यक कर्ज लेने से बचें और वित्तीय मामलों में सतर्क रहें।

5. **सकारात्मक दृष्टिकोण बनाए रखें**: जीवन की कठिनाइयों का सामना सकारात्मक दृष्टिकोण से करें।

6. **प्रतियोगिता में संयम बरतें**: प्रतियोगिता में धैर्य और संयम बनाए रखें, जल्दीबाजी न करें।

7. **स्वस्थ आहार अपनाएं**: पौष्टिक आहार लें और स्वस्थ जीवनशैली अपनाएं।

8. **प्राकृतिक चिकित्सा का सहारा लें**: स्वास्थ्य समस्याओं के समाधान के लिए प्राकृतिक चिकित्सा अपनाएं।

9. **ध्यान और योग का अभ्यास करें**: मानसिक शांति के लिए ध्यान और योग का अभ्यास करें।

10. **विवादों से दूर रहें**: अनावश्यक विवादों में न उलझें और संयमित व्यवहार करें।

उपाय (Remedies):

1. **मंगलवार का व्रत करें**: मंगल के अशुभ प्रभाव को कम करने के लिए मंगलवार का व्रत करें।

2. **मंगल मंत्र का जाप करें**: "ॐ अं अंगारकाय नमः" मंत्र का 108 बार जाप करें।

3. **लाल मसूर की दाल का दान करें**: गरीबों को लाल मसूर की दाल का दान करें।

4. **मंदिर में नारियल चढ़ाएं**: मंगलवार के दिन किसी हनुमान मंदिर में नारियल चढ़ाएं।

5. **हनुमान चालीसा का पाठ करें**: हनुमानजी की पूजा और हनुमान चालीसा का नियमित पाठ करें।

6. **तांबे के बर्तन का उपयोग करें**: तांबे के बर्तन में पानी पीना शुभ होता है।

7. **कर्ज चुकाने के लिए लाल वस्त्र पहनें**: कर्ज चुकाते समय लाल वस्त्र पहनें।

8. **रोगों से बचाव के लिए नीम का उपयोग करें**: स्वास्थ्य समस्याओं के लिए नीम का सेवन करें।

9. **लाल रंग की वस्तुओं का दान करें**: मंगल ग्रह की शांति के लिए लाल रंग की वस्तुओं का दान करें।

10. **स्वास्थ्य संबंधी समस्याओं के लिए नियमित जांच कराएं**: स्वास्थ्य की नियमित जांच कराएं और समय पर इलाज कराएं।

विशेष ध्यान दें (Special Attention):

- स्वास्थ्य संबंधी समस्याओं के प्रति सचेत रहें और समय पर उपचार कराएं।

- कार्यस्थल पर प्रतियोगियों के साथ संतुलन बनाए रखें और संघर्ष से बचें।
- कर्ज और ऋण की स्थिति में अनावश्यक खर्चों से बचें और वित्तीय अनुशासन बनाए रखें।
- परिवार और दोस्तों के साथ मधुर संबंध बनाए रखें और विचारों के टकराव से बचें।
- जीवन में अनुशासन और नियमितता का पालन करें, इससे समस्याओं का समाधान आसान होगा।
- धैर्यपूर्वक प्रतियोगी परीक्षाओं की तैयारी करें और सफलता के प्रति सकारात्मक दृष्टिकोण रखें।
- समस्याओं का सामना करने के लिए आत्मविश्वास बनाए रखें और किसी भी स्थिति में निराश न हों।
- गुस्से और आक्रामकता को शांत करने के लिए नियमित ध्यान और प्राणायाम करें।
- स्वास्थ्य को प्राथमिकता दें और स्वस्थ रहने के लिए नियमित व्यायाम करें।
- अनावश्यक विवादों और संघर्षों से दूर रहें और सद्भावपूर्ण जीवन जीने का प्रयास करें।

मंगल सप्तम भाव में

एक पंक्ति की भविष्यवाणियाँ (One-liner Predictions):

1. सप्तम भाव में मंगल व्यक्ति के वैवाहिक जीवन में उतार-चढ़ाव ला सकता है।

2. साझेदारी और व्यापार में संघर्ष और विवाद की संभावना बढ़ जाती है।
3. व्यक्ति को विवाह में संयम और धैर्य की आवश्यकता होती है।
4. इस स्थिति में विवाह जल्दी हो सकता है लेकिन चुनौतियाँ भी साथ लाता है।
5. व्यक्ति का स्वभाव आक्रामक और तर्कशील हो सकता है।
6. व्यवसाय में निर्णय लेने की तीव्रता और आत्मविश्वास रहता है।
7. साथी के साथ विचारों का टकराव और विवाद होने की संभावना रहती है।
8. विदेश यात्रा या विदेशी सहयोग से लाभ मिलने की संभावना है।
9. इस स्थिति में व्यक्ति को साझेदारों के साथ संबंध संभालकर रखने की सलाह दी जाती है।
10. व्यक्ति आत्मनिर्भर और साहसी होता है, लेकिन कभी-कभी अति-आत्मविश्वास में फैसले ले सकता है।

निशानियाँ (Symptoms/Characteristics):

1. विवाह में देरी या वैवाहिक जीवन में संघर्ष हो सकता है।
2. व्यक्ति में आत्मविश्वास की कमी नहीं होती, लेकिन गुस्सा जल्दी आता है।

3. व्यापार में साझेदारों के साथ मनमुटाव की स्थिति बन सकती है।

4. व्यक्ति साहसी, निर्णायक और निडर होता है।

5. जीवनसाथी के साथ समझौता और सहयोग की आवश्यकता महसूस होती है।

6. परिवार और सामाजिक जीवन में तालमेल बैठाना चुनौतीपूर्ण हो सकता है।

7. व्यक्ति का स्वभाव आक्रामक और जुझारू हो सकता है।

8. इस स्थिति में व्यक्ति को रिश्तों में समझदारी और संयम की आवश्यकता होती है।

9. जीवनसाथी के साथ संवाद में समस्या हो सकती है और टकराव की स्थिति उत्पन्न हो सकती है।

10. विदेश यात्रा, व्यापार या कानूनी मामलों में सफलता मिल सकती है।

सावधानियाँ (Precautions):

1. **गुस्से पर नियंत्रण रखें**: रिश्तों में गुस्से और आक्रामकता से बचें।

2. **साझेदारी में सोच-समझकर फैसले लें**: व्यापार में साझेदारों के साथ तालमेल बनाकर निर्णय लें।

3. **वैवाहिक जीवन में संयम बरतें**: जीवनसाथी के साथ धैर्य और समझदारी से पेश आएं।

4. **वैवाहिक मामलों में सलाहकार की मदद लें**: विवाह या साझेदारी से संबंधित किसी समस्या में विशेषज्ञ की सलाह लें।

5. **निर्णयों में धैर्य रखें**: कोई भी बड़ा निर्णय लेने से पहले सोच-समझकर निर्णय लें।

6. **व्यवसाय में साझेदारी से बचें**: अगर संभव हो, तो व्यवसाय में अकेले काम करने की कोशिश करें।

7. **वैवाहिक जीवन में संवाद बनाए रखें**: जीवनसाथी के साथ खुले संवाद में विश्वास रखें।

8. **अति आत्मविश्वास से बचें**: निर्णय लेने में संयम और संतुलन बनाए रखें।

9. **आर्थिक मामलों में समझदारी बरतें**: व्यवसाय और साझेदारी में आर्थिक मामलों को ध्यान में रखें।

10. **कानूनी मामलों में सतर्क रहें**: कानूनी मामलों में सतर्कता बरतें और आवश्यकता पड़ने पर विशेषज्ञ की मदद लें।

उपाय (Remedies):

1. **मंगलवार का व्रत करें**: मंगल के नकारात्मक प्रभाव को कम करने के लिए मंगलवार का व्रत करें।

2. **मंगल मंत्र का जाप करें**: "ॐ अं अंगारकाय नमः" मंत्र का 108 बार जाप करें।

3. **लाल वस्त्र दान करें**: गरीबों को लाल वस्त्र दान करें, विशेषकर मंगलवार के दिन।

4. **हनुमानजी की पूजा करें**: हनुमान मंदिर में जाकर हनुमानजी की पूजा और हनुमान चालीसा का पाठ करें।

5. **मूंगा रत्न धारण करें**: किसी ज्योतिषी की सलाह पर मूंगा रत्न धारण करें।

6. **गाय को गुड़ खिलाएं**: मंगलवार के दिन गाय को गुड़ खिलाना शुभ होता है।

7. **लाल रंग की वस्तुएं दान करें**: लाल रंग की वस्तुएं और लाल मसूर की दाल का दान करें।

8. **कर्ज चुकाने के लिए सावधानी बरतें**: कर्ज चुकाते समय विशेष ध्यान रखें और आवश्यकता से अधिक कर्ज न लें।

9. **गुस्से को शांत करने के लिए ध्यान करें**: ध्यान और योग का अभ्यास करें ताकि मानसिक शांति बनी रहे।

10. **सकारात्मक सोच बनाए रखें**: जीवन में सकारात्मक सोच बनाए रखें और समस्याओं का सामना धैर्यपूर्वक करें।

विशेष ध्यान दें (Special Attention):

- वैवाहिक जीवन में समझदारी और सहनशीलता बनाए रखें।
- व्यापारिक मामलों में साझेदारों के साथ संयम बरतें और विवाद से बचें।
- गुस्से और आक्रामकता को शांत करने के लिए नियमित ध्यान और योग करें।
- आर्थिक मामलों में समझदारी से निर्णय लें और अनावश्यक खर्चों से बचें।

- जीवनसाथी के साथ रिश्तों को सुधारने के लिए संवाद का महत्व समझें।
- परिवार और सामाजिक जीवन में तालमेल बनाए रखें और आक्रामकता से बचें।
- स्वास्थ्य का ध्यान रखें और नियमित जांच कराते रहें।
- विदेश यात्रा या व्यापार में सकारात्मक परिणाम प्राप्त करने के लिए संयम बनाए रखें।
- जीवन में अनुशासन और नियमों का पालन करें ताकि समस्याओं का सामना आसानी से कर सकें।
- विशेष रूप से वैवाहिक और साझेदारी के मामलों में धैर्य और समझदारी बनाए रखें।

मंगल अष्टम भाव में

एक पंक्ति की भविष्यवाणियाँ (One-liner Predictions):

1. अष्टम भाव में मंगल व्यक्ति को रहस्यमयी और गुप्त चीजों की ओर आकर्षित करता है।
2. इस स्थिति में व्यक्ति में साहसिकता और जोखिम लेने की प्रवृत्ति होती है।
3. जीवन में अचानक बदलाव और चुनौतियों का सामना करना पड़ सकता है।
4. व्यक्ति के जीवन में उत्तराधिकार या पैतृक संपत्ति से लाभ की संभावना रहती है।

5. स्वास्थ्य समस्याएँ अचानक उत्पन्न हो सकती हैं, विशेषकर चोट या शल्य चिकित्सा की संभावना।

6. रहस्यमय विज्ञान, ज्योतिष, या गूढ़ विद्या में रुचि हो सकती है।

7. जीवन में रहस्यमयी और अप्रत्याशित घटनाओं का सामना करना पड़ सकता है।

8. इस स्थिति में आर्थिक उतार-चढ़ाव और वित्तीय संकट की संभावना होती है।

9. व्यक्ति में गहरी भावनाओं और गुप्त चिंताओं का भंडार हो सकता है।

10. जीवन में गहरे आध्यात्मिक और गूढ़ अनुभव प्राप्त होने की संभावना है।

निशानियाँ (Symptoms/Characteristics):

1. व्यक्ति में आत्म-विश्लेषण की प्रवृत्ति होती है और वह अक्सर आत्मनिरीक्षण करता है।

2. परिवार में पैतृक संपत्ति या उत्तराधिकार से संबंधित विवाद हो सकते हैं।

3. व्यक्ति को रहस्यमयी और आध्यात्मिक विषयों में गहरी रुचि होती है।

4. अचानक से धन का आगमन या नुकसान हो सकता है।

5. स्वास्थ्य संबंधी मुद्दों में अचानक और अप्रत्याशित समस्याएँ उत्पन्न हो सकती हैं।

6. व्यक्ति को जोखिम भरे और साहसी कार्यों में रुचि होती है।
7. रहस्यमयी और गूढ़ विषयों का अध्ययन करने की प्रवृत्ति होती है।
8. व्यक्ति में आक्रामकता और साहसिकता की अधिकता हो सकती है।
9. अपने जीवन में अचानक बदलाव का सामना करने के लिए मानसिक तैयार रहता है।
10. अष्टम भाव का मंगल अक्सर परिवार के साथ संपत्ति या धन संबंधी विवाद ला सकता है।

सावधानियाँ (Precautions):

1. **चोट और दुर्घटनाओं से बचें**: जोखिम भरे कार्यों से दूर रहें और सुरक्षा का ध्यान रखें।
2. **आर्थिक योजनाओं में सावधानी बरतें**: निवेश करते समय सोच-समझकर निर्णय लें।
3. **स्वास्थ्य पर ध्यान दें**: शल्य चिकित्सा या चोटों से बचने के लिए स्वास्थ्य संबंधी सावधानियाँ बरतें।
4. **परिवार में संपत्ति विवादों से बचें**: परिवार के मामलों में धैर्य रखें और विवादों को समझदारी से सुलझाएँ।
5. **अचानक होने वाली समस्याओं का सामना धैर्य से करें**: अप्रत्याशित घटनाओं के लिए मानसिक रूप से तैयार रहें।
6. **गूढ़ विषयों में संतुलन बनाए रखें**: आध्यात्मिक और रहस्यमयी विषयों में रुचि रखते हुए भी संतुलित दृष्टिकोण अपनाएँ।

7. **आक्रामकता से बचें**: किसी भी स्थिति में आक्रामकता से दूर रहें और धैर्यपूर्वक निर्णय लें।
8. **आध्यात्मिक सुरक्षा का ध्यान रखें**: गूढ़ और रहस्यमयी विषयों का अध्ययन करते समय सुरक्षा और संतुलन बनाए रखें।
9. **संयम और धैर्य का पालन करें**: अचानक उत्पन्न होने वाली समस्याओं से निपटने के लिए संयम और धैर्य रखें।
10. **समझदारी से निर्णय लें**: जीवन में बड़े निर्णय लेते समय विचारशील और समझदार बनें।

उपाय (Remedies):

1. **मंगलवार का व्रत करें**: मंगल के प्रभाव को शांत करने के लिए मंगलवार का व्रत रखें।
2. **मंगल मंत्र का जाप करें**: "ॐ भौमाय नमः" मंत्र का 108 बार जाप करें।
3. **लाल मसूर का दान करें**: मंगलवार के दिन लाल मसूर की दाल का दान करें।
4. **मूंगा रत्न धारण करें**: किसी अनुभवी ज्योतिषी की सलाह पर मूंगा रत्न धारण करें।
5. **हनुमानजी की पूजा करें**: हनुमान मंदिर में जाकर हनुमानजी की आराधना करें और हनुमान चालीसा का पाठ करें।
6. **मंदिर में गुड़ और चने का दान करें**: मंगलवार को मंदिर में गुड़ और चने का दान करें।

7. **गाय को गुड़ खिलाएं**: मंगलवार के दिन गाय को गुड़ खिलाना शुभ होता है।

8. **आक्रामकता को शांत करने के लिए ध्यान करें**: योग और ध्यान का अभ्यास करें ताकि मानसिक शांति बनी रहे।

9. **लाल रंग की वस्तुएं दान करें**: लाल रंग की वस्तुएं, जैसे कि कपड़े या अनाज, का दान करें।

10. **शांत और संतुलित रहें**: विशेष रूप से जब जीवन में चुनौतियाँ आती हैं, तो संयम बनाए रखें।

विशेष ध्यान दें (Special Attention):

- पैतृक संपत्ति से जुड़े मामलों में विवाद से बचने के लिए समझदारी से निर्णय लें।
- रहस्यमयी विषयों का अध्ययन करते समय संयम और संतुलन बनाए रखें।
- स्वास्थ्य का विशेष ध्यान रखें, विशेषकर दुर्घटनाओं और शल्य चिकित्सा से बचें।
- आर्थिक मामलों में जोखिम भरे निर्णयों से बचें और स्थिरता बनाए रखें।
- गहरे और गूढ़ विषयों में आत्मनिरीक्षण करते समय ध्यान रखें कि आप संतुलित रहें।
- परिवार के साथ संबंधों को सुधारने के लिए धैर्य और समझदारी का पालन करें।
- अचानक होने वाली समस्याओं का सामना करते समय मानसिक और शारीरिक संतुलन बनाए रखें।

- जीवन में अचानक बदलावों का सामना करते समय सकारात्मक दृष्टिकोण बनाए रखें।
- गुप्त और रहस्यमयी विज्ञानों का अध्ययन करते समय आध्यात्मिक सुरक्षा और मार्गदर्शन का ध्यान रखें।
- चुनौतियों का सामना करते समय धैर्य, संयम और आत्मविश्वास का पालन करें।

मंगल नवम भाव में

एक पंक्ति की भविष्यवाणियाँ (One-liner Predictions):

1. नवम भाव में मंगल व्यक्ति को साहसी और आत्मविश्वासी बनाता है।
2. व्यक्ति में धार्मिक और आध्यात्मिक विषयों की ओर गहरा रुझान हो सकता है।
3. लंबी यात्राओं और विदेश में सफलता प्राप्त करने की संभावनाएँ बढ़ती हैं।
4. जीवन में उच्च शिक्षा और ज्ञान प्राप्ति की संभावना रहती है।
5. व्यक्ति में नई चीजें सीखने की तीव्र इच्छा होती है।
6. मंगल का नवम भाव में होना व्यक्ति को अपने सिद्धांतों के प्रति दृढ़ बनाता है।
7. व्यक्ति को उच्च शिक्षा और शोध कार्यों में सफलता मिलती है।
8. यात्रा और साहसिक गतिविधियों में रुचि रहती है।

9. व्यक्ति में नेतृत्व की क्षमता और निर्णय लेने का साहस होता है।

10. धार्मिक और आध्यात्मिक गुरुओं से जुड़ाव का संकेत मिलता है।

निशानियाँ (Symptoms/Characteristics):

1. व्यक्ति में धार्मिक और आध्यात्मिक चीजों की ओर झुकाव होता है।

2. लंबी यात्राएँ और विदेश में सफलता प्राप्त करने की इच्छा होती है।

3. व्यक्ति में उच्च शिक्षा प्राप्त करने की तीव्र इच्छा होती है।

4. नई चीजें सीखने और नई संस्कृतियों को समझने की उत्सुकता रहती है।

5. व्यक्ति अपने सिद्धांतों और मान्यताओं के प्रति दृढ़ और प्रतिबद्ध होता है।

6. नेतृत्व की क्षमता और साहसिक निर्णय लेने का सामर्थ्य होता है।

7. साहसिक और जोखिम भरे कार्यों में भाग लेने की प्रवृत्ति होती है।

8. धार्मिक और आध्यात्मिक शिक्षकों और गुरुओं से प्रेरणा प्राप्त होती है।

9. समाज और समुदाय में नेतृत्व की भूमिका निभाने की इच्छा होती है।

10. व्यक्ति में साहसिक और स्वतंत्र व्यक्तित्व का विकास होता है।

सावधानियाँ (Precautions):

1. **अपने सिद्धांतों में कठोर न बनें**: दूसरों की राय का सम्मान करें और लचीला दृष्टिकोण अपनाएँ।

2. **अनावश्यक जोखिम न लें**: जोखिम भरे कार्यों से बचें, विशेषकर जब वे आपकी सुरक्षा को खतरे में डालें।

3. **यात्रा करते समय सतर्क रहें**: लंबी यात्राओं में सावधानी बरतें और सुरक्षा के सभी उपाय करें।

4. **धार्मिक या आध्यात्मिक कट्टरता से बचें**: संतुलित दृष्टिकोण रखें और हर व्यक्ति के विचारों का सम्मान करें।

5. **आर्थिक मामलों में समझदारी से निवेश करें**: खासकर अगर वह धार्मिक या अध्यात्म से जुड़े हों।

6. **शिक्षा में धैर्य बनाए रखें**: उच्च शिक्षा प्राप्त करते समय जल्दबाजी से बचें और निरंतर प्रयास करें।

7. **अपनी नेतृत्व क्षमता का संतुलित उपयोग करें**: नेतृत्व करते समय अहंकार से बचें और सभी के हित का ध्यान रखें।

8. **आवेश में आकर निर्णय न लें**: निर्णय लेते समय शांत मन से सोचें और गहरी समझ का उपयोग करें।

9. **अपनी मान्यताओं पर ध्यान दें**: धार्मिक और आध्यात्मिक सिद्धांतों का पालन करते समय संतुलित दृष्टिकोण अपनाएँ।

10. **साहसिक कार्यों में विवेक का पालन करें**: साहसिक गतिविधियों में हिस्सा लेते समय समझदारी और सुरक्षा का ध्यान रखें।

उपाय (Remedies):

1. **मंगलवार का व्रत करें**: मंगल के प्रभाव को सकारात्मक बनाने के लिए मंगलवार का व्रत रखें।
2. **मंगल मंत्र का जाप करें**: "ॐ भौमाय नमः" मंत्र का 108 बार जाप करें।
3. **लाल मसूर का दान करें**: मंगलवार को लाल मसूर की दाल का दान करें।
4. **मूंगा रत्न धारण करें**: विशेषज्ञ ज्योतिषी की सलाह पर मूंगा रत्न धारण करें।
5. **हनुमान चालीसा का पाठ करें**: हनुमानजी की आराधना करें और हर मंगलवार को हनुमान चालीसा का पाठ करें।
6. **मंदिर में गुड़ और चने का दान करें**: मंगल के शुभ प्रभाव के लिए गुड़ और चने का दान करें।
7. **सूर्य उपासना करें**: सुबह के समय सूर्य को जल अर्पित करें और सूर्य मंत्र का जाप करें।
8. **धार्मिक यात्रा करें**: तीर्थ यात्रा पर जाएँ और धार्मिक स्थलों पर दर्शन करें।
9. **साहसिक गतिविधियों में ध्यानपूर्वक भाग लें**: साहसिक कार्यों में सुरक्षा का ध्यान रखें और समझदारी से निर्णय लें।

10. **धर्म और अध्यात्म का पालन करें**: धार्मिक और आध्यात्मिक गतिविधियों में भाग लें, परंतु संतुलित दृष्टिकोण बनाए रखें।

विशेष ध्यान दें (Special Attention):

- धार्मिक और आध्यात्मिक गतिविधियों में भाग लेते समय संतुलन और समझदारी बनाए रखें।
- लंबी यात्राओं के दौरान सावधानी बरतें और सभी आवश्यक सुरक्षा उपायों का पालन करें।
- शिक्षा और ज्ञान प्राप्त करने में धैर्य बनाए रखें, खासकर अगर वह उच्च शिक्षा से संबंधित हो।
- नेतृत्व करते समय अपने कर्तव्यों का ईमानदारी से पालन करें और सभी की भलाई का ध्यान रखें।
- साहसिक कार्यों में हिस्सा लेते समय जोखिमों को समझें और सुरक्षा को प्राथमिकता दें।
- धार्मिक और आध्यात्मिक मान्यताओं का पालन करते समय लचीला दृष्टिकोण बनाए रखें और दूसरों की भावनाओं का सम्मान करें।
- विदेश में सफलता प्राप्त करने की संभावनाओं को ध्यान में रखें, परंतु व्यावहारिक दृष्टिकोण अपनाएँ।
- अपने सिद्धांतों के प्रति दृढ़ रहें, परंतु कठोरता से बचें और समझदारी से निर्णय लें।
- साहसिक निर्णय लेते समय विवेक का पालन करें और अनावश्यक जोखिमों से दूर रहें।

- परिवार और समाज में नेतृत्व की भूमिका निभाते समय धैर्य, करुणा, और सहयोग की भावना का पालन करें।

मंगल दशम भाव में

एक पंक्ति की भविष्यवाणियाँ (One-liner Predictions):

1. दशम भाव में मंगल व्यक्ति को महत्वाकांक्षी और कर्मठ बनाता है।
2. व्यक्ति में नेतृत्व और अपने कार्यक्षेत्र में आगे बढ़ने की तीव्र इच्छा होती है।
3. करियर में प्रगति की अच्छी संभावनाएँ होती हैं, विशेष रूप से प्रशासनिक और तकनीकी क्षेत्रों में।
4. व्यक्ति में आत्म-विश्वास और साहसिक निर्णय लेने की क्षमता होती है।
5. व्यक्ति को पेशेवर जीवन में सफलता और मान्यता प्राप्त हो सकती है।
6. सरकारी क्षेत्र में नौकरी और उच्च पद प्राप्ति की संभावना रहती है।
7. समाज में उच्च स्थान और मान-सम्मान पाने की इच्छा प्रबल होती है।
8. व्यक्ति को व्यवसाय और उद्योग में तेजी से उन्नति मिल सकती है।
9. कार्यक्षेत्र में सहकर्मियों और अधीनस्थों पर प्रभावी नियंत्रण का संकेत मिलता है।

10. व्यक्ति में मेहनत और दृढ़ संकल्प की भावना प्रबल होती है।

निशानियाँ (Symptoms/Characteristics):

1. व्यक्ति करियर और पेशेवर सफलता के प्रति अत्यधिक जागरूक होता है।
2. नेतृत्व की क्षमता और अपने कार्यस्थल पर नियंत्रण का रुझान होता है।
3. सरकारी या प्रशासनिक सेवाओं में रुचि हो सकती है।
4. कार्यक्षेत्र में नए प्रोजेक्ट्स और चुनौतियों को स्वीकार करने का साहस होता है।
5. व्यक्ति में आत्म-विश्वास और निर्णय लेने की तीव्र क्षमता होती है।
6. व्यवसाय और व्यापार में जोखिम लेने की प्रवृत्ति होती है।
7. व्यक्ति सामाजिक प्रतिष्ठा और सम्मान पाने की ओर अग्रसर होता है।
8. काम के प्रति पूर्ण समर्पण और कड़ी मेहनत करने की आदत होती है।
9. समय की पाबंदी और अनुशासन का पालन करने का प्रयास करता है।
10. व्यक्ति अपने लक्ष्य को पाने के लिए दृढ़ निश्चयी होता है।

सावधानियाँ (Precautions):

1. **गुस्से पर काबू रखें**: पेशेवर और सामाजिक जीवन में गुस्से को नियंत्रण में रखें।

2. **अधिकार का दुरुपयोग न करें**: अपने पद और स्थिति का सही उपयोग करें और दुरुपयोग से बचें।

3. **आत्म-केन्द्रित न बनें**: अपनी सोच में लचीलापन रखें और दूसरों की राय का सम्मान करें।

4. **कार्य में धैर्य बनाए रखें**: जल्दबाजी में निर्णय लेने से बचें और सभी संभावनाओं पर विचार करें।

5. **कार्यस्थल पर विवादों से बचें**: अनावश्यक विवादों और झगड़ों से दूर रहें, विशेषकर सहकर्मियों के साथ।

6. **अपनी महत्वाकांक्षाओं में संतुलन बनाए रखें**: अत्यधिक महत्वाकांक्षा से तनाव का सामना हो सकता है।

7. **अनुशासनहीनता से बचें**: काम में अनुशासन और समय की पाबंदी का पालन करें।

8. **अपने अहंकार पर काबू रखें**: अपने आत्मविश्वास को अहंकार में न बदलने दें।

9. **कड़ी मेहनत के बावजूद आराम का ध्यान रखें**: काम के बीच में संतुलन बनाए रखें और उचित आराम करें।

10. **स्वास्थ्य का ध्यान रखें**: अधिक काम के कारण स्वास्थ्य पर नकारात्मक प्रभाव न पड़े, इसका ध्यान रखें।

उपाय (Remedies):

1. **मंगलवार का व्रत करें**: मंगल के सकारात्मक प्रभाव के लिए मंगलवार का व्रत रखें।

2. **मंगल मंत्र का जाप करें**: "ॐ भौमाय नमः" मंत्र का 108 बार जाप करें।
3. **मूंगा रत्न धारण करें**: ज्योतिषी की सलाह के अनुसार मूंगा रत्न धारण करें।
4. **हनुमानजी की आराधना करें**: हनुमान मंदिर में जाकर हनुमानजी की पूजा करें और चोला चढ़ाएँ।
5. **लाल वस्त्र का दान करें**: मंगलवार को लाल कपड़े का दान करें।
6. **लाल मसूर की दाल का दान करें**: लाल मसूर की दाल का दान जरूरतमंदों को करें।
7. **सूर्य को जल अर्पित करें**: रोजाना सुबह सूर्य को जल अर्पित करें और "ॐ सूर्याय नमः" का जाप करें।
8. **हनुमान चालीसा का पाठ करें**: हर मंगलवार को हनुमान चालीसा का पाठ करें।
9. **तांबे का सिक्का अपने पास रखें**: मंगल के प्रभाव को संतुलित करने के लिए तांबे का सिक्का अपने पास रखें।
10. **मंदिर में गुड़ और चने का दान करें**: मंगलवार को मंदिर में जाकर गुड़ और चने का दान करें।

विशेष ध्यान दें (Special Attention):

- करियर और पेशेवर जीवन में स्थिरता और धैर्य बनाए रखें।
- सामाजिक और पारिवारिक रिश्तों में सामंजस्य बनाए रखें।

- काम में पूर्ण समर्पण करें, लेकिन स्वास्थ्य का भी ध्यान रखें।
- नेतृत्व की क्षमता का सही उपयोग करें और सभी के हित का ध्यान रखें।
- अपनी महत्वाकांक्षाओं में संतुलन बनाए रखें और अत्यधिक तनाव से बचें।
- सहकर्मियों और अधीनस्थों के साथ मधुर संबंध बनाए रखें।
- अपने आत्मविश्वास को सही दिशा में प्रयोग करें और अहंकार से दूर रहें।
- काम के साथ-साथ अपने परिवार और दोस्तों को समय दें।
- साहसिक निर्णय लेते समय समझदारी से काम लें और सभी पहलुओं पर विचार करें।
- जीवन में अनुशासन और नियमों का पालन करते हुए सफलता की ओर बढ़ें।

मंगल ग्यारहवें भाव में

एक पंक्ति की भविष्यवाणियाँ (One-liner Predictions):

1. ग्यारहवें भाव में मंगल व्यक्ति को ऊर्जावान और महत्वाकांक्षी बनाता है।
2. व्यक्ति की इच्छाएँ और लक्ष्य पूरे होने की संभावना रहती है।
3. समाज में मित्रों और सहयोगियों के बीच नेतृत्व की भूमिका निभा सकता है।

4. व्यक्ति में नेटवर्किंग की क्षमता और लाभ प्राप्त करने की कला होती है।

5. आर्थिक रूप से प्रगति और आय के स्रोतों में वृद्धि के संकेत मिलते हैं।

6. बड़े संगठन और समूहों में व्यक्ति को सम्मान प्राप्त हो सकता है।

7. व्यक्ति में दूसरों को प्रेरित करने और सहयोग देने की भावना होती है।

8. इच्छाओं और सपनों को पूरा करने की दृढ़ इच्छा शक्ति होती है।

9. समाज में प्रभावशाली मित्रों और संबंधों का लाभ प्राप्त हो सकता है।

10. सामाजिक कार्यों और टीम के प्रयासों में सफलता प्राप्त करने की संभावना होती है।

निशानियाँ (Symptoms/Characteristics):

1. व्यक्ति में ऊर्जावान और जोश से भरी हुई प्रवृत्ति दिखाई देती है।

2. समाज में मजबूत संपर्क और मित्रों का अच्छा नेटवर्क होता है।

3. व्यक्ति को अपनी महत्वाकांक्षाओं और लक्ष्यों के प्रति जागरूकता होती है।

4. आर्थिक मामलों में निर्णय लेने की क्षमता होती है।

5. व्यक्ति बड़े समूहों में कार्य करने में सक्षम होता है।
6. सामाजिक आयोजनों में प्रमुख भूमिका निभाने की इच्छा होती है।
7. इच्छाओं और आकांक्षाओं की पूर्ति के लिए कठिन परिश्रम करता है।
8. मित्रों और सहयोगियों के प्रति समर्पण की भावना होती है।
9. व्यक्ति नई परियोजनाओं और विचारों को लागू करने में सक्रिय रहता है।
10. दूसरों की मदद करने और उन्हें प्रोत्साहित करने की क्षमता होती है।

सावधानियाँ (Precautions):

1. **अत्यधिक महत्वाकांक्षा से बचें**: अपनी महत्वाकांक्षाओं को संतुलित रखें और अधीर न हों।
2. **मित्रों के साथ विवादों से बचें**: समाज में मित्रों और सहयोगियों के साथ अनावश्यक विवादों से दूर रहें।
3. **लाभ के लिए गलत मार्ग का चयन न करें**: लाभ पाने के लिए गलत रास्तों का चुनाव न करें।
4. **धन और संसाधनों का दुरुपयोग न करें**: आर्थिक मामलों में समझदारी और संयम से काम लें।
5. **अपनी इच्छाओं को नियंत्रित करें**: इच्छाओं पर काबू रखें और यथार्थवादी दृष्टिकोण अपनाएँ।

6. **टीम वर्क में सहयोग की भावना बनाए रखें**: टीम के सदस्यों के साथ सामंजस्य बनाए रखें।
7. **सही निर्णय लेने का प्रयास करें**: निर्णय लेने में जल्दबाजी से बचें और पूरी सोच-विचार के बाद ही निर्णय लें।
8. **आत्म-केन्द्रित न बनें**: समाज और समूह के लाभ के लिए कार्य करें, न कि केवल अपने हित में।
9. **अपनी ऊर्जा को सही दिशा में निर्देशित करें**: उग्रता और आवेश को नियंत्रित रखें और ऊर्जा का सकारात्मक उपयोग करें।
10. **बड़े वादों से बचें**: दूसरों से बड़े वादे करने से पहले अपनी क्षमताओं का आकलन करें।

उपाय (Remedies):

1. **मंगलवार का व्रत करें**: मंगल ग्रह के सकारात्मक प्रभाव के लिए मंगलवार का व्रत करें।
2. **मंगल मंत्र का जाप करें**: "ॐ भौमाय नमः" मंत्र का 108 बार जाप करें।
3. **लाल वस्त्र का दान करें**: मंगलवार को लाल कपड़े का दान करें।
4. **हनुमानजी की पूजा करें**: हनुमान मंदिर में जाकर हनुमानजी की पूजा करें।
5. **लाल मसूर की दाल का दान करें**: जरूरतमंदों को लाल मसूर की दाल का दान करें।

6. **सूर्य को जल अर्पित करें**: प्रतिदिन सुबह सूर्य को जल अर्पित करें।

7. **मूंगा रत्न धारण करें**: ज्योतिषी की सलाह के अनुसार मूंगा रत्न धारण करें।

8. **हनुमान चालीसा का पाठ करें**: हनुमान चालीसा का पाठ करें और हनुमानजी की आराधना करें।

9. **तांबे का सिक्का अपने पास रखें**: मंगल के प्रभाव को संतुलित करने के लिए तांबे का सिक्का अपने पास रखें।

10. **गाय को गुड़ और चने खिलाएँ**: मंगलवार को गाय को गुड़ और चने खिलाएँ।

विशेष ध्यान दें (Special Attention):

- समाज में मित्रों और सहयोगियों के साथ अच्छे संबंध बनाए रखें।
- अपनी महत्वाकांक्षाओं को यथार्थवादी दृष्टिकोण में ढालें और संतुलित दृष्टिकोण अपनाएँ।
- टीम वर्क में सहकारी भावना बनाए रखें और दूसरों के योगदान की सराहना करें।
- आर्थिक निर्णयों में सावधानी बरतें और फिजूलखर्ची से बचें।
- इच्छाओं को पूरा करने के लिए धैर्य और संयम का पालन करें।
- अपने ऊर्जा स्तर को सही दिशा में निर्देशित करें और समाज में सकारात्मक प्रभाव डालें।

- समूहों और संगठनों में अपनी नेतृत्व क्षमता का सही उपयोग करें।
- बड़े लक्ष्यों की पूर्ति के लिए चरणबद्ध योजना बनाएं और उसे धैर्यपूर्वक क्रियान्वित करें।
- अपनी महत्वाकांक्षाओं के प्रति समर्पित रहें, लेकिन अत्यधिक तनाव से बचें।
- मित्रों के साथ मधुर संबंध बनाए रखें और उनके प्रति ईमानदारी का व्यवहार करें।

मंगल बारहवें भाव में

एक पंक्ति की भविष्यवाणियाँ (One-liner Predictions):

1. बारहवें भाव में मंगल व्यक्ति को गुप्त कार्यों और रहस्यमय चीज़ों में रुचि देता है।
2. व्यक्ति में आध्यात्मिकता और ध्यान की ओर झुकाव होता है।
3. बारहवें भाव में मंगल व्यक्तियों को मानसिक संघर्षों का सामना करने के लिए प्रेरित करता है।
4. व्यक्ति की ऊर्जा नकारात्मकता से बचने में खर्च हो सकती है।
5. व्यक्ति के लिए यात्रा करना और विदेश में कार्य करना फायदेमंद हो सकता है।
6. व्यक्ति को रहस्यमय अनुभवों और सपनों के माध्यम से ज्ञान प्राप्त होता है।

7. स्वास्थ्य संबंधी समस्याएँ, विशेष रूप से मानसिक स्वास्थ्य, उत्पन्न हो सकती हैं।

8. व्यक्ति की रचनात्मकता और कलात्मकता में वृद्धि होती है।

9. दूसरों की मदद करने की भावना में वृद्धि होती है, लेकिन खुद की देखभाल का ध्यान नहीं रहता।

10. व्यक्ति में आत्म-चिंतन और अंतर्मुखी प्रवृत्तियाँ विकसित होती हैं।

निशानियाँ (Symptoms/Characteristics):

1. व्यक्ति को अपनी आंतरिक भावनाओं और विचारों को समझने की कोशिश होती है।

2. व्यक्ति में मानसिक तनाव और चिंता की प्रवृत्तियाँ देखी जा सकती हैं।

3. व्यक्ति को अपने मानसिक स्वास्थ्य का विशेष ध्यान रखना चाहिए।

4. बारहवें भाव में मंगल होने से व्यक्ति की रचनात्मकता और कलात्मकता में वृद्धि होती है।

5. व्यक्ति दूसरों की समस्याओं को समझने और सहायता करने में सक्षम होता है।

6. गुप्त और रहस्यमय कार्यों में रुचि होती है।

7. व्यक्ति को अपनी कल्पनाओं और सपनों को साकार करने की प्रवृत्ति होती है।

8. स्वास्थ्य संबंधी समस्याओं का सामना करना पड़ सकता है, विशेषकर मानसिक स्वास्थ्य से संबंधित।
9. व्यक्ति में आत्मनिरीक्षण की प्रवृत्ति होती है।
10. किसी भी काम में बहुत गहराई से जाने की प्रवृत्ति होती है।

सावधानियाँ (Precautions):

1. **मानसिक स्वास्थ्य का ध्यान रखें**: मानसिक तनाव और चिंता को नियंत्रित करने का प्रयास करें।
2. **गुप्त बातों से दूर रहें**: दूसरों की बातों को गुप्त रखने की कोशिश करें, लेकिन खुद को भी अति गुप्त न बनाएं।
3. **संवेदनशीलता से बचें**: दूसरों की भावनाओं को समझते हुए अपनी संवेदनाओं का ध्यान रखें।
4. **आध्यात्मिकता में संतुलन रखें**: आध्यात्मिकता में ध्यान लगाएँ, लेकिन व्यावहारिक जीवन को न भूलें।
5. **अवसाद से बचें**: अपने मनोबल को ऊँचा रखने के लिए सकारात्मक गतिविधियों में भाग लें।
6. **सामाजिक संबंधों में संतुलन बनाए रखें**: अकेलापन महसूस करने से बचने के लिए दोस्तों और परिवार से जुड़े रहें।
7. **सपनों और इच्छाओं को समझें**: अपने सपनों और इच्छाओं को समझने का प्रयास करें और उन्हें सही दिशा में लगाएँ।
8. **ध्यान और योग का अभ्यास करें**: मानसिक स्वास्थ्य के लिए ध्यान और योग का अभ्यास करें।

9. **किसी भी नकारात्मकता से बचें**: नकारात्मक विचारों से दूर रहने का प्रयास करें।

10. **स्वास्थ्य की नियमित जांच करवाएँ**: स्वास्थ्य संबंधी समस्याओं का समय-समय पर ध्यान रखें।

उपाय (Remedies):

1. **मंगलवार को व्रत रखें**: मंगल ग्रह के प्रभाव को सकारात्मक बनाने के लिए मंगलवार को व्रत रखें।

2. **मंगल मंत्र का जाप करें**: "ॐ भौमाय नमः" मंत्र का जाप करें।

3. **लाल वस्त्र पहनें**: मंगल के शुभ प्रभाव के लिए लाल रंग के वस्त्र पहनें।

4. **गाय को खाना दें**: मंगलवार को गाय को हरी घास और गुड़ का भोग अर्पित करें।

5. **मूंगा रत्न पहनें**: ज्योतिषी की सलाह के अनुसार मूंगा रत्न धारण करें।

6. **हनुमान चालीसा का पाठ करें**: हनुमान चालीसा का पाठ कर हनुमानजी की आराधना करें।

7. **नकारात्मकता को दूर करने के लिए सफेद चूना का प्रयोग करें**: अपने घर में सफेद चूना लगाकर नकारात्मकता को दूर करें।

8. **गुप्त दान करें**: किसी जरूरतमंद को चुपचाप मदद करें।

9. **सपनों के प्रति जागरूकता बढ़ाएँ**: अपने सपनों और अंतर्मुखी विचारों पर ध्यान दें और उन्हें समझें।

10. **आध्यात्मिक साधना करें**: नियमित ध्यान और साधना करें।

विशेष ध्यान दें (Special Attention):

- मानसिक स्वास्थ्य का विशेष ध्यान रखें और आवश्यकता पड़ने पर मदद लें।
- अपने सपनों और विचारों को समझने में समय दें, ताकि आप अपने आंतरिक संघर्षों से बाहर निकल सकें।
- अपनी रचनात्मकता को सकारात्मक दिशा में लगाएँ और उसे विकसित करें।
- दूसरों की मदद करने की भावना को बनाए रखें, लेकिन अपनी देखभाल का भी ध्यान रखें।
- सामाजिक जीवन में संतुलन बनाए रखें और परिवार व मित्रों के साथ संबंधों को मजबूत करें।
- आध्यात्मिकता में संतुलन बनाए रखें और जीवन के व्यावहारिक पहलुओं को न भूलें।
- नकारात्मकता और तनाव से दूर रहें, और अपने मन को सकारात्मक विचारों से भरें।
- स्वास्थ्य के प्रति सजग रहें और नियमित स्वास्थ्य जांच करवाएँ।
- अपनी महत्वाकांक्षाओं को सही दिशा में लगाने के लिए स्पष्ट योजना बनाएं।
- अंतर्मुखी प्रवृत्तियों को समझें और उन्हें सकारात्मक दिशा में लगाएँ।

EASY FALADESH

17. शुक्र की भविष्यवाणियाँ

शुक्र पहले भाव में

एक पंक्ति की भविष्यवाणियाँ (One-liner Predictions):

1. पहले भाव में शुक्र व्यक्ति को सुंदरता और आकर्षण का प्रतीक बनाता है।
2. व्यक्ति को सामाजिकता और मित्रता में रुचि होती है।
3. यह व्यक्ति को कला और संगीत के प्रति आकर्षित करता है।
4. व्यक्तित्व में चार्म और करिश्मा बढ़ता है।
5. पहले भाव में शुक्र होने से प्रेम संबंधों में स्थिरता मिलती है।
6. व्यक्ति में आत्मविश्वास और सकारात्मक ऊर्जा का संचार होता है।
7. यह व्यक्ति को फैशन और स्टाइल में रुचि देता है।
8. व्यक्तित्व में सौम्यता और विनम्रता होती है।
9. व्यक्ति दूसरों को अपनी ओर आकर्षित करता है।
10. यह व्यक्ति को अच्छे स्वास्थ्य और दीर्घकालिक जीवन का आशीर्वाद देता है।

निशानियाँ (Symptoms/Characteristics):

1. व्यक्ति का व्यक्तित्व आकर्षक और सम्मोहक होता है।

2. यह व्यक्ति को प्रेम और संबंधों में भाग्यशाली बनाता है।
3. पहले भाव में शुक्र होने से व्यक्ति में नाजुकता और सौम्यता होती है।
4. व्यक्ति के पास अच्छे संवाद कौशल होते हैं।
5. व्यक्ति को कला, संगीत, और साहित्य में रुचि होती है।
6. यह व्यक्ति को फैशन और सौंदर्य संबंधी कार्यों में सफल बनाता है।
7. व्यक्ति का चेहरा और आकर्षण विशेष रूप से ध्यान खींचता है।
8. दूसरों के प्रति सहानुभूति और प्रेम का भाव होता है।
9. व्यक्ति सामाजिक समारोहों में आकर्षण का केंद्र होता है।
10. यह व्यक्ति को अच्छे स्वास्थ्य और दीर्घकालिक जीवन की ओर प्रेरित करता है।

सावधानियाँ (Precautions):

1. **गर्व से बचें**: अपनी खूबसूरती और आकर्षण पर गर्व न करें।
2. **वास्तविकता को समझें**: भौतिक सुखों में डूबने से बचें और वास्तविकता को समझें।
3. **रिश्तों में संतुलन बनाए रखें**: अपने प्रेम संबंधों में संतुलन बनाना महत्वपूर्ण है।
4. **स्वास्थ्य का ध्यान रखें**: अपने स्वास्थ्य का नियमित ध्यान रखें।

5. **सामाजिकता में संयम रखें**: सामाजिकता में संयम बरतें और अत्यधिक प्रदर्शन से बचें।

6. **आर्थिक स्थिति का ध्यान रखें**: धन का सही उपयोग करें और फिजूलखर्ची से बचें।

7. **नकारात्मकता से दूर रहें**: दूसरों की नकारात्मकता को अपने ऊपर हावी न होने दें।

8. **आत्मसमर्पण की भावना न खोएं**: दूसरों की भावनाओं का सम्मान करें।

9. **व्यक्तिगत संबंधों को महत्व दें**: अपने रिश्तों को प्राथमिकता दें और भावनात्मक संपर्क बनाए रखें।

10. **सहायता के लिए हमेशा तैयार रहें**: दूसरों की मदद करने के लिए हमेशा तत्पर रहें।

उपाय (Remedies):

1. **शुक्रवार को व्रत रखें**: शुक्र ग्रह को मजबूत करने के लिए शुक्रवार का व्रत रखें।

2. **शुक्र मंत्र का जाप करें**: "ॐ शुक्राय नमः" मंत्र का जाप करें।

3. **पारदर्शी वस्त्र पहनें**: सफेद, हरा, या नीला रंग पहनें।

4. **कमल के फूल की पूजा करें**: कमल के फूल को पूजा में अर्पित करें।

5. **चांदी का दान करें**: चांदी का दान या चांदी के आभूषण पहनें।

6. **संगीत सुनें**: रोजाना संगीत सुनें और संगीत में भाग लें।
7. **प्रेमी या साथी को सरप्राइज दें**: प्रेम संबंधों को मजबूत करने के लिए सरप्राइज करें।
8. **बगीचे में फूलों की देखभाल करें**: फूलों की देखभाल कर प्राकृतिक सौंदर्य को बढ़ाएं।
9. **नवीनता लाने के लिए आर्ट्स में भाग लें**: कला में भाग लेकर अपने रचनात्मक पक्ष को विकसित करें।
10. **प्रेम और दया का भाव रखें**: दूसरों के प्रति प्रेम और दया का व्यवहार रखें।

विशेष ध्यान दें (Special Attention):

- अपनी खूबसूरती और आकर्षण को आत्म-सम्मान का हिस्सा मानें, लेकिन गर्व न करें।
- कला और संगीत में सक्रिय रहें और अपनी रचनात्मकता को निखारें।
- रिश्तों में ईमानदारी और सम्मान का महत्व बनाए रखें।
- सामाजिक समारोहों में अपनी उपस्थिति को महत्वपूर्ण मानें, लेकिन संतुलित रहें।
- नकारात्मकता से दूर रहकर अपने आप को सकारात्मकता में रखें।
- स्वास्थ्य का ध्यान रखें और नियमित व्यायाम करें।
- आर्थिक स्थिति को संतुलित रखें और फिजूलखर्ची से बचें।

- अपने साथी के साथ समय बिताएं और रिश्तों को मजबूत बनाएं।
- सहानुभूति और दया के भाव को बनाए रखें, ताकि रिश्तों में मिठास बनी रहे।
- अपनी भावनाओं को व्यक्त करने में संकोच न करें।

शुक्र दूसरे भाव में

एक पंक्ति की भविष्यवाणियाँ (One-liner Predictions):

1. दूसरे भाव में शुक्र व्यक्ति को धन और समृद्धि का स्रोत बनाता है।
2. यह व्यक्ति को भौतिक सुखों और सामग्रियों का प्रेम देता है।
3. व्यक्ति को कला और संगीत में अच्छे वित्तीय अवसर मिलते हैं।
4. यह व्यक्ति को अच्छे भोजन और स्वादिष्ट व्यंजनों का प्रेम देता है।
5. दूसरे भाव में शुक्र होने से परिवार में सौहार्द और प्रेम बढ़ता है।
6. व्यक्ति के पास धन अर्जित करने की क्षमता होती है।
7. यह व्यक्ति को अच्छे संवाद कौशल और वाणी में मिठास प्रदान करता है।
8. व्यक्ति को अच्छे वित्तीय निर्णय लेने में मदद करता है।

9. यह व्यक्ति को संपत्ति और संपत्ति के मामलों में सफल बनाता है।

10. दूसरे भाव में शुक्र से व्यक्ति की आर्थिक स्थिति मजबूत होती है।

निशानियाँ (Symptoms/Characteristics):

1. व्यक्ति के पास धन और भौतिक वस्तुओं का अच्छा संग्रह होता है।
2. यह व्यक्ति को सौंदर्य और कलात्मकता की ओर आकर्षित करता है।
3. दूसरे भाव में शुक्र से परिवार में प्रेम और सौहार्द का वातावरण होता है।
4. व्यक्ति के पास संवाद में आकर्षण होता है।
5. व्यक्ति की आर्थिक समझदारी बढ़ती है।
6. यह व्यक्ति को अच्छे भोजन का प्रेमी बनाता है।
7. व्यक्ति को कला और संस्कृति में रुचि होती है।
8. व्यक्ति अपने धन का उपयोग अच्छे कार्यों में करता है।
9. यह व्यक्ति को स्थिरता और सुरक्षा का अनुभव कराता है।
10. दूसरे भाव में शुक्र से व्यक्ति को धनी लोगों के साथ संबंध बनाने में मदद मिलती है।

सावधानियाँ (Precautions):

1. **फिजूलखर्ची से बचें**: धन का अनावश्यक खर्च करने से बचें।
2. **संपत्ति के मामलों में सतर्क रहें**: संपत्ति के मामले में सावधानी बरतें।
3. **रिश्तों में ईमानदारी बनाए रखें**: रिश्तों में ईमानदारी का ध्यान रखें।
4. **परिवार में सामंजस्य बनाए रखें**: परिवार में झगड़े से बचें।
5. **धन के प्रति आक्रामकता से बचें**: धन के प्रति आक्रामकता न दिखाएं।
6. **स्वास्थ्य का ध्यान रखें**: धन कमाने के चक्कर में स्वास्थ्य का ध्यान रखें।
7. **अन्य लोगों के प्रति सहानुभूति रखें**: दूसरों के प्रति सहानुभूति और समर्थन का भाव रखें।
8. **समय-समय पर आर्थिक योजना बनाएं**: अपनी वित्तीय स्थिति का आकलन करते रहें।
9. **भावनाओं में संतुलन बनाए रखें**: भावनाओं में संतुलन बनाए रखना महत्वपूर्ण है।
10. **परिवार के सदस्यों के साथ संबंधों को महत्व दें**: परिवार के सदस्यों के साथ संबंधों को प्राथमिकता दें।

उपाय (Remedies):

1. **शुक्रवार को व्रत रखें**: शुक्र ग्रह को मजबूत करने के लिए शुक्रवार का व्रत रखें।

2. **शुक्र मंत्र का जाप करें**: "ॐ शुक्राय नमः" मंत्र का जाप करें।
3. **सफेद या हरे रंग के कपड़े पहनें**: सफेद या हरे रंग के कपड़े पहनें।
4. **कमल के फूल की पूजा करें**: कमल के फूल की पूजा में शामिल करें।
5. **धन का सही उपयोग करें**: धन का सही और बुद्धिमानी से उपयोग करें।
6. **स्वादिष्ट भोजन का आनंद लें**: अच्छा और स्वस्थ भोजन करें।
7. **संगीत और कला में भाग लें**: कला और संगीत में भाग लेकर अपने शौक को बढ़ाएं।
8. **दूसरों के लिए दान करें**: जरूरतमंदों की मदद के लिए दान करें।
9. **फूलों की देखभाल करें**: फूलों की देखभाल कर सुंदरता में वृद्धि करें।
10. **प्रेम संबंधों को मजबूत करें**: प्रेम संबंधों को समय दें और उन्हें मजबूत बनाएं।

विशेष ध्यान दें (Special Attention):

- धन और भौतिक सुखों को महत्व दें, लेकिन संतुलित रहें।
- परिवार के सदस्यों के साथ संबंधों को प्राथमिकता दें और सहानुभूति का व्यवहार रखें।

- कला और संगीत में सक्रिय रहकर अपने रचनात्मक पक्ष को निखारें।
- धन के प्रति ईमानदारी का ध्यान रखें और फिजूलखर्ची से बचें।
- परिवार में सौहार्द और प्रेम का वातावरण बनाए रखें।
- आर्थिक स्थिति का ध्यान रखें और समय-समय पर योजना बनाएं।
- दूसरों के प्रति सहानुभूति रखें और जरूरतमंदों की मदद करें।
- अपने स्वाद और कला में समर्पित रहें और इसे अपने जीवन का हिस्सा बनाएं।
- स्वास्थ्य का ध्यान रखें और अच्छे भोजन का सेवन करें।
- अपनी भावनाओं को व्यक्त करने में संकोच न करें और रिश्तों को मजबूत बनाएं।

शुक्र तीसरे भाव में

एक पंक्ति की भविष्यवाणियाँ (One-liner Predictions):

1. तीसरे भाव में शुक्र व्यक्ति को अच्छे संवाद कौशल देता है।
2. यह व्यक्ति को भाई-बहनों के साथ अच्छे संबंध बनाने में मदद करता है।
3. व्यक्ति की रचनात्मकता और कलात्मकता में वृद्धि होती है।

4. यह व्यक्ति को शिक्षकों और मार्गदर्शकों के प्रति आकर्षित करता है।

5. तीसरे भाव में शुक्र से व्यक्ति की यात्रा करने की इच्छा बढ़ती है।

6. व्यक्ति को साहित्य और लेखन में सफलता मिलती है।

7. यह व्यक्ति को सामजिक कार्यों में भागीदारी के लिए प्रेरित करता है।

8. तीसरे भाव में शुक्र होने से व्यक्ति में चातुर्य और बुद्धिमत्ता का विकास होता है।

9. व्यक्ति को अच्छे मित्र बनाने में आसानी होती है।

10. यह व्यक्ति को नए विचारों और दृष्टिकोणों की खोज करने में मदद करता है।

निशानियाँ (Symptoms/Characteristics):

1. व्यक्ति के पास अच्छे संवाद कौशल होते हैं।

2. यह व्यक्ति को भाई-बहनों के साथ सहयोगपूर्ण संबंध देता है।

3. व्यक्ति रचनात्मक और कलात्मक दृष्टिकोण रखता है।

4. यह व्यक्ति को साहित्य और लेखन के प्रति आकर्षित करता है।

5. व्यक्ति की यात्रा की रुचि बढ़ती है।

6. यह व्यक्ति को शिक्षा और ज्ञान के क्षेत्र में रुचि दिलाता है।

7. व्यक्ति का सामाजिक नेटवर्क मजबूत होता है।
8. तीसरे भाव में शुक्र से व्यक्ति में आकर्षण और जिज्ञासा होती है।
9. व्यक्ति की सोच में सकारात्मकता और नई सोच शामिल होती है।
10. व्यक्ति में मित्रता की भावना मजबूत होती है।

सावधानियाँ (Precautions):

1. **संवाद में सावधानी बरतें**: संवाद करते समय शब्दों का चयन सावधानी से करें।
2. **भाई-बहनों के साथ झगड़ों से बचें**: भाई-बहनों के साथ झगड़े से बचें।
3. **सामाजिक मामलों में संतुलन बनाए रखें**: सामाजिक मामलों में संतुलन बनाएं रखें।
4. **रचनात्मकता को सीमित न करें**: अपनी रचनात्मकता को न दबाएं।
5. **यात्राओं में सतर्कता रखें**: यात्रा करते समय सतर्कता बरतें।
6. **भावनाओं में संतुलन बनाए रखें**: भावनाओं में संतुलन बनाए रखना जरूरी है।
7. **मित्रता में ईमानदारी रखें**: मित्रों के साथ ईमानदारी का ध्यान रखें।
8. **अतिशयोक्ति से बचें**: संवाद में अतिशयोक्ति से बचें।

9. **व्यक्तिगत समय को महत्व दें**: व्यक्तिगत समय को महत्व दें।

10. **अवसाद से दूर रहें**: अवसादित विचारों से दूर रहें।

उपाय (Remedies):

1. **शुक्रवार को व्रत रखें**: शुक्र ग्रह को मजबूत करने के लिए शुक्रवार का व्रत रखें।

2. **शुक्र मंत्र का जाप करें**: "ॐ शुक्राय नमः" मंत्र का जाप करें।

3. **सफेद या हरे रंग के कपड़े पहनें**: सफेद या हरे रंग के कपड़े पहनें।

4. **कमल के फूल की पूजा करें**: कमल के फूल की पूजा करें।

5. **यात्रा के लिए योजना बनाएं**: यात्राओं की योजना बनाएं।

6. **लिखने का अभ्यास करें**: नियमित रूप से लेखन का अभ्यास करें।

7. **दूसरों की मदद करें**: सामजिक कार्यों में भाग लेकर दूसरों की मदद करें।

8. **सामाजिक कार्यक्रमों में भाग लें**: सामाजिक कार्यक्रमों में भाग लेकर अपने नेटवर्क को बढ़ाएं।

9. **कलात्मक गतिविधियों में भाग लें**: कलात्मक गतिविधियों में भाग लेकर अपनी रचनात्मकता को बढ़ाएं।

10. **सकारात्मक सोच रखें**: सकारात्मक सोच को बनाए रखें और उसे फैलाने का प्रयास करें।

विशेष ध्यान दें (Special Attention):

- संवाद कौशल को सुधारें और अन्य लोगों के साथ ईमानदारी से संवाद करें।
- भाई-बहनों और मित्रों के साथ संबंधों को प्राथमिकता दें।
- अपनी रचनात्मकता और कलात्मकता को निखारें और उसे व्यक्त करें।
- सामाजिक कार्यों में सक्रिय रूप से भाग लें और दूसरों की मदद करें।
- यात्रा के दौरान सुरक्षा का ध्यान रखें और नए अनुभवों का आनंद लें।
- अपने विचारों को सकारात्मक रखें और दूसरों को प्रोत्साहित करें।
- लेखन और साहित्य में रुचि रखें और इसे अपने जीवन का हिस्सा बनाएं।
- अपने संपर्कों को बढ़ाने के लिए सामाजिक कार्यक्रमों में भाग लें।
- अपनी भावनाओं को व्यक्त करने में संकोच न करें और सच्ची मित्रता का निर्माण करें।
- अपने विचारों और दृष्टिकोणों को साझा करने में सक्रिय रहें।

शुक्र चौथे भाव में

एक पंक्ति की भविष्यवाणियाँ (One-liner Predictions):

1. चौथे भाव में शुक्र होने से व्यक्ति का घर और परिवार सुखमय होता है।
2. यह व्यक्ति को घर सजाने और कला में रुचि देता है।
3. व्यक्ति को माता-पिता का प्रेम और समर्थन प्राप्त होता है।
4. चौथे भाव में शुक्र से व्यक्ति का घर एक सुखद वातावरण बनता है।
5. यह व्यक्ति को अपनी जड़ों और परंपराओं से जोड़े रखता है।
6. व्यक्ति के लिए संपत्ति और संपत्ति के मामलों में सफलता मिलती है।
7. यह व्यक्ति को भावनात्मक स्थिरता और संतुलन प्रदान करता है।
8. चौथे भाव में शुक्र से व्यक्ति को शांति और संतोष की अनुभूति होती है।
9. व्यक्ति को अपने परिवार के साथ अच्छे संबंध बनाए रखने में मदद मिलती है।
10. यह व्यक्ति को मानसिक और भावनात्मक समर्थन देता है।

निशानियाँ (Symptoms/Characteristics):

1. व्यक्ति का घर सुंदर और व्यवस्थित होता है।
2. माता-पिता के साथ गहरे भावनात्मक संबंध होते हैं।
3. घर में कलात्मकता और सजावट की उपस्थिति होती है।

4. व्यक्ति परिवार के सदस्यों के साथ सहयोगपूर्ण होता है।
5. यह व्यक्ति को अपनी जड़ों के प्रति गर्व और प्रेम देता है।
6. घर के वातावरण में सुख और शांति का माहौल रहता है।
7. व्यक्ति को संपत्ति और भौतिक वस्तुओं में रुचि होती है।
8. परिवार में प्यार और सामंजस्य की भावना होती है।
9. चौथे भाव में शुक्र से व्यक्ति को मानसिक संतुलन मिलता है।
10. व्यक्ति अपने घर को आरामदायक और स्वागतयोग्य बनाने में रुचि रखता है।

सावधानियाँ (Precautions):

1. **घर में विवाद से बचें**: परिवार में विवाद से बचने का प्रयास करें।
2. **परिवार के साथ समय बिताएं**: परिवार के साथ अधिक समय बिताने का प्रयास करें।
3. **भावनाओं को नियंत्रित करें**: भावनाओं को संतुलित रखने का प्रयास करें।
4. **संपत्ति के मामलों में सतर्क रहें**: संपत्ति के मामलों में ध्यानपूर्वक निर्णय लें।
5. **अधिक खर्च करने से बचें**: घर की सजावट में अति खर्च से बचें।
6. **माता-पिता की सेहत का ध्यान रखें**: माता-पिता की सेहत का विशेष ध्यान रखें।

7. **गृहस्थ जीवन में संतुलन बनाए रखें**: गृहस्थ जीवन में संतुलन बनाए रखें।

8. **भावनात्मक तनाव से बचें**: भावनात्मक तनाव को कम करने के उपाय करें।

9. **पुरानी परंपराओं का सम्मान करें**: परंपराओं का पालन करें और उनका सम्मान करें।

10. **मित्रों के साथ सामाजिक संबंधों को मजबूत करें**: सामाजिक संबंधों को मजबूत रखने का प्रयास करें।

उपाय (Remedies):

1. **शुक्रवार को व्रत रखें**: शुक्र को मजबूत करने के लिए शुक्रवार का व्रत रखें।

2. **कमल के फूल की पूजा करें**: कमल के फूल की पूजा करें।

3. **शुक्र मंत्र का जाप करें**: "ॐ शुक्राय नमः" का जाप करें।

4. **घर को साफ-सुथरा रखें**: घर की सफाई और सजावट का ध्यान रखें।

5. **परिवार के सदस्यों के लिए समय निकालें**: परिवार के साथ गुणवत्ता समय बिताएं।

6. **संपत्ति में निवेश करें**: संपत्ति में समझदारी से निवेश करें।

7. **संवेदनशीलता बढ़ाएं**: अपने परिवार के प्रति संवेदनशील और सहानुभूतिपूर्ण बनें।

8. **परिवार की परंपराओं का पालन करें**: परिवार की परंपराओं का सम्मान करें।

9. **पारिवारिक समारोहों में भाग लें**: पारिवारिक समारोहों में सक्रिय रूप से भाग लें।

10. **सकारात्मक वातावरण बनाएं**: घर में सकारात्मक वातावरण बनाने का प्रयास करें।

विशेष ध्यान दें (Special Attention):

- अपने घर को सुंदर और आरामदायक बनाएं, ताकि हर कोई वहां सहज महसूस करे।
- माता-पिता और परिवार के अन्य सदस्यों के साथ अच्छे संबंधों को प्राथमिकता दें।
- अपने भावनात्मक स्वास्थ्य का ध्यान रखें और जरूरत पड़ने पर सहायता लें।
- घर में खुशहाली और सकारात्मकता बनाए रखने के लिए नियमित पूजा और साधना करें।
- परिवार की परंपराओं का पालन करते हुए उन्हें बनाए रखें और आगे बढ़ाएं।
- अपने घर के वातावरण को सुखद बनाने के लिए सजावट में अपनी रचनात्मकता का उपयोग करें।
- सामाजिक समारोहों और पारिवारिक आयोजनों में सक्रिय रूप से भाग लें, ताकि संबंध मजबूत हों।

शुक्र पांचवे भाव में

एक पंक्ति की भविष्यवाणियाँ (One-liner Predictions):

1. पांचवे भाव में शुक्र होने से व्यक्ति में रचनात्मकता और कला के प्रति गहरी रुचि होती है।
2. यह व्यक्ति को प्रेम और रोमांस में खुशी देता है।
3. व्यक्ति के बच्चे बहुत खुशमिजाज और प्रतिभाशाली होते हैं।
4. यह व्यक्ति को फिल्म, संगीत या लेखन में सफलता दिला सकता है।
5. व्यक्ति को मनोरंजन के माध्यम से खुशी और संतोष प्राप्त होता है।
6. व्यक्ति के लिए यात्रा और साहसिक गतिविधियों का आनंद मिलता है।
7. यह व्यक्ति को सामाजिक कार्यों में रुचि और भागीदारी के लिए प्रेरित करता है।
8. यह व्यक्ति को अच्छे प्रेम संबंधों और रोमांटिक भागीदारों की उपस्थिति देता है।
9. व्यक्ति को खुद को अभिव्यक्त करने का बड़ा अवसर मिलता है।
10. यह व्यक्ति को रचनात्मक परियोजनाओं में सफलता दिलाने में मदद करता है।

निशानियाँ (Symptoms/Characteristics):

1. व्यक्ति कला और रचनात्मकता में सक्रिय होता है।
2. यह व्यक्ति बच्चों के प्रति स्नेह और प्यार व्यक्त करता है।

3. व्यक्ति के पास उत्कृष्ट मनोरंजन की भावना होती है।
4. व्यक्ति के प्रेम संबंध गहरे और संजीवनी होते हैं।
5. व्यक्ति के अंदर भावनाओं की गहराई और संवेदनशीलता होती है।
6. यह व्यक्ति शिक्षा और ज्ञान में रुचि रखता है।
7. व्यक्ति की सामाजिक गतिविधियों में विशेष रुचि होती है।
8. व्यक्ति को खेल और प्रतिस्पर्धाओं में भाग लेने की इच्छा होती है।
9. यह व्यक्ति स्वभाव से रोमांटिक और भावुक होता है।
10. व्यक्ति बच्चों के साथ समय बिताने का आनंद लेता है।

सावधानियाँ (Precautions):

1. **रिश्तों में ईमानदारी रखें**: प्रेम संबंधों में ईमानदारी बनाए रखें।
2. **बच्चों के साथ समय बिताएं**: बच्चों के साथ अधिक समय बिताने का प्रयास करें।
3. **रचनात्मकता में अति न करें**: रचनात्मकता में अधिकता से बचें।
4. **आवश्यकता से अधिक खर्च से बचें**: मनोरंजन में जरूरत से अधिक खर्च से बचें।
5. **संवेदनाओं को नियंत्रित करें**: भावनाओं को संतुलित रखने का प्रयास करें।

6. **मीडिया या सामाजिक गतिविधियों में सीमित रहें**: अधिकता से बचें।

7. **शिक्षा को प्राथमिकता दें**: शिक्षा और ज्ञान की ओर ध्यान केंद्रित करें।

8. **बच्चों की भावनाओं का सम्मान करें**: बच्चों की भावनाओं का ध्यान रखें।

9. **पारिवारिक विवादों से बचें**: परिवार में विवाद से बचें।

10. **सकारात्मकता बनाए रखें**: नकारात्मकता से दूर रहें।

उपाय (Remedies):

1. **शुक्रवार को उपवास रखें**: शुक्र को मजबूत करने के लिए शुक्रवार का उपवास रखें।

2. **कमल के फूल की पूजा करें**: कमल के फूल की पूजा करें और उन्हें घर में रखें।

3. **शुक्र मंत्र का जाप करें**: "ॐ शुक्राय नमः" का जाप करें।

4. **रचनात्मक परियोजनाओं में भाग लें**: अपनी रचनात्मकता को प्रकट करने के लिए परियोजनाओं में भाग लें।

5. **बच्चों के साथ खेलें**: बच्चों के साथ खेल और गतिविधियों में भाग लें।

6. **सकारात्मकता फैलाएं**: अपने आस-पास सकारात्मकता फैलाने का प्रयास करें।

7. **सामाजिक समारोहों में भाग लें**: सामाजिक समारोहों में सक्रिय रूप से भाग लें।

8. **कला और संस्कृति को प्रोत्साहित करें**: कला और संस्कृति के कार्यक्रमों में भाग लें।
9. **परिवार के साथ समय बिताएं**: परिवार के साथ सुखद समय बिताएं।
10. **भावनात्मक संतुलन बनाए रखें**: भावनाओं को संतुलित रखने के उपाय करें।

विशेष ध्यान दें (Special Attention):

- बच्चों की शिक्षा और विकास के प्रति सजग रहें, ताकि उन्हें सही मार्गदर्शन मिल सके।
- प्रेम संबंधों में सामंजस्य और समझदारी बनाए रखने का प्रयास करें।
- अपनी रचनात्मकता को अभिव्यक्त करने के लिए नियमित रूप से समय निकालें।
- परिवार के साथ खुशियों को साझा करते हुए खुशहाल वातावरण बनाएं।
- सामाजिक गतिविधियों में भाग लेकर नए संबंध बनाने का प्रयास करें।
- सकारात्मक विचारों और दृष्टिकोण के साथ जीवन का सामना करें।

शुक्र छठे भाव में

एक पंक्ति की भविष्यवाणियाँ (One-liner Predictions):

1. छठे भाव में शुक्र होने से व्यक्ति में सेवा और परिश्रम की भावना होती है।
2. यह व्यक्ति को स्वास्थ्य और कल्याण के प्रति सजग बनाता है।
3. व्यक्ति को नौकरी में सौभाग्य और सफलता मिलती है।
4. यह व्यक्ति को सहकर्मियों और सहयोगियों के साथ अच्छे संबंध बनाने में मदद करता है।
5. व्यक्ति की मेहनत से सफलता और सम्मान प्राप्त होता है।
6. यह व्यक्ति को बौद्धिक और मानसिक चुनौतियों का सामना करने के लिए प्रेरित करता है।
7. यह व्यक्ति को संतुलित आहार और जीवनशैली अपनाने के लिए प्रेरित करता है।
8. यह व्यक्ति की निर्णय लेने की क्षमता को मजबूत बनाता है।
9. व्यक्ति को सामाजिक सेवा के कार्यों में रुचि होती है।
10. यह व्यक्ति को प्रतिकूल परिस्थितियों में धैर्य रखने में मदद करता है।

निशानियाँ (Symptoms/Characteristics):

1. व्यक्ति सेवा भाव में संलग्न रहता है।
2. यह व्यक्ति स्वास्थ्य के प्रति जागरूक होता है।
3. व्यक्ति काम के प्रति समर्पित और मेहनती होता है।

4. व्यक्ति के पास उत्कृष्ट संगठनात्मक कौशल होते हैं।
5. यह व्यक्ति सहकर्मियों के साथ सहयोगी संबंध रखता है।
6. व्यक्ति में धैर्य और सहनशीलता की भावना होती है।
7. यह व्यक्ति को समस्याओं का समाधान खोजने की क्षमता देता है।
8. व्यक्ति का स्वास्थ्य सामान्यतः अच्छा रहता है।
9. यह व्यक्ति को स्वास्थ्य संबंधी कार्यों में सफलता दिलाता है।
10. व्यक्ति काम के प्रति गंभीर और जिम्मेदार होता है।

सावधानियाँ (Precautions):

1. **स्वास्थ्य का ध्यान रखें**: स्वास्थ्य की देखभाल करना न भूलें।
2. **काम का तनाव न बढ़ने दें**: काम के दौरान तनाव से बचें।
3. **सहकर्मियों के साथ अच्छे संबंध बनाए रखें**: सहयोगियों के साथ सकारात्मक व्यवहार करें।
4. **सकारात्मकता बनाए रखें**: नकारात्मक विचारों से दूर रहें।
5. **स्वयं की सीमाओं को समझें**: अपनी क्षमता को समझें और जरूरत से अधिक काम न करें।
6. **भावनाओं को संतुलित रखें**: भावनात्मक तनाव को नियंत्रित करें।

7. **स्वस्थ जीवनशैली अपनाएं**: सही आहार और व्यायाम को प्राथमिकता दें।
8. **सामाजिक सेवाओं में भाग लें**: समाज के प्रति जिम्मेदारी निभाने का प्रयास करें।
9. **निर्णय लेने में संतुलन रखें**: निर्णय लेते समय संतुलित दृष्टिकोण अपनाएं।
10. **धैर्य बनाए रखें**: कठिनाइयों में धैर्य रखें।

उपाय (Remedies):

1. **शुक्रवार को उपवास रखें**: शुक्र को मजबूत करने के लिए शुक्रवार का उपवास रखें।
2. **स्वास्थ्य के लिए ध्यान और योग करें**: नियमित ध्यान और योग का अभ्यास करें।
3. **काम के प्रति समर्पण दिखाएं**: अपने कार्य के प्रति समर्पित रहें।
4. **स्वच्छता का ध्यान रखें**: अपने काम के स्थान को स्वच्छ रखें।
5. **सकारात्मक सोच विकसित करें**: सकारात्मक सोच के लिए ध्यान लगाएं।
6. **शुक्र मंत्र का जाप करें**: "ॐ शुक्राय नमः" का जाप करें।
7. **सामाजिक सेवा में भाग लें**: समाज सेवा के कार्यों में भाग लें।

8. **सही आहार का चयन करें**: संतुलित और पोषक आहार लें।
9. **सामाजिक और पेशेवर संबंधों को मजबूत करें**: अपने रिश्तों को बढ़ावा दें।
10. **नियमित स्वास्थ्य जांच कराएं**: अपने स्वास्थ्य की नियमित जांच कराएं।

विशेष ध्यान दें (Special Attention):

- अपने स्वास्थ्य का ध्यान रखते हुए संतुलित जीवन जीने का प्रयास करें।
- कार्यस्थल पर सहकर्मियों के साथ सहयोगात्मक दृष्टिकोण रखें।
- अपने काम को आनंद के साथ करने का प्रयास करें, जिससे आप सकारात्मकता महसूस करें।
- सामाजिक सेवा के माध्यम से समाज के प्रति अपनी जिम्मेदारियों का पालन करें।
- समय-समय पर स्वयं को आराम देकर मानसिक स्वास्थ्य का ध्यान रखें।

शुक्र सातवें भाव में

एक पंक्ति की भविष्यवाणियाँ (One-liner Predictions):

1. सातवें भाव में शुक्र होने से व्यक्ति के विवाह में सौभाग्य और प्रेम की भावना होती है।

2. यह व्यक्ति को आकर्षक और प्रभावशाली व्यक्तित्व प्रदान करता है।
3. व्यक्ति के साथी के साथ अच्छे संबंध बनते हैं।
4. यह व्यक्ति को व्यवसायिक साझेदारी में सफलता दिलाता है।
5. यह विवाह में स्थायित्व और समर्पण को बढ़ावा देता है।
6. व्यक्ति को प्रेम संबंधों में खुशियाँ मिलती हैं।
7. यह व्यक्ति को कला और सौंदर्य के प्रति संवेदनशील बनाता है।
8. यह व्यक्ति को सामाजिक समारोहों में लोकप्रिय बनाता है।
9. यह किसी के साथ संगठनों और क्लबों में भागीदारी को बढ़ावा देता है।
10. यह व्यक्ति को विवाह के बाद बेहतर जीवनशैली प्रदान करता है।

निशानियाँ (Symptoms/Characteristics):

1. व्यक्ति के पास आकर्षक और सौम्य व्यक्तित्व होता है।
2. यह व्यक्ति के लिए प्रेम और विवाह के मामलों में भाग्यशाली होता है।
3. व्यक्ति के साथी के साथ गहरी भावनात्मक कड़ी होती है।
4. यह व्यक्ति को पेशेवर सहयोगियों से समर्थन मिलता है।

5. व्यक्ति सामाजिक समारोहों में भाग लेने के लिए प्रेरित होता है।
6. यह व्यक्ति को कला और सौंदर्य में रुचि देता है।
7. व्यक्ति के रिश्ते में सहयोग और समझ होती है।
8. यह व्यक्ति को दांपत्य जीवन में खुशियाँ देता है।
9. व्यक्ति के लिए परिवार का महत्व बढ़ता है।
10. यह व्यक्ति को नए संबंध बनाने में मदद करता है।

सावधानियाँ (Precautions):

1. **संबंधों में संतुलन बनाए रखें**: अपने संबंधों को संतुलित और सामंजस्यपूर्ण रखें।
2. **अधिक अपेक्षाएँ न रखें**: साथी से अत्यधिक अपेक्षाएँ रखने से बचें।
3. **भावनाओं को नियंत्रित करें**: रिश्तों में भावनाओं को संतुलित रखें।
4. **सामाजिक जीवन में संतुलन बनाए रखें**: सामाजिक जीवन और व्यक्तिगत जीवन के बीच संतुलन बनाएं।
5. **मिश्रित संबंधों से बचें**: अनिश्चितता से बचने के लिए स्पष्टता बनाए रखें।
6. **स्वास्थ्य का ध्यान रखें**: स्वास्थ्य को प्राथमिकता दें, क्योंकि यह रिश्तों को प्रभावित कर सकता है।
7. **कला और सौंदर्य में ध्यान दें**: अपने कलात्मक पक्ष को विकसित करें, लेकिन इससे अधिक खर्च करने से बचें।

8. **व्यक्तिगत सीमाओं का ध्यान रखें**: अपनी सीमाओं को पहचानें और सम्मान करें।
9. **रिश्तों में खुलापन रखें**: साथी के साथ खुलकर बात करें।
10. **समय का प्रबंधन करें**: अपने व्यक्तिगत और सामाजिक समय का सही प्रबंधन करें।

उपाय (Remedies):

1. **शुक्रवार को उपवास रखें**: शुक्र को मजबूत करने के लिए शुक्रवार का उपवास रखें।
2. **शुक्र मंत्र का जाप करें**: "ॐ शुक्राय नमः" का जाप करें।
3. **संबंधों को विकसित करने का प्रयास करें**: रिश्तों में खुलापन और संवाद बनाए रखें।
4. **कला और संगीत में रुचि लें**: कला और संगीत के प्रति अपनी रुचि को विकसित करें।
5. **स्वस्थ जीवनशैली अपनाएं**: संतुलित आहार और व्यायाम को प्राथमिकता दें।
6. **सामाजिक समारोहों में भाग लें**: समाज के साथ जुड़ने के लिए सामाजिक आयोजनों में भाग लें।
7. **साथी के साथ समय बिताएं**: अपने साथी के साथ समय बिताने का प्रयास करें।
8. **रिश्तों में सहयोग बढ़ाएं**: रिश्तों में सहयोग और समर्थन दें।
9. **स्वच्छता का ध्यान रखें**: अपने घर और परिवेश को स्वच्छ रखें।

10. **सकारात्मकता का पालन करें**: अपने सोच में सकारात्मकता बनाए रखें।

विशेष ध्यान दें (Special Attention):

- अपने संबंधों को मजबूत बनाने के लिए समय-समय पर अपने साथी के साथ संवाद करें।
- दांपत्य जीवन में प्यार और समझ को बनाए रखने का प्रयास करें।
- व्यक्तिगत और सामाजिक जीवन के बीच संतुलन बनाए रखें।
- कला और सौंदर्य के प्रति अपनी रुचियों को विकसित करें, जो आपकी व्यक्तिगतता को बढ़ावा दे सकती हैं।
- समय-समय पर अपने संबंधों की समीक्षा करें और सुधार के लिए आवश्यक कदम उठाएं।

शुक्र आठवें भाव में

एक पंक्ति की भविष्यवाणियाँ (One-liner Predictions):

1. आठवें भाव में शुक्र होने से व्यक्ति को गहरे प्रेम संबंधों का अनुभव होता है।
2. यह व्यक्ति को जीवन के रहस्यों और गूढ़ ज्ञान के प्रति आकर्षित करता है।
3. व्यक्ति को संपत्ति और विरासत के मामले में लाभ मिल सकता है।
4. यह व्यक्ति को चिकित्सा और उपचार में रुचि देता है।

5. रिश्तों में गहनता और समर्पण की भावना होती है।

6. यह व्यक्ति को दूसरे लोगों के धन और संसाधनों का लाभ दिला सकता है।

7. व्यक्ति को अनपेक्षित परिस्थितियों में भी प्रेम का अनुभव होता है।

8. यह व्यक्ति को संकट में स्थिरता प्रदान करता है।

9. यह किसी भी प्रकार की दुर्घटना या संकट के समय सहारा बनता है।

10. यह व्यक्ति को आत्म-निरीक्षण और परिवर्तन की ओर प्रेरित करता है।

निशानियाँ (Symptoms/Characteristics):

1. व्यक्ति के संबंधों में गहराई और तीव्रता होती है।

2. यह व्यक्ति को गहरे रहस्यों और गूढ़ तथ्यों के प्रति आकर्षित करता है।

3. व्यक्ति का ध्यान चिकित्सा और आध्यात्मिकता की ओर होता है।

4. यह व्यक्ति को मानसिक और भावनात्मक गहराई का अनुभव कराता है।

5. व्यक्ति को आर्थिक लाभ की संभावनाएँ होती हैं, खासकर साझेदारी से।

6. यह व्यक्ति के जीवन में परिवर्तन और ट्रांसफॉर्मेशन लाता है।

7. व्यक्ति की सोच में गहराई और पेचिदगी होती है।
8. यह व्यक्ति को जीवन के कठिन समय में साहस देता है।
9. रिश्तों में समर्पण और वफादारी का स्तर ऊँचा होता है।
10. यह व्यक्ति को आत्म-ज्ञान की ओर बढ़ने में मदद करता है।

सावधानियाँ (Precautions):

1. **भावनाओं को नियंत्रित करें**: गहन भावनाओं को संभालने के लिए संयमित रहें।
2. **साझेदारी में सावधान रहें**: आर्थिक साझेदारियों में सतर्क रहें।
3. **रहस्यमय चीजों से दूर रहें**: अत्यधिक जिज्ञासा से बचें, जो आपको संकट में डाल सकती है।
4. **स्वास्थ्य का ध्यान रखें**: मानसिक स्वास्थ्य को प्राथमिकता दें, खासकर तनाव के समय।
5. **भौतिक संपत्ति को संभालें**: भौतिक संपत्ति के मामलों में जागरूक रहें।
6. **रिश्तों में संतुलन बनाए रखें**: अपने रिश्तों में संतुलन बनाए रखने का प्रयास करें।
7. **संभावित धोखाधड़ी से सावधान रहें**: दूसरों की चालाकियों से सतर्क रहें।
8. **व्यक्तिगत सीमाएँ पहचानें**: अपनी सीमाओं को समझें और उन्हें बनाए रखें।

9. **खुद को व्यक्त करें**: अपने गहरे भावनात्मक मुद्दों को व्यक्त करने में संकोच न करें।

10. **समय का प्रबंधन करें**: अपने समय का उचित प्रबंधन करें ताकि जीवन में संतुलन बना रहे।

उपाय (Remedies):

1. **शुक्रवार का उपवास रखें**: शुक्र की शक्ति को मजबूत करने के लिए शुक्रवार का उपवास रखें।

2. **शुक्र मंत्र का जाप करें**: "ॐ शुक्राय नमः" का जाप करें।

3. **सकारात्मक ऊर्जा का संचार करें**: अपने चारों ओर सकारात्मक ऊर्जा बनाए रखें।

4. **मेडिटेशन करें**: ध्यान और मेडिटेशन के माध्यम से मानसिक स्वास्थ्य को बढ़ावा दें।

5. **कला और संगीत में रुचि लें**: अपने रचनात्मक पक्ष को विकसित करें।

6. **स्वास्थ्य के प्रति सजग रहें**: स्वास्थ्य के प्रति सजग रहें और नियमित व्यायाम करें।

7. **रिश्तों को समझें**: अपने रिश्तों में संवाद और समझ को बढ़ावा दें।

8. **धन का प्रबंधन करें**: वित्तीय मामलों का ध्यान रखें और समझदारी से खर्च करें।

9. **गूढ़ ज्ञान की खोज करें**: आध्यात्मिकता और गूढ़ ज्ञान में रुचि लें।

10. **संभावित तनाव को प्रबंधित करें**: तनाव को नियंत्रित करने के लिए योग और प्राणायाम करें।

विशेष ध्यान दें (Special Attention):

- अपने गहरे रिश्तों को समझने और विकसित करने के लिए समय निकालें।
- मानसिक और भावनात्मक स्वास्थ्य का ध्यान रखें, क्योंकि यह आपके रिश्तों को प्रभावित कर सकता है।
- अपने जीवन में सकारात्मक परिवर्तन लाने के लिए गहराई से सोचें और आत्म-विश्लेषण करें।
- अपनी प्रवृत्तियों और इच्छाओं को पहचानें, जो आपके संबंधों को प्रभावित कर सकती हैं।
- दूसरों के प्रति वफादारी और समर्पण का भाव बनाए रखें, लेकिन अपनी सीमाओं का भी ध्यान रखें।

शुक्र नौवें भाव में

एक पंक्ति की भविष्यवाणियाँ (One-liner Predictions):

1. नौवें भाव में शुक्र होने से व्यक्ति को शिक्षा और ज्ञान के प्रति गहरी रुचि होती है।
2. यह व्यक्ति को यात्रा करने और नई संस्कृतियों के अनुभव का प्रेम दिलाता है।
3. व्यक्ति को दार्शनिक विचारों और आध्यात्मिकता में रुचि होती है।

4. यह व्यक्ति को उच्च शिक्षा में सफलता और मान्यता दिला सकता है।
5. व्यक्ति का धार्मिक दृष्टिकोण सकारात्मक होता है।
6. यह व्यक्ति को समर्पित संबंधों का अनुभव कराता है।
7. व्यक्ति के जीवन में विदेशी संबंध बन सकते हैं।
8. यह व्यक्ति को यात्रा के दौरान प्रेम और रोमांच का अनुभव दिलाता है।
9. व्यक्ति को अपने विचारों और दृष्टिकोण को साझा करने की क्षमता होती है।
10. यह व्यक्ति के जीवन में ज्ञान और समझदारी का संचार करता है।

निशानियाँ (Symptoms/Characteristics):

1. व्यक्ति के विचार और दृष्टिकोण गहरे होते हैं।
2. उच्च शिक्षा और ज्ञान की खोज में रुचि होती है।
3. यात्रा के प्रति गहरी रुचि होती है, खासकर विदेशी स्थानों पर।
4. व्यक्ति धार्मिकता और आध्यात्मिकता में आकर्षित होता है।
5. यह व्यक्ति को दार्शनिक विचारों की ओर प्रेरित करता है।
6. रिश्तों में सहिष्णुता और समर्पण की भावना होती है।
7. व्यक्ति को शिक्षण और मार्गदर्शन की क्षमता होती है।

8. यह व्यक्ति को बौद्धिक चर्चाओं में भाग लेने के लिए प्रेरित करता है।

9. व्यक्ति के संपर्क में विदेशी और विविध संस्कृतियों के लोग होते हैं।

10. यह व्यक्ति के जीवन में समर्पण और भक्ति की भावना को बढ़ाता है।

सावधानियाँ (Precautions):

1. **सामाजिक रिश्तों में संतुलन बनाए रखें**: दूसरों के साथ अपने विचार साझा करते समय संवेदनशील रहें।

2. **ज्ञान की खोज में ध्यान रखें**: अपने ज्ञान के प्रति अत्यधिक गर्व से बचें।

3. **धार्मिकता में संतुलन बनाएं**: अपनी धार्मिक मान्यताओं में खुलापन बनाए रखें।

4. **यात्राओं में सावधानी बरतें**: यात्रा करते समय सुरक्षा का ध्यान रखें।

5. **ध्यान से योजना बनाएं**: यात्रा की योजनाएँ बनाते समय समझदारी से काम लें।

6. **दर्शनीय स्थलों का आदान-प्रदान करें**: अपने अनुभवों को दूसरों के साथ साझा करने में संकोच न करें।

7. **सकारात्मकता बनाए रखें**: जीवन में सकारात्मक दृष्टिकोण बनाए रखें, खासकर मुश्किल समय में।

8. **विदेशी संबंधों में सतर्क रहें**: विदेशी संपर्कों के साथ सतर्कता बरतें।

9. **स्वास्थ्य का ध्यान रखें**: यात्रा के दौरान स्वास्थ्य को प्राथमिकता दें।

10. **अपने विचारों को खुलकर व्यक्त करें**: अपने विचारों और दृष्टिकोण को खुलकर व्यक्त करने में संकोच न करें।

उपाय (Remedies):

1. **शुक्रवार का उपवास रखें**: शुक्र की कृपा प्राप्त करने के लिए शुक्रवार का उपवास रखें।

2. **शुक्र मंत्र का जाप करें**: "ॐ शुक्राय नमः" का जाप करें।

3. **शिक्षा को बढ़ावा दें**: ज्ञान और शिक्षा की खोज में आगे बढ़ें।

4. **यात्राएँ करें**: नई संस्कृतियों और अनुभवों की खोज में यात्रा करें।

5. **दर्शनशास्त्र का अध्ययन करें**: दार्शनिक विचारों को समझने का प्रयास करें।

6. **धार्मिक अनुष्ठान करें**: धार्मिक अनुष्ठानों में भाग लें और आस्था को मजबूत करें।

7. **विदेशी संबंधों को विकसित करें**: विदेशी संपर्कों को बनाए रखने का प्रयास करें।

8. **रचनात्मक गतिविधियों में भाग लें**: कला और संस्कृति में रुचि लें।

9. **सकारात्मक सोच बनाए रखें**: जीवन में सकारात्मकता को बढ़ावा दें।

10. **समाज सेवा करें**: अपने ज्ञान और अनुभव को दूसरों के साथ साझा करें।

विशेष ध्यान दें (Special Attention):

- अपने ज्ञान और अनुभव को दूसरों के साथ साझा करने में संकोच न करें।
- जीवन के नए अनुभवों का स्वागत करें और उनसे सीखें।
- यात्रा करते समय अपनी सुरक्षा का ध्यान रखें और समझदारी से काम लें।
- दार्शनिक दृष्टिकोण को अपनाते हुए जीवन की गहराइयों को समझने का प्रयास करें।
- धार्मिक और आध्यात्मिक विकास पर ध्यान केंद्रित करें, जिससे आपका जीवन और भी समृद्ध बने।

शुक्र दसवें भाव में

एक पंक्ति की भविष्यवाणियाँ (One-liner Predictions):

1. शुक्र का दसवें भाव में होना व्यक्ति को करियर में सफलता और प्रतिष्ठा दिलाता है।
2. कला, फैशन, या सौंदर्य उद्योग में करियर बनाने की संभावना रहती है।
3. यह व्यक्ति को लोकप्रियता और समाज में उच्च स्थान प्रदान करता है।
4. व्यक्ति अपनी कार्यशैली में आकर्षण और कूटनीति का उपयोग करता है।

5. शुक्र दसवें भाव में होने से कार्यस्थल पर सहकर्मियों के बीच अच्छा तालमेल बनता है।

6. समाज में मान-सम्मान प्राप्त होता है और लोग उसकी राय की कद्र करते हैं।

7. व्यक्ति का कार्यक्षेत्र में रचनात्मकता और सौंदर्य के प्रति झुकाव होता है।

8. व्यक्ति उच्च पदों पर आसीन हो सकता है और नेतृत्व क्षमता का प्रदर्शन करता है।

9. सरकारी या सामाजिक पदों में प्रतिष्ठा बढ़ सकती है।

10. यह व्यक्ति को संतुलित और शांत व्यक्तित्व प्रदान करता है।

निशानियाँ (Symptoms/Characteristics):

1. कार्यस्थल पर व्यक्ति का व्यवहार सहयोगपूर्ण और आकर्षक होता है।

2. करियर में कला, फैशन, संगीत या सौंदर्य का प्रभाव रहता है।

3. व्यक्ति जीवन में उच्च स्थान प्राप्त करता है और लोकप्रिय होता है।

4. सहकर्मियों और अधिकारियों से अच्छे संबंध बनाए रखता है।

5. समाज में व्यक्ति का मान-सम्मान और प्रतिष्ठा होती है।

6. कार्यक्षेत्र में रचनात्मकता और सौंदर्य का उपयोग करता है।

7. व्यक्ति का निर्णय सोच-समझकर और कूटनीति से भरा होता है।

8. सार्वजनिक कार्यों में सक्रियता होती है और नेतृत्व का गुण होता है।

9. व्यक्ति के पास सौम्य और शांत व्यक्तित्व होता है।

10. सरकारी या सामाजिक कार्यों में व्यक्ति की अच्छी प्रतिष्ठा होती है।

सावधानियाँ (Precautions):

1. **करियर में संतुलन बनाए रखें**: करियर में सफलता को लेकर अति-उत्साही होने से बचें।

2. **सहकर्मियों के साथ सामंजस्य बनाए रखें**: दूसरों के विचारों का सम्मान करें।

3. **सच्चाई का अनुसरण करें**: सफलता पाने के लिए किसी भी अनुचित तरीके का सहारा न लें।

4. **अहंकार से बचें**: उच्च पदों पर पहुंचकर भी विनम्रता बनाए रखें।

5. **सौंदर्य और विलासिता का संतुलन रखें**: करियर में सौंदर्य के प्रति अति न करें।

6. **रिश्तों में ध्यान दें**: कार्यस्थल पर प्रेम संबंधों से बचें।

7. **आर्थिक संतुलन बनाए रखें**: काम में व्यस्तता के कारण आर्थिक असंतुलन से बचें।

8. **निर्णय में सावधानी रखें**: निर्णय लेते समय ध्यानपूर्वक सोचें।

9. **परिवार के प्रति ध्यान दें**: कार्य में व्यस्तता के कारण परिवार की उपेक्षा न करें।

10. **व्यक्तित्व में सादगी बनाए रखें**: अत्यधिक सज्जा से बचें।

उपाय (Remedies):

1. **शुक्रवार का व्रत रखें**: शुक्र की कृपा के लिए शुक्रवार को उपवास करें।

2. **शुक्र मंत्र का जाप करें**: "ॐ शुक्राय नमः" का जाप करें।

3. **सफेद वस्त्र धारण करें**: कार्यक्षेत्र में सफेद वस्त्र पहनने का प्रयास करें।

4. **संगीत और कला का अभ्यास करें**: कला या संगीत से जुड़े कार्यों में रुचि लें।

5. **सौंदर्य और स्वच्छता पर ध्यान दें**: कार्यस्थल पर स्वच्छता और सौंदर्य का ध्यान रखें।

6. **दान-पुण्य करें**: शुक्र के लिए सफेद चीजों का दान करें।

7. **पारिवारिक संतुलन बनाए रखें**: कार्य में व्यस्तता के कारण परिवार को समय दें।

8. **आत्म-संयम रखें**: कार्यस्थल पर आत्म-संयम बनाए रखें।

9. **भोजन में संतुलन रखें**: शुक्रवार को मीठे भोजन का सेवन करें।

10. **चांदी धारण करें**: चांदी का आभूषण पहनें।

विशेष ध्यान दें (Special Attention):

- अपने करियर में संतुलन और आत्म-संयम बनाए रखें।
- कार्यस्थल पर सहयोग और शांति का वातावरण बनाए रखें।
- सौंदर्य और कलात्मकता का कार्य में उचित उपयोग करें।
- सहकर्मियों और अधिकारियों से अच्छे संबंध बनाए रखें।
- समाज और कार्यक्षेत्र में प्रतिष्ठा और सादगी का उदाहरण बनें।

शुक्र ग्यारहवें भाव में

एक पंक्ति की भविष्यवाणियाँ (One-liner Predictions):

1. शुक्र ग्यारहवें भाव में होने से व्यक्ति को जीवन में अच्छे मित्र और सहयोगी मिलते हैं।
2. समाज में मान-सम्मान मिलता है और लोगों से आसानी से जुड़ता है।
3. आर्थिक लाभ के अवसर मिलते हैं और आमदनी में वृद्धि होती है।
4. व्यक्ति की इच्छाएं और आकांक्षाएं पूरी होती हैं।
5. बड़े सामाजिक और व्यावसायिक नेटवर्क के माध्यम से लाभ प्राप्त होता है।
6. यह स्थिति व्यक्ति को कला, संगीत, या मनोरंजन के क्षेत्र में सफलता दिलाती है।

7. व्यक्तित्व आकर्षक होता है, जिससे लोग आसानी से प्रभावित होते हैं।

8. लोगों से मिलना-जुलना और सामाजिक समारोहों का हिस्सा बनना पसंद करता है।

9. व्यक्ति की इच्छाशक्ति मजबूत होती है और वह अपने लक्ष्यों को प्राप्त करने के लिए समर्पित रहता है।

10. किसी बड़ी संस्था या संगठन में मान-सम्मान प्राप्त करता है।

निशानियाँ (Symptoms/Characteristics):

1. व्यक्ति का स्वभाव मिलनसार और आकर्षक होता है।
2. समाज में व्यक्ति की प्रतिष्ठा और पहचान होती है।
3. मित्रों का दायरा बड़ा होता है और वे सभी क्षेत्रों में सहयोग करते हैं।
4. आर्थिक रूप से लाभप्रद अवसर मिलते हैं और आमदनी में वृद्धि होती है।
5. कला, संगीत या मनोरंजन से जुड़ाव होता है।
6. व्यक्ति के पास अच्छे और प्रभावशाली लोग मित्र के रूप में होते हैं।
7. बड़े सामाजिक समारोहों में व्यक्ति का नाम होता है।
8. लोग व्यक्ति के विचारों और इच्छाओं का सम्मान करते हैं।
9. कार्यक्षेत्र में अच्छे और सहायक सहकर्मी होते हैं।

10. व्यक्ति अपने लक्ष्यों के प्रति दृढ़ रहता है और उन्हें हासिल करने की कोशिश करता है।

सावधानियाँ (Precautions):

1. **मित्रों का सही चयन करें**: गलत संगत से बचें, क्योंकि इससे प्रतिष्ठा को नुकसान हो सकता है।
2. **आर्थिक संतुलन बनाए रखें**: अनावश्यक खर्चों से बचें और सही निवेश करें।
3. **प्रभावशाली लोगों से दूर रहें**: किसी गलत व्यक्ति से प्रभावित होने से बचें।
4. **स्वयं पर नियंत्रण रखें**: बड़े सामाजिक समारोहों में संयम बनाए रखें।
5. **स्वार्थी मित्रों से बचें**: केवल अपने स्वार्थ के लिए संपर्क में आने वाले लोगों से सावधान रहें।
6. **किसी पर अति-निर्भरता से बचें**: किसी भी मित्र या सहयोगी पर अत्यधिक निर्भर न हों।
7. **लालच से बचें**: अधिक लाभ के लालच में गलत कदम न उठाएं।
8. **साधारण रहन-सहन अपनाएं**: आडंबर से दूर रहें और सादगी से जीने का प्रयास करें।
9. **स्वास्थ्य का ध्यान रखें**: सामाजिक व्यस्तता के कारण स्वास्थ्य की अनदेखी न करें।
10. **मित्रों से स्पष्टता बनाए रखें**: मित्रता में ईमानदारी और स्पष्टता बनाए रखें।

उपाय (Remedies):

1. **शुक्रवार का व्रत रखें**: शुक्र की कृपा के लिए शुक्रवार को उपवास रखें।
2. **शुक्र मंत्र का जाप करें**: "ॐ शुक्राय नमः" का जाप करें।
3. **सफेद वस्त्र पहनें**: समाज और मित्रों के बीच सफेद वस्त्र पहनें।
4. **संगीत या कला का अभ्यास करें**: अपने जीवन में कला या संगीत से जुड़े रहें।
5. **दान-पुण्य करें**: शुक्र के लिए सफेद चीजों का दान करें, जैसे चावल, दूध, या चीनी।
6. **फूलों का दान करें**: शुक्र ग्रह के लिए सफेद फूलों का दान करें।
7. **शांतिपूर्ण समाज सेवा करें**: समाज के प्रति सेवा की भावना रखें और योगदान दें।
8. **गाय को रोटी खिलाएं**: शुक्र की कृपा के लिए गाय को रोटी खिलाएं।
9. **व्यक्तिगत संतुलन बनाए रखें**: किसी के प्रभाव में आकर गलत कदम न उठाएं।
10. **शुक्र के लिए रत्न धारण करें**: विद्वान ज्योतिषी की सलाह से शुक्र के लिए हीरा या ओपल धारण करें।

विशेष ध्यान दें (Special Attention):

- मित्रों और सहयोगियों का चयन सावधानीपूर्वक करें।

- सामाजिक और व्यावसायिक जीवन में संतुलन बनाए रखें।
- आर्थिक लाभ के लिए लालच या अनुचित मार्ग का सहारा न लें।
- अपनी इच्छाओं को पूरा करने के लिए उचित कदम उठाएं।
- हमेशा ईमानदारी और सादगी के मार्ग पर चलें।

शुक्र बारहवें भाव में

एक पंक्ति की भविष्यवाणियाँ (One-liner Predictions):

1. शुक्र बारहवें भाव में होने से व्यक्ति में आध्यात्मिक झुकाव बढ़ता है।
2. विदेश यात्रा या विदेशी संबंधों में लाभ मिलता है।
3. प्रेम में गोपनीयता और निजी जीवन में गोपनीयता पसंद करता है।
4. व्यक्ति कल्पनाशील होता है और अक्सर कला और संगीत से जुड़ा होता है।
5. अधिक खर्च करने की प्रवृत्ति होती है, विशेषकर सुख-सुविधाओं पर।
6. व्यक्ति का आकर्षण गुप्त होता है, जिसे लोग तुरंत समझ नहीं पाते।
7. नींद और सपनों के माध्यम से रचनात्मकता या प्रेरणा मिलती है।
8. गुप्त शत्रुओं से सावधान रहना पड़ता है।

9. वैवाहिक जीवन में गोपनीयता का विशेष महत्व रहता है।
10. व्यक्ति का जीवन विदेश में स्थिर हो सकता है।

निशानियाँ (Symptoms/Characteristics):

1. व्यक्ति कल्पनाशील और रचनात्मक होता है।
2. प्राचीन या रहस्यमयी चीज़ों के प्रति आकर्षण रहता है।
3. प्रेम संबंधों में गोपनीयता पसंद करता है।
4. व्यक्ति का रहन-सहन शांति और निजी होता है।
5. विदेश यात्रा या वहाँ बसने की संभावनाएँ होती हैं।
6. कला, साहित्य, या संगीत में गहरी रुचि होती है।
7. खर्च अधिक होता है, विशेषकर शौक और विलासिता पर।
8. नींद में हलचल या कई सपने आते हैं।
9. व्यक्ति का अपने साथी से भावनात्मक जुड़ाव गहरा होता है।
10. प्रार्थना, ध्यान, और साधना में रुचि रखता है।

सावधानियाँ (Precautions):

1. **अधिक खर्च से बचें**: फिजूल खर्ची की प्रवृत्ति पर नियंत्रण रखें।
2. **स्वास्थ्य का ध्यान रखें**: मानसिक और शारीरिक स्वास्थ्य पर ध्यान दें।
3. **नशीले पदार्थों से दूर रहें**: अपनी भावनाओं को शांत करने के लिए गलत साधनों का प्रयोग न करें।

4. **रहस्यमयी लोगों से दूर रहें**: किसी भी गुप्त संबंध या स्थिति में फँसने से बचें।
5. **निजी जीवन में संतुलन बनाए रखें**: अधिक गोपनीयता से रिश्तों में दूरी न आए।
6. **रात में देर तक न जागें**: नींद का नियमित रूप से पालन करें।
7. **भावनाओं पर नियंत्रण रखें**: किसी भी कठिन परिस्थिति में अपने भावनाओं को संतुलित रखें।
8. **विदेशी यात्रा की योजना सोच-समझकर करें**: किसी अनजान देश में जाते समय सतर्क रहें।
9. **किसी पर अति-निर्भरता से बचें**: अपने साथी या रिश्तों पर अत्यधिक निर्भर न रहें।
10. **दूसरों की गोपनीयता का सम्मान करें**: रिश्तों में ईमानदारी और गोपनीयता बनाए रखें।

उपाय (Remedies):

1. **शुक्रवार का व्रत रखें**: शुक्र की कृपा के लिए शुक्रवार को उपवास रखें।
2. **शुक्र मंत्र का जाप करें**: "ॐ शुक्राय नमः" का जाप करें।
3. **विदेश यात्रा से पहले शिव का आशीर्वाद लें**: यात्रा से पहले शिवलिंग पर जल चढ़ाएं।
4. **पानी का दान करें**: धार्मिक स्थलों पर जल का दान करें।

5. **आध्यात्मिक गतिविधियों में भाग लें**: ध्यान और प्रार्थना का अभ्यास करें।

6. **श्वेत वस्त्र पहनें**: सफेद रंग के कपड़े पहनने से मन को शांति मिलेगी।

7. **विदेश में दोस्तों से जुड़ाव बनाए रखें**: वहाँ रहने वालों से संबंध बनाए रखें।

8. **नींद की गुणवत्ता पर ध्यान दें**: अच्छी नींद के लिए रात्रि में ध्यान या प्राणायाम करें।

9. **आध्यात्मिक साहित्य पढ़ें**: धार्मिक पुस्तकों का अध्ययन करें।

10. **शुक्र के लिए रत्न धारण करें**: विद्वान ज्योतिषी की सलाह से ओपल या हीरा धारण करें।

विशेष ध्यान दें (Special Attention):

- निजी जीवन और प्रेम संबंधों में संतुलन बनाए रखें।
- अनावश्यक खर्चों से बचें और फिजूलखर्ची पर नियंत्रण रखें।
- आध्यात्मिक साधना और ध्यान में रुचि रखें।
- अपने जीवन में गोपनीयता बनाए रखें, परंतु अति-गोपनीयता से बचें।
- विदेश में नौकरी या बसने का अवसर मिले तो सोच-समझकर निर्णय लें।

18. बुध की भविष्यवाणियाँ

बुध पहले भाव में

एक पंक्ति की भविष्यवाणियाँ (One-liner Predictions):

1. बुध पहले भाव में होने से व्यक्ति का मस्तिष्क तेज होता है।
2. संचार में निपुणता होती है और व्यक्ति वाकपटु होता है।
3. व्यक्ति तार्किक होता है और निर्णय सोच-समझकर लेता है।
4. शिक्षा और लेखन में रुचि होती है।
5. व्यक्ति बुद्धिमान और हास्यप्रिय होता है।
6. व्यापार में विशेष सफलता मिल सकती है।
7. लोग इनकी बातों से प्रभावित होते हैं।
8. अच्छा बोलने की क्षमता होने से इनका समाज में मान-सम्मान होता है।
9. व्यक्ति युवावस्था में चंचल और उत्साही रहता है।
10. इनके विचार प्रगतिशील और नवीनता से भरे होते हैं।

निशानियाँ (Symptoms/Characteristics):

1. व्यक्ति बुद्धिमान और तर्कशील होता है।
2. बातचीत में प्रखरता और रोचकता होती है।

3. नई चीजों को सीखने में रुचि होती है।
4. हर समय कुछ नया करने की इच्छा रहती है।
5. बोलचाल में चतुराई और प्रभावशाली तरीके से लोगों को प्रभावित करता है।
6. छोटे-मोटे व्यापारिक निर्णयों में महारत हासिल होती है।
7. व्यक्ति के चेहरे पर युवा जैसा आकर्षण रहता है।
8. शिक्षा के क्षेत्र में विशेष योग्यता होती है।
9. व्यक्ति दूसरों की बातों को जल्द समझ लेता है।
10. किसी भी स्थिति में तत्काल निर्णय लेने में सक्षम होता है।

सावधानियाँ (Precautions):

1. **अति-तर्कशीलता से बचें**: ज़रूरत से ज्यादा तर्क-वितर्क न करें, रिश्तों पर असर पड़ सकता है।
2. **जल्दबाजी में निर्णय न लें**: भावनाओं में बहकर निर्णय लेने से बचें।
3. **बोलने में संयम रखें**: अपने शब्दों का चयन सोच-समझकर करें।
4. **स्वास्थ्य का ध्यान रखें**: नसों और मस्तिष्क के स्वास्थ्य का ध्यान रखें।
5. **अत्यधिक चिंतन से बचें**: ज़रूरत से ज्यादा सोचने से तनाव बढ़ सकता है।

6. **हर किसी पर भरोसा न करें**: व्यापारिक मामलों में सतर्क रहें।
7. **अहंकार से दूर रहें**: अपनी बुद्धि पर घमंड न करें।
8. **सुनने की आदत विकसित करें**: दूसरों की बातों पर भी ध्यान दें।
9. **जल्दबाजी से बचें**: किसी भी निर्णय में समय लें।
10. **गुप्त बातें साझा करने में सावधानी रखें**: हर किसी पर विश्वास कर अपनी निजी बातें न बताएं।

उपाय (Remedies):

1. **बुधवार का व्रत रखें**: बुध की कृपा के लिए बुधवार को उपवास करें।
2. **बुध मंत्र का जाप करें**: "ॐ बुं बुधाय नमः" का जाप करें।
3. **हरा रंग पहनें**: हरे रंग के कपड़े पहनें और भोजन में हरी चीज़ें शामिल करें।
4. **तोते को हरी मिर्च खिलाएं**: तोते को तोटके को हरी मिर्च डालें, बुध को प्रसन्न करने के लिए।
5. **पारिवारिक संबंधों को मजबूत करें**: बुध का प्रभाव रिश्तों पर सकारात्मक असर डालता है।
6. **विद्या का दान करें**: विद्यार्थियों को पुस्तकें या पेन दान करें।
7. **अच्छे विचारों को अपनाएँ**: सकारात्मक विचारों को अपने जीवन में शामिल करें।

8. **शुद्धता का ध्यान रखें**: मानसिक और शारीरिक शुद्धता पर ध्यान दें।

9. **बुद्ध के लिए रत्न धारण करें**: विद्वान ज्योतिषी की सलाह से पन्ना धारण करें।

10. **गणेश जी की पूजा करें**: बुध की शक्ति बढ़ाने के लिए गणेश जी का पूजन करें।

विशेष ध्यान दें (Special Attention):

- बोलचाल में संयम और समझदारी बनाए रखें।
- व्यापारिक मामलों में धैर्य से निर्णय लें।
- सीखने और पढ़ाई के प्रति रुचि बनाए रखें।
- बुद्धि का इस्तेमाल सकारात्मक और सृजनात्मक कार्यों में करें।
- अपने विचारों में स्थिरता लाएँ और किसी भी बात का अधिक विश्लेषण करने से बचें।

बुध दूसरे भाव में

एक पंक्ति की भविष्यवाणियाँ (One-liner Predictions):

1. बुध दूसरे भाव में होने से व्यक्ति की वाणी मधुर और आकर्षक होती है।
2. व्यक्ति वित्तीय मामलों में कुशल होता है।
3. व्यक्ति का ध्यान संपत्ति और धन-संचय पर रहता है।
4. लेखन, गायन या वाणी के कार्यों में रुचि होती है।

5. बुध का प्रभाव व्यापार में सफलता देता है।
6. व्यक्ति के सोचने-समझने की क्षमता तेज होती है।
7. बुद्धिमत्ता से धन-संचय कर सकता है।
8. लेखन और संवाद में निपुणता होती है।
9. व्यक्ति में आत्मविश्वास से बोलने की कला होती है।
10. परिवार और विरासत में धन लाभ होने की संभावना रहती है।

निशानियाँ (Symptoms/Characteristics):

1. व्यक्ति की वाणी में मिठास और प्रभाव होता है।
2. परिवार और धन के मामलों में गहरी रुचि होती है।
3. वित्तीय मामलों में संतुलित दृष्टिकोण रखता है।
4. अच्छी आवाज का धनी होता है और सार्वजनिक बोलने में माहिर होता है।
5. व्यक्ति में धन कमाने की तीव्र इच्छा होती है।
6. छोटे-छोटे निवेशों में रुचि होती है।
7. विचारशील और धैर्यवान व्यक्तित्व होता है।
8. शिक्षा और संचार के माध्यम से धन अर्जित करता है।
9. सामाजिक संबंधों को बनाए रखने में कुशल होता है।
10. अपने आर्थिक मामलों की गोपनीयता बनाए रखता है।

सावधानियाँ (Precautions):

1. **वाणी में नियंत्रण रखें**: कड़वे शब्दों से बचें, रिश्तों पर असर पड़ सकता है।
2. **धन का अपव्यय न करें**: फिजूलखर्ची से दूर रहें।
3. **जल्दबाजी में वित्तीय निर्णय न लें**: सोच-समझकर निवेश करें।
4. **हर किसी पर आर्थिक भरोसा न करें**: अपनी गोपनीयता बनाए रखें।
5. **धन संचय की भावना को संतुलित रखें**: लालच से बचें।
6. **पारिवारिक मतभेदों से बचें**: अपने विचारों को खुले रूप में पेश न करें।
7. **मधुरता बनाए रखें**: अपने स्वर को कोमल बनाए रखें।
8. **धन संबंधी योजनाओं में स्पष्टता रखें**: धुंधले उद्देश्यों से दूर रहें।
9. **परिवार के साथ संतुलन बनाए रखें**: पारिवारिक जिम्मेदारियों से मुंह न मोड़ें।
10. **लिखित कार्यों में सावधानी बरतें**: हर दस्तावेज़ को ध्यान से पढ़ें।

उपाय (Remedies):

1. **बुधवार का व्रत रखें**: बुधवार का व्रत बुध के लिए लाभकारी होता है।
2. **बुध मंत्र का जाप करें**: "ॐ बुं बुधाय नमः" का रोज जाप करें।

3. **पन्ना धारण करें**: योग्य ज्योतिषी की सलाह से पन्ना धारण करें।
4. **तोते को दाना खिलाएं**: हरा दाना तोते को खिलाना शुभ माना जाता है।
5. **मंत्र लेखन का अभ्यास करें**: बुध की कृपा के लिए मंत्रों को लिखें।
6. **विद्यार्थियों को सहायता दें**: गरीब छात्रों की सहायता करें।
7. **गणेश जी की पूजा करें**: गणेश जी की आराधना बुध के लिए लाभकारी मानी जाती है।
8. **हरियाली को बढ़ावा दें**: पेड़-पौधे लगाएँ।
9. **पारिवारिक सहयोग करें**: परिवार के साथ समय बिताएँ और सहयोग दें।
10. **वाणी पर ध्यान दें**: अपनी बातों में मधुरता बनाए रखें।

विशेष ध्यान दें (Special Attention):

- वित्तीय मामलों में संयम और संतुलन बनाए रखें।
- अपनी वाणी से दूसरों को आहत न करें।
- परिवार के साथ आर्थिक और भावनात्मक संतुलन बनाए रखें।
- बुध की ऊर्जा को सकारात्मक रूप से उपयोग करें, जैसे कि शिक्षा और ज्ञान में वृद्धि।
- धन-संचय के साथ-साथ परोपकार में भी रुचि रखें।

बुध तीसरे भाव में

एक पंक्ति की भविष्यवाणियाँ (One-liner Predictions):

1. बुध तीसरे भाव में होने से व्यक्ति की संचार क्षमता अत्यधिक प्रभावी होती है।
2. व्यक्ति में लेखन, संचार, और तकनीकी ज्ञान का हुनर होता है।
3. बुद्धिमत्ता से छोटे-छोटे कार्यों में सफलता पाता है।
4. बहन-भाइयों के साथ अच्छे संबंध होते हैं।
5. यात्रा का शौक रहता है और यात्रा में लाभ भी मिलता है।
6. व्यक्ति में जोखिम लेने का साहस होता है।
7. आत्म-विश्वास से भरे निर्णय लेता है।
8. रचनात्मकता और कला में रुचि होती है।
9. व्यक्ति में नेतृत्व की क्षमता होती है।
10. हर परिस्थिति में सीखने की प्रवृत्ति रहती है।

निशानियाँ (Symptoms/Characteristics):

1. व्यक्ति विचारशील और योजना बनाने में माहिर होता है।
2. किसी भी विषय पर कुशलतापूर्वक संवाद स्थापित कर लेता है।
3. छोटी यात्राओं का शौक होता है और ज्ञान की खोज में रुचि रखता है।

4. तकनीकी विषयों में जानकारी और रुचि होती है।
5. भाई-बहनों से अच्छे संबंध रखता है और उनका सहयोग प्राप्त करता है।
6. लेखन, लेखांकन, और पत्रकारिता जैसे कार्यों में सफल होता है।
7. व्यक्ति में समस्याओं का समाधान तुरंत निकालने की क्षमता होती है।
8. अपनी बातों से दूसरों को प्रभावित करने की कला होती है।
9. हर कार्य में सावधानीपूर्वक योजना बनाता है।
10. हर कार्य में नवीनता की तलाश करता है और रचनात्मकता प्रदर्शित करता है।

सावधानियाँ (Precautions):

1. **अपनी सोच को संतुलित रखें**: अत्यधिक सोचने से बचें, मन को शांत रखें।
2. **विवादों से बचें**: किसी भी बहस या झगड़े में न पड़ें।
3. **जल्दबाजी में निर्णय न लें**: सोच-समझकर ही किसी बात पर विचार करें।
4. **बहन-भाइयों के साथ तालमेल बनाए रखें**: छोटी बातों को लेकर मनमुटाव न बढ़ने दें।
5. **अत्यधिक यात्रा से बचें**: अनावश्यक यात्राओं से समय और ऊर्जा नष्ट न करें।

6. **दूसरों की बात सुनें**: केवल अपने विचारों पर जोर न दें, दूसरों की राय का सम्मान करें।

7. **ध्यान भटकने से बचें**: अपनी ऊर्जा को सही दिशा में लगाए रखें।

8. **अनावश्यक जोख़िम न लें**: जोखिम लेने से पहले सोच-विचार कर लें।

9. **अपने विचारों को संयमित रखें**: नकारात्मक सोच से दूर रहें।

10. **लेखन या संचार कार्यों में सावधानी रखें**: जल्दबाजी में कोई गलती न करें।

उपाय (Remedies):

1. **बुधवार का व्रत रखें**: बुध ग्रह के शुभ फल के लिए बुधवार का उपवास करें।

2. **गणेश जी की पूजा करें**: गणेश जी की आराधना बुध के लिए लाभकारी मानी जाती है।

3. **तोते को हरा दाना खिलाएं**: बुध के प्रभाव को बढ़ाने के लिए तोते को हरा दाना खिलाना शुभ होता है।

4. **पन्ना धारण करें**: योग्य ज्योतिषी की सलाह से पन्ना धारण करें।

5. **बुध मंत्र का जाप करें**: "ॐ बुं बुधाय नमः" का नियमित जाप करें।

6. **लेखन और पाठन में संलग्न रहें**: बुध के सकारात्मक प्रभाव के लिए पढ़ाई-लिखाई में मन लगाएं।

7. **गायों को हरा चारा खिलाएं**: यह बुध को मजबूत बनाता है।

8. **हरियाली को बढ़ावा दें**: पेड़-पौधे लगाकर बुध को प्रसन्न करें।

9. **बुध ग्रह को समर्पित वस्त्र धारण करें**: बुध से जुड़े हरे रंग के वस्त्र पहनें।

10. **बुद्धि और ज्ञान का उपयोग परोपकार में करें**: बुद्धिमत्ता का उपयोग दूसरों के कल्याण में करें।

विशेष ध्यान दें (Special Attention):

- अपनी संचार कला और लेखन क्षमता को सकारात्मक दिशा में बढ़ावा दें।
- किसी भी प्रकार की जोखिमपूर्ण यात्राओं से दूर रहें।
- अपने छोटे भाई-बहनों के प्रति सहयोगी और प्रेमपूर्ण व्यवहार रखें।
- बुध का प्रभाव बढ़ाने के लिए शिक्षण और तकनीकी कार्यों में रुचि बनाए रखें।
- अपने विचारों को आत्म-सुधार और ज्ञानवर्धन के कार्यों में प्रयोग करें।

बुध चौथे भाव में

एक पंक्ति की भविष्यवाणियाँ (One-liner Predictions):

1. बुध चौथे भाव में होने से व्यक्ति का मन और बुद्धि अत्यधिक तेज होती है।

2. पढ़ाई में रुचि रहती है और घर में शिक्षाप्रद वातावरण होता है।
3. माता के साथ अच्छे संबंध होते हैं और उनका स्नेह प्राप्त होता है।
4. व्यक्ति को साहित्य, लेखन, और विद्या में सफलता मिलती है।
5. गृह-संबंधी सुख और सुविधा प्राप्त होती है।
6. व्यक्ति का घर में खुशहाल और बुद्धिमान माहौल रहता है।
7. प्रॉपर्टी और संपत्ति के कार्यों में समझदारी से सफलता मिलती है।
8. जीवन में शांति और स्थिरता की ओर झुकाव रहता है।
9. पारिवारिक मामलों में तर्कशीलता और संतुलन बनाए रखता है।
10. कला और संस्कृति के प्रति गहरी रुचि होती है।

निशानियाँ (Symptoms/Characteristics):

1. व्यक्ति की पढ़ाई-लिखाई में गहरी रुचि होती है और ज्ञान के प्रति लगाव रहता है।
2. घर का वातावरण सुखद और शिक्षाप्रद होता है।
3. माता के साथ मजबूत भावनात्मक जुड़ाव और स्नेहपूर्ण संबंध होते हैं।
4. प्रॉपर्टी या संपत्ति के मामलों में रुचि और समझ होती है।

5. घर में सुख-सुविधाओं की वृद्धि होती है।
6. व्यक्ति को कला, संगीत, और साहित्य में रुचि होती है।
7. घर की सजावट और सौंदर्य के प्रति आकर्षण रहता है।
8. पारिवारिक मामलों में ध्यान केंद्रित करने की आदत होती है।
9. किसी प्रकार के लेखन कार्य, जैसे डायरी लेखन में रुचि हो सकती है।
10. शिक्षा और घर के माध्यम से जीवन में स्थिरता बनी रहती है।

सावधानियाँ (Precautions):

1. **माता-पिता का सम्मान करें**: विशेष रूप से माता का आदर करें।
2. **घरेलू मामलों में सामंजस्य बनाए रखें**: परिवार के अन्य सदस्यों से अच्छे संबंध रखें।
3. **तर्क-वितर्क से बचें**: घर में छोटी-छोटी बातों पर विवाद से बचें।
4. **ज्यादा सोचने से बचें**: हर छोटी बात पर अत्यधिक चिंतन से मन को भारी न करें।
5. **घर के वातावरण को शिक्षाप्रद बनाए रखें**: नकारात्मकता से बचें और घर में सकारात्मकता का संचार करें।
6. **भावनात्मक स्थिरता बनाए रखें**: घर के सदस्यों के साथ संतुलित व्यवहार रखें।

7. **अपनी बुद्धिमत्ता का सदुपयोग करें**: इसे परिवार के कल्याण में लगाएं।
8. **प्रॉपर्टी विवादों से बचें**: जमीन-जायदाद के मामलों में सतर्क रहें।
9. **आलोचना से दूर रहें**: घर में दूसरों की आलोचना से बचें।
10. **अत्यधिक मानसिक दबाव से बचें**: मन और मस्तिष्क को आराम दें।

उपाय (Remedies):

1. **बुधवार का व्रत रखें**: बुध को मजबूत बनाने के लिए बुधवार का उपवास करें।
2. **गणेश जी की आराधना करें**: गणेश जी का पूजन बुध को प्रसन्न करता है।
3. **गाय को हरा चारा खिलाएं**: यह बुध के शुभ प्रभाव को बढ़ाता है।
4. **पन्ना धारण करें**: उचित सलाह से पन्ना धारण करें।
5. **माता का सम्मान करें**: माता की सेवा और सम्मान से बुध बलवान होता है।
6. **बुध मंत्र का जाप करें**: "ॐ बुं बुधाय नमः" का जाप करें।
7. **बच्चों की शिक्षा में योगदान दें**: बच्चों को पढ़ाई में सहयोग दें।
8. **हरे रंग का उपयोग करें**: बुध के शुभ प्रभाव के लिए हरे रंग के कपड़े पहनें।

9. **प्रॉपर्टी से जुड़े कार्यों में सतर्कता बरतें**: किसी भी प्रॉपर्टी निर्णय में समझदारी रखें।

10. **बुद्धि का उपयोग परोपकार में करें**: बुद्धि का उपयोग परिवार के कल्याण में करें।

विशेष ध्यान दें (Special Attention):

- घर में सकारात्मक माहौल बनाए रखें और दूसरों की भावनाओं का आदर करें।
- अपनी बुद्धि का उपयोग घर और संपत्ति की देखभाल में करें।
- परिवार के सुख-सुविधाओं का ध्यान रखें और अपने विचारों को स्थिर बनाए रखें।
- माता-पिता के प्रति सम्मानपूर्ण व्यवहार रखें और उनसे आशीर्वाद प्राप्त करें।
- घरेलू मामलों में संतुलन और संयम बनाए रखें।

बुध पंचम भाव में

एक पंक्ति की भविष्यवाणियाँ (One-liner Predictions):

1. बुध पंचम भाव में होने से व्यक्ति की रचनात्मकता और लेखन में गहरी रुचि होती है।

2. शिक्षा और विद्या के क्षेत्र में उत्कृष्टता प्राप्त होती है।

3. संतान की ओर से सुख और बुद्धिमानी का आशीर्वाद मिलता है।

4. व्यक्तित्व में तार्किकता और संवाद शैली में आकर्षण रहता है।
5. व्यक्ति अध्ययनशील होता है और विद्या में सफलता पाता है।
6. वाणिज्य, लेखन, और कला में करियर के लिए शुभ योग होते हैं।
7. प्रेम और रोमांस में समझदारी और संवाद कुशलता का प्रदर्शन करता है।
8. भविष्य के लक्ष्यों और योजनाओं में व्यक्ति दूरदर्शिता रखता है।
9. शिक्षण, परामर्श, और लेखन के क्षेत्र में सफलता मिलती है।
10. व्यक्ति संतान के विकास में शिक्षा और सलाह का योगदान करता है।

निशानियाँ (Symptoms/Characteristics):

1. व्यक्ति में तार्किकता और रचनात्मकता का अच्छा समन्वय होता है।
2. लेखन, साहित्य, और कला के प्रति गहरी रुचि रहती है।
3. व्यक्ति अपने विचारों को प्रभावी ढंग से व्यक्त करता है।
4. शिक्षा और विद्या में विशेष रुचि रहती है और अकादमिक क्षेत्र में अच्छा प्रदर्शन करता है।
5. संतान की शिक्षा और विकास पर ध्यान देता है।

6. व्यापार, वाणिज्य, या संवाद-आधारित करियर में सफलता मिलती है।

7. दोस्तों और प्रेम संबंधों में संवाद कुशलता को महत्व देता है।

8. नई योजनाओं और विचारों के प्रति लचीला दृष्टिकोण रखता है।

9. बच्चों को मार्गदर्शन और शिक्षा में योगदान देता है।

10. तर्क-वितर्क में सक्षम और अच्छी सोच का धनी होता है।

सावधानियाँ (Precautions):

1. **संतान के प्रति धैर्य रखें**: संतान के प्रति अत्यधिक अपेक्षा न रखें।

2. **प्रेम-संबंधों में सावधानी रखें**: प्रेम में समझदारी और सम्मान बनाए रखें।

3. **बुद्धिमानी का दिखावा न करें**: दूसरों पर अपनी विद्वता का रौब न जमाएं।

4. **अत्यधिक सोच से बचें**: हर बात में गहराई से सोचने से मानसिक तनाव हो सकता है।

5. **शिक्षा में लापरवाही न करें**: अपनी और संतान की पढ़ाई में ध्यान दें।

6. **अनावश्यक तर्क-वितर्क से बचें**: हर विषय में बहस करने से बचें।

7. **भविष्य के लिए समझदारी से योजना बनाएं**: लंबी योजनाओं में वास्तविकता का ध्यान रखें।
8. **संवाद में संयम रखें**: अपने विचार व्यक्त करते समय दूसरों की भावनाओं का सम्मान करें।
9. **बच्चों की सोच को समझें**: संतान की इच्छाओं और विचारों को स्वीकारें।
10. **चिन्ता से दूर रहें**: मन को हल्का और स्वतंत्र बनाए रखें।

उपाय (Remedies):

1. **बुधवार का व्रत रखें**: बुध ग्रह को संतुलित करने के लिए बुधवार का उपवास रखें।
2. **गणेश जी की आराधना करें**: बुध के अनुकूलता के लिए गणेश जी का पूजन करें।
3. **पन्ना धारण करें**: शुभ मुहूर्त में पन्ना पहनें।
4. **गाय को हरा चारा खिलाएं**: बुध को प्रसन्न करने का उत्तम उपाय है।
5. **विद्यार्थियों को शिक्षा में सहयोग करें**: यह बुध को बलवान करता है।
6. **बुध मंत्र का जाप करें**: "ॐ बुं बुधाय नमः" का नियमित जाप करें।
7. **हरि का दान करें**: हरि सब्जियाँ और हरी वस्त्र दान में दें।
8. **संतान को शिक्षा में सहयोग दें**: बच्चों की पढ़ाई और विकास में योगदान दें।

9. **लिखने की आदत बनाए रखें**: लेखन कार्य करने से बुध बलवान होता है।

10. **अध्ययनशील बने रहें**: ज्ञानवर्धक पुस्तकों का अध्ययन करें।

विशेष ध्यान दें (Special Attention):

- बच्चों के प्रति धैर्य और समझ का दृष्टिकोण बनाए रखें।
- संवाद और तर्कशीलता का उपयोग सकारात्मक उद्देश्यों के लिए करें।
- अपने विचारों को रचनात्मक कार्यों में व्यक्त करें।
- संतान के विकास और शिक्षा में योगदान दें, साथ ही उनकी रुचियों को समझें।
- प्रेम और रिश्तों में बातचीत और समझदारी बनाए रखें।

बुध षष्ठ भाव में

एक पंक्ति की भविष्यवाणियाँ (One-liner Predictions):

1. बुध षष्ठ भाव में होने से व्यक्ति की समस्या-समाधान और विश्लेषण क्षमता उच्च होती है।
2. कार्यस्थल पर बौद्धिकता और कुशलता से सफलता प्राप्त होती है।
3. शत्रुओं और विरोधियों पर विजय प्राप्त करने की योग्यता होती है।

4. व्यक्ति तर्कशक्ति का उपयोग कर समस्याओं का हल निकालता है।
5. स्वास्थ्य के प्रति जागरूक रहता है और नई स्वास्थ्य विधियों में रुचि लेता है।
6. कर्ज और वित्तीय मामलों में सूझबूझ से काम करता है।
7. व्यक्ति का झुकाव सेवा कार्यों की ओर रहता है।
8. तकनीकी कार्यों, लेखन, और अकाउंटिंग में दक्षता होती है।
9. संवाद में कुशलता के कारण विरोधियों को आसानी से संभालता है।
10. किसी भी चुनौती का सामना तर्क और बुद्धि से करने में सक्षम होता है।

निशानियाँ (Symptoms/Characteristics):

1. व्यक्ति अत्यधिक विश्लेषणात्मक सोच का धनी होता है।
2. कार्यक्षेत्र में समस्या-समाधान की विशेष योग्यता होती है।
3. स्वास्थ्य और आहार के प्रति सतर्क रहता है।
4. कठिनाइयों का सामना तर्क और बुद्धिमानी से करता है।
5. आलोचनात्मक स्वभाव के कारण हर बात की बारीकी से समीक्षा करता है।
6. आर्थिक मामलों में समझदारी और कर्ज को नियंत्रित रखने में सफल रहता है।
7. चिकित्सा, लेखन, और सलाहकार कार्यों में रुचि रखता है।

8. प्रतिस्पर्धा और शत्रुओं से निपटने का साहस और सूझबूझ रखता है।
9. दिनचर्या और स्वास्थ्य में अनुशासन का पालन करता है।
10. तकनीकी, डेटा एनालिसिस, या अकाउंटिंग जैसे कार्यों में कुशलता होती है।

सावधानियाँ (Precautions):

1. **आलोचना में संयम रखें**: दूसरों की हर बात पर नकारात्मक टिप्पणी न करें।
2. **स्वास्थ्य को अनदेखा न करें**: अत्यधिक कार्य के कारण स्वास्थ्य पर असर न पड़ने दें।
3. **तनाव से दूर रहें**: छोटी-छोटी समस्याओं पर अत्यधिक चिंता करने से बचें।
4. **कर्ज लेने में सावधानी बरतें**: आर्थिक मामलों में संतुलन बनाए रखें।
5. **शत्रुओं से सतर्क रहें**: ऑफिस में प्रतिस्पर्धियों से उचित दूरी बनाए रखें।
6. **अत्यधिक विश्लेषण से बचें**: हर बात की ज्यादा बारीकी में न जाएं।
7. **बातचीत में संतुलन रखें**: अपनी बात को दूसरों पर थोपने से बचें।
8. **अपना स्वास्थ्य प्राथमिकता बनाएं**: नियमित जांच और सही आहार लें।

9. **शारीरिक और मानसिक संतुलन बनाए रखें**: अत्यधिक सोच से मानसिक थकान हो सकती है।

10. **अनुशासन से संतुलन बनाए रखें**: अपनी दिनचर्या में बहुत अधिक अनुशासन से बचें।

उपाय (Remedies):

1. **बुधवार का व्रत रखें**: बुध ग्रह को सुदृढ़ करने के लिए बुधवार का उपवास रखें।

2. **गणेश जी का पूजन करें**: प्रतिदिन गणेश जी की आराधना करें।

3. **पन्ना धारण करें**: शुभ मुहूर्त में पन्ना पहनें।

4. **गाय को हरा चारा खिलाएं**: बुध ग्रह को मजबूत करने के लिए हरा चारा दान करें।

5. **बुध मंत्र का जाप करें**: "ॐ बुं बुधाय नमः" का जाप करें।

6. **मधुर संवाद का अभ्यास करें**: वार्तालाप में विनम्रता रखें।

7. **हर्बल दवाओं का सेवन करें**: स्वास्थ्य को ठीक रखने के लिए प्राकृतिक उपायों का उपयोग करें।

8. **पाठ्य सामग्री दान करें**: पुस्तकें, कलम, और शिक्षा संबंधित सामग्री का दान करें।

9. **ध्यान का अभ्यास करें**: मानसिक शांति और तनाव मुक्ति के लिए ध्यान करें।

10. **व्यायाम को दिनचर्या में शामिल करें**: नियमित व्यायाम और योग करें।

विशेष ध्यान दें (Special Attention):

- स्वास्थ्य पर विशेष ध्यान दें और छोटी-छोटी बीमारियों को नजरअंदाज न करें।
- कार्यक्षेत्र में शत्रुओं के प्रति सतर्क रहें, लेकिन अत्यधिक चिंतित न हों।
- तर्कशक्ति का उपयोग करते समय दूसरों की भावनाओं का सम्मान करें।
- आर्थिक मामलों में सूझबूझ से काम लें और कर्ज को नियंत्रित रखें।
- अपने अनुशासन को अपनी शक्ति के रूप में इस्तेमाल करें और संतुलन बनाए रखें।

बुध सप्तम भाव में

एक पंक्ति की भविष्यवाणियाँ (One-liner Predictions):

1. बुध सप्तम भाव में होने से विवाह में संवाद और समझ बढ़ती है।
2. व्यवसायिक साझेदारी में उत्कृष्टता और समझदारी होती है।
3. व्यक्ति के विचार और विचारधारा का प्रभाव साथी पर पड़ता है।
4. जटिल मामलों में तर्क और बुद्धिमानी से निर्णय लेने की क्षमता होती है।

5. व्यापारी जातकों के लिए व्यापार में लाभ और सफलता की संभावना होती है।
6. साथी के साथ अच्छे संवाद के कारण संबंध मजबूत होते हैं।
7. सामाजिक और व्यावसायिक संबंधों में उत्कृष्टता और सामंजस्य रहता है।
8. दूसरों की राय का सम्मान करते हुए संतुलन बनाने में सक्षम होते हैं।
9. कानूनी मामलों में सूझबूझ और समझदारी से काम करते हैं।
10. शांति और संतुलन बनाए रखने की भावना होती है।

निशानियाँ (Symptoms/Characteristics):

1. संबंधों में संवाद की गुणवत्ता बढ़ती है।
2. वैवाहिक जीवन में साथी के प्रति आकर्षण बना रहता है।
3. व्यवसायिक साझेदारों के साथ अच्छे संबंध बनाते हैं।
4. न्यायिक और कानून संबंधी मामलों में सक्रियता होती है।
5. तर्क और विचारों का आदान-प्रदान सरलता से करते हैं।
6. सकारात्मक सोच के कारण लोगों को आकर्षित करते हैं।
7. जीवनसाथी के विचारों का सम्मान करते हैं।
8. सौम्य और विनम्र संवाद शैली होती है।
9. समाज में सम्मानित स्थान बनाने में सक्षम होते हैं।

10. साथी के साथ विचारों और भावनाओं का खुलकर आदान-प्रदान करते हैं।

सावधानियाँ (Precautions):

1. **संवाद में संयम रखें**: बातचीत में अधिक तर्क न करें और सुनने का ध्यान रखें।
2. **व्यावसायिक साझेदारों के साथ भरोसा बनाए रखें**: उनकी बातों को गंभीरता से लें।
3. **शादी के मामलों में सोच-समझकर निर्णय लें**: निर्णय लेने से पहले सभी पहलुओं पर विचार करें।
4. **कानूनी मामलों में समझदारी से काम लें**: बिना सही जानकारी के किसी भी दस्तावेज पर हस्ताक्षर न करें।
5. **दूसरों की भावनाओं का सम्मान करें**: किसी की भावनाओं को चोट न पहुँचाएँ।
6. **संबंधों में तकरार से बचें**: छोटी बातों पर बहस करने से बचें।
7. **सामाजिक जीवन में अधिक व्यस्तता से बचें**: समय का सही उपयोग करें।
8. **धैर्य रखें**: कभी-कभी धैर्य से समस्याओं का समाधान मिलता है।
9. **किसी भी व्यक्ति के प्रति पूर्वाग्रह न रखें**: सबके साथ समानता से पेश आएँ।
10. **नकारात्मकता से दूर रहें**: नकारात्मक विचारों को अपने ऊपर हावी न होने दें।

उपाय (Remedies):

1. **बुधवार का उपवास रखें**: बुध को मजबूत करने के लिए नियमित रूप से उपवास करें।
2. **बुद्धि और संचार के लिए गणेश जी की पूजा करें**: उनकी कृपा से संवाद में प्रगति होती है।
3. **पन्ना पहनें**: पन्ना पहनने से बुध का शुभ प्रभाव मिलता है।
4. **व्यापारिक और कानूनी दस्तावेजों की जांच करें**: सभी महत्वपूर्ण दस्तावेजों की जांच और सावधानी से काम करें।
5. **सकारात्मक विचारों का जप करें**: "ॐ बुं बुधाय नमः" का नियमित जाप करें।
6. **विवाहिक जीवन में सौहार्द बनाए रखें**: अपनी भावनाओं और विचारों को साथी से साझा करें।
7. **सामाजिक समारोहों में भाग लें**: सामाजिक जीवन को बेहतर बनाने के लिए उपस्थित रहें।
8. **शिक्षा और ज्ञान में निवेश करें**: ज्ञानार्जन के लिए पाठ्य सामग्री का अध्ययन करें।
9. **पुस्तकों का दान करें**: शिक्षण सामग्री का दान करें।
10. **ध्यान और योग का अभ्यास करें**: मानसिक शांति और संतुलन बनाए रखने के लिए।

विशेष ध्यान दें (Special Attention):

- रिश्तों में संवाद और सामंजस्य को प्राथमिकता दें।

- व्यावसायिक साझेदारों के साथ संबंध को मजबूत बनाए रखें।
- कानूनी मामलों में ज्यादा जोखिम न लें और हमेशा सलाह लें।
- सकारात्मक सोच को बनाए रखें और नकारात्मक विचारों से दूर रहें।
- अपनी शब्दों का चयन सोच-समझकर करें, जिससे किसी की भावनाओं को चोट न पहुँचे।

बुध आठवें भाव में

एक पंक्ति की भविष्यवाणियाँ (One-liner Predictions):

1. बुध आठवें भाव में होने से गहरे ज्ञान और रहस्यमय विषयों में रुचि बढ़ती है।
2. व्यक्ति में मानसिक गहराई और अंतर्दृष्टि होती है।
3. वित्तीय मामलों में सतर्कता और समझदारी का प्रदर्शन होता है।
4. अनसुलझे मामलों को सुलझाने की क्षमता होती है।
5. संबंधों में जटिलताएँ और गहनता रहती है।
6. वैवाहिक जीवन में गहरे संवाद और समझ की आवश्यकता होती है।
7. जादू-टोने या गूढ़ विज्ञान के प्रति आकर्षण बढ़ता है।
8. दूसरों की भावनाओं को समझने की क्षमता होती है।

9. शोध और गहरी जांच के मामलों में उत्कृष्टता होती है।
10. मानसिक तनाव के बावजूद निर्णय लेने में स्पष्टता होती है।

निशानियाँ (Symptoms/Characteristics):

1. गहरे विचारों और अंतर्दृष्टि का अनुभव करते हैं।
2. रहस्यमय और जटिल विषयों में रुचि बढ़ती है।
3. अनजान तथ्यों को समझने की क्षमता होती है।
4. गुप्त बातों का पता लगाने की प्रवृत्ति होती है।
5. संबंधों में मानसिक और भावनात्मक गहराई का अनुभव करते हैं।
6. संदेह और प्रश्न पूछने की प्रवृत्ति होती है।
7. मानसिक तनाव के बावजूद, दूसरों की मदद करने में सक्षम होते हैं।
8. गहरी संवादशक्ति के साथ समस्या सुलझाने में माहिर होते हैं।
9. फाइनेंस और संपत्ति के मामलों में सोच-समझकर निर्णय लेते हैं।
10. परिवार के सदस्यों से गहरे संबंध बनाते हैं।

सावधानियाँ (Precautions):

1. **संवेदनशील मामलों में गुप्तता बनाए रखें**: दूसरों की बातों का सम्मान करें।

2. **भावनाओं में संतुलन बनाए रखें**: विचारों को साझा करने से पहले सोच-समझकर बोलें।

3. **आर्थिक मामलों में जोखिम न लें**: बिना सोचे-समझे निवेश से बचें।

4. **रहस्यमय विषयों में लिप्त न हों**: अंधविश्वास से दूर रहें।

5. **मन की शांति बनाए रखें**: मानसिक तनाव को नकारात्मकता में बदलने से रोकें।

6. **जटिल समस्याओं को हल करते समय धैर्य रखें**: जल्दीबाज़ी न करें।

7. **संवाद में स्पष्टता रखें**: गहरी बातचीत के दौरान शब्दों का चयन सोच-समझकर करें।

8. **आत्म-संयम बनाए रखें**: भावनाओं को नियंत्रण में रखें।

9. **सकारात्मक सोच को अपनाएँ**: नकारात्मक विचारों से बचें।

10. **अपनी सीमाएँ जानें**: नासमझी में निर्णय न लें।

उपाय (Remedies):

1. **बुधवार का उपवास रखें**: बुध की ऊर्जा को मजबूत करने के लिए।

2. **गणेश जी की पूजा करें**: संवाद और मानसिक शक्ति के लिए उनकी कृपा लें।

3. **पन्ना पहनें**: बुध के सकारात्मक प्रभाव के लिए पन्ना पहनें।

4. **रहस्यमय विज्ञान की पढ़ाई करें**: ज्ञानार्जन के लिए गूढ़ विषयों का अध्ययन करें।
5. **बुद्धि और तर्क के लिए "ॐ बुं बुधाय नमः" का जाप करें**: नियमित रूप से इसका जाप करें।
6. **आर्थिक मामलों की सलाह लें**: निवेश से पहले विशेषज्ञ से सलाह लें।
7. **सकारात्मक सोच को बढ़ावा दें**: सकारात्मक विचारों पर ध्यान केंद्रित करें।
8. **ध्यान और योग का अभ्यास करें**: मानसिक संतुलन के लिए।
9. **गुप्त और रहस्यमय ज्ञान का आदान-प्रदान करें**: दूसरों के साथ विचार साझा करें।
10. **ज्ञानार्जन के लिए पुस्तकें पढ़ें**: नई जानकारी और अनुभव प्राप्त करें।

विशेष ध्यान दें (Special Attention):

- गहरे विषयों और विचारों पर ध्यान दें, लेकिन अंधविश्वास से बचें।
- संबंधों में संवाद और गहराई का ध्यान रखें।
- वित्तीय मामलों में सजग रहें और सोच-समझकर कदम उठाएँ।
- मानसिक तनाव को नियंत्रित करने के लिए ध्यान और योग का अभ्यास करें।

- अपनी सोच और निर्णय लेने की प्रक्रिया में स्पष्टता बनाए रखें।

बुध नौवें भाव में

एक पंक्ति की भविष्यवाणियाँ (One-liner Predictions):

1. बुध नौवें भाव में होने से व्यक्ति की ज्ञान की खोज और उच्च शिक्षा में रुचि बढ़ती है।
2. यात्रा के प्रति आकर्षण और नए अनुभवों की तलाश होती है।
3. दार्शनिक सोच और आध्यात्मिक ज्ञान की गहराई बढ़ती है।
4. शिक्षक या गुरु के प्रति सम्मान और मार्गदर्शन की तलाश होती है।
5. धार्मिक और आध्यात्मिक मामलों में संवाद करने की क्षमता होती है।
6. विदेश यात्रा के अवसर और विदेश में काम करने की संभावना होती है।
7. अपने विचारों को स्पष्टता से व्यक्त करने की योग्यता होती है।
8. व्यक्ति में जिज्ञासा और सीखने की लालसा बनी रहती है।
9. सामाजिक और सांस्कृतिक मुद्दों पर गहरी समझ होती है।
10. कानून और न्याय से संबंधित मामलों में ज्ञान और रुचि होती है।

निशानियाँ (Symptoms/Characteristics):

1. उच्च शिक्षा और ज्ञान की खोज में अग्रसर होते हैं।
2. ज्ञान और अनुभव को साझा करने की प्रवृत्ति होती है।
3. यात्रा के दौरान नए विचारों का सामना करते हैं।
4. दार्शनिक चर्चा में भाग लेने की इच्छा होती है।
5. धार्मिक ग्रंथों और मान्यताओं का अध्ययन करते हैं।
6. लोगों के प्रति संवेदनशीलता और समझदारी होती है।
7. न्याय और समानता के मुद्दों पर सक्रियता होती है।
8. सामाजिक कार्यों में भागीदारी की भावना होती है।
9. सकारात्मक सोच और ज्ञानार्जन की प्रवृत्ति होती है।
10. संवाद और बातचीत में प्रभावी होते हैं।

सावधानियाँ (Precautions):

1. **अत्यधिक यात्रा से बचें**: स्वास्थ्य को ध्यान में रखते हुए यात्रा करें।
2. **जानकारी का चयन करें**: सही जानकारी का चयन करना महत्वपूर्ण है।
3. **गैर जरूरी वाद-विवाद से बचें**: विवादों में न पड़ें।
4. **सकारात्मक सोच बनाए रखें**: नकारात्मक विचारों से दूर रहें।
5. **धार्मिक मामलों में विवाद न करें**: विश्वासों का सम्मान करें।

6. **समाज से जुड़े मुद्दों पर विचार करें**: समझदारी से निर्णय लें।
7. **ज्ञान के प्रति भक्ति रखें**: ज्ञान का उचित उपयोग करें।
8. **वास्तविकता से भागें नहीं**: सपनों और हकीकत के बीच संतुलन बनाए रखें।
9. **परिवार से संवाद बनाए रखें**: अपने परिवार के सदस्यों के साथ संवाद करें।
10. **आध्यात्मिकता का ध्यान रखें**: आध्यात्मिक ज्ञान को प्राथमिकता दें।

उपाय (Remedies):

1. **गुरु की पूजा करें**: ज्ञान और मार्गदर्शन के लिए।
2. **"ॐ बुधाय नमः" का जाप करें**: बुध की सकारात्मक ऊर्जा के लिए।
3. **धार्मिक ग्रंथों का अध्ययन करें**: ज्ञान को बढ़ाने के लिए।
4. **विदेश यात्रा की योजना बनाएं**: नई संस्कृतियों और ज्ञान का अनुभव करें।
5. **सकारात्मक संवाद और विचारों का आदान-प्रदान करें**: दूसरों के साथ विचार साझा करें।
6. **जिज्ञासा बनाए रखें**: नए विषयों का अध्ययन करें।
7. **सामाजिक कार्यों में भाग लें**: समाज के प्रति उत्तरदायित्व निभाएं।
8. **योग और ध्यान का अभ्यास करें**: मानसिक शांति के लिए।

9. **गुरु-शिष्य संबंध को मजबूत करें**: अपने गुरु से मार्गदर्शन प्राप्त करें।

10. **ज्ञान को साझा करें**: अपने अनुभव और ज्ञान को दूसरों के साथ बांटें।

विशेष ध्यान दें (Special Attention):

- उच्च शिक्षा और ज्ञान की खोज में आगे बढ़ें, लेकिन सच्चाई की खोज में सजग रहें।
- यात्रा और नए अनुभवों को अपनाएं, लेकिन स्वास्थ्य का ध्यान रखें।
- अपने विचारों को स्पष्टता से व्यक्त करें और दूसरों के विचारों को समझें।
- धार्मिक और आध्यात्मिक मामलों में संवेदनशीलता बनाए रखें।
- समाज के प्रति उत्तरदायित्व को समझते हुए सक्रिय रहें।

बुध दशम भाव में

एक पंक्ति की भविष्यवाणियाँ (One-liner Predictions):

1. बुध दशम भाव में होने से व्यक्ति के करियर में सफलता और उन्नति की संभावना होती है।
2. व्यवसाय और पेशेवर जीवन में संचार कौशल में वृद्धि होती है।
3. सामाजिक स्थिति और प्रतिष्ठा में सुधार होता है।

4. नेतृत्व और प्रबंधन कौशल में वृद्धि होती है।
5. लोग व्यक्ति को बुद्धिमान और विचारशील मानते हैं।
6. ज्ञान और विचारों को पेशेवर क्षेत्र में लागू करने की क्षमता होती है।
7. विभिन्न प्रकार के कार्यों में रुचि और सफलता प्राप्त होती है।
8. राजनीतिक या सामाजिक मुद्दों पर सक्रियता होती है।
9. संपर्कों और नेटवर्किंग के माध्यम से करियर में अवसर बढ़ते हैं।
10. बुद्धिमानी से बनाए गए निर्णय करियर में लाभकारी साबित होते हैं।

निशानियाँ (Symptoms/Characteristics):

1. करियर में महत्वाकांक्षा और सफलता की आकांक्षा होती है।
2. व्यवसायिक वार्तालाप और संवाद में निपुणता होती है।
3. सामाजिक मान्यता और पहचान को प्राथमिकता दी जाती है।
4. कार्यक्षेत्र में नई तकनीकों और विचारों को अपनाते हैं।
5. नेतृत्व की भूमिकाएं निभाने की इच्छा होती है।
6. कार्यों में संगठित और योजनाबद्ध तरीके से काम करते हैं।
7. सामाजिक मुद्दों पर सोच-समझकर प्रतिक्रिया देते हैं।

8. सकारात्मकता और प्रोएक्टिविटी के साथ कार्य करते हैं।
9. अपनी बुद्धिमत्ता और विचारों के लिए पहचाने जाते हैं।
10. अपने कार्यों के प्रति जिम्मेदारी और प्रतिबद्धता होती है।

सावधानियाँ (Precautions):

1. **व्यवसायिक विवादों से बचें**: कार्यस्थल पर विवादों से दूर रहें।
2. **अति आत्मविश्वास से बचें**: अपने विचारों में संतुलन बनाए रखें।
3. **संचार में स्पष्टता बनाए रखें**: वार्तालाप में भ्रम से बचें।
4. **समय का प्रबंधन करें**: कार्यों को समय पर पूरा करने की कोशिश करें।
5. **सकारात्मकता को बनाए रखें**: नकारात्मकता से दूर रहें।
6. **गोपनीयता का ध्यान रखें**: व्यक्तिगत जानकारी को साझा करने से बचें।
7. **समस्याओं का समाधान सोच-समझकर करें**: निर्णय लेने में जल्दबाज़ी न करें।
8. **अन्य लोगों के विचारों का सम्मान करें**: सहयोगी दृष्टिकोण अपनाएं।
9. **संभावित अवसरों को नजरअंदाज न करें**: करियर में अवसरों का लाभ उठाएं।
10. **सकारात्मक नेटवर्किंग करें**: सकारात्मक संपर्कों को विकसित करें।

उपाय (Remedies):

1. **"ॐ बुधाय नमः" का जाप करें**: बुध की सकारात्मक ऊर्जा के लिए।
2. **व्यावसायिक ज्ञान की पढ़ाई करें**: अपने पेशेवर ज्ञान को बढ़ाने के लिए।
3. **सकारात्मक संवाद करें**: संपर्कों और सहयोगियों के साथ अच्छे संबंध बनाए रखें।
4. **नेतृत्व के गुणों को विकसित करें**: नेतृत्व की भूमिकाओं को स्वीकार करें।
5. **समाज सेवा में भाग लें**: समाज के प्रति अपनी जिम्मेदारी निभाएं।
6. **योजना बनाएं और कार्य करें**: कार्यों को योजनाबद्ध तरीके से करें।
7. **सकारात्मक मानसिकता रखें**: अपने लक्ष्यों पर ध्यान केंद्रित करें।
8. **स्वास्थ्य का ध्यान रखें**: मानसिक और शारीरिक स्वास्थ्य का ध्यान रखें।
9. **सामाजिक मुद्दों पर सक्रिय रहें**: समाज में परिवर्तन लाने का प्रयास करें।
10. **व्यवसायिक संपर्कों को मजबूत करें**: नेटवर्किंग के माध्यम से नए अवसरों की खोज करें।

विशेष ध्यान दें (Special Attention):

- करियर में सफलता पाने के लिए संचार कौशल और नेटवर्किंग का सही उपयोग करें।
- अपने विचारों को प्रभावी ढंग से प्रस्तुत करें और नेतृत्व की भूमिकाओं में सक्रिय रहें।
- अपने कार्यों में सकारात्मकता और योजनाबद्धता बनाए रखें, ताकि आप अपने लक्ष्यों को प्राप्त कर सकें।
- सामाजिक मुद्दों पर सक्रिय रहें और समाज के प्रति अपनी जिम्मेदारी निभाएं, जिससे आपकी प्रतिष्ठा और पहचान बढ़ेगी।

बुध ग्यारहवें भाव में

एक पंक्ति की भविष्यवाणियाँ (One-liner Predictions):

1. बुध ग्यारहवें भाव में होने से व्यक्ति के सामाजिक संपर्क और मित्रों की संख्या में वृद्धि होती है।
2. अच्छे संपर्कों के माध्यम से आर्थिक लाभ की संभावना होती है।
3. नए विचारों और तकनीकों को अपनाने की क्षमता होती है।
4. समूहों में विचारों का आदान-प्रदान होता है, जो पेशेवर लाभ देता है।
5. सामाजिक मुद्दों पर सक्रियता बढ़ती है।
6. दोस्ती और सहयोग के माध्यम से नए अवसर मिलते हैं।
7. भविष्य के लक्ष्यों की प्राप्ति में मित्रों का सहयोग मिलता है।

8. विचारशीलता और बुद्धिमानी से बनाए गए संबंध फायदेमंद होते हैं।
9. किसी विशेष समूह या संगठन के माध्यम से सफलता मिलती है।
10. सामूहिक कार्यों में भागीदारी से लाभ होता है।

निशानियाँ (Symptoms/Characteristics):

1. सामाजिकता और मित्रता की प्राथमिकता होती है।
2. नेटवर्किंग और संपर्क बनाने में रुचि होती है।
3. विचारों के आदान-प्रदान के लिए समूह में काम करना पसंद करते हैं।
4. आर्थिक लाभ के लिए योजना बनाते हैं।
5. सामाजिक मुद्दों पर विचार करने की आदत होती है।
6. नए विचारों को अपनाने में तत्पर होते हैं।
7. अपने दोस्तों और समूहों के प्रति जिम्मेदारी महसूस करते हैं।
8. सामूहिक गतिविधियों में भागीदारी को प्राथमिकता देते हैं।
9. लक्ष्यों के प्रति सकारात्मक दृष्टिकोण रखते हैं।
10. सृजनात्मकता के माध्यम से नए अवसरों की खोज करते हैं।

सावधानियाँ (Precautions):

1. **अनावश्यक विवादों से बचें**: मित्रों या समूहों में विवाद से दूर रहें।

2. **संभावनाओं का सही उपयोग करें**: अवसरों का सही तरीके से लाभ उठाएं।

3. **सकारात्मकता को बनाए रखें**: नकारात्मकता से दूर रहने का प्रयास करें।

4. **विश्वास के साथ संबंध बनाएं**: मित्रों और सहयोगियों के साथ ईमानदारी से काम करें।

5. **सोशल मीडिया पर संयम रखें**: अपने विचारों को संभालकर साझा करें।

6. **समूह कार्यों में संतुलन बनाए रखें**: दूसरों की राय का सम्मान करें।

7. **अन्य लोगों की भावनाओं का ध्यान रखें**: संवेदनशीलता से काम करें।

8. **कार्यस्थल पर संवाद में स्पष्टता बनाए रखें**: भ्रमित न हों।

9. **स्वास्थ्य का ध्यान रखें**: मानसिक और शारीरिक स्वास्थ्य का ख्याल रखें।

10. **सामाजिक मुद्दों पर सोच-समझकर प्रतिक्रिया दें**: विचारशीलता से निर्णय लें।

उपाय (Remedies):

1. **"ॐ बुधाय नमः" का जाप करें**: बुध की सकारात्मक ऊर्जा के लिए।

2. **सामाजिक संपर्कों को बढ़ाएं**: नए लोगों से मिलकर संबंध विकसित करें।

3. **नए विचारों को अपनाने के लिए तैयार रहें**: अपने दृष्टिकोण को व्यापक बनाएं।
4. **सामाजिक कार्यों में भाग लें**: समाज सेवा के माध्यम से अपनी पहचान बढ़ाएं।
5. **संवाद कौशल को विकसित करें**: अच्छे संवाद के लिए प्रशिक्षण लें।
6. **सकारात्मक मित्रों का चयन करें**: अच्छे संपर्कों को बनाए रखें।
7. **योजना बनाकर काम करें**: अपने लक्ष्यों को प्राप्त करने के लिए ठोस योजना बनाएं।
8. **आर्थिक मामलों में विवेक से काम लें**: आर्थिक योजनाओं को समझदारी से लागू करें।
9. **समूह कार्यों में सकारात्मक योगदान दें**: अपने विचारों और क्षमताओं को साझा करें।
10. **सामाजिक मंचों पर सक्रिय रहें**: विचारों का आदान-प्रदान करने के लिए सक्रिय रहें।

विशेष ध्यान दें (Special Attention):

- मित्रों और संपर्कों का सही उपयोग कर अपने लक्ष्यों को प्राप्त करें।
- सामाजिक गतिविधियों में भाग लेकर अपनी पहचान को बढ़ाएं।
- अपने विचारों को प्रभावी ढंग से व्यक्त करें और सहयोगी दृष्टिकोण अपनाएं।

- भविष्य की योजनाओं को विकसित करते समय सकारात्मकता और सहयोगिता को ध्यान में रखें।

बुध बारहवें भाव में

एक पंक्ति की भविष्यवाणियाँ (One-liner Predictions):

1. बुध बारहवें भाव में होने से व्यक्ति के विचार गहरे और अंतर्मुखी होते हैं।
2. मनोवैज्ञानिक या आध्यात्मिक अध्ययन में रुचि बढ़ती है।
3. एकांत में काम करने की प्रवृत्ति होती है।
4. कल्पनाशीलता और रचनात्मकता में वृद्धि होती है।
5. गुप्त कार्यों या योजनाओं में संलग्न होने की संभावना होती है।
6. अपने विचारों को दूसरों से छिपाने की आदत होती है।
7. सपनों में संदेश या संकेत मिलने की संभावना होती है।
8. ध्यान और योग में रुचि बढ़ती है।
9. मानसिक स्वास्थ्य पर ध्यान देने की आवश्यकता होती है।
10. अंतर्दृष्टि के माध्यम से समस्याओं का समाधान खोजने की क्षमता होती है।

निशानियाँ (Symptoms/Characteristics):

1. अंतर्मुखी और चिंतनशील स्वभाव होता है।
2. लेखन और रचनात्मक कार्यों में रुचि होती है।

3. आध्यात्मिकता और ध्यान की ओर आकर्षित होते हैं।
4. गुप्त विषयों पर विशेष ध्यान देते हैं।
5. अपने विचारों को प्रकट करने में संकोच करते हैं।
6. सपनों में अधिक ध्यान देने की प्रवृत्ति होती है।
7. दूसरों की भावनाओं के प्रति संवेदनशील होते हैं।
8. एकांत में रहने की इच्छा होती है।
9. मानसिक स्वास्थ्य के प्रति सजग रहते हैं।
10. अंतर्दृष्टि से निर्णय लेने की क्षमता होती है।

सावधानियाँ (Precautions):

1. **सकारात्मक सोच बनाए रखें**: नकारात्मकता से दूर रहें।
2. **एकांत में समय बिताने के दौरान सावधान रहें**: अकेलेपन का प्रभाव नकारात्मक हो सकता है।
3. **स्वास्थ्य का ध्यान रखें**: मानसिक स्वास्थ्य को प्राथमिकता दें।
4. **गुप्त बातों को साझा करने में सावधानी बरतें**: किसी पर भरोसा करने से पहले सोचें।
5. **योजनाओं को ठीक से समझें**: गुप्त या छिपी योजनाओं पर ध्यान दें।
6. **सपनों को महत्व दें**: अपने सपनों को समझने का प्रयास करें।

7. **भावनाओं को नियंत्रित रखें**: अत्यधिक संवेदनशीलता से बचें।

8. **दूसरों की भावनाओं का सम्मान करें**: दूसरों की बातों को समझने का प्रयास करें।

9. **विश्राम के लिए समय निकालें**: खुद को मानसिक और शारीरिक रूप से रिचार्ज करें।

10. **समस्याओं का समाधान करते समय धैर्य रखें**: जल्दीबाजी न करें।

उपाय (Remedies):

1. **"ॐ बुधाय नमः" का जाप करें**: बुध की सकारात्मक ऊर्जा के लिए।

2. **ध्यान और योग का अभ्यास करें**: मानसिक स्पष्टता के लिए।

3. **सपनों का डायरी रखें**: अपने सपनों को लिखने से उन्हें समझने में मदद मिलेगी।

4. **रचनात्मक लेखन करें**: विचारों को व्यक्त करने के लिए।

5. **एकांत में समय बिताएं**: खुद के साथ सोचने का समय निकालें।

6. **मनोवैज्ञानिक या आध्यात्मिक पाठ्यक्रम लें**: नई चीजों को सीखें।

7. **सकारात्मक विचारों पर ध्यान केंद्रित करें**: नकारात्मकता को दूर रखें।

8. **सामाजिक मुद्दों पर चर्चा करें**: गहरी बातों को साझा करें।
9. **विश्राम और पुनरुद्धार के लिए समय निकालें**: खुद को फिर से जीवंत करें।
10. **किसी अच्छे सलाहकार से मार्गदर्शन लें**: समस्याओं के समाधान के लिए।

विशेष ध्यान दें (Special Attention):

- अपने विचारों और भावनाओं को गहराई से समझें और उन्हें व्यक्त करने का प्रयास करें।
- अंतर्मुखी स्वभाव को सकारात्मक दिशा में लगाएं और ध्यान दें कि आपकी कल्पनाएँ और विचार आपको कैसे आगे बढ़ा सकते हैं।
- मानसिक स्वास्थ्य के प्रति सजग रहें और जरूरत पड़ने पर सहायता प्राप्त करें।

19. शनि की भविष्यवाणियाँ

शनि प्रथम भाव में

एक पंक्ति की भविष्यवाणियाँ (One-liner Predictions):

1. शनि प्रथम भाव में हो तो व्यक्ति गंभीर और सोच-समझकर चलने वाला होता है।
2. कर्तव्यनिष्ठा और परिश्रम की प्रवृत्ति होती है।

3. बचपन में संघर्ष और कठिनाइयाँ रह सकती हैं।
4. व्यक्तित्व में धैर्य और स्थिरता होती है।
5. जीवन में धीरे-धीरे सफलता प्राप्त होती है।
6. आत्मविश्वास में समय के साथ वृद्धि होती है।
7. जिम्मेदारी और अनुशासन के प्रति सजग रहते हैं।
8. एकांतप्रिय और आत्मनिर्भर होते हैं।
9. स्वास्थ्य के प्रति ध्यान देने की आवश्यकता होती है।
10. जीवन के हर क्षेत्र में अनुशासन का पालन करते हैं।

निशानियाँ (Symptoms/Characteristics):

1. **गंभीर और मृदुभाषी** होते हैं।
2. **धैर्यवान और संयमी** स्वभाव होता है।
3. **कर्तव्यनिष्ठ** और जिम्मेदार होते हैं।
4. **संघर्ष का सामना करने में सक्षम** होते हैं।
5. **धीरे-धीरे सफलता प्राप्त करते हैं** और उतावलापन नहीं दिखाते।
6. **एकांत में रहना पसंद** करते हैं।
7. जीवन में **स्थिरता और अनुशासन** बनाए रखते हैं।
8. **परिश्रम के प्रति समर्पण** होता है।
9. स्वास्थ्य में **हड्डियों से संबंधित समस्याएँ** हो सकती हैं।
10. **न्यायप्रिय** और सच्चाई का साथ देने वाले होते हैं।

सावधानियाँ (Precautions):

1. **स्वास्थ्य का ध्यान रखें**: विशेषकर हड्डियों और जोड़ों से जुड़ी समस्याओं का।
2. **अवसाद और निराशा से बचें**: सकारात्मकता बनाए रखें।
3. **अति गंभीरता से बचें**: जीवन में थोड़ी लचीलापन अपनाएँ।
4. **अकेलेपन से बचें**: परिवार और दोस्तों के साथ समय बिताएँ।
5. **प्रकृति में समय बिताएँ**: अपने मानसिक स्वास्थ्य के लिए।
6. **काम के बीच संतुलन बनाए रखें**: अत्यधिक परिश्रम से बचें।
7. **दूसरों के प्रति कठोर न बनें**: सहानुभूति और समझ बनाए रखें।
8. **स्वयं पर दबाव न डालें**: अपने लक्ष्यों के प्रति धैर्य रखें।
9. **संवेदनशीलता को अपनाएँ**: अत्यधिक कठोरता से बचें।
10. **यथार्थवादी दृष्टिकोण रखें**: अव्यावहारिक सोच से बचें।

उपाय (Remedies):

1. **"ॐ शनैश्चराय नमः" का जाप करें**: शनि की सकारात्मकता के लिए।
2. **शनिवार को व्रत करें**: शनि की कृपा पाने के लिए।
3. **काले तिल का दान करें**: शनि ग्रह को प्रसन्न करने के लिए।

4. **नियमित रूप से शनि मंदिर जाएँ**: शनिदेव का आशीर्वाद प्राप्त करें।

5. **काले कपड़े पहनें**: विशेष रूप से शनिवार को।

6. **शनि संबंधित वस्त्र और अनाज का दान करें**: शनि दोष दूर करने के लिए।

7. **शनि से संबंधित रत्न पहनें**: यदि कुंडली में अनुकूल हो।

8. **किसी वृद्ध व्यक्ति की सेवा करें**: शनि का आशीर्वाद प्राप्त करें।

9. **धरती और प्रकृति के प्रति कृतज्ञता रखें**: शनि से जुड़ाव बढ़ाने के लिए।

10. **अपनी भावनाओं को संयमित रखें**: शनि की ऊर्जा को स्थिर बनाए रखें।

विशेष ध्यान दें (Special Attention):

- जीवन में धैर्य और संयम बनाए रखें। शनि के प्रभाव के कारण धीरे-धीरे सफलता मिलेगी, इसलिए धीरज बनाए रखें।
- स्वास्थ पर विशेष ध्यान दें, खासकर जोड़ों और हड्डियों से जुड़ी समस्याओं पर।
- अपने जीवन में अनुशासन और परिश्रम का महत्व समझें, जिससे आप जीवन के हर क्षेत्र में मजबूती पा सकते हैं।

शनि द्वितीय भाव में

एक पंक्ति की भविष्यवाणियाँ (One-liner Predictions):

1. शनि द्वितीय भाव में हो तो व्यक्ति की धन कमाने की गति धीमी रहती है।
2. आर्थिक स्थिति स्थिर लेकिन धीमी गति से बढ़ती है।
3. बोलने के अंदाज़ में गंभीरता और स्पष्टता होती है।
4. परिवार में अनुशासन का महत्व होता है।
5. बचपन में आर्थिक संघर्ष और कठिनाइयों का सामना करना पड़ सकता है।
6. खाने-पीने में संतुलन रखने की प्रवृत्ति होती है।
7. जमीन-जायदाद में लाभ प्राप्ति की संभावना रहती है।
8. जीवन में परिश्रम और कर्तव्यनिष्ठा से धन कमाने का प्रयास रहता है।
9. दूसरों के सामने आत्म-अभिव्यक्ति में संकोच कर सकते हैं।
10. अधिकतर समय बचत पर ध्यान रहता है।

निशानियाँ (Symptoms/Characteristics):

1. **मितभाषी** और गंभीर बोलने वाले होते हैं।
2. **धन संचय करने में रुचि** रखते हैं।
3. आर्थिक मामलों में **व्यवहारिक और अनुशासित** होते हैं।
4. **धैर्य और संयम** से धन संचय करते हैं।
5. परिवार में **प्रायः जिम्मेदार और सहायक** होते हैं।
6. **सादा जीवन जीने** में विश्वास रखते हैं।

7. **पुराने जमाने की चीज़ों से लगाव** होता है।
8. बोलने में संकोच और **गहरी आवाज़** होती है।
9. **आर्थिक मामलों में कठोर** निर्णय लेने में सक्षम होते हैं।
10. ज़मीन-जायदाद में निवेश और **पुरानी वस्तुओं में रूचि** होती है।

सावधानियाँ (Precautions):

1. **स्वास्थ्य का ध्यान रखें**: विशेषकर गले और दांतों से जुड़ी समस्याओं का।
2. **मितव्ययिता में अति न करें**: खर्चे का संतुलन बनाए रखें।
3. **गंभीरता से बचें**: कभी-कभी हल्के अंदाज में भी जीवन का आनंद लें।
4. **संवाद में मधुरता बनाए रखें**: कठोर शब्दों का प्रयोग न करें।
5. **खान-पान में संतुलन रखें**: अधिक तेल-मसाले से बचें।
6. **अकेलेपन से बचें**: परिवार के साथ समय बिताएँ।
7. **भावनाओं को व्यक्त करने में झिझक न रखें**: अपनी भावनाएँ साझा करें।
8. **संपत्ति के मामलों में सावधानी बरतें**: बिना सोचे-समझे निवेश न करें।
9. **कठोर फैसले न लें**: समय-समय पर दूसरों की सलाह भी लें।

10. **लचीलेपन का अभ्यास करें**: कठोर अनुशासन से थोड़ी राहत पाएं।

उपाय (Remedies):

1. **"ॐ शनैश्चराय नमः" का जाप करें**: शनि की सकारात्मकता के लिए।
2. **शनिवार को गरीबों को दान दें**: शनि की कृपा पाने के लिए।
3. **काले तिल का दान करें**: आर्थिक स्थिति में सुधार के लिए।
4. **सात्विक और सादा भोजन करें**: शनि का सकारात्मक प्रभाव पाने के लिए।
5. **शनि संबंधित वस्त्र जैसे काला कपड़ा पहनें**: विशेषकर शनिवार को।
6. **दूसरों की सेवा और सहायता करें**: विशेष रूप से वृद्धजनों की।
7. **रुद्राक्ष या शनि मंत्र का जाप करें**: शनि के नकारात्मक प्रभाव को कम करने के लिए।
8. **पारिवारिक सदस्यों के साथ अच्छा व्यवहार करें**: परिवार में सकारात्मकता लाने के लिए।
9. **प्रकृति में समय बिताएँ**: मानसिक स्थिरता के लिए।
10. **शनिवार को सरसों के तेल का दीपक जलाएँ**: घर में शांति और समृद्धि लाने के लिए।

विशेष ध्यान दें (Special Attention):

- आर्थिक मामलों में धैर्य और संयम बनाए रखें। धन संचय में समय लग सकता है लेकिन स्थिरता बनी रहेगी।
- अपनी संचार शैली को मधुर और सकारात्मक बनाए रखें ताकि रिश्तों में सामंजस्य बना रहे।
- पारिवारिक जिम्मेदारियों को ध्यान में रखते हुए संतुलन बनाकर चलें और परिवार के प्रति अपने कर्तव्यों का पालन करें।

शनि तृतीय भाव में

एक पंक्ति की भविष्यवाणियाँ (One-liner Predictions):

1. शनि तृतीय भाव में हो तो व्यक्ति में धैर्य और साहस की भावना मजबूत होती है।
2. व्यक्ति धीरे-धीरे अपने कार्यक्षेत्र में सफलता प्राप्त करता है।
3. आत्म-प्रस्तुति और संवाद में संकोच हो सकता है।
4. यात्रा करने की इच्छा प्रबल होती है, लेकिन यह अक्सर कठिनाई भरी होती है।
5. भाई-बहनों से संबंधों में स्थिरता रहती है।
6. मेहनत और संघर्ष से जीवन में सफलता मिलती है।
7. लंबी यात्राओं में सफलता मिल सकती है।
8. व्यक्ति को साहसपूर्ण कार्यों में धैर्य बनाए रखना चाहिए।

9. छोटी दूरी की यात्राओं में बाधाओं का सामना करना पड़ सकता है।

10. लेखन, शोध, और संवाद में विशेष रुचि हो सकती है।

निशानियाँ (Symptoms/Characteristics):

1. **साहसी और धैर्यवान** व्यक्तित्व होता है।
2. संवाद में **संकोच और गंभीरता** बनी रहती है।
3. **लंबी दूरी की यात्राओं में रुचि** रखते हैं।
4. विचारों को **धीरे-धीरे और परिपक्वता से** व्यक्त करते हैं।
5. **भाई-बहनों के प्रति जिम्मेदारी का भाव** होता है।
6. अपने विचारों को **व्यवस्थित तरीके से** प्रस्तुत करना पसंद करते हैं।
7. जीवन में **प्रगति धीमी पर स्थिर** होती है।
8. नए कामों को शुरू करने में **धैर्य और दृढ़ता** का भाव होता है।
9. **लिखने-पढ़ने में विशेष रुचि** होती है।
10. तर्क-वितर्क में **गंभीरता और अनुशासन** होता है।

सावधानियाँ (Precautions):

1. **भाई-बहनों के साथ रिश्तों को मधुर बनाए रखें**: कटुता से बचें।
2. **धैर्य का अभ्यास करें**: जल्दीबाजी में निर्णय न लें।

3. **छोटी यात्राओं के दौरान सावधानी बरतें**: अचानक बदलाव के लिए तैयार रहें।
4. **संवाद में सहजता लाएं**: अत्यधिक गंभीरता से बचें।
5. **मन को शांति देने के लिए ध्यान करें**: मानसिक स्थिरता बढ़ेगी।
6. **अनावश्यक संघर्ष से बचें**: व्यर्थ के विवादों से दूर रहें।
7. **प्रभावी संचार पर ध्यान दें**: अपनी भावनाओं को खुलकर व्यक्त करें।
8. **विचारशील और समझदारी भरे फैसले लें**: जल्दबाजी में फैसले न करें।
9. **भाई-बहनों के साथ सामंजस्य बनाए रखें**: उनका सहयोग लें और दें।
10. **व्यक्तिगत जीवन में धैर्य बनाए रखें**: सफलता धीरे-धीरे मिलेगी।

उपाय (Remedies):

1. **शनिवार को सरसों के तेल का दान करें**: शनि के सकारात्मक प्रभाव के लिए।
2. **भाई-बहनों के साथ संबंध मधुर बनाएं**: शुभ फल की प्राप्ति होगी।
3. **हनुमान चालीसा का पाठ करें**: साहस और धैर्य में वृद्धि के लिए।
4. **काले तिल का दान करें**: विशेषकर शनिवार को।

5. **लोहा या स्टील का दान करें**: शनि को प्रसन्न करने के लिए।
6. **अनाथालय में सेवा करें**: शनि का शुभ प्रभाव प्राप्त होगा।
7. **लंबी दूरी की यात्रा में 'ॐ शं शनैश्चराय नमः' का जाप करें**: यात्रा की बाधाएँ कम होंगी।
8. **रुद्राक्ष पहनें**: विशेषकर शनिवार को।
9. **मिट्टी के बर्तन में सरसों का तेल भरकर दान दें**: विशेषकर गरीबों को।
10. **नम्रता और धैर्य का अभ्यास करें**: जीवन में सकारात्मकता आएगी।

विशेष ध्यान दें (Special Attention):

- छोटी दूरी की यात्रा करते समय सावधान रहें और धैर्य बनाए रखें। यात्रा में समस्याओं का सामना करना पड़ सकता है।
- संवाद के दौरान सहजता बनाए रखें और अपने विचारों को स्पष्टता से व्यक्त करें।
- भाई-बहनों के साथ संबंध मधुर बनाकर रखें और किसी भी विवाद से बचें। रिश्तों में सामंजस्य से शनि के सकारात्मक प्रभाव मिलेंगे।
- शनि तृतीय भाव में होने से साहस, धैर्य और गंभीरता में वृद्धि होती है, जो किसी भी कार्य में सफलता का मार्ग प्रशस्त करते हैं।

शनि चतुर्थ भाव में

एक पंक्ति की भविष्यवाणियाँ (One-liner Predictions):

1. शनि चतुर्थ भाव में होने से व्यक्ति के जीवन में मानसिक शांति में कमी रह सकती है।
2. घरेलू वातावरण में संघर्ष या असंतोष का अनुभव हो सकता है।
3. बचपन में संघर्ष और आर्थिक कठिनाइयों का सामना करना पड़ सकता है।
4. मां के साथ रिश्तों में ठंडापन या दूरी रह सकती है।
5. संपत्ति खरीदने या घर से जुड़े मामलों में देरी होती है।
6. शिक्षा में कठिनाइयों का सामना करना पड़ सकता है।
7. व्यक्ति धीरे-धीरे सफलता की ओर बढ़ता है।
8. घर में स्थायित्व की कमी हो सकती है।
9. व्यक्ति का झुकाव आध्यात्मिकता की ओर हो सकता है।
10. कार्यक्षेत्र में स्थिरता पाने के लिए धैर्य की आवश्यकता होती है।

निशानियाँ (Symptoms/Characteristics):

1. **मां के प्रति भावनात्मक दूरी** का अनुभव हो सकता है।
2. **घरेलू जिम्मेदारियों का** निर्वहन करने में सक्षम होते हैं।
3. शिक्षा या घर से जुड़े कार्यों में **देरी और कठिनाई** आती है।
4. संपत्ति से जुड़ी समस्याएँ और विवाद हो सकते हैं।
5. व्यक्ति में **आत्म-अनुशासन** का भाव प्रबल होता है।

6. जीवन में **स्थायित्व और स्थिरता** की खोज में रहते हैं।
7. पुराने और पारंपरिक विचारों से जुड़े रहते हैं।
8. **अवसाद या अकेलापन** महसूस कर सकते हैं।
9. परिवार के मामलों में **धैर्य और संतुलन** बनाए रखने का प्रयास करते हैं।
10. **घर से बाहर के कार्यों में ज्यादा** रुचि हो सकती है।

सावधानियाँ (Precautions):

1. **मां के साथ मधुर संबंध बनाए रखें**: भावनात्मक दूरी को कम करें।
2. **घरेलू संघर्ष से बचें**: हर मामले में धैर्य का अभ्यास करें।
3. **भावनात्मक स्वास्थ्य का ध्यान रखें**: अकेलेपन और तनाव से बचें।
4. **संपत्ति खरीदते समय सावधानी रखें**: दस्तावेज़ों को सही ढंग से समझें।
5. **शिक्षा के प्रति सकारात्मक दृष्टिकोण बनाए रखें**: कोई भी पाठ्यक्रम बीच में न छोड़ें।
6. **पारिवारिक जिम्मेदारियों को प्राथमिकता दें**: उन्हें पूरा करने का प्रयास करें।
7. **अतिरिक्त परिश्रम करें**: कार्यक्षेत्र में स्थिरता पाने के लिए।
8. **धैर्य बनाए रखें**: संपत्ति और घर के मामलों में।

9. **आध्यात्मिकता से जुड़े रहें**: आंतरिक शांति पाने में सहायक होगा।

10. **भावनाओं को व्यक्त करें**: किसी भी प्रकार की नाराजगी को दबाएं नहीं।

उपाय (Remedies):

1. **शनिवार को सरसों के तेल का दान करें**: घर में सुख-शांति के लिए।
2. **मां के साथ समय बिताएं और उनकी सेवा करें**: शनि के नकारात्मक प्रभाव को कम करेगा।
3. **शनि यंत्र की स्थापना करें**: घर के सुख में वृद्धि होगी।
4. **शनि स्तोत्र या हनुमान चालीसा का पाठ करें**: मानसिक शांति के लिए।
5. **सफेद रंग के वस्त्र पहनें**: घर के मामलों में स्थिरता लाने के लिए।
6. **गरीबों को खाना खिलाएं**: घर में शांति और संतोष बना रहेगा।
7. **आंवले का सेवन करें**: शनि के शुभ प्रभाव में वृद्धि होगी।
8. **सप्ताह में एक बार काले तिल का दान करें**: गृहस्थ जीवन में संतुलन के लिए।
9. **शनिवार को काले कुत्ते को रोटी खिलाएं**: घर में शांति बनी रहेगी।

10. **पितरों का श्राद्ध करें**: पूर्वजों के आशीर्वाद से गृहस्थ जीवन में सुख प्राप्त होगा।

विशेष ध्यान दें (Special Attention):

- मां के साथ संबंधों को सुधारें और उनका सम्मान करें; इससे मानसिक शांति और आशीर्वाद प्राप्त होंगे।
- घरेलू जीवन में संतुलन बनाए रखें और पारिवारिक विवादों से बचें। घर के माहौल को शांतिपूर्ण और सुखमय बनाना आपके लिए फायदेमंद रहेगा।
- संपत्ति और शिक्षा के मामलों में धैर्य रखें, क्योंकि शनि का प्रभाव इन क्षेत्रों में धीरे-धीरे सफलता दिलाता है।
- शनि की स्थितियों को शांत करने के लिए धार्मिक और सामाजिक कार्यों में भाग लें।

शनि पंचम भाव में

एक पंक्ति की भविष्यवाणियाँ (One-liner Predictions):

1. शनि पंचम भाव में होने से संतान सुख में देरी या बाधा हो सकती है।
2. शिक्षा में धीमी गति से प्रगति हो सकती है।
3. रचनात्मकता में कमी का अनुभव हो सकता है।
4. प्रेम संबंधों में स्थायित्व की कमी रह सकती है।
5. व्यक्तित्व में गंभीरता और अनुशासन का भाव प्रबल रहता है।

6. व्यक्ति का निवेश और जोखिम लेने में सावधानी बरतना आम होता है।

7. बौद्धिक और मानसिक विकास में समय लगता है।

8. शिक्षण या परामर्श कार्यों में सफलता प्राप्त हो सकती है।

9. मेहनत और समर्पण से लाभ प्राप्त करने की क्षमता होती है।

10. रोमांस और आनंद के मामलों में व्यक्ति धीमे और संयमित होते हैं।

निशानियाँ (Symptoms/Characteristics):

1. **संतान से दूरी** या उनके साथ भावनात्मक जुड़ाव में कमी हो सकती है।

2. **शिक्षा के प्रति गंभीरता** होती है और दीर्घकालीन योजनाएँ बनाते हैं।

3. **प्रेम जीवन में स्थायित्व** के लिए संघर्ष करना पड़ता है।

4. **रचनात्मकता में कम सक्रियता** होती है; कला या संगीत में रुचि सीमित हो सकती है।

5. निवेश करने से पहले **हर पहलू का गहराई से विश्लेषण** करते हैं।

6. जीवन में **धैर्य और अनुशासन** का भाव रहता है।

7. संतान या विद्यार्थियों के प्रति **सख्त दृष्टिकोण** हो सकता है।

8. किसी भी नए कार्य में **धीरे-धीरे प्रगति** करते हैं।

9. ज्ञान अर्जन में रुचि रखते हैं लेकिन **धीमे-धीमे सीखते हैं**।
10. जीवन में **प्रणालीबद्ध और अनुशासित** रहते हैं।

सावधानियाँ (Precautions):

1. **संतान से अच्छे संबंध बनाए रखें**: उन पर अधिक नियंत्रण न करें।
2. **अवसाद और मानसिक तनाव से बचें**: अपनी अपेक्षाओं को संतुलित रखें।
3. **शिक्षा और ज्ञान में रुचि बनाए रखें**: समय के साथ प्रगति पर ध्यान दें।
4. **प्रेम जीवन में धैर्य और समझ विकसित करें**: अपने साथी के विचारों का सम्मान करें।
5. **रचनात्मकता को दबने न दें**: कला, संगीत या लेखन के प्रति रुचि बनाए रखें।
6. **जोखिम लेने से पहले सावधानी बरतें**: हर निवेश को गहराई से समझें।
7. **संतान की भावनाओं को समझें**: उनकी जरूरतों पर ध्यान दें।
8. **परिवार में प्रेम और सहयोग को महत्व दें**: कठोरता से बचें।
9. **जीवन में सकारात्मक दृष्टिकोण अपनाएं**: निराशा से बचें।

10. **ध्यान और योग का अभ्यास करें**: मानसिक संतुलन और स्थिरता के लिए।

उपाय (Remedies):

1. **शनिवार को सरसों के तेल का दीपक जलाएं**: शनि के शुभ प्रभाव में वृद्धि के लिए।
2. **गरीबों और जरूरतमंदों को काले तिल का दान करें**: जीवन में संतुलन आएगा।
3. **शनिवार को हनुमान चालीसा का पाठ करें**: शनि के नकारात्मक प्रभाव को शांत करने के लिए।
4. **काले कुत्ते को रोटी खिलाएं**: शनि की कृपा पाने के लिए।
5. **शनिवार को वृद्धों का आशीर्वाद लें**: घर में सुख और शांति प्राप्त होगी।
6. **नीलम रत्न धारण करें**: लेकिन किसी अनुभवी ज्योतिषाचार्य से सलाह लें।
7. **ध्यान और योग का अभ्यास करें**: मानसिक शांति और धैर्य बढ़ाने के लिए।
8. **हर शनिवार शनि मंदिर में जाकर सेवा करें**: जीवन के संघर्षों में राहत मिलेगी।
9. **काली वस्तुएं दान करें**: शनि की कृपा बनाए रखने के लिए।
10. **संगीत या कला के प्रति रुचि बढ़ाएं**: रचनात्मकता को प्रोत्साहन मिलेगा।

विशेष ध्यान दें (Special Attention):

- संतान और प्रेम संबंधों में धैर्य और सहनशीलता से काम लें। कठोर व्यवहार से बचें और अपने दृष्टिकोण में समझदारी और समर्थन का भाव रखें।
- शिक्षा और रचनात्मकता में धैर्य रखें, क्योंकि शनि धीमी लेकिन स्थिर प्रगति देता है। अपनी रचनात्मकता और विचारों को स्वतंत्र रूप से व्यक्त करने के लिए प्रोत्साहित करें।
- आर्थिक मामलों में निर्णय लेते समय सतर्क रहें और दीर्घकालिक लाभ पर ध्यान दें।

शनि षष्ठम भाव में

एक पंक्ति की भविष्यवाणियाँ (One-liner Predictions):

1. शनि षष्ठम भाव में हो तो व्यक्ति कार्यस्थल पर संघर्ष कर सकता है।
2. दुश्मनों पर विजय पाने की क्षमता विकसित होती है।
3. व्यक्ति में अनुशासन और मेहनत से आगे बढ़ने का गुण होता है।
4. स्वास्थ्य समस्याओं का सामना करने की संभावना बढ़ जाती है।
5. वित्तीय मामलों में समझदारी से काम लेने का गुण होता है।
6. सहकर्मियों से तनाव और विवाद की स्थिति बन सकती है।

7. कानूनी मामलों में सफलता के लिए धैर्य और परिश्रम जरूरी है।
8. नकारात्मक परिस्थितियों में भी व्यक्ति दृढ़ता से खड़ा रहता है।
9. सुदृढ़ शारीरिक और मानसिक सहनशक्ति प्राप्त होती है।
10. प्रतिद्वंद्विता और प्रतियोगिता में सफलता मिलने की संभावना होती है।

निशानियाँ (Symptoms/Characteristics):

1. **स्वास्थ्य संबंधी समस्याएं** समय-समय पर हो सकती हैं, विशेषकर जोड़ों और हड्डियों से जुड़ी।
2. **कार्यस्थल पर अनुशासन और परिश्रम** का विशेष गुण होता है।
3. **प्रतिद्वंद्वियों से मुकाबला करने की क्षमता** होती है।
4. **धैर्य और सहनशीलता** में वृद्धि होती है।
5. कानूनी मामलों और विवादों में **लंबे समय तक खिंचाव** हो सकता है।
6. **सहकर्मियों से तनावपूर्ण संबंध** होने की संभावना रहती है।
7. वित्तीय मामलों में **धीरे-धीरे स्थिरता** आती है।
8. विपरीत परिस्थितियों में **साहस और धैर्य** दिखाते हैं।
9. **कड़ी मेहनत** से जीवन में उन्नति प्राप्त करते हैं।
10. जीवन में **चुनौतियों का सामना करने का साहस** बढ़ता है।

सावधानियाँ (Precautions):

1. **स्वास्थ्य का ध्यान रखें**: विशेषकर हड्डियों और जोड़ों की देखभाल करें।
2. **सहकर्मियों से विवाद से बचें**: धैर्यपूर्वक समस्याओं का समाधान करें।
3. कार्यस्थल पर **अनुशासन बनाए रखें** और अत्यधिक मेहनत से थकावट से बचें।
4. **प्रतिकूल परिस्थितियों में धैर्य बनाए रखें** और आवेश से दूर रहें।
5. कानूनी मामलों में **तुरंत निर्णय न लें**: सलाह लेकर ही कार्य करें।
6. **स्वयं पर विश्वास रखें**: आत्म-विश्वास से चुनौतियों का सामना करें।
7. **दुश्मनों से सतर्क रहें**: उनके साथ व्यवहार करते समय समझदारी से काम लें।
8. **चोट-चपेट से बचाव** करें, खासकर बाहर की गतिविधियों में।
9. **हर स्थिति का सामना शांत मन से करें**: गुस्से से बचें।
10. जीवन में **संतुलन और धैर्य का अभ्यास करें**: भावनाओं को नियंत्रित रखें।

उपाय (Remedies):

1. **शनिवार को सरसों के तेल का दीपक जलाएं**: शनि के सकारात्मक प्रभाव के लिए।

2. **काले तिल और उड़द का दान करें**: शनि के प्रतिकूल प्रभाव को कम करने में सहायक।

3. **शनिवार को गरीबों को भोजन कराएं**: कार्यों में सफलता मिलेगी।

4. **हनुमान जी की पूजा और हनुमान चालीसा का पाठ करें**: शनि के प्रभाव को संतुलित करने के लिए।

5. **नीलम रत्न धारण करें**, परंतु केवल ज्योतिषी से सलाह लेकर।

6. **काले कुत्ते को भोजन दें**: शनि का आशीर्वाद मिलेगा।

7. **हर शनिवार शनि मंदिर में जाकर सेवा करें**: जीवन में स्थिरता आएगी।

8. **स्वास्थ्य के लिए नियमित योग और ध्यान करें**: मानसिक शांति प्राप्त होगी।

9. **दुश्मनों से बचने के लिए मानसिक दृढ़ता बनाए रखें**।

10. **शनिवार को काले वस्त्र धारण करें**: शनि के शुभ प्रभाव में वृद्धि होगी।

विशेष ध्यान दें (Special Attention):

- स्वास्थ्य का खास ध्यान रखें, नियमित जांच और स्व-देखभाल में कोताही न बरतें। शारीरिक स्फूर्ति बनाए रखने के लिए व्यायाम और संतुलित आहार का सेवन करें।

- कार्यस्थल पर सहकर्मियों के साथ अच्छे संबंध बनाए रखें और संघर्ष या प्रतिस्पर्धा से दूर रहें। काम में धैर्य और अनुशासन बनाए रखने से लाभ मिलेगा।
- शनि के नकारात्मक प्रभाव को कम करने के लिए नियमित उपायों का पालन करें और हनुमान जी का आशीर्वाद प्राप्त करें।

शनि सप्तम भाव में

एक पंक्ति की भविष्यवाणियाँ (One-liner Predictions):

1. शनि सप्तम भाव में हो तो विवाह में देरी या जटिलता आ सकती है।
2. जीवनसाथी के साथ संबंधों में ठहराव या सीमित भावनात्मक अभिव्यक्ति हो सकती है।
3. व्यवसाय में साझेदारी के मामलों में सतर्क रहने की आवश्यकता है।
4. वैवाहिक जीवन में अनुशासन और समझदारी बनाए रखने का गुण विकसित होता है।
5. व्यक्ति गंभीरता और जिम्मेदारी के साथ रिश्तों को निभाने में विश्वास करता है।
6. व्यापारिक साझेदारी में स्थिरता आती है, लेकिन सहयोगी से मतभेद संभव हैं।

7. व्यक्ति समाज में आदर और प्रतिष्ठा प्राप्त करता है, लेकिन निजी जीवन में कुछ अकेलापन महसूस कर सकता है।

8. जीवनसाथी का स्वास्थ्य कमजोर रह सकता है या उन पर अधिक जिम्मेदारियां आ सकती हैं।

9. समाज में व्यक्ति का व्यवहार सतर्क, नियंत्रित और अनुशासित रहता है।

10. दूसरों के प्रति व्यक्ति का दृष्टिकोण गहरा और जिम्मेदार होता है।

निशानियाँ (Symptoms/Characteristics):

1. **विवाह में देरी** या साथी के साथ संयमित और गंभीर संबंध होने की संभावना।

2. **जीवनसाथी के प्रति जिम्मेदारी का भाव** प्रबल रहता है।

3. व्यापार में **साझेदारों के साथ असहमति** का सामना कर सकते हैं।

4. **समाज में शांत और गंभीर व्यक्तित्व** के रूप में पहचान बनती है।

5. रिश्तों में **भावनात्मक अभिव्यक्ति की कमी** देखी जा सकती है।

6. **जीवनसाथी के स्वास्थ्य** को लेकर चिंताएं हो सकती हैं।

7. व्यक्ति का **जीवन के प्रति दृष्टिकोण स्थिर** और संयमी होता है।

8. **सामाजिक प्रतिष्ठा** तो मिलती है, लेकिन रिश्तों में कुछ खालीपन रह सकता है।

9. व्यक्ति **अकेलेपन** का अनुभव कर सकता है।

10. **विवाह और रिश्तों में धैर्य** रखने की आवश्यकता होती है।

सावधानियाँ (Precautions):

1. **विवाह में धैर्य और समझदारी** रखें, साथी के प्रति अपेक्षाएं कम रखें।

2. रिश्तों में **अधिक गंभीरता से बचें** और भावनात्मक खुलापन लाने का प्रयास करें।

3. **व्यवसायिक साझेदारी में सतर्क** रहें और निर्णय सोच-समझकर लें।

4. जीवनसाथी के साथ **छोटे-छोटे मतभेदों को अनदेखा न करें**; धैर्यपूर्वक सुलझाएं।

5. **अकेलेपन के भाव से बचें** और अपने लिए सामाजिक दायरा बनाएं।

6. **साथी के स्वास्थ्य** का विशेष ध्यान रखें।

7. **रिश्तों में संवाद बढ़ाएं** और खुलकर भावनाएं व्यक्त करें।

8. **अत्यधिक आत्म-निर्भरता से बचें** और दूसरों की मदद स्वीकार करें।

9. रिश्तों में **थोड़ा लचीलापन** लाएं और कठोरता से बचें।

10. **जीवनसाथी को समय दें** और उनकी भावनाओं का आदर करें।

उपाय (Remedies):

1. **शनिवार को शनि देव की पूजा करें** और सरसों के तेल का दीपक जलाएं।
2. **काले तिल का दान** करें और गरीबों को भोजन कराएं।
3. **नीलम रत्न धारण करें**, लेकिन केवल किसी ज्योतिषी की सलाह से।
4. **भगवान हनुमान की पूजा** करें और नियमित हनुमान चालीसा का पाठ करें।
5. **सभी शनिवार को जरूरतमंदों को काले वस्त्र दान करें**।
6. विवाह में संतुलन लाने के लिए **श्रीसूक्त या दुर्गा सप्तशती का पाठ** करें।
7. **मंदिर में काले कुत्ते को भोजन दें** और शनि देव का आशीर्वाद प्राप्त करें।
8. **जीवनसाथी के प्रति अपने कर्तव्यों का पालन** करते रहें।
9. **रिश्तों में धैर्य बनाए रखें** और सकारात्मक दृष्टिकोण रखें।
10. **शनि यंत्र धारण करें** और शनि से संबंधित मंत्रों का जाप करें।

विशेष ध्यान दें (Special Attention):

- **विवाह संबंधी मामलों में धैर्य रखें** और साथी की भावनाओं का सम्मान करें। रिश्तों को समझदारी से निभाने की कोशिश करें और अपने रिश्तों को समय दें।

- **व्यापारिक साझेदारी में सावधानी बरतें** और हर निर्णय को सोच-समझकर लें। अपने व्यापारिक संबंधों में अधिकतम अनुशासन और पारदर्शिता बनाए रखें।
- **स्वास्थ्य का ध्यान रखें** और मानसिक संतुलन बनाए रखें।

शनि अष्टम भाव में

एक पंक्ति की भविष्यवाणियाँ (One-liner Predictions):

1. शनि अष्टम भाव में हो तो व्यक्ति दीर्घायु होता है लेकिन स्वास्थ्य में उतार-चढ़ाव रह सकते हैं।
2. जीवन में अचानक लाभ और हानि दोनों की संभावना बनी रहती है।
3. मानसिक और शारीरिक संघर्षों से गुजरना पड़ सकता है, जिससे धैर्य का विकास होता है।
4. व्यक्ति गुप्त विद्याओं और गूढ़ विषयों में रुचि रखता है।
5. समय के साथ व्यक्ति में जीवन के प्रति गंभीरता और सहनशीलता आती है।
6. जातक को अपने जीवन में कठिन परिस्थितियों से गुजरना पड़ सकता है।
7. चिकित्सा और अनुसंधान जैसे क्षेत्रों में सफलता प्राप्त होती है।
8. पारिवारिक संपत्ति और विरासत से जुड़े मामले जटिल हो सकते हैं।
9. व्यक्ति में आत्मनिरीक्षण और परिवर्तन की प्रवृत्ति होती है।

10. जीवन में अचानक परिवर्तन और संघर्ष से गुजरना पड़ सकता है।

निशानियाँ (Symptoms/Characteristics):

1. **स्वास्थ्य संबंधी परेशानियाँ** बनी रहती हैं, विशेषकर जोड़ों और हड्डियों से जुड़ी समस्याएँ।
2. व्यक्ति **गुप्त या गूढ़ विषयों** में रुचि रखता है और रहस्यमय बातों की ओर आकर्षित होता है।
3. **पारिवारिक संपत्ति या विरासत** के मामलों में देरी या विवाद हो सकता है।
4. जातक में **अत्यधिक सहनशीलता और धैर्य** का विकास होता है।
5. व्यक्ति अक्सर **आध्यात्मिक और मनोवैज्ञानिक स्तर** पर आत्मनिरीक्षण करता रहता है।
6. कठिन समय में **समाधान ढूंढ़ने की प्रवृत्ति** रहती है।
7. **जीवन में कठिन दौर** से गुजरना पड़ता है, जो आत्मबल को मजबूत बनाता है।
8. **पारिवारिक मामलों में उलझन** और विरासत के मामलों में कठिनाई हो सकती है।
9. व्यक्ति के जीवन में **अचानक बड़े परिवर्तन** आ सकते हैं।
10. **लंबे समय तक चलने वाले संघर्ष** से गुजर सकते हैं।

सावधानियाँ (Precautions):

1. **स्वास्थ्य का विशेष ध्यान रखें**, विशेष रूप से हड्डियों और जोड़ों से जुड़ी समस्याओं पर ध्यान दें।
2. **पारिवारिक संपत्ति से जुड़े मामलों में सतर्कता** बरतें और विवाद से बचें।
3. जीवन में **अचानक परिवर्तन का सामना धैर्य और समझदारी** से करें।
4. **गुप्त शत्रुओं और छिपी हुई समस्याओं** से सतर्क रहें।
5. जीवन के प्रति **सकारात्मक दृष्टिकोण बनाए रखें** और निराशा से दूर रहें।
6. **बिना सोचे-समझे जोखिम उठाने से बचें** और आर्थिक निर्णय सावधानी से लें।
7. **गुप्त ज्ञान के प्रति अतिविश्वास** न करें और यथार्थ के प्रति जागरूक रहें।
8. मनोवैज्ञानिक समस्याओं से निपटने के लिए **भावनात्मक संतुलन बनाए रखें**।
9. जीवन में **समय-समय पर आत्मनिरीक्षण** करते रहें।
10. **अत्यधिक कठोरता से बचें** और रिश्तों में संतुलन बनाए रखें।

उपाय (Remedies):

1. **शनिवार को शनि देव की पूजा** करें और सरसों के तेल का दीपक जलाएं।

2. **काले तिल और काले वस्त्रों का दान** करें और गरीबों की सहायता करें।

3. **नीलम रत्न धारण** करें, लेकिन किसी ज्योतिषी की सलाह से।

4. **हनुमान चालीसा का पाठ** करें और भगवान हनुमान का आशीर्वाद प्राप्त करें।

5. शनि दोष को कम करने के लिए **शनिवार के दिन काले कुत्ते को भोजन** कराएं।

6. **शनि यंत्र स्थापित करें** और उसकी नियमित पूजा करें।

7. किसी भी शनिवार को **जरूरतमंदों को सरसों का तेल दान करें**।

8. जीवन में स्थिरता बनाए रखने के लिए **ध्यान और प्राणायाम** करें।

9. **मनोवैज्ञानिक सहायता** के लिए किसी अनुभवी व्यक्ति से मार्गदर्शन लें।

10. **नियमित रूप से पीपल के वृक्ष** की पूजा करें और जल चढ़ाएं।

विशेष ध्यान दें (Special Attention):

- **स्वास्थ्य पर विशेष ध्यान दें** और नियमित स्वास्थ्य जांच करवाते रहें।

- **पारिवारिक संपत्ति और विरासत के मामलों** में समझदारी और धैर्य से काम लें।

- गुप्त शत्रुओं और छिपी हुई समस्याओं को ध्यान में रखते हुए, **जीवन में सतर्कता बनाए रखें**।
- जीवन में **आध्यात्मिक उन्नति के लिए गुप्त ज्ञान** का सहारा लें, लेकिन यथार्थ को न भूलें।
- जीवन में कठिन परिस्थितियों का **धैर्य और आत्मविश्वास के साथ सामना** करें।

शनि नवम भाव में

एक पंक्ति की भविष्यवाणियाँ (One-liner Predictions):

1. शनि नवम भाव में हो तो व्यक्ति धार्मिक और कर्मठ होता है, लेकिन उसे अपने सिद्धांतों के कारण संघर्ष करना पड़ सकता है।
2. विदेश यात्रा या उच्च शिक्षा में देरी और चुनौतियों का सामना करना पड़ता है।
3. जातक को जीवन में अनुभवी और अनुशासित बनने का अवसर मिलता है।
4. व्यक्ति परंपराओं और मूल्यों का पालन करने वाला होता है।
5. पिता और गुरु से संबंध में कभी-कभी मतभेद हो सकते हैं।
6. जातक की आध्यात्मिकता में गहराई होती है और वह धार्मिक कार्यों में संलग्न होता है।
7. जीवन में धार्मिक यात्राओं में रुचि लेकिन चुनौतियों का सामना करना पड़ सकता है।

8. व्यक्ति का दृष्टिकोण गंभीर और व्यावहारिक होता है।
9. शिक्षा में धीमी गति से प्रगति होती है लेकिन गहरी समझ विकसित होती है।
10. व्यक्ति को विदेश यात्रा या किसी विशेष उद्देश्य के लिए लंबी यात्रा में देरी हो सकती है।

निशानियाँ (Symptoms/Characteristics):

1. व्यक्ति का जीवन धार्मिक और परंपरागत मूल्यों से प्रभावित होता है।
2. जातक धार्मिक संस्थाओं से जुड़ा हो सकता है, लेकिन यहां भी संघर्ष के आसार रहते हैं।
3. उच्च शिक्षा या विदेशी यात्रा में कई रुकावटें आ सकती हैं।
4. व्यक्ति का स्वभाव गंभीर और अध्ययनशील होता है, साथ ही वह दूसरों को अनुशासन का महत्व समझाने वाला होता है।
5. किसी विषय में गहराई से ज्ञान प्राप्त करने की रुचि होती है।
6. पिता या गुरु के साथ संबंध में उतार-चढ़ाव होते हैं।
7. व्यक्ति को आध्यात्मिक कार्यों और धर्म के प्रति गहरी आस्था होती है।
8. जातक प्राचीन ज्ञान, ग्रंथों और अध्यात्म से जुड़ा हो सकता है।
9. जीवन में अनुशासन और धैर्य का महत्व बढ़ता है।

10. पारंपरिक मूल्यों का पालन करते हुए आधुनिकता का संतुलन बनाए रखने की प्रवृत्ति होती है।

सावधानियाँ (Precautions):

1. शिक्षा और यात्रा में आने वाली देरी को धैर्य और सकारात्मकता से लें।
2. अपने सिद्धांतों के प्रति कठोरता में संतुलन रखें और लचीला दृष्टिकोण अपनाएँ।
3. पिता और गुरु के साथ संबंधों में विनम्रता और सम्मान बनाए रखें।
4. अपनी आध्यात्मिकता को केवल सिद्धांत तक सीमित न रखें, उसे व्यवहार में उतारें।
5. धार्मिक या सामाजिक संस्थाओं में जुड़ते समय अधिक सतर्कता रखें।
6. यात्रा के दौरान स्वास्थ्य और सुरक्षा का विशेष ध्यान रखें।
7. उच्च शिक्षा में निरंतरता बनाए रखें और समय के साथ बढ़ते ज्ञान पर भरोसा रखें।
8. अपनी धार्मिक यात्रा या कार्यों में अति-उत्साही न हों, यथार्थ को अपनाएँ।
9. धार्मिक या सामाजिक कार्यों में दिखावे से बचें और सच्चे भाव से सेवा करें।
10. जीवन में आए बदलावों को स्वीकारें और नए विचारों के प्रति खुले रहें।

उपाय (Remedies):

1. **शनिवार को शनि देव की पूजा** करें और सरसों के तेल का दीपक जलाएं।
2. **गरीबों और जरूरतमंदों को दान** करें, विशेष रूप से शनिवार को।
3. **नीलम रत्न धारण** करें, लेकिन इसे पहनने से पहले किसी ज्योतिषी से सलाह लें।
4. **हनुमान चालीसा का नियमित पाठ** करें और शनिदेव का आशीर्वाद प्राप्त करें।
5. **विदेश यात्रा या उच्च शिक्षा में सफलता** के लिए पीपल के वृक्ष की सेवा करें और जल अर्पण करें।
6. शनिदेव के आशीर्वाद के लिए **काले तिल, काले वस्त्र और सरसों का तेल** दान करें।
7. **शनिवार के दिन पीपल के पेड़ की पूजा** करें और अपनी मनोकामनाएं कहें।
8. नियमित रूप से **ध्यान और योग** करें, जिससे मानसिक शांति प्राप्त हो।
9. धार्मिक कार्यों में **ईमानदारी और सच्चाई** से शामिल हों।
10. शनि दोष को दूर करने के लिए **भैरव मंदिर में सेवा** करें।

विशेष ध्यान दें (Special Attention):

- **पिता और गुरु के साथ संबंधों में** विनम्रता बनाए रखें और उनकी सलाह का सम्मान करें।

- **उच्च शिक्षा और धार्मिक कार्यों** में आने वाली कठिनाइयों को सहनशीलता से लें।
- **धार्मिकता को आंतरिक उन्नति** के रूप में अपनाएं, दिखावे से बचें।
- जीवन में **धैर्य, अनुशासन और आत्मनिरीक्षण** को अपनाएँ और संघर्षों को सीख के रूप में लें।
- जीवन के हर क्षेत्र में **परंपराओं और मूल्यों का आदर** करते हुए, सकारात्मक दृष्टिकोण बनाए रखें।

शनि दशम भाव में

एक पंक्ति की भविष्यवाणियाँ (One-liner Predictions):

1. शनि दशम भाव में हो तो व्यक्ति अपने कार्य क्षेत्र में धैर्यवान, अनुशासित और परिश्रमी होता है।
2. करियर में धीरे-धीरे लेकिन स्थायी प्रगति होती है।
3. समाज में सम्मान और प्रतिष्ठा अर्जित करने में समय लगता है।
4. जातक का व्यवसायिक दृष्टिकोण गंभीर और पेशेवर होता है।
5. सरकारी नौकरी या प्रशासनिक कार्यों में सफलता की संभावना होती है।
6. जीवन में कार्य और कर्तव्यों के प्रति जिम्मेदारी का एहसास रहता है।

7. पदोन्नति में देरी हो सकती है लेकिन यह स्थायित्व लाती है।
8. व्यक्ति अपने कार्यक्षेत्र में नियमों और अनुशासन का पालन करने वाला होता है।
9. जातक के पास नेतृत्व क्षमता होती है और लोग उसकी सलाह को महत्व देते हैं।
10. पिता के साथ संबंधों में औपचारिकता होती है, लेकिन परस्पर सम्मान बना रहता है।

निशानियाँ (Symptoms/Characteristics):

1. जातक जीवन में अनुशासन और परिश्रम को प्राथमिकता देता है।
2. व्यक्ति का स्वभाव जिम्मेदार, गंभीर और संयमित होता है।
3. करियर में सफलता पाने में समय लगता है, लेकिन व्यक्ति का प्रयास सतत होता है।
4. समाज और कार्यस्थल पर सम्मान के लिए व्यक्ति को कठिनाइयों का सामना करना पड़ता है।
5. कार्यक्षेत्र में ऊँचाई पाने के लिए व्यक्ति को निरंतर संघर्ष करना पड़ता है।
6. सरकारी नौकरी, प्रशासन या प्रबंधन के कार्यों में रुचि रहती है।
7. जातक के पास संगठित तरीके से कार्य करने की क्षमता होती है।

8. व्यक्ति अपने करियर को गंभीरता से लेता है और स्थायित्व प्राप्त करने में विश्वास करता है।

9. पिता से वैचारिक मतभेद हो सकते हैं लेकिन दोनों एक-दूसरे का सम्मान करते हैं।

10. पारंपरिक दृष्टिकोण से कार्यों को करना पसंद करते हैं और निर्णय सावधानीपूर्वक लेते हैं।

सावधानियाँ (Precautions):

1. करियर में आने वाली कठिनाइयों को धैर्य और सकारात्मकता से संभालें।

2. अपने सिद्धांतों पर अड़े रहने की बजाय परिस्थितियों के अनुसार लचीलापन रखें।

3. कार्यस्थल पर अति-सख्ती से बचें और सहकर्मियों के साथ मिलजुल कर काम करें।

4. पदोन्नति या सफलता में देरी से हतोत्साहित न हों; मेहनत और धैर्य बनाए रखें।

5. पिता और उच्च अधिकारियों के साथ सम्मानपूर्वक व्यवहार बनाए रखें।

6. समाज में अपनी प्रतिष्ठा बनाए रखने के लिए अपने आचरण में संयम रखें।

7. जिम्मेदारियों के दबाव से तनाव में न आएं; समय का प्रबंधन करना सीखें।

8. कार्यस्थल पर अधिक गंभीरता से बचें और समय-समय पर आराम करें।

9. जीवन में अनुशासन और कर्तव्यों को अधिक बोझ के रूप में न लें, बल्कि इसे संतुलित रखें।

10. सरकारी कामकाज में नियमों का पालन करें, परंतु किसी भी अवैध गतिविधि से दूर रहें।

उपाय (Remedies):

1. **शनिवार को शनिदेव की पूजा** करें और सरसों के तेल का दीपक जलाएं।

2. **गरीबों और जरूरतमंदों को काला वस्त्र, काले तिल, और सरसों का तेल** दान करें।

3. शनिदेव का आशीर्वाद पाने के लिए **शनिवार को पीपल के पेड़ की पूजा** करें।

4. **नीलम रत्न** धारण करें, लेकिन इसे पहनने से पहले किसी योग्य ज्योतिषी से परामर्श लें।

5. कार्यस्थल पर शांत और सकारात्मक माहौल बनाए रखने के लिए **हनुमान चालीसा का पाठ** करें।

6. **शनिवार के दिन काले तिल का दान** करें और शनि से जुड़े दोषों को दूर करने का प्रयास करें।

7. सफलता और पदोन्नति के लिए **कर्म में निरंतरता और ईमानदारी** रखें।

8. **राहत के लिए नियमित ध्यान और योग** का अभ्यास करें।

9. **वृक्षारोपण** करें और पर्यावरण की सेवा में योगदान दें।

10. शनि देव को प्रसन्न करने के लिए **सूर्यास्त के बाद सरसों के तेल का दीपक** जलाएं।

विशेष ध्यान दें (Special Attention):

- **धैर्य और अनुशासन के साथ अपने कार्य में** निरंतरता बनाए रखें।
- **पिता और वरिष्ठ अधिकारियों से** मार्गदर्शन प्राप्त करें और उनके प्रति आदर का भाव रखें।
- जीवन में **कठिनाइयों का सामना साहस** और स्थिरता के साथ करें।
- समाज में अपनी प्रतिष्ठा बनाए रखें और **सार्वजनिक जीवन में मर्यादा** का पालन करें।
- पदोन्नति और सफलता पाने के लिए **ईमानदारी और मेहनत पर ध्यान दें।**

शनि ग्यारहवें भाव में

एक पंक्ति की भविष्यवाणियाँ (One-liner Predictions):

1. शनि ग्यारहवें भाव में हो तो व्यक्ति के मित्रों का दायरा छोटा लेकिन विश्वसनीय होता है।
2. आर्थिक लाभ धीरे-धीरे लेकिन स्थिरता के साथ आता है।
3. व्यक्ति जीवन में बड़ी उपलब्धियों की ओर बढ़ता है, लेकिन समय लगता है।
4. समाज में सम्मान और प्रतिष्ठा हासिल करने में धैर्य की जरूरत होती है।

5. जातक सामाजिक कार्यों और संगठनों में जिम्मेदारी निभाता है।
6. व्यक्ति का झुकाव परोपकार और सेवा कार्यों की ओर होता है।
7. ग्यारहवें भाव में शनि व्यक्ति को दीर्घकालिक लक्ष्यों की ओर ले जाता है।
8. मित्रों और सहयोगियों से सहयोग की अपेक्षा में निरंतरता और धैर्य की आवश्यकता होती है।
9. सफलता प्राप्ति में बाधाएं हो सकती हैं, लेकिन परिश्रम के साथ यह संभव है।
10. बड़े और प्रभावशाली लोगों के साथ संबंध बनने में समय लगता है।

निशानियाँ (Symptoms/Characteristics):

1. व्यक्ति का मित्र मंडल सीमित लेकिन स्थिर और भरोसेमंद होता है।
2. जीवन में बड़े लाभ धीरे-धीरे प्राप्त होते हैं, परंतु ये स्थायी होते हैं।
3. समाज में धीरे-धीरे प्रतिष्ठा बनती है, व्यक्ति का नाम धीरे-धीरे प्रसिद्ध होता है।
4. परोपकारी दृष्टिकोण और समाज के प्रति जिम्मेदारी का भाव रहता है।
5. ग्यारहवें भाव में शनि के कारण व्यक्ति महत्वाकांक्षी होता है, लेकिन लक्ष्य हासिल करने में समय लगता है।

6. धन और संसाधनों को संभालने की क्षमता होती है, खर्च में संयम बरतता है।
7. व्यक्ति को अपनी मेहनत और आत्मनिर्भरता पर अधिक विश्वास होता है।
8. जातक का झुकाव समाज सेवा, पर्यावरण और जनकल्याण की ओर रहता है।
9. रिश्तों में धीरे-धीरे प्रगाढ़ता आती है और मित्र लंबे समय तक साथ रहते हैं।
10. समाज में पद और सम्मान के लिए संघर्ष करना पड़ सकता है।

सावधानियाँ (Precautions):

1. मित्रों का चयन सोच-समझकर करें, भरोसेमंद मित्रों पर ही विश्वास करें।
2. किसी भी प्रकार की अवैध गतिविधियों से दूर रहें और ईमानदारी का पालन करें।
3. किसी भी कार्य को जल्दबाजी में न करें; सोच-समझकर निर्णय लें।
4. सामाजिक जीवन में धैर्य रखें; मान-सम्मान पाने के लिए समय का इंतजार करें।
5. संगठनों में कार्य करते समय सहकर्मियों के साथ धैर्य से पेश आएं।
6. अपनी मेहनत और लगन पर भरोसा रखें; निरंतरता बनाए रखें।

7. अधिक लाभ पाने के प्रयास में किसी भी गलत मार्ग पर न चलें।
8. धन के मामले में अनुशासित रहें और अनावश्यक खर्च से बचें।
9. सामाजिक जीवन में अपने कर्तव्यों का पालन ईमानदारी से करें।
10. व्यर्थ के झगड़ों से दूर रहें और समाज में संयमित व्यवहार बनाए रखें।

उपाय (Remedies):

1. **शनिवार को शनिदेव की पूजा** करें और सरसों के तेल का दीपक जलाएं।
2. जरूरतमंदों और गरीबों को **काले तिल, काले वस्त्र और सरसों का तेल** दान करें।
3. **शनिवार को पीपल के पेड़ की पूजा** करें और उसकी परिक्रमा करें।
4. **नीलम रत्न** धारण करें, लेकिन इसे पहनने से पहले किसी योग्य ज्योतिषी से परामर्श लें।
5. **हनुमान चालीसा का पाठ** करें और शनिदेव का आशीर्वाद प्राप्त करें।
6. कार्यस्थल पर सकारात्मक ऊर्जा बनाए रखने के लिए **रुद्राक्ष धारण** करें।
7. **शनिवार के दिन काले तिल का दान** करें और समाज सेवा में भाग लें।

8. **मंत्र जाप** करें, विशेषकर "ॐ शं शनैश्चराय नमः" का जाप प्रतिदिन करें।

9. **समाज कल्याण के कार्यों में योगदान** दें और जनसेवा में रुचि रखें।

10. **सरसों के तेल का दीपक** शनिवार को सूर्यास्त के बाद घर के मुख्य द्वार पर जलाएं।

विशेष ध्यान दें (Special Attention):

- **धैर्य और संयम** बनाए रखें; बड़े लक्ष्य प्राप्त करने में समय लगेगा।
- मित्रों और सहयोगियों से **विश्वास और सहयोग** के साथ संबंध बनाए रखें।
- **लक्ष्य प्राप्ति के लिए निरंतरता** और आत्मविश्वास बनाए रखें।
- समाज में प्रतिष्ठा और लाभ पाने के लिए **ईमानदारी और परिश्रम** पर ध्यान दें।
- **सहयोगियों के प्रति धैर्य** बनाए रखें और अपने सामाजिक जीवन में संतुलन रखें।

शनि बारहवें भाव में

एक पंक्ति की भविष्यवाणियाँ (One-liner Predictions):

1. शनि बारहवें भाव में हो तो व्यक्ति का झुकाव आध्यात्मिकता और ध्यान की ओर होता है।

2. आर्थिक दृष्टि से जीवन में संघर्ष और खर्च अधिक हो सकते हैं।
3. व्यक्ति को विदेशों में या दूरस्थ स्थानों पर कार्य करने का मौका मिल सकता है।
4. गुप्त शत्रु सक्रिय हो सकते हैं, जिनसे व्यक्ति को सतर्क रहना चाहिए।
5. व्यक्ति को मानसिक तनाव और अकेलेपन का अनुभव हो सकता है।
6. बारहवें भाव का शनि स्वास्थ्य और नींद पर प्रभाव डाल सकता है।
7. व्यक्ति का ध्यान परोपकार और सेवा कार्यों में अधिक लगता है।
8. विलासिता की वस्तुओं में रुचि कम होती है; सादगीपूर्ण जीवन पसंद करता है।
9. बड़े सपने और महत्वाकांक्षाएं हो सकती हैं, लेकिन उन्हें पाने में कठिनाई आ सकती है।
10. अध्यात्म और मोक्ष की प्राप्ति के लिए व्यक्ति गहन चिंतन में रहता है।

निशानियाँ (Symptoms/Characteristics):

1. व्यक्ति का झुकाव एकांत और मानसिक शांति की ओर होता है।
2. खर्च पर नियंत्रण रखना कठिन हो सकता है, जिससे आर्थिक समस्या हो सकती है।

3. गुप्त शत्रुओं का प्रभाव बढ़ सकता है, इसलिए सतर्क रहना चाहिए।

4. मानसिक तनाव, चिंता और अनिद्रा का अनुभव हो सकता है।

5. व्यक्ति को विदेश यात्रा या प्रवास का अवसर मिल सकता है।

6. ध्यान और साधना में रुचि होने से व्यक्ति का मन अध्यात्म की ओर बढ़ता है।

7. विलासिता के बजाय साधारण जीवन जीने की आदत होती है।

8. स्वास्थ्य समस्याओं में नींद की कमी या अन्य मानसिक परेशानियाँ हो सकती हैं।

9. समाज में एकांतप्रिय और विचारशील व्यक्ति के रूप में पहचाने जाते हैं।

10. परोपकारी कार्यों में योगदान देना व्यक्ति को सुखद अनुभव देता है।

सावधानियाँ (Precautions):

1. अनावश्यक खर्च से बचें और आर्थिक मामलों में सतर्क रहें।

2. गुप्त शत्रुओं से सतर्क रहें और किसी पर तुरंत विश्वास न करें।

3. स्वास्थ्य का ध्यान रखें, विशेषकर मानसिक स्वास्थ्य और नींद की समस्या से बचें।

4. अकेलेपन और तनाव से निपटने के लिए ध्यान और योग का सहारा लें।

5. स्वयं के प्रति सकारात्मक दृष्टिकोण बनाए रखें और निराशा से दूर रहें।

6. समाज से दूरी न बनाएं; मित्रों और परिवार से जुड़े रहें।

7. किसी भी निवेश या आर्थिक योजना में सोच-समझकर कदम उठाएं।

8. जरूरत से ज्यादा चिंता से बचें और मानसिक शांति के लिए साधना करें।

9. आध्यात्मिकता का संतुलन बनाए रखें और व्यावहारिक जीवन को नज़रअंदाज न करें।

10. धैर्य बनाए रखें; बड़ी उपलब्धियाँ धीरे-धीरे मिलेंगी।

उपाय (Remedies):

1. **शनिवार को शनिदेव की पूजा** करें और सरसों के तेल का दीपक जलाएं।

2. किसी भी मंदिर या धार्मिक स्थान पर **काले तिल और उड़द दान** करें।

3. **नीलम रत्न** धारण करें, लेकिन इसे पहनने से पहले किसी योग्य ज्योतिषी से परामर्श लें।

4. बारहवें भाव के शनि के लिए **हनुमान चालीसा का पाठ** करें।

5. हर शनिवार **पक्षियों को अनाज** खिलाएं और जरूरतमंदों को भोजन कराएं।
6. **"ॐ शं शनैश्चराय नमः" मंत्र** का 108 बार जाप करें।
7. ध्यान और योग का अभ्यास करें, जिससे मानसिक शांति प्राप्त हो।
8. **रुद्राक्ष माला** धारण करें, जिससे मानसिक तनाव कम हो सके।
9. गरीबों और जरूरतमंदों को **काले वस्त्र और सरसों का तेल** दान करें।
10. शनिवार को **काले तिल, लोहा, या काले कपड़े** का दान करें।

विशेष ध्यान दें (Special Attention):

- मानसिक शांति के लिए **ध्यान और साधना** का अभ्यास करें।
- **अनावश्यक खर्च** पर नियंत्रण रखें और अपनी आर्थिक स्थिति पर ध्यान दें।
- **गुप्त शत्रुओं** के प्रति सतर्क रहें और किसी पर जल्दी भरोसा न करें।
- जीवन में आने वाली **चुनौतियों का सामना धैर्य और संयम** से करें।
- **अकेलेपन से बचने** के लिए परिवार और मित्रों के साथ समय बिताएं।

२०. राहु की भविष्यवाणियाँ

राहु पहले भाव में

एक पंक्ति की भविष्यवाणियाँ (One-liner Predictions):

1. राहु पहले भाव में होने से व्यक्ति असाधारण व्यक्तित्व और आकर्षक छवि वाला हो सकता है।
2. महत्वाकांक्षा प्रबल होती है, और व्यक्ति असामान्य क्षेत्रों में सफलता प्राप्त करता है।
3. चालाकी और चतुराई से भरे विचार व्यक्ति के कार्यों में देखे जा सकते हैं।
4. अचानक से प्रसिद्धि या प्रतिष्ठा की प्राप्ति हो सकती है।
5. व्यक्ति जोखिम भरे कार्यों में रुचि लेता है और अपने बल पर आगे बढ़ने की चाह रखता है।
6. जीवन में अस्थिरता हो सकती है, विशेषकर संबंधों और भावनाओं में।
7. रहस्यमय और गूढ़ चीजों में गहरी रुचि हो सकती है।
8. बाहरी दुनिया में व्यक्ति का एक अलग और अनूठा दृष्टिकोण होता है।
9. स्वास्थ्य के प्रति सचेत रहना जरूरी है; अचानक बीमारियाँ परेशान कर सकती हैं।

10. राहु के प्रभाव से व्यक्ति की जीवनशैली में विदेशी या अपरंपरागत तत्व दिख सकते हैं।

निशानियाँ (Symptoms/Characteristics):

1. व्यक्ति की चाल-ढाल और व्यवहार में एक रहस्यमय आकर्षण देखा जा सकता है।
2. अत्यधिक महत्वाकांक्षी होते हैं और किसी भी कीमत पर सफलता पाना चाहते हैं।
3. व्यक्ति का स्वभाव कुछ अस्थिर और भावनात्मक उतार-चढ़ाव वाला होता है।
4. अपनी पहचान और छवि को लेकर अति सजग रहते हैं।
5. पारंपरिक मान्यताओं के विपरीत, कुछ नया और असामान्य करने की प्रवृत्ति होती है।
6. रहस्य और गूढ़ विद्या में विशेष रुचि रखते हैं।
7. विदेशों या विदेशी संस्कृति के प्रति आकर्षण हो सकता है।
8. अपनी समस्याओं को छुपाकर रखने की प्रवृत्ति होती है।
9. आत्म-प्रचार में माहिर होते हैं और अपनी छवि को सुधारने में प्रयासरत रहते हैं।
10. दूसरों के सामने बहुत अधिक चतुराई और समझदारी प्रदर्शित करते हैं।

सावधानियाँ (Precautions):

1. अत्यधिक महत्वाकांक्षा और लालच से बचें; संतुलित दृष्टिकोण अपनाएं।

2. अपने स्वास्थ्य के प्रति जागरूक रहें और नियमित स्वास्थ्य जांच कराते रहें।

3. रिश्तों में ईमानदारी रखें और धोखे से दूर रहें।

4. दूसरों पर अविश्वास न करें, विशेषकर अपनों पर भरोसा बनाए रखें।

5. जोखिम भरे कार्यों में सोच-समझकर ही कदम बढ़ाएं।

6. बाहरी दिखावे में फंसने से बचें और वास्तविकता में जीने का प्रयास करें।

7. अनियमित जीवनशैली से दूरी बनाए रखें और दिनचर्या को व्यवस्थित रखें।

8. किसी भी कार्य में अत्यधिक आत्म-प्रचार से बचें।

9. छल-कपट के विचारों को दूर रखें और सरल जीवन अपनाएं।

10. आध्यात्मिकता का मार्ग अपनाकर मानसिक शांति प्राप्त करें।

उपाय (Remedies):

1. **राहु मंत्र** - "ॐ भ्रां भ्रीं भ्रौं सः राहवे नमः" का 108 बार जाप करें।

2. शनिवार के दिन **काले तिल, सरसों का तेल, और उड़द** का दान करें।

3. राहु के लिए **हकीक या गोमेद रत्न** धारण करें, लेकिन किसी योग्य ज्योतिषी से परामर्श अवश्य लें।

4. **हनुमान चालीसा** का नियमित पाठ करें, विशेषकर मंगलवार और शनिवार को।

5. राहु के नकारात्मक प्रभाव से बचने के लिए **नारियल या सरसों के तेल का दीपक** जलाएं।

6. जरूरतमंदों को **काले कपड़े और काले अनाज** का दान करें।

7. सप्ताह में एक बार **नाग देवता की पूजा** करें।

8. जीवन में सरलता और सच्चाई का पालन करें, छल-कपट से दूर रहें।

9. ध्यान और योग का अभ्यास करें, जिससे मानसिक शांति प्राप्त हो।

10. **राहु के शांति के लिए पीपल के पेड़** के नीचे दीपक जलाएं।

विशेष ध्यान दें (Special Attention):

- रिश्तों में धोखा और छल-कपट से बचें; सच्चाई का पालन करें।
- अपने स्वास्थ्य को प्राथमिकता दें और नियमित जांच कराते रहें।
- अत्यधिक महत्वाकांक्षा में संतुलन रखें, और अधिक लालच से बचें।
- मानसिक शांति के लिए ध्यान और साधना का सहारा लें।

- अपनी पहचान और छवि को लेकर जागरूक रहें, लेकिन सरलता को अपनाएं।

राहु दूसरे भाव में

एक पंक्ति की भविष्यवाणियाँ (One-liner Predictions):

1. राहु दूसरे भाव में होने से व्यक्ति को आर्थिक मामलों में अस्थिरता का सामना करना पड़ सकता है।
2. परिवार में अनबन या वाणी से जुड़ी समस्याएँ उभर सकती हैं।
3. किसी असामान्य तरीके से धन कमाने का अवसर मिलता है।
4. व्यक्ति में बोलने का आकर्षक और प्रभावी गुण होता है, लेकिन कभी-कभी ठगी या भ्रम का भी भाव रहता है।
5. अनावश्यक खर्चों और दिखावे पर अधिक ध्यान देते हैं।
6. खाने-पीने की आदतों में अनियमितता रहती है।
7. अचानक से आर्थिक लाभ या हानि हो सकती है।
8. व्यक्ति में ज्ञान और बोलने की कला होती है, लेकिन इसका गलत उपयोग भी कर सकता है।
9. परिवार से दूर या विदेश में धन कमाने के अवसर बन सकते हैं।
10. जटिल पारिवारिक संबंधों का सामना करना पड़ सकता है।

निशानियाँ (Symptoms/Characteristics):

1. धन कमाने के लिए असामान्य या नया तरीका अपनाने की प्रवृत्ति होती है।
2. बोलचाल में चतुराई और चालाकी होती है।
3. व्यक्ति के खर्चे अनियंत्रित हो सकते हैं, विशेष रूप से दिखावे पर।
4. मीठी वाणी से दूसरों को आकर्षित करने का गुण होता है।
5. परिवार के प्रति समर्पण का अभाव हो सकता है या उनसे दूरी का भाव रहता है।
6. व्यक्ति खान-पान में विलासितापूर्ण वस्तुओं का शौकीन हो सकता है।
7. आर्थिक मामलों में जोखिम उठाने की प्रवृत्ति होती है।
8. जटिल पारिवारिक विवाद या संपत्ति से जुड़े मामले हो सकते हैं।
9. बोलने में तीखेपन या गुस्से का प्रभाव दिख सकता है।
10. धन प्राप्ति के असामान्य स्रोतों की तलाश होती है।

सावधानियाँ (Precautions):

1. अनावश्यक दिखावे और विलासिता पर खर्च करने से बचें।
2. परिवार के साथ संबंधों में स्नेह और ईमानदारी रखें।
3. बोलचाल में कटुता या चालाकी का प्रयोग न करें।
4. जोखिम भरे निवेश से बचें; समझदारी से धन का प्रबंधन करें।

5. खान-पान में संतुलन रखें और अनियमितता से बचें।
6. अपने रहन-सहन में सरलता बनाए रखें, दिखावे से दूर रहें।
7. परिवार के प्रति संवेदनशीलता रखें और समय-समय पर संपर्क बनाए रखें।
8. झूठ और छल से दूर रहें, वरना नकारात्मक परिणाम हो सकते हैं।
9. धैर्यपूर्वक आर्थिक स्थिति का प्रबंधन करें और लुभावने अवसरों से बचें।
10. वाणी पर संयम रखें, विशेषकर परिवार के सदस्यों के साथ।

उपाय (Remedies):

1. **राहु मंत्र** - "ॐ भ्रां भ्रीं भ्रौं सः राहवे नमः" का नियमित जाप करें।
2. शनिवार को **काले तिल और उड़द** का दान करें।
3. **हकीक या गोमेद रत्न** धारण करें, लेकिन किसी योग्य ज्योतिषी से परामर्श के बाद ही।
4. अपने वाणी में संयम बनाए रखने के लिए **हनुमान चालीसा** का पाठ करें।
5. अनावश्यक खर्चों को नियंत्रित करने के लिए **शनि ग्रह की पूजा** करें।
6. गरीबों को भोजन और आवश्यक वस्त्र दान करें, विशेषकर शनिवार को।

7. अपने परिवार के साथ समय बिताएं और उन्हें प्राथमिकता दें।
8. **पीपल के वृक्ष** के नीचे सरसों के तेल का दीपक जलाएं।
9. खान-पान में शुद्धता का ध्यान रखें और संयमित भोजन करें।
10. राहु के नकारात्मक प्रभावों को कम करने के लिए **सादगी** अपनाएं।

विशेष ध्यान दें (Special Attention):

- परिवार और रिश्तों में मधुरता बनाए रखें, असहमति से बचें।
- अनावश्यक खर्चों पर नियंत्रण रखें और व्यर्थ दिखावे से दूर रहें।
- बोलचाल में संयम रखें, और सच का साथ दें।
- खान-पान में संतुलन और शुद्धता बनाए रखें।
- आर्थिक मामलों में बुद्धिमानी और सतर्कता से कार्य करें।

राहु तीसरे भाव में

एक पंक्ति की भविष्यवाणियाँ (One-liner Predictions):

1. राहु तीसरे भाव में व्यक्ति को साहसिक और जोखिम उठाने वाला बनाता है।
2. छोटी यात्राओं में वृद्धि होती है, लेकिन अनपेक्षित समस्याएँ भी आ सकती हैं।
3. भाई-बहनों के साथ संबंधों में जटिलता या दूरी हो सकती है।

4. व्यक्ति में बोलने की कुशलता होती है, जो लोगों को प्रभावित कर सकती है।
5. जोखिम भरे कार्यों में रुचि होती है, लेकिन कभी-कभी असफलता का सामना करना पड़ सकता है।
6. मीडिया, संचार, या लेखन क्षेत्र में सफलता प्राप्त कर सकते हैं।
7. विचारों में अस्थिरता और मानसिक बेचैनी की प्रवृत्ति होती है।
8. गुप्त या अप्रचलित विषयों का ज्ञान प्राप्त करने की रुचि होती है।
9. संघर्षों में भी सफलता पाने की क्षमता होती है।
10. साहसिकता के कारण कई बार अनचाही समस्याओं का सामना करना पड़ता है।

निशानियाँ (Symptoms/Characteristics):

1. व्यक्ति बहुत साहसी होता है और जोखिम उठाने से नहीं डरता।
2. बोलने में बहुत प्रभावी होता है, लेकिन कभी-कभी भ्रम फैलाने का भी गुण होता है।
3. छोटे भाई-बहनों से मतभेद या दूरियाँ हो सकती हैं।
4. व्यक्ति का ध्यान असामान्य या गुप्त विषयों की ओर होता है।

5. छोटी यात्राएँ अधिक होती हैं, लेकिन कई बार यात्रा में बाधाएँ आती हैं।

6. व्यक्ति में नेतृत्व करने की प्रवृत्ति होती है, लेकिन ध्यान आकर्षण के लिए।

7. विचारों में अस्थिरता होती है और मन बेचैन रहता है।

8. जोखिम भरे कार्यों में जल्दी रुचि बढ़ती है, जैसे ट्रेडिंग, शेयर मार्केट।

9. व्यक्ति अन्याय का विरोध करने वाला होता है।

10. दूसरों से चतुराई से कार्य निकलवाने की प्रवृत्ति होती है।

सावधानियाँ (Precautions):

1. साहसिकता में अति न करें; जोखिम भरे कार्यों में सोच-समझकर कदम बढ़ाएँ।

2. भाई-बहनों के साथ संबंधों में विनम्रता बनाए रखें और विवाद से बचें।

3. यात्रा के दौरान सतर्कता बरतें और अनावश्यक यात्राओं से बचें।

4. विचारों में स्थिरता लाने के लिए ध्यान और प्राणायाम का अभ्यास करें।

5. अनावश्यक झगड़ों या विवादों से दूर रहें।

6. अपनी ऊर्जा को सकारात्मक कार्यों में लगाएँ।

7. जोखिम भरे निवेश से बचें और धन का प्रबंधन सावधानी से करें।

8. जीवन में अनुशासन बनाए रखें और अव्यवस्थित विचारों से बचें।

9. साहसिकता का उपयोग समाजहित में करें, न कि खुद को नुकसान पहुँचाने में।

10. छोटी बातों को बड़ा बनाने से बचें, संयम से काम लें।

उपाय (Remedies):

1. **राहु मंत्र** - "ॐ भ्रां भ्रीं भ्रौं सः राहवे नमः" का नियमित जाप करें।

2. शनिवार को **काले तिल** का दान करें।

3. **हकीक या गोमेद रत्न** धारण करें, लेकिन किसी योग्य ज्योतिषी से परामर्श के बाद ही।

4. **हनुमान चालीसा** का पाठ करें और साहसिक कार्यों में संतुलन बनाए रखें।

5. भाई-बहनों से अच्छे संबंध बनाए रखने के लिए उन्हें उपहार दें।

6. गरीबों को अन्न और वस्त्र दान करें, विशेषकर शनिवार को।

7. छोटी यात्राओं के पहले **हनुमान जी** का ध्यान करें।

8. **पीपल के वृक्ष** के नीचे सरसों के तेल का दीपक जलाएँ।

9. जोखिम भरे कार्यों में संयम बनाए रखें और व्यर्थ संघर्षों से बचें।

10. **शनि ग्रह** की पूजा करें और राहु के नकारात्मक प्रभावों से दूर रहें।

विशेष ध्यान दें (Special Attention):

- साहसिकता में संयम बनाए रखें और अनावश्यक जोखिम से बचें।
- भाई-बहनों के साथ मधुर संबंध बनाए रखने का प्रयास करें।
- अनावश्यक यात्राओं से दूर रहें, और यात्रा में सावधानी बरतें।
- विचारों में स्थिरता और संतुलन बनाए रखने का प्रयास करें।
- साहस का उपयोग सकारात्मक कार्यों में करें और ध्यान से कार्य करें।

राहु चौथे भाव में

एक पंक्ति की भविष्यवाणियाँ (One-liner Predictions):

1. राहु चौथे भाव में व्यक्ति को घर-परिवार से दूर कर सकता है।
2. घरेलू जीवन में अस्थिरता और तनाव का अनुभव हो सकता है।
3. संपत्ति और जमीन-जायदाद से जुड़े मामलों में रुकावटें आती हैं।
4. मन में बेचैनी और मानसिक अशांति बनी रह सकती है।
5. माता से संबंधों में कुछ खटास या दूरी हो सकती है।
6. अनियमित दिनचर्या और अनुशासनहीनता से स्वास्थ्य पर प्रभाव पड़ता है।

7. रहन-सहन में विलासिता की प्रवृत्ति होती है लेकिन आंतरिक संतुष्टि कम होती है।
8. व्यक्ति में रहस्य और रहन-सहन में अद्वितीयता होती है।
9. घर में सुख-सुविधाओं की कमी महसूस हो सकती है।
10. व्यक्ति का मानसिक संतुलन अस्थिर हो सकता है।

निशानियाँ (Symptoms/Characteristics):

1. व्यक्ति अपने घर से दूर रहने की स्थिति में रहता है या घर से दूर जाना पसंद करता है।
2. घरेलू जीवन में अव्यवस्थितता और तनाव महसूस होता है।
3. संपत्ति या घर की खरीद-फरोख्त में समस्याएँ आती हैं।
4. माता से भावनात्मक दूरी या मनमुटाव का अनुभव हो सकता है।
5. व्यक्ति को मानसिक अशांति का अनुभव होता है।
6. घर में रहन-सहन विलासितापूर्ण लेकिन अस्थिरता लिए हुए होता है।
7. दूसरों की राय या सलाह मानने में हिचकिचाहट होती है।
8. परिवार में अचानक विवाद या असहमति उत्पन्न हो सकती है।
9. घर में रहस्यमय या अप्रचलित वस्तुएँ रखने की आदत हो सकती है।

10. रहन-सहन और जीवनशैली में अस्थिरता और अनियमितता होती है।

सावधानियाँ (Precautions):

1. माता से संबंध मधुर बनाए रखने का प्रयास करें और अनावश्यक विवाद से बचें।
2. घरेलू जीवन में संतुलन बनाए रखने के लिए ध्यान और प्राणायाम का अभ्यास करें।
3. किसी भी संपत्ति में निवेश करते समय पूरी सावधानी और जांच-पड़ताल करें।
4. घर की साफ-सफाई और सकारात्मक ऊर्जा बनाए रखें।
5. आंतरिक अशांति को दूर करने के लिए मेडिटेशन का सहारा लें।
6. माता की सेवा करें और उनका सम्मान करें।
7. अनुशासन और नियमितता के लिए प्रयास करें और जीवन में स्थिरता बनाए रखें।
8. घर में अनावश्यक और रहस्यमय वस्तुएँ इकट्ठा न करें।
9. नकारात्मक सोच से दूर रहें और मानसिक शांति बनाए रखें।
10. घरेलू मामलों में धैर्य और समझदारी का उपयोग करें।

उपाय (Remedies):

1. **राहु मंत्र** - "ॐ भ्रां भ्रीं भ्रौं सः राहवे नमः" का नियमित जाप करें।

2. बुधवार के दिन गरीबों को **हरा वस्त्र** या धन का दान करें।
3. **गोमेद रत्न** धारण करें, लेकिन पहले किसी योग्य ज्योतिषी से सलाह लें।
4. माता का सम्मान करें और नियमित रूप से उनका आशीर्वाद लें।
5. घर में **हनुमान चालीसा** का पाठ करें और सकारात्मक ऊर्जा बनाए रखें।
6. **पीपल के वृक्ष** के नीचे सरसों के तेल का दीपक जलाएँ।
7. राहु की शांति के लिए **काले तिल** का दान करें।
8. घरेलू मामलों में अनुशासन बनाए रखें और परिवार से जुड़े निर्णयों में धैर्य रखें।
9. गुरुवार को **केले के वृक्ष** की पूजा करें।
10. नियमित ध्यान और प्राणायाम का अभ्यास करें।

विशेष ध्यान दें (Special Attention):

- माता के साथ संबंध मधुर बनाए रखें और उनकी सेवा करें।
- घरेलू जीवन में संतुलन और सकारात्मकता बनाए रखें।
- संपत्ति के मामलों में पूरी सावधानी बरतें और निर्णय धैर्य से लें।
- मानसिक शांति के लिए ध्यान और प्राणायाम करें।
- परिवार में अनावश्यक तनाव और विवाद से दूर रहें।

राहु पंचम भाव में

एक पंक्ति की भविष्यवाणियाँ (One-liner Predictions):

1. राहु पंचम भाव में संतान सुख में रुकावटें या चिंता उत्पन्न कर सकता है।
2. शिक्षा में रुकावटें या ध्यान भटकने की समस्या हो सकती है।
3. प्रेम संबंधों में अनिश्चितता और उतार-चढ़ाव का सामना करना पड़ता है।
4. व्यक्ति को विलक्षण या अजीब विचारों का अनुसरण करने की प्रवृत्ति होती है।
5. रचनात्मकता और नवीनता की अधिकता होती है, परंतु मन स्थिर नहीं रहता।
6. मानसिक चिंता और अस्थिरता का अनुभव हो सकता है।
7. निवेश और सट्टेबाजी में रुचि बढ़ सकती है, लेकिन नुकसान की संभावना रहती है।
8. संतान से जुड़ी अप्रत्याशित घटनाएँ या परेशानियाँ होती हैं।
9. व्यक्ति अपनी प्रतिभा और ज्ञान को सही दिशा में नहीं ले पाता।
10. प्रेम संबंधों में धोखा मिलने की संभावना रहती है।

निशानियाँ (Symptoms/Characteristics):

1. संतान के प्रति अत्यधिक चिंता या चिंतन की आदत।
2. शिक्षा या विद्या में रुकावट या अधूरा ज्ञान।

3. प्रेम संबंधों में अस्थिरता और बार-बार संबंध टूटने का अनुभव।
4. व्यक्ति का रचनात्मकता की ओर झुकाव होता है लेकिन एकाग्रता की कमी होती है।
5. जीवन में अचानक आर्थिक नुकसान या जोखिम उठाने की प्रवृत्ति।
6. अनियमित जीवनशैली और नये विचारों की अधिकता।
7. जोखिमपूर्ण कार्यों में रुचि बढ़ती है, जैसे सट्टा, जुआ आदि।
8. संतान या प्रेमी के साथ लगातार मनमुटाव और मतभेद।
9. व्यक्ति के विचार और निर्णय असामान्य या अलग हो सकते हैं।
10. आत्म-अभिव्यक्ति में कठिनाई और रचनात्मक कार्यों में अधीरता।

सावधानियाँ (Precautions):

1. संतान के प्रति अत्यधिक चिंता करने से बचें और उनका साथ दें।
2. प्रेम संबंधों में स्थिरता बनाए रखें और धैर्यपूर्वक निर्णय लें।
3. सट्टेबाजी, जुआ आदि से दूर रहें और निवेश में सतर्क रहें।
4. मानसिक संतुलन बनाए रखने के लिए ध्यान और प्राणायाम का अभ्यास करें।
5. शिक्षा या विद्या के प्रति गंभीरता से प्रयास करें और ध्यान केंद्रित रखें।

6. रिश्तों में धैर्य और समझदारी का प्रयोग करें।
7. संतान के प्रति भावनात्मक सहारा और समर्थन दें।
8. जीवन में अनावश्यक जोखिम लेने से बचें और स्थिरता पर ध्यान दें।
9. नकारात्मक विचारों से दूर रहें और सकारात्मक सोच बनाए रखें।
10. किसी भी निर्णय में अधीरता से बचें और सूझबूझ का उपयोग करें।

उपाय (Remedies):

1. **राहु मंत्र** - "ॐ भ्रां भ्रीं भ्रौं सः राहवे नमः" का नियमित जाप करें।
2. सोमवार के दिन गरीबों को **काले तिल** और **काले कपड़े** का दान करें।
3. नीलम रत्न (काले धागे में) धारण करें, लेकिन पहले किसी योग्य ज्योतिषी से सलाह लें।
4. शिव जी की पूजा करें और **रुद्राभिषेक** करवाएँ।
5. बच्चों और छात्रों को **पढ़ाई में सहायता** प्रदान करें और दान करें।
6. घर में **हनुमान चालीसा** का नियमित पाठ करें।
7. मंगलवार के दिन **मसूर दाल** का दान करें।
8. ध्यान और मानसिक स्थिरता के लिए नियमित **मेडिटेशन** करें।

9. संतान के साथ मधुर संबंध बनाए रखने के लिए संयम और धैर्य का पालन करें।
10. घर में सकारात्मकता बढ़ाने के लिए **सफेद चंदन** की माला का जाप करें।

विशेष ध्यान दें (Special Attention):

- संतान के साथ संबंधों में मधुरता और सहयोग बनाए रखें।
- निवेश और सट्टेबाजी से बचें और धन को सुरक्षित तरीके से प्रयोग करें।
- मानसिक और भावनात्मक स्थिरता बनाए रखने के लिए ध्यान का सहारा लें।
- प्रेम संबंधों में स्थिरता और समझ बनाए रखें।
- शिक्षा और ज्ञान प्राप्ति के लिए दृढ़ निश्चय और प्रयास करें।

राहु षष्ठम भाव में

एक पंक्ति की भविष्यवाणियाँ (One-liner Predictions):

1. राहु षष्ठम भाव में शत्रुओं पर विजय दिलाने वाला होता है।
2. व्यक्ति को कानूनी मामलों में सफलता मिल सकती है।
3. स्वास्थ्य संबंधी समस्याओं के बावजूद रोगों पर काबू पाने की शक्ति रहती है।
4. ऋण से संबंधित मामलों में सावधानी रखनी चाहिए, अन्यथा परेशानी हो सकती है।

5. कोर्ट-कचहरी के मामलों में उलझाव का सामना करना पड़ सकता है।
6. नौकरी और करियर में स्थिरता पाने में चुनौतियों का सामना करना पड़ता है।
7. अचानक अप्रत्याशित लाभ होने की संभावना रहती है।
8. विरोधियों और प्रतिस्पर्धियों को पछाड़ने की क्षमता होती है।
9. मानसिक तनाव और अनिद्रा जैसी समस्याएँ हो सकती हैं।
10. नकारात्मक सोच और भ्रमित मानसिकता से बचने की आवश्यकता होती है।

निशानियाँ (Symptoms/Characteristics):

1. व्यक्ति में आत्मविश्वास अधिक होता है, लेकिन कभी-कभी वह अति-आत्मविश्वासी हो जाता है।
2. स्वास्थ्य में उतार-चढ़ाव रहता है, खासकर पेट और पाचन से जुड़ी समस्याएँ।
3. कोर्ट-कचहरी के मामलों में उलझाव और देरी।
4. प्रतिद्वंद्वियों और विरोधियों से गुप्त डर या तनाव का अनुभव।
5. ऋण लेने की प्रवृत्ति, जिससे कर्ज का दबाव बढ़ सकता है।
6. कार्यक्षेत्र में अचानक विवादों का सामना करना।
7. यात्रा के दौरान स्वास्थ्य में समस्या होने की संभावना।

8. समय-समय पर नौकरी या स्थान परिवर्तन की प्रवृत्ति।
9. व्यक्ति के निर्णय भ्रमित हो सकते हैं।
10. जीवन में जोखिम लेने की प्रवृत्ति अधिक रहती है।

सावधानियाँ (Precautions):

1. स्वास्थ्य के प्रति जागरूक रहें और नियमित रूप से डॉक्टर से चेकअप करवाते रहें।
2. कर्ज लेने और देने में सावधानी रखें और अनावश्यक ऋण से बचें।
3. कोर्ट-कचहरी के मामलों में कानूनी सलाह लेकर ही कदम उठाएँ।
4. शत्रुओं और विरोधियों से शांतिपूर्वक और समझदारी से निपटें।
5. मानसिक तनाव से बचने के लिए ध्यान और योग का सहारा लें।
6. स्वास्थ्य के प्रति लापरवाही न बरतें, विशेषकर पेट संबंधी समस्याओं में।
7. नकारात्मक सोच और अस्थिर मानसिकता से दूर रहें।
8. जोखिमपूर्ण निर्णय लेने से पहले विचार करें।
9. अनिद्रा से बचने के लिए सही दिनचर्या अपनाएँ और रात को जल्द सोएँ।
10. कार्यक्षेत्र में विवादों से बचने के लिए संयम और समझ का उपयोग करें।

उपाय (Remedies):

1. **राहु मंत्र** - "ॐ भ्रां भ्रीं भ्रौं सः राहवे नमः" का नियमित जाप करें।
2. शनिवार को **काले तिल** और **काले कपड़े** का दान करें।
3. शत्रुओं से सुरक्षा के लिए **हनुमान चालीसा** का नियमित पाठ करें।
4. सप्ताह में एक बार **काले तिल** या **लौंग** का दान करें।
5. नीलम रत्न या गहरे रंग के पत्थरों का धारण करें, लेकिन किसी योग्य ज्योतिषी की सलाह से।
6. नियमित ध्यान और प्राणायाम करें ताकि मानसिक स्थिरता बनी रहे।
7. शनि या राहु ग्रह से संबंधित वस्त्रों का दान करें।
8. रोजाना घर में **गायत्री मंत्र** का पाठ करें।
9. शनिवार के दिन काले कुत्ते को भोजन दें।
10. हनुमान जी की पूजा करें और मंगलवार को **मसूर दाल** का दान करें।

विशेष ध्यान दें (Special Attention):

- शत्रुओं और विरोधियों से निपटने में धैर्य और संयम रखें।
- ऋण लेने-देने में सावधानी बरतें, विशेषकर बिना सोचे-समझे कोई कदम न उठाएँ।

- नियमित योग और ध्यान के माध्यम से मानसिक और शारीरिक स्वास्थ्य को मजबूत बनाएँ।
- कोर्ट-कचहरी के मामलों में समय पर सही सलाह और समर्थन प्राप्त करें।
- कार्यक्षेत्र में विवादों से बचें और सकारात्मक सोच बनाए रखें।

राहु सप्तम भाव में

एक पंक्ति की भविष्यवाणियाँ (One-liner Predictions):

1. राहु सप्तम भाव में विवाह जीवन में तनाव और चुनौतियाँ ला सकता है।
2. व्यापारिक साझेदारी में धोखा या विवाद की संभावना रहती है।
3. जीवनसाथी के साथ विचारों में भिन्नता हो सकती है।
4. संबंधों में गलतफहमी और संदेह बढ़ सकता है।
5. व्यक्ति का झुकाव विदेशी संस्कृति या लोगों की ओर अधिक हो सकता है।
6. विवाह में देरी या विवाह संबंधी समस्याएँ हो सकती हैं।
7. समाज में प्रतिष्ठा पाने की तीव्र इच्छा रहती है।
8. विदेश यात्रा या विदेशी संपर्क बढ़ सकते हैं।
9. पारिवारिक जीवन में अस्थिरता की स्थिति बन सकती है।

10. जीवन में रोमांच और जोखिम भरे निर्णय लेने की प्रवृत्ति रहती है।

निशानियाँ (Symptoms/Characteristics):

1. जीवनसाथी के साथ वैचारिक मतभेद और झगड़े।
2. व्यापार में साझेदारों के साथ विवाद।
3. व्यक्ति अक्सर अपने संबंधों को लेकर असुरक्षित महसूस करता है।
4. जीवनसाथी या साझेदार की ओर से अप्रत्याशित व्यवहार या धोखे का अनुभव।
5. रिश्तों में संदेह और गलतफहमियाँ।
6. विदेशी संस्कृतियों या स्थानों के प्रति विशेष आकर्षण।
7. विवाह या संबंध में देरी।
8. विवाह में समस्याएँ या विच्छेद का खतरा।
9. दूसरों से अधिक ध्यान और प्रशंसा पाने की लालसा।
10. संबंधों में अप्रत्याशित बदलाव।

सावधानियाँ (Precautions):

1. जीवनसाथी के साथ बातचीत में संयम रखें और गलतफहमी से बचें।
2. व्यापारिक साझेदारी में कानूनी सलाह लेकर ही कदम उठाएँ।
3. रिश्तों में ईमानदारी और विश्वास बनाए रखें।

4. जीवनसाथी की भावनाओं और विचारों का सम्मान करें।
5. संबंधों में संदेह या शक को जगह न दें।
6. विदेशी संस्कृति और लोगों के प्रति आकर्षण में अति न करें।
7. विवाह में जल्दबाजी न करें और संबंधों को समझदारी से निभाएँ।
8. पार्टनर के साथ बातचीत में विनम्रता और धैर्य रखें।
9. अपने रिश्तों को लेकर असुरक्षा का त्याग करें और सकारात्मक दृष्टिकोण बनाए रखें।
10. रिश्ता बनाते समय धैर्य और समझदारी का परिचय दें।

उपाय (Remedies):

1. **राहु मंत्र** - "ॐ भ्रां भ्रीं भ्रौं सः राहवे नमः" का नियमित जाप करें।
2. शनिवार को **काले तिल** और **काले वस्त्र** का दान करें।
3. राहु के कुप्रभाव से बचने के लिए **नागेश्वर मंदिर** में पूजा करें।
4. शुक्रवार के दिन किसी जरूरतमंद को **चांदी** या **दूध** का दान करें।
5. काले कुत्ते को भोजन दें और उसकी सेवा करें।
6. विवाह या साझेदारी में समस्या होने पर ज्योतिषीय सलाह लें।

7. हर शनिवार **शनि मंत्र** का जाप करें।

8. नियमित रूप से **गायत्री मंत्र** का जाप करें।

9. हनुमान जी की पूजा करें और **हनुमान चालीसा** का पाठ करें।

10. दूसरों के साथ सम्मान और आदर से पेश आएँ।

विशेष ध्यान दें (Special Attention):

- जीवनसाथी या साझेदार के साथ विचारों में तालमेल बिठाने का प्रयास करें।
- अनावश्यक शक-संदेह से बचें, खासकर संबंधों में।
- रिश्तों में पारदर्शिता और समझ बनाए रखें।
- विवाह या साझेदारी में किसी भी निर्णय से पहले सोच-समझकर कदम उठाएँ।
- रिश्तों में संतुलन बनाए रखने के लिए संयम और धैर्य का परिचय दें।

राहु अष्टम भाव में

एक पंक्ति की भविष्यवाणियाँ (One-liner Predictions):

1. राहु अष्टम भाव में रहस्यमयी और गूढ़ विषयों में रुचि बढ़ाता है।

2. अचानक धन लाभ या हानि के संकेत मिलते हैं।

3. व्यक्ति में गुप्त विज्ञान, तंत्र-मंत्र और आध्यात्मिकता के प्रति आकर्षण रहता है।

4. स्वास्थ्य से जुड़ी अचानक समस्याएँ उत्पन्न हो सकती हैं।
5. जीवन में अप्रत्याशित घटनाओं का अनुभव होता है।
6. पारिवारिक धन-संपत्ति में विवाद की संभावना रहती है।
7. जीवन में जोखिम लेने की प्रवृत्ति होती है।
8. मानसिक अस्थिरता और चिंता की स्थिति हो सकती है।
9. गुप्त शत्रुओं का सामना करना पड़ सकता है।
10. जीवन में अप्रत्याशित चुनौतियाँ और बदलाव आते हैं।

निशानियाँ (Symptoms/Characteristics):

1. व्यक्ति का झुकाव तंत्र, ज्योतिष, और गूढ़ विद्या की ओर रहता है।
2. स्वास्थ्य में अचानक गिरावट, विशेषकर गुप्त रोग या मानसिक तनाव।
3. पारिवारिक धन-संपत्ति को लेकर असहमति या विवाद।
4. जीवन में अचानक उथल-पुथल और अप्रत्याशित घटनाएँ।
5. धन या प्रॉपर्टी के मामले में नुकसान या धोखे का सामना।
6. जीवन में जोखिम भरे निर्णय लेना पसंद करना।
7. आध्यात्मिकता और रहस्यपूर्ण विषयों में गहरी रुचि।
8. व्यक्ति रहस्यमयी और गुप्त तरीके से कार्य करता है।
9. अवसाद, चिंता या मानसिक अस्थिरता का अनुभव।
10. व्यक्ति का स्वभाव अक्सर संदेहपूर्ण और गुप्त होता है।

सावधानियाँ (Precautions):

1. स्वास्थ्य का विशेष ध्यान रखें, खासकर अचानक आने वाली बीमारियों से सावधान रहें।
2. पारिवारिक धन या संपत्ति में कानूनी मसले सावधानीपूर्वक निपटाएँ।
3. जोखिम भरे निर्णय लेने से पहले विशेषज्ञ की सलाह लें।
4. गुप्त शत्रुओं से सतर्क रहें और किसी पर अत्यधिक विश्वास न करें।
5. तंत्र-मंत्र या गूढ़ विद्याओं में अति न करें, संतुलन बनाए रखें।
6. जीवन में धैर्य रखें और अचानक फैसले लेने से बचें।
7. मन को शांत रखने के लिए योग और ध्यान का अभ्यास करें।
8. दूसरों के साथ व्यवहार में पारदर्शिता और ईमानदारी बनाए रखें।
9. धन संबंधी मामलों में गुप्त तरीके से निवेश करने से बचें।
10. मानसिक शांति बनाए रखने के लिए सकारात्मक दृष्टिकोण अपनाएँ।

उपाय (Remedies):

1. **राहु मंत्र** - "ॐ भ्रां भ्रीं भ्रौं सः राहवे नमः" का नियमित जाप करें।
2. शनिवार के दिन **सर्प या काले तिल** का दान करें।

3. अष्टमी तिथि पर राहु के शांति के लिए विशेष पूजा कराएँ।
4. चांदी की अंगूठी में राहु यंत्र धारण करें।
5. नियमित रूप से **हनुमान चालीसा** का पाठ करें।
6. काले कुत्ते को भोजन दें और उसकी सेवा करें।
7. हर शनिवार को **शनि और राहु** की शांति के लिए दान करें।
8. विशेष ध्यान से **गायत्री मंत्र** का जाप करें।
9. अपने जीवन में सादगी और संयम बनाए रखें।
10. गूढ़ और रहस्यमयी विषयों में संतुलित दृष्टिकोण अपनाएँ।

विशेष ध्यान दें (Special Attention):

- जीवन में अचानक आने वाले उतार-चढ़ाव को समझदारी और धैर्य से सँभालें।
- मानसिक स्थिरता बनाए रखने के लिए ध्यान और प्राणायाम का अभ्यास करें।
- दूसरों पर अत्यधिक भरोसा न करें, खासकर धन-संबंधी मामलों में।
- आध्यात्मिकता की ओर सकारात्मक रुख रखें और अंधविश्वास से बचें।
- जीवन में किसी भी अप्रत्याशित घटना का सामना शांतिपूर्वक करें।

राहु नवम भाव में

एक पंक्ति की भविष्यवाणियाँ (One-liner Predictions):

1. राहु नवम भाव में व्यक्ति को विदेश यात्रा या विदेश में बसने की संभावना देता है।
2. धार्मिक विचारों में असामान्य दृष्टिकोण विकसित होता है।
3. व्यक्ति का जीवन दर्शन में रूचि रखते हुए भी पारंपरिक मान्यताओं से हटकर होता है।
4. धार्मिक या आध्यात्मिक स्थानों से लाभ की संभावना होती है।
5. उच्च शिक्षा में अनियमितता और बाधाएँ आ सकती हैं।
6. व्यक्ति में उन्नत ज्ञान पाने की तीव्र इच्छा होती है।
7. विदेशों से व्यापारिक लाभ मिलने की संभावना रहती है।
8. पितृ पक्ष से विवाद या दूरियाँ बनी रह सकती हैं।
9. व्यक्ति में विभिन्न संस्कृतियों और जीवनशैलियों के प्रति आकर्षण रहता है।
10. करियर या व्यवसाय में उच्च पद प्राप्त करने के लिए राहु प्रेरित करता है।

निशानियाँ (Symptoms/Characteristics):

1. व्यक्ति का धार्मिक दृष्टिकोण परंपरागत नहीं होता, बल्कि नवाचारी और असामान्य होता है।
2. उच्च शिक्षा में रुकावटें या बाधाओं का सामना।
3. विदेशों से विशेष लाभ, जैसे नौकरी या व्यापार के अवसर।
4. पितृ पक्ष या पारिवारिक परंपराओं से अलग विचारधारा।

5. धार्मिक और अध्यात्मिक स्थलों की यात्रा में रुचि।
6. विदेशी संस्कृतियों और भाषाओं के प्रति आकर्षण।
7. जटिल विषयों में गहन अध्ययन या रुचि।
8. जीवन में उन्नति के लिए अलग तरीके अपनाना।
9. किसी विशेष गुरु या मार्गदर्शक से मतभेद।
10. अपने विचार और दृष्टिकोण में अलगाव।

सावधानियाँ (Precautions):

1. उच्च शिक्षा या विदेश यात्रा में निवेश सोच-समझकर करें।
2. धार्मिक स्थलों या गुरुओं के प्रति आदर बनाए रखें, भले ही आपके विचार अलग हों।
3. विदेशों से जुड़े किसी कार्य में निवेश करते समय सतर्क रहें।
4. पारिवारिक परंपराओं से पूर्णतया विरोध न करें; संतुलन बनाए रखें।
5. अत्यधिक आत्म-विश्वास से बचें और दूसरों की राय भी सुनें।
6. धार्मिक विचारधारा में कट्टरता से बचें; उदार दृष्टिकोण अपनाएँ।
7. नए विचारों और आस्थाओं को अपनाने में संतुलन बनाए रखें।
8. गुरु या शिक्षक के साथ विवाद से बचें और उनके सुझावों को सम्मान दें।

9. अचानक किसी अज्ञात स्थान की यात्रा करने से पहले तैयारी करें।

10. पितृ पक्ष के प्रति सम्मान बनाए रखें और उनकी सलाह का आदर करें।

उपाय (Remedies):

1. **राहु मंत्र** - "ॐ भ्रां भ्रीं भ्रौं सः राहवे नमः" का नियमित जाप करें।

2. गुरुवार के दिन केले के पेड़ की पूजा करें और पीले वस्त्र दान करें।

3. धार्मिक स्थलों में श्रमदान करें और सहयोग करें।

4. गुरु का सम्मान करें और समय-समय पर उनसे मार्गदर्शन लें।

5. किसी धार्मिक ग्रंथ का नियमित अध्ययन करें।

6. शनि या राहु की शांति के लिए हनुमान चालीसा का पाठ करें।

7. मंदिर में नीले या काले रंग के वस्त्र दान करें।

8. किसी विद्वान गुरु का मार्गदर्शन लें और उनकी सलाह का पालन करें।

9. धार्मिक कार्यों में दान और सहयोग बढ़ाएँ।

10. अपने विचारों में विनम्रता और सहिष्णुता बनाए रखें।

विशेष ध्यान दें (Special Attention):

- उच्च शिक्षा में आ रही बाधाओं के लिए धैर्य और समझदारी से निर्णय लें।
- धार्मिक मान्यताओं में परिवर्तन करने से पहले उनकी गहराई को समझें।
- विदेश यात्रा या किसी नई संस्कृति में जाने पर दूसरों का सम्मान बनाए रखें।
- पारिवारिक परंपराओं के प्रति सम्मान बनाए रखते हुए अपनी सोच को प्रकट करें।
- अपने विचारों और दृष्टिकोण में संतुलन बनाए रखें और दूसरों की मान्यताओं का सम्मान करें।

राहु दशम भाव में

एक पंक्ति की भविष्यवाणियाँ (One-liner Predictions):

1. राहु दशम भाव में व्यक्ति को करियर में तेजी से उन्नति की संभावना देता है।
2. व्यक्ति के कार्यक्षेत्र में नाम और प्रसिद्धि मिलती है।
3. विदेशों या विदेशी कंपनियों से जुड़े कार्यों में सफलता मिलती है।
4. व्यक्ति में लीडरशिप और प्रभावशाली व्यक्तित्व के गुण होते हैं।
5. सरकारी कार्यों या राजनैतिक क्षेत्र में सफलता की संभावना बढ़ जाती है।
6. व्यक्ति में सामाजिक पहचान पाने की तीव्र इच्छा होती है।

7. किसी विशिष्ट क्षेत्र में अचानक सफलता या पहचान मिल सकती है।
8. करियर में अप्रत्याशित मोड़ आ सकते हैं जो व्यक्ति के लिए लाभकारी हो सकते हैं।
9. व्यक्ति में अपनी पहचान स्थापित करने का जुनून होता है।
10. जीवन में बड़े लक्ष्यों को हासिल करने की प्रेरणा रहती है।

निशानियाँ (Symptoms/Characteristics):

1. करियर में तेजी से बढ़त या अचानक उन्नति।
2. सरकारी नौकरी या राजनैतिक क्षेत्र में विशेष रुचि।
3. समाज में मान-सम्मान पाने की इच्छा।
4. विदेशों में काम करने का अवसर या आकर्षण।
5. प्रभावशाली और आत्मविश्वास से भरा हुआ व्यक्तित्व।
6. कार्यक्षेत्र में असामान्य और नई चीजों की ओर रुझान।
7. बड़े प्रोजेक्ट्स या कंपनियों के साथ जुड़ाव।
8. समाज में प्रतिष्ठा बनाने की कोशिश।
9. जोखिम भरे कार्यों में सफलता पाने की इच्छा।
10. सामाजिक या पेशेवर जीवन में अचानक परिवर्तन।

सावधानियाँ (Precautions):

1. करियर में जल्दबाजी में निर्णय लेने से बचें।
2. अत्यधिक आत्म-प्रशंसा और अहंकार से दूर रहें।

3. समाज में गलत छवि बनने से बचें; हमेशा सही रास्ते पर चलें।
4. करियर में धोखा देने वाले लोगों से सावधान रहें।
5. अपने कार्यक्षेत्र में नैतिकता बनाए रखें और अनैतिक कामों से बचें।
6. राजनैतिक या कानूनी विवादों से दूरी बनाए रखें।
7. ऊँचे पद की लालसा में गलत साधनों का सहारा न लें।
8. समाज के प्रति दायित्वों को निभाएँ और झूठी शोहरत से बचें।
9. नौकरी में अधिक जोखिम न लें, विशेषकर बिना अनुभव के।
10. करियर में अपने सहयोगियों और अधीनस्थों के साथ अच्छे संबंध बनाए रखें।

उपाय (Remedies):

1. **राहु मंत्र** - "ॐ भ्रां भ्रीं भ्रौं सः राहवे नमः" का नियमित जाप करें।
2. शनिवार के दिन काले तिल और सरसों का तेल दान करें।
3. हनुमान चालीसा का पाठ करें और हनुमान जी की पूजा करें।
4. माता सरस्वती की पूजा करें और विद्या प्राप्ति के लिए प्रयास करें।
5. किसी गरीब को भोजन कराएँ और दान करें।

6. राहु की शांति के लिए हरे रंग का कपड़ा दान करें।
7. काले और सफेद तिल को बहते जल में प्रवाहित करें।
8. नियमित रूप से भगवान शिव की पूजा करें।
9. किसी वृद्ध व्यक्ति का आशीर्वाद लें और उनकी सेवा करें।
10. कार्यक्षेत्र में ईमानदारी और सच्चाई को बनाए रखें।

विशेष ध्यान दें (Special Attention):

- करियर में सफलता पाने के लिए धैर्य बनाए रखें और गलत तरीकों से बचें।
- कार्यक्षेत्र में उच्च पद प्राप्त करने के लिए विनम्रता बनाए रखें।
- जीवन में अचानक आए बदलावों को सकारात्मक रूप से अपनाएँ।
- करियर में उन्नति पाने के लिए नियमों और सिद्धांतों का पालन करें।
- अपने सहयोगियों और वरिष्ठों के साथ अच्छा संबंध बनाए रखें।

राहु ग्यारहवें भाव में

एक पंक्ति की भविष्यवाणियाँ (One-liner Predictions):

1. राहु ग्यारहवें भाव में व्यक्ति को धन और संपत्ति में तेजी से वृद्धि की संभावना देता है।

2. समाज में उच्चस्तरीय संपर्क और प्रभावशाली मित्रों का साथ मिलता है।

3. बड़े सपने और महत्वाकांक्षाएँ पूरी करने में सहायता करता है।

4. व्यक्ति में बाहरी संसाधनों का सही उपयोग करने की समझ होती है।

5. अचानक से आर्थिक लाभ के योग बनते हैं।

6. व्यक्ति को तकनीक और नई चीजों में रुचि होती है।

7. लंबी अवधि में बड़े लाभ की संभावना रहती है।

8. विदेश यात्रा और विदेशी स्त्रोतों से लाभ के अवसर प्राप्त होते हैं।

9. व्यक्ति अपने दोस्तों और समूह में पहचान बनाना चाहता है।

10. व्यक्ति समाज में असामान्य तरीकों से नाम कमा सकता है।

निशानियाँ (Symptoms/Characteristics):

1. मित्रों के माध्यम से अचानक लाभ मिलना।
2. बड़े सपने और महत्वाकांक्षाओं का होना।
3. विदेशी लोगों या स्थानों से जुड़ाव।
4. तकनीकी क्षेत्र में रुचि या प्रगति।
5. अचानक धन वृद्धि के संकेत।
6. बाहरी संपर्कों में वृद्धि और लाभ।
7. असामान्य सामाजिक संपर्क और अलग पहचान।

8. जीवन में बड़े स्तर पर नेटवर्किंग का महत्व।

9. समाज में रहस्यमय या रहन-सहन में अंतर।

10. विदेशी कार्यक्षेत्र में सहयोगियों के माध्यम से सफलता।

सावधानियाँ (Precautions):

1. अत्यधिक महत्वाकांक्षा और लालच से बचें।

2. गलत मित्रों या संबंधों में फँसने से बचें।

3. किसी भी निवेश में जल्दबाजी न करें; पहले अच्छी तरह जाँच करें।

4. किसी भी लाभ के लिए अनैतिक तरीकों का सहारा न लें।

5. आर्थिक मामलों में सतर्कता रखें और ठगी से बचें।

6. मित्रों के साथ भरोसेमंद और ईमानदार रहें।

7. समाज में अपनी छवि को सावधानी से बनाए रखें।

8. अनावश्यक खर्चों और दिखावे से बचें।

9. किसी भी तकनीकी या विदेशी मामले में कानूनी पेचीदगियों से बचें।

10. अपने लक्ष्यों में धैर्य बनाए रखें और शॉर्टकट्स न अपनाएँ।

उपाय (Remedies):

1. **राहु मंत्र** - "ॐ भ्रां भ्रीं भ्रौं सः राहवे नमः" का नियमित जाप करें।

2. बुधवार को हरे रंग की वस्तुएँ दान करें।

3. काले तिल और सफेद चंदन का दान करें।
4. नियमित रूप से हनुमान चालीसा का पाठ करें।
5. किसी गरीब को भोजन कराएँ और कपड़े दान करें।
6. हरे रंग का धागा पहनें।
7. सफेद तिल को जल में प्रवाहित करें।
8. भगवान शिव की पूजा करें और "ॐ नमः शिवाय" का जाप करें।
9. राहु की शांति के लिए काले कपड़े का दान करें।
10. राहु के प्रभाव को शांत करने के लिए गणेश जी की पूजा करें।

विशेष ध्यान दें (Special Attention):

- बड़े सपनों को पूरा करने के लिए सतर्क रहें और संयम बनाए रखें।
- राहु के कारण अत्यधिक लाभ की संभावनाओं के साथ जोखिम भी होता है; बुद्धिमानी से कार्य करें।
- अपने संपर्कों का सही दिशा में उपयोग करें और गलत कंपनी से दूर रहें।
- लंबी अवधि के लाभ के लिए नैतिकता और अनुशासन का पालन करें।
- यदि विदेशों से संबंधित कार्य कर रहे हैं, तो दस्तावेज और कानूनी प्रक्रिया को सही ढंग से पूरा करें।

राहु बारहवें भाव में

एक पंक्ति की भविष्यवाणियाँ (One-liner Predictions):

1. राहु बारहवें भाव में व्यक्ति को विदेश यात्रा के प्रबल योग देता है।
2. व्यक्ति में गूढ़ और रहस्यमय विषयों में रुचि होती है।
3. नींद और मानसिक शांति की कमी महसूस हो सकती है।
4. आध्यात्मिकता की ओर रुचि बढ़ सकती है, लेकिन भ्रमित रह सकते हैं।
5. अनावश्यक खर्चों और धन हानि का योग बन सकता है।
6. व्यक्ति में अनजानी बातों और सपनों को जानने की जिज्ञासा होती है।
7. गुप्त शत्रुओं से सावधान रहना जरूरी है।
8. अस्पताल, जेल, या विदेशी संस्थाओं से जुड़ी स्थिति बन सकती है।
9. व्यक्ति का झुकाव गुप्त विद्या और तंत्र-मंत्र की ओर हो सकता है।
10. मानसिक उलझन और अस्थिरता के कारण निर्णय लेने में परेशानी हो सकती है।

निशानियाँ (Symptoms/Characteristics):

1. व्यक्ति बार-बार विदेश यात्रा के बारे में सोचता है या करने की योजना बनाता है।

2. रहस्यमय विषयों जैसे तंत्र-मंत्र में रुचि दिखाई देती है।
3. अनावश्यक खर्चों पर नियंत्रण नहीं रहता।
4. गहरी नींद की कमी और अजीब सपनों का अनुभव होता है।
5. गुप्त शत्रु और छिपी हुई समस्याएँ उभर सकती हैं।
6. जीवन में अचानक से आर्थिक उतार-चढ़ाव का अनुभव।
7. व्यक्ति में अज्ञात भयों और मानसिक उलझनों का प्रभाव होता है।
8. अस्पताल और अन्य बंद संस्थाओं से जुड़ी परेशानियाँ।
9. जीवन में गूढ़ ज्ञान और आध्यात्मिक अनुभवों का प्रवेश।
10. मानसिक तनाव और अनिश्चितता का अनुभव।

सावधानियाँ (Precautions):

1. अनावश्यक खर्चों और धन की बर्बादी से बचें।
2. मानसिक शांति के लिए योग और ध्यान का सहारा लें।
3. गुप्त शत्रुओं और अनावश्यक विवादों से बचें।
4. नींद और स्वास्थ्य का विशेष ध्यान रखें।
5. रहस्यमय विषयों में अधिक उलझने से बचें।
6. विदेश में किसी भी दस्तावेजी कार्य में सतर्कता बरतें।
7. तंत्र-मंत्र और गूढ़ विधाओं में अनावश्यक रुचि से बचें।
8. जीवन में किसी भी संदिग्ध कार्य में भाग न लें।
9. अपने मानसिक स्वास्थ्य को प्राथमिकता दें।

10. अनजाने और छिपे हुए जोखिमों से सावधान रहें।

उपाय (Remedies):

1. **राहु मंत्र** - "ॐ भ्रां भ्रीं भ्रौं सः राहवे नमः" का प्रतिदिन जाप करें।
2. शनिवार के दिन काले तिल और उड़द दाल का दान करें।
3. शनि और राहु की शांति के लिए हनुमान जी की पूजा करें।
4. नियमित रूप से "ॐ नमः शिवाय" का जाप करें।
5. नीले या काले रंग के कपड़े शनिवार को पहनें।
6. शिवलिंग पर जल अर्पित करें।
7. किसी गुप्त दान जैसे अस्पताल में दवा दान करें।
8. हनुमान चालीसा का पाठ करें, विशेषकर मंगलवार और शनिवार को।
9. ध्यान और योग के माध्यम से मानसिक शांति प्राप्त करें।
10. राहु के दुष्प्रभाव को कम करने के लिए गणेश जी की पूजा करें।

विशेष ध्यान दें (Special Attention):

- विदेश यात्रा और विदेश में बसने की प्रबल इच्छा को ध्यान से पूरा करें, जल्दबाजी से बचें।
- जीवन में मानसिक शांति बनाए रखें, क्योंकि राहु के प्रभाव से मन अस्थिर हो सकता है।
- गुप्त शत्रुओं और अनचाहे खर्चों से बचाव करें।

- तंत्र-मंत्र और गूढ़ विज्ञान में अति-रुचि से बचें, इसे सतर्कता से अपनाएँ।
- आत्मिक उन्नति के लिए ध्यान और योग का सहारा लें, जिससे राहु का प्रभाव कम हो सके।

21. केतु की भविष्यवाणियाँ

केतु पहले भाव में

एक पंक्ति की भविष्यवाणियाँ (One-liner Predictions):

1. केतु पहले भाव में व्यक्ति को रहस्यमयी और आध्यात्मिक बना सकता है।
2. व्यक्ति में आत्म-संकोच और अपने बारे में भ्रम की भावना हो सकती है।
3. जीवन में शारीरिक ऊर्जा की कमी महसूस हो सकती है।
4. एकांतप्रियता और आत्मविश्लेषण की प्रवृत्ति होती है।
5. मानसिक अशांति और अनिश्चितता का अनुभव हो सकता है।
6. व्यक्ति का झुकाव मांसाहार, नशा, या गूढ़ विद्याओं की ओर हो सकता है।
7. जीवन में अचानक उतार-चढ़ाव का अनुभव होता है।
8. आत्म-संदेह और अस्थिरता के कारण निर्णय लेने में कठिनाई हो सकती है।
9. आध्यात्मिक साधना और रहस्यवादी जीवन में रुचि बढ़ सकती है।
10. शरीर में चोट, निशान, या स्वास्थ्य समस्याएँ हो सकती हैं।

निशानियाँ (Symptoms/Characteristics):

1. व्यक्ति को हमेशा कुछ रहस्यमयी ज्ञान की तलाश रहती है।
2. जीवन में आध्यात्मिकता और ध्यान की ओर झुकाव।
3. सामाजिक गतिविधियों में कम रुचि और एकांतप्रियता।
4. सिर, चेहरे, या शरीर पर कोई पुराना निशान या चोट का अनुभव।
5. व्यक्ति में अनिश्चितता और आत्म-संकोच की भावना।
6. रहस्यमयी अनुभवों और अजीब सपनों का अनुभव।
7. मानसिक अस्थिरता और अवसाद की प्रवृत्ति।
8. व्यक्ति को कभी-कभी दिशा भ्रम या निर्णय में परेशानी होती है।
9. जीवन में रहस्यमय और अज्ञात चीजों को जानने की इच्छा।
10. कभी-कभी समाज में अजनबी और अनजाना महसूस करना।

सावधानियाँ (Precautions):

1. आत्म-संकोच से बचें और अपने आत्म-विश्वास को बढ़ाने का प्रयास करें।
2. मानसिक और शारीरिक स्वास्थ्य का विशेष ध्यान रखें।
3. स्वयं को समाज से अलग न करें; सामूहिक गतिविधियों में शामिल होने का प्रयास करें।
4. रहस्यमय और अज्ञात विषयों में अति-रुचि से बचें।
5. किसी भी प्रकार के नशे और आदतों से दूर रहें।

6. अपने निर्णयों में स्पष्टता बनाए रखें और आत्म-विश्वास रखें।
7. आध्यात्मिक साधना करते समय मार्गदर्शन अवश्य लें।
8. निराशा और अवसाद से दूर रहने के लिए ध्यान और योग करें।
9. शरीर को चोट या स्वास्थ्य समस्याओं से सुरक्षित रखें।
10. आत्म-संकोच के कारण अपने लक्ष्य से दूर न हों।

उपाय (Remedies):

1. **केतु मंत्र** - "ॐ कें केतवे नमः" का प्रतिदिन जाप करें।
2. गुरुवार के दिन दान-पुण्य और सेवा का कार्य करें।
3. केतु के प्रभाव को कम करने के लिए गणेश जी की पूजा करें।
4. प्रतिदिन हनुमान चालीसा का पाठ करें, विशेषकर मंगलवार और शनिवार को।
5. किसी मंदिर में सफेद कपड़े का दान करें।
6. गाय को हरा चारा और गुड़ खिलाएं।
7. गले में चाँदी की चेन पहनें, जिससे केतु के नकारात्मक प्रभाव कम हों।
8. ध्यान और योग का अभ्यास नियमित रूप से करें।
9. तिल, सरसों, और हरे मूंग का दान करें।

10. गणपति अथर्वशीर्ष का पाठ करें, जिससे केतु के प्रभाव में सुधार हो सके।

विशेष ध्यान दें (Special Attention):

- आत्म-संकोच और आत्म-संदेह से बाहर निकलने का प्रयास करें; अपने ऊपर विश्वास रखें।
- गूढ़ विद्याओं में संतुलन बनाए रखें, अधिक उलझने से बचें।
- सामाजिक जीवन में शामिल होने का प्रयास करें, इससे मानसिक संतुलन मिलेगा।
- निर्णय लेते समय आत्म-विश्वास का अभाव न रखें, अपने विचारों में स्पष्टता बनाएँ।
- योग, ध्यान, और आध्यात्मिक साधना के माध्यम से मानसिक शांति और आत्म-स्वीकृति प्राप्त करें।

केतु दूसरे भाव में

एक पंक्ति की भविष्यवाणियाँ (One-liner Predictions):

1. केतु दूसरे भाव में व्यक्ति के धन और वाणी पर अनिश्चितता ला सकता है।
2. वाणी में कटुता या अस्पष्टता हो सकती है, जिससे गलतफहमी बढ़ सकती है।
3. परिवार में दूरी या अलगाव का अनुभव हो सकता है।
4. अचानक धन का लाभ या हानि का योग बन सकता है।
5. किसी कारणवश व्यक्ति खान-पान में संयम रख सकता है।

6. भोजन में अरुचि या विशेष प्रकार के खाद्य पदार्थों की लालसा हो सकती है।

7. व्यक्ति के बचत करने के प्रयास में कठिनाइयाँ आ सकती हैं।

8. कभी-कभी अपनी बात स्पष्ट रूप से व्यक्त करने में दिक्कत हो सकती है।

9. मन में परिवार के प्रति संतोष का भाव कम रह सकता है।

10. जीवन में कई बार आर्थिक उतार-चढ़ाव का सामना करना पड़ता है।

निशानियाँ (Symptoms/Characteristics):

1. व्यक्ति की वाणी में कभी-कभी कठोरता या अजीब तरीके का उच्चारण होता है।

2. खान-पान में कुछ विशेष प्रकार के खाद्य पदार्थों का आकर्षण।

3. परिवार में अनबन या दूरी का अनुभव हो सकता है।

4. गले, दांत, या मुँह संबंधी समस्याएँ हो सकती हैं।

5. बचत करने की आदतें अस्थिर और अनियमित हो सकती हैं।

6. व्यक्ति अपनी आय और खर्चों को लेकर असंतुलित हो सकता है।

7. अचानक से धन का आगमन या व्यय होने की संभावना।

8. पारिवारिक संबंधों में मतभेद और वैचारिक असहमति।

9. बोलते समय लोग व्यक्ति को कभी-कभी गलत समझ सकते हैं।

10. पारिवारिक मामलों में खुद को अलग-थलग महसूस करना।

सावधानियाँ (Precautions):

1. वाणी में मधुरता बनाए रखें और शब्दों का चयन सावधानी से करें।

2. आर्थिक मामलों में संतुलित रहकर खर्च और बचत पर ध्यान दें।

3. खान-पान में संतुलन और स्वच्छता बनाए रखें।

4. पारिवारिक संबंधों को मजबूत करने के लिए प्रयास करें।

5. धन के मामले में अचानक फैसले लेने से बचें।

6. अपनी बातों को स्पष्ट और संयमित ढंग से व्यक्त करने का प्रयास करें।

7. व्यर्थ के वाद-विवाद से दूर रहें, खासकर परिवार के साथ।

8. पैसों की सुरक्षा के लिए योजना बनाएँ और अनावश्यक खर्चों से बचें।

9. जीवन में आर्थिक स्थिरता लाने के लिए नियमित बचत करें।

10. गले और दाँतों का विशेष ध्यान रखें, और स्वास्थ्य का ख्याल रखें।

उपाय (Remedies):

1. **केतु मंत्र** - "ॐ कें केतवे नमः" का प्रतिदिन जाप करें।
2. बुधवार के दिन हरे रंग का वस्त्र पहनें और हरे रंग की वस्तुओं का दान करें।
3. गणेश जी की पूजा करें और उनको दूर्वा अर्पित करें।
4. चाँदी का कोई आभूषण पहनें, विशेषकर गले में चाँदी की चेन।
5. काले तिल और गुड़ का दान करें।
6. गले और मुँह के स्वास्थ्य के लिए शुद्ध और सात्विक भोजन करें।
7. प्रतिदिन हनुमान चालीसा का पाठ करें।
8. किसी गरीब को भोजन कराएँ और यथासंभव दान करें।
9. दूध और दही का सेवन अधिक करें।
10. अपनी आर्थिक स्थिरता बढ़ाने के लिए नियमित बचत और निवेश योजना बनाएँ।

विशेष ध्यान दें (Special Attention):

- अपने खान-पान और आर्थिक मामलों में संतुलन बनाए रखें।
- वाणी में कटुता न आने दें, मधुरता से बात करें ताकि रिश्ते मजबूत रहें।
- आर्थिक मामलों में दीर्घकालिक दृष्टिकोण अपनाएँ, खर्चों पर संयम रखें।

- पारिवारिक संबंधों में एकता और प्रेम बनाए रखने का प्रयास करें।
- अपने स्वास्थ्य का ध्यान रखें, विशेषकर गले और दांतों से संबंधित समस्याओं से बचें।

केतु तीसरे भाव में

एक पंक्ति की भविष्यवाणियाँ (One-liner Predictions):

1. केतु तीसरे भाव में व्यक्ति के साहस और प्रयासों में रुकावटें ला सकता है।
2. भाई-बहनों के साथ संबंधों में दूरी या असंतोष का अनुभव हो सकता है।
3. व्यक्ति अपने लक्ष्यों के प्रति दृढ़ता से जुटा रहता है, परंतु अकेलेपन का भाव महसूस कर सकता है।
4. संचार में अस्पष्टता या गलतफहमी हो सकती है।
5. किसी कारणवश व्यक्ति को संघर्ष और चुनौतियों का सामना करना पड़ सकता है।
6. कभी-कभी व्यक्ति आत्म-प्रचार से दूर रहना पसंद करता है।
7. नए कार्यों में अनिश्चितता महसूस हो सकती है।
8. अपने विचारों को दूसरों के सामने स्पष्ट रूप से रख पाने में कठिनाई होती है।
9. छोटे-छोटे प्रयासों में देरी या बाधाएँ आ सकती हैं।

10. यात्रा में बाधाएँ या अचानक यात्रा करने का योग बन सकता है।

निशानियाँ (Symptoms/Characteristics):

1. साहसिक कार्यों में रुचि होने के बावजूद आत्मविश्वास में कमी महसूस हो सकती है।
2. व्यक्ति को एकांत में रहने की आदत हो सकती है।
3. भाई-बहनों के साथ वैचारिक मतभेद या दूरियाँ हो सकती हैं।
4. व्यक्ति के संचार में अस्पष्टता का अनुभव होता है।
5. दूसरों के साथ अपनी बात साझा करने में संकोच।
6. जोखिम लेने से हिचकिचाहट, चाहे वह व्यक्तिगत हो या पेशेवर।
7. जीवन में कई बार अनावश्यक संघर्षों का सामना करना।
8. परिवार में किसी सदस्य से अनबन की संभावना।
9. कार्य में बार-बार ब्रेक लेने की आदत।
10. छोटी यात्राओं के दौरान या यात्रा के दौरान अजीब घटनाएँ होना।

सावधानियाँ (Precautions):

1. रिश्तों को मधुर बनाने के लिए भाई-बहनों के साथ संवाद बनाए रखें।
2. अपनी बातों को स्पष्ट रूप से व्यक्त करने का प्रयास करें।

3. कार्य में ध्यान बनाए रखने के लिए एकाग्रता पर काम करें।
4. संचार में संयम और स्पष्टता बनाए रखें ताकि गलतफहमियाँ न हों।
5. नए कामों में आत्मविश्वास बनाए रखें और अति-संकोच से बचें।
6. किसी भी कार्य में आधे-अधूरे मन से न जुटें।
7. अनावश्यक विवादों से दूर रहें, खासकर परिवार में।
8. साहसिक निर्णय लेते समय आत्म-निरीक्षण करें।
9. किसी भी यात्रा से पहले उसकी योजना अच्छे से बनाएँ।
10. छोटी बातों पर तनाव न लें और धैर्य बनाए रखें।

उपाय (Remedies):

1. **केतु मंत्र** - "ॐ कें केतवे नमः" का प्रतिदिन जाप करें।
2. गणेश जी की नियमित पूजा करें और उन्हें दूर्वा चढ़ाएँ।
3. अपने भाई-बहनों को सफेद मिठाई का दान करें।
4. हरे रंग की चीजों का उपयोग करें और शनिवार को हरे वस्त्र पहनें।
5. अनाथालय या वृद्धाश्रम में किसी जरूरतमंद को खाना खिलाएँ।
6. बुधवार को हरी वस्तुएँ, जैसे मूंग या पत्तेदार सब्जियाँ दान करें।
7. पक्षियों को बाजरा खिलाएँ।

8. रुद्राक्ष पहनें, विशेषकर 7 मुखी रुद्राक्ष।
9. सफेद रंग की वस्तुओं का दान करें, जैसे चावल या दूध।
10. शिवलिंग पर जल और बेलपत्र अर्पित करें।

विशेष ध्यान दें (Special Attention):

- भाई-बहनों के साथ प्रेम और सामंजस्य बनाए रखें।
- अपने लक्ष्यों के प्रति दृढ़ रहें और अपने प्रयासों को अधूरा न छोड़ें।
- अपनी बातें स्पष्ट रूप से रखें ताकि संचार में किसी प्रकार की समस्या न हो।
- जोखिम लेने से पहले उसके परिणामों का ध्यान रखें।
- अकेलापन महसूस करने पर मित्रों और परिवार से जुड़ने का प्रयास करें।

केतु चौथे भाव में

एक पंक्ति की भविष्यवाणियाँ (One-liner Predictions):

1. केतु चौथे भाव में होने से व्यक्ति के पारिवारिक जीवन में अस्थिरता हो सकती है।
2. मन में शांति की कमी का अनुभव होता है और व्यक्ति अपने घर में अकेलापन महसूस कर सकता है।
3. पारिवारिक संपत्ति से संबंधित विवाद या कष्ट का योग बनता है।

4. व्यक्ति को जीवन में बार-बार निवास स्थान बदलना पड़ सकता है।
5. माता के साथ संबंधों में दूरियाँ या भावनात्मक तनाव हो सकता है।
6. शिक्षा में एकाग्रता की कमी हो सकती है।
7. घर में वास्तु दोष की स्थिति उत्पन्न हो सकती है।
8. मन में संतुष्टि की कमी बनी रहती है और मानसिक शांति का अभाव महसूस होता है।
9. व्यक्ति का स्वभाव रहस्यमयी हो सकता है।
10. अपने घर को सुंदर और सुव्यवस्थित बनाने में कठिनाई महसूस होती है।

निशानियाँ (Symptoms/Characteristics):

1. व्यक्ति का मन हमेशा अशांत या व्यथित रहता है।
2. पारिवारिक जीवन में संतुलन बनाए रखने में कठिनाई महसूस होती है।
3. घर में मन नहीं लगता और यात्रा करने का अधिक मन करता है।
4. जीवन में कई बार निवास स्थान बदलने की संभावना।
5. माता के साथ विचारों में मतभेद या उनसे दूरी का अनुभव।
6. मन में गहरी असुरक्षा और भय बना रहता है।
7. घर में वास्तु से जुड़े समस्याएँ बार-बार उत्पन्न हो सकती हैं।

8. नींद में व्यवधान, विशेषकर रात में सपनों में भटकाव का अनुभव।
9. घर में छोटे-छोटे अनबन होने की संभावना।
10. मानसिक शांति के लिए जगहों की तलाश या प्रकृति से जुड़ाव का मन करता है।

सावधानियाँ (Precautions):

1. माता का आदर करें और उनके साथ अपने संबंध मधुर बनाएँ।
2. घर में नियमित रूप से दीप जलाएँ और सकारात्मक ऊर्जा बनाए रखें।
3. पारिवारिक विवादों से बचने का प्रयास करें और अपने भावों को संतुलित रखें।
4. शिक्षा में एकाग्रता बनाए रखने के लिए ध्यान और योग का सहारा लें।
5. घर में वास्तु दोष हो तो उसका निराकरण कराएँ।
6. बार-बार घर बदलने से बचें, स्थायी निवास के लिए प्रयास करें।
7. नेगेटिव विचारों से दूरी बनाए रखें और सकारात्मक सोच अपनाएँ।
8. मानसिक शांति के लिए नियमित ध्यान और प्राणायाम का अभ्यास करें।
9. घर में साफ-सफाई और सुव्यवस्थित माहौल बनाए रखें।

10. परिवार के अन्य सदस्यों के साथ अच्छे संबंध बनाने का प्रयास करें।

उपाय (Remedies):

1. **केतु मंत्र** - "ॐ कें केतवे नमः" का प्रतिदिन जाप करें।
2. घर में गणेश जी की प्रतिमा स्थापित करें और उनकी पूजा करें।
3. शनिवार को किसी सफेद वस्तु का दान करें।
4. घर में वास्तु दोष को दूर करने के लिए हरे रंग की वस्तुएँ रखें।
5. प्रतिदिन तुलसी के पौधे को जल दें और उसकी सेवा करें।
6. केतु के प्रभाव को कम करने के लिए शनिवार को काले तिल का दान करें।
7. शिवलिंग पर जल चढ़ाएँ और महामृत्युंजय मंत्र का जाप करें।
8. माता की सेवा करें और उनके आशीर्वाद से जीवन में शांति का अनुभव करें।
9. घर में हवन और शांति पाठ कराएँ।
10. किसी मंदिर में दर्शन करें और वहाँ दीपक जलाएँ।

विशेष ध्यान दें (Special Attention):

- पारिवारिक संबंधों में संतुलन बनाए रखें और घर में सकारात्मक माहौल बनाए रखें।

- मानसिक शांति के लिए नियमित ध्यान और योग करें।
- माता के साथ भावनात्मक जुड़ाव बनाए रखें और उन्हें समझने का प्रयास करें।
- अपने घर को सुंदर और सकारात्मक ऊर्जा से भरा बनाए रखें।
- घर में शांति और सुरक्षा के उपाय अपनाएँ, ताकि मन शांत और संतुलित रहे।

केतु पंचम भाव में

एक पंक्ति की भविष्यवाणियाँ (One-liner Predictions):

1. केतु पंचम भाव में होने से व्यक्ति के शिक्षा में रुकावटें और ध्यान में कमी हो सकती है।
2. संतान के प्रति चिंता या उनसे दूर रहने का अनुभव होता है।
3. आध्यात्मिक और रहस्यमयी ज्ञान की ओर झुकाव बढ़ता है।
4. व्यक्ति का प्रेम जीवन अस्थिर और भ्रमित हो सकता है।
5. क्रिएटिविटी का विकास होता है, परंतु ध्यान केंद्रित नहीं रहता।
6. मन में अज्ञात भय या तनाव की स्थिति बनी रहती है।
7. प्रेम संबंधों में बार-बार समस्याएँ आती हैं।
8. संतान के साथ अनबन या विचारों में मतभेद का सामना करना पड़ सकता है।

9. कल्पनाशक्ति प्रबल होती है, परंतु उसे व्यावहारिक रूप में लाना कठिन होता है।

10. मन में नई-नई चीज़ें जानने की लालसा बनी रहती है।

निशानियाँ (Symptoms/Characteristics):

1. शिक्षा में निरंतरता बनाए रखना कठिनाईपूर्ण होता है।

2. व्यक्ति अक्सर आध्यात्मिकता या रहस्यमय विषयों की ओर आकर्षित होता है।

3. प्रेम संबंधों में असमंजस और अस्थिरता का अनुभव।

4. संतान से दूरियाँ महसूस करना या उनके प्रति चिंता बनी रहना।

5. कल्पनाशक्ति और रचनात्मकता में वृद्धि, लेकिन उसे अमल में लाने में कठिनाई।

6. जीवन में अज्ञात भय या अव्यक्त चिंताओं का अनुभव।

7. संतान को लेकर मन में चिंता और उनके भविष्य को लेकर असुरक्षा की भावना।

8. प्रेम जीवन में आत्मनिर्भरता या एकाकीपन की अनुभूति।

9. कई बार भविष्यवाणी या अंतर्ज्ञान की शक्ति महसूस होती है।

10. व्यक्ति को जीवन में रहस्यमयी घटनाओं का अनुभव होता है।

सावधानियाँ (Precautions):

1. शिक्षा पर ध्यान केंद्रित रखें और बीच में रुकावटें न आने दें।
2. संतान के साथ अच्छे संबंध बनाए रखें और उन्हें समझने का प्रयास करें।
3. प्रेम संबंधों में स्थिरता बनाए रखने के लिए धैर्य रखें।
4. नेगेटिव विचारों से दूर रहें और अपने मन को सकारात्मक बनाए रखें।
5. रचनात्मकता को दिशा देने के लिए ध्यान और योग का सहारा लें।
6. संतान के प्रति अत्यधिक चिंता करने से बचें और उनका मार्गदर्शन करें।
7. अव्यक्त भय को दूर करने के लिए आध्यात्मिक गतिविधियों में शामिल हों।
8. अपने प्रेम जीवन में ईमानदारी और विश्वास बनाए रखें।
9. जीवन में आए रहस्यमय अनुभवों से घबराएँ नहीं, उन्हें समझने का प्रयास करें।
10. अपने जीवन में स्थिरता और स्पष्टता बनाए रखें।

उपाय (Remedies):

1. **केतु मंत्र** - "ॐ कें केतवे नमः" का प्रतिदिन जाप करें।
2. प्रतिदिन गणेश जी की पूजा करें और उनको दूर्वा अर्पित करें।
3. अपनी शिक्षा में निरंतरता बनाए रखने के लिए गणेश भगवान की मूर्ति अपने अध्ययन कक्ष में रखें।

4. शनिवार को हरे रंग की वस्तुओं का दान करें।
5. मानसिक शांति के लिए प्रतिदिन ध्यान और प्राणायाम करें।
6. किसी काले कुत्ते को भोजन दें और उसकी सेवा करें।
7. पीपल के पेड़ के नीचे तेल का दीपक जलाएँ।
8. प्रेम संबंधों में स्थिरता के लिए अपनी वाणी पर नियंत्रण रखें।
9. शिक्षा में बाधाओं को दूर करने के लिए गणेश जी का स्मरण करें।
10. काले तिल का दान करें और मानसिक शांति के लिए महामृत्युंजय मंत्र का जाप करें।

विशेष ध्यान दें (Special Attention):

- संतान के साथ भावनात्मक संबंध बनाए रखें और उन्हें स्वतंत्रता दें।
- अपनी पढ़ाई में ध्यान केंद्रित रखें और शिक्षा को प्राथमिकता दें।
- प्रेम संबंधों में ईमानदारी और पारदर्शिता बनाए रखें।
- अपनी रचनात्मकता को सही दिशा दें और प्रयास करें कि वह व्यावहारिक रूप में उपयोगी हो।
- अज्ञात भय को छोड़कर आत्मविश्वास के साथ जीवन में आगे बढ़ें।

केतु षष्ठम भाव में

एक पंक्ति की भविष्यवाणियाँ (One-liner Predictions):

1. केतु षष्ठम भाव में होने से व्यक्ति में रोगों से लड़ने की क्षमता होती है, परंतु मानसिक तनाव बना रह सकता है।
2. शत्रुओं पर विजय मिलती है, लेकिन मानसिक शांति में कमी होती है।
3. व्यक्ति को स्वास्थ्य संबंधी समस्याओं से जल्दी छुटकारा मिल सकता है।
4. कार्यस्थल पर संघर्ष और चुनौतियों का सामना करने में सक्षम होते हैं।
5. अदृश्य बाधाओं और कर्जों से मुक्ति पाने की प्रवृत्ति।
6. कुछ रहस्यमय घटनाएँ या दुर्घटनाएँ जीवन में हो सकती हैं।
7. मानसिक स्वास्थ्य का ध्यान रखना आवश्यक होता है।
8. व्यक्ति में आत्मनिर्भरता और साहस की भावना होती है।
9. समाज सेवा और परोपकार में रुचि हो सकती है।
10. जीवन में विरोधियों का सामना करने की शक्ति होती है।

निशानियाँ (Symptoms/Characteristics):

1. रोगों और शत्रुओं पर विजय पाने की क्षमता रखते हैं।
2. व्यक्ति अक्सर कर्ज से मुक्ति पाने का प्रयास करता है।
3. मानसिक तनाव और चिंता से ग्रस्त रह सकते हैं।
4. स्वास्थ्य में उतार-चढ़ाव का अनुभव करते हैं।

5. अप्रत्याशित दुर्घटनाओं या घटनाओं का सामना करना पड़ सकता है।
6. स्वास्थ्य से जुड़ी समस्याओं में अचानक सुधार दिखता है।
7. कार्यस्थल पर संघर्ष या प्रतिद्वंद्विता का सामना करना पड़ सकता है।
8. सामाजिक कार्यों में रुचि और दूसरों की मदद करने की प्रवृत्ति।
9. प्रतिद्वंद्वियों को पराजित करने का सामर्थ्य।
10. व्यक्ति आत्मनिर्भर और साहसी स्वभाव का होता है।

सावधानियाँ (Precautions):

1. मानसिक शांति बनाए रखने के लिए नियमित ध्यान और योग करें।
2. स्वास्थ्य का ध्यान रखें और समय-समय पर स्वास्थ्य जांच करवाते रहें।
3. अनावश्यक तनाव और चिंता से बचें।
4. कार्यस्थल पर सहकर्मियों के साथ तालमेल बनाए रखें।
5. अदृश्य बाधाओं से बचने के लिए सावधानी बरतें।
6. किसी भी प्रकार के कर्ज लेने से पहले अच्छे से विचार करें।
7. अनजान लोगों पर अंधा विश्वास करने से बचें।
8. दुर्घटनाओं से बचने के लिए वाहन चलाते समय सतर्क रहें।

9. मानसिक संतुलन बनाए रखने के लिए सकारात्मक सोच अपनाएँ।
10. तनाव से मुक्ति पाने के लिए नियमित रूप से प्राणायाम करें।

उपाय (Remedies):

1. **केतु मंत्र** - "ॐ कें केतवे नमः" का नियमित जाप करें।
2. गणेश जी की प्रतिदिन पूजा करें और उन्हें दूर्वा अर्पित करें।
3. शनिवार के दिन काले कुत्ते को भोजन कराएँ।
4. अपने घर के दक्षिण-पश्चिम दिशा में सरसों के तेल का दीपक जलाएँ।
5. शत्रुओं और रोगों से मुक्ति के लिए महामृत्युंजय मंत्र का जाप करें।
6. स्वास्थ्य लाभ के लिए हरे रंग के वस्त्र या हरे रंग की वस्तुएँ धारण करें।
7. अपनी कार्यक्षमता बढ़ाने के लिए अपनी मेज पर गणेश भगवान की प्रतिमा रखें।
8. शनि के लिए काले तिल का दान करें।
9. अनावश्यक विवादों से बचने के लिए नीले रंग का रुमाल अपने पास रखें।
10. केतु के दुष्प्रभाव को कम करने के लिए दान-पुण्य करें।

विशेष ध्यान दें (Special Attention):

- मानसिक शांति बनाए रखें और किसी भी प्रकार के तनाव से दूर रहें।
- स्वास्थ्य संबंधी समस्या हो तो उसे नज़रअंदाज़ न करें।
- अपने काम में लगन और मेहनत बनाए रखें, इससे सफलता मिलेगी।
- अदृश्य बाधाओं से लड़ने के लिए ध्यान और प्राणायाम को अपनी दिनचर्या का हिस्सा बनाएं।
- समाज सेवा और परोपकार करते रहें, इससे केतु के प्रभाव में सकारात्मकता आएगी।

केतु सप्तम भाव में

एक पंक्ति की भविष्यवाणियाँ (One-liner Predictions):

1. केतु सप्तम भाव में हो तो वैवाहिक जीवन में तनाव या दूरी रह सकती है।
2. साझेदारी के कार्यों में बाधाएं आ सकती हैं।
3. व्यक्ति के रिश्तों में अनिश्चितता और अविश्वास की स्थिति रहती है।
4. जीवनसाथी का स्वास्थ्य कमजोर हो सकता है।
5. व्यक्ति समाज से थोड़ा अलग रहने की प्रवृत्ति रखता है।
6. अचानक साझेदारियों में नुकसान होने की संभावना होती है।

7. वैवाहिक संबंधों में समझदारी और धैर्य की आवश्यकता होती है।
8. दूसरों पर जल्दी विश्वास नहीं कर पाते।
9. वैवाहिक जीवन में संघर्ष और चुनौती का सामना करना पड़ सकता है।
10. व्यक्ति आध्यात्मिक रुचियों की ओर झुकाव रखता है।

निशानियाँ (Symptoms/Characteristics):

1. वैवाहिक संबंधों में खटास या मानसिक दूरी का अनुभव।
2. संबंधों में अप्रत्याशित बदलाव या उतार-चढ़ाव।
3. साझेदारी में सफलता नहीं मिल पाती।
4. व्यक्ति को स्थायी संबंध बनाने में कठिनाई होती है।
5. शादीशुदा जीवन में छोटी-छोटी बातों पर विवाद।
6. समाज या मित्रों से दूरी बनाना।
7. व्यक्ति की आध्यात्मिकता में वृद्धि होती है।
8. दूसरों पर अविश्वास और सावधानी बरतते हैं।
9. विवाह या साझेदारी में अचानक निर्णय लेना।
10. एकांतप्रियता और निजी विचारों को प्राथमिकता।

सावधानियाँ (Precautions):

1. जीवनसाथी के साथ संबंध सुधारने के लिए धैर्य से काम लें।

2. साझेदारी में किसी भी नए कार्य को शुरू करने से पहले अच्छे से विचार करें।
3. संबंधों में ईमानदारी और पारदर्शिता बनाए रखें।
4. विवाह और साझेदारी में जल्दबाजी में निर्णय न लें।
5. जीवनसाथी के स्वास्थ्य का विशेष ध्यान रखें।
6. किसी भी कानूनी दस्तावेज़ पर हस्ताक्षर करने से पहले सावधानीपूर्वक जाँच करें।
7. दूसरों पर अनावश्यक संदेह से बचें।
8. विवाद से बचने के लिए शांत और संयमित रहें।
9. अपने रिश्तों में खुले विचार रखें और संवाद बढ़ाएँ।
10. किसी भी साझेदारी में आर्थिक मामले को साफ रखें।

उपाय (Remedies):

1. केतु मंत्र "ॐ कें केतवे नमः" का नियमित जाप करें।
2. भगवान गणेश की प्रतिदिन पूजा करें और उन्हें दूर्वा चढ़ाएं।
3. शनिवार को काले कुत्ते को रोटी खिलाएं।
4. वैवाहिक जीवन में शांति के लिए हरे रंग की वस्त्र धारण करें।
5. जीवनसाथी को सफेद रंग का रुमाल उपहार में दें।
6. केतु के दुष्प्रभाव को कम करने के लिए दान-पुण्य करें।
7. आध्यात्मिक ध्यान और योग में नियमितता बनाए रखें।

8. किसी सिद्ध स्थान या मंदिर में जाकर गणेश पूजा करें।
9. शांति और रिश्तों में मधुरता के लिए भगवान शिव की पूजा करें।
10. केतु दोष निवारण के लिए शनिवार को सफेद तिल का दान करें।

विशेष ध्यान दें (Special Attention):

- जीवनसाथी के साथ धैर्यपूर्वक और समझदारी से पेश आएं।
- किसी भी साझेदारी में निवेश करने से पहले अच्छी तरह सोचें।
- रिश्तों में पारदर्शिता और ईमानदारी बनाए रखें।
- संबंधों में विवाद से बचने के लिए संवाद को प्राथमिकता दें।
- मानसिक शांति और संबंधों में मधुरता बनाए रखने के लिए नियमित ध्यान करें।

केतु अष्टम भाव में

एक पंक्ति की भविष्यवाणियाँ (One-liner Predictions):

1. केतु अष्टम भाव में होने से अचानक लाभ या हानि की स्थिति बनती है।
2. व्यक्ति को रहस्यमयी और गूढ़ विषयों में रुचि होती है।
3. जीवन में अचानक घटनाओं का प्रभाव रहता है।

4. स्वास्थ्य में अचानक उतार-चढ़ाव की संभावना होती है।
5. व्यक्ति को अनदेखी शक्तियों या गुप्त विद्या की ओर आकर्षण हो सकता है।
6. पारिवारिक संपत्ति या विरासत में कठिनाइयां आ सकती हैं।
7. मृत्यु के बाद की घटनाओं के प्रति उत्सुकता रहती है।
8. व्यक्ति का आध्यात्मिक झुकाव बढ़ता है।
9. व्यक्ति को अज्ञात स्त्रोतों से धन की प्राप्ति हो सकती है।
10. जीवन में जोखिम लेने की प्रवृत्ति होती है।

निशानियाँ (Symptoms/Characteristics):

1. व्यक्ति तंत्र-मंत्र, ज्योतिष, या गुप्त विद्याओं में रुचि रखता है।
2. जीवन में अचानक या अप्रत्याशित परिवर्तन आते हैं।
3. स्वास्थ्य में अचानक समस्याएं आती हैं, खासकर पेट और गुप्त अंगों से संबंधित।
4. पुराने या गूढ़ रहस्यों को जानने की जिज्ञासा।
5. मृत्यु के बाद की दुनिया के बारे में जानने का आकर्षण।
6. पारिवारिक धन या संपत्ति में संघर्ष।
7. व्यक्ति एकांतप्रिय होता है और भीड़ से दूर रहना पसंद करता है।
8. जीवन में अव्याख्येय घटनाएं घटित होती हैं।

9. दूसरों की मदद करने में रुचि, खासकर गुप्त रूप से।
10. विरासत या अज्ञात स्त्रोतों से धन प्राप्ति की संभावना।

सावधानियाँ (Precautions):

1. अपने स्वास्थ्य का विशेष ध्यान रखें, खासकर पेट और गुप्त रोगों से बचें।
2. अचानक निर्णय लेने से बचें, विशेषकर आर्थिक मामलों में।
3. अज्ञात या जोखिम भरे कार्यों में शामिल न हों।
4. पारिवारिक संपत्ति या विरासत से जुड़े विवादों से दूर रहें।
5. जीवन में स्थिरता बनाए रखने का प्रयास करें।
6. नकारात्मक सोच और रहस्यमयी विषयों में अत्यधिक रुचि से बचें।
7. किसी भी प्रकार की गोपनीय जानकारी का साझा करने में सावधानी बरतें।
8. अप्रत्याशित जोखिम से दूर रहें।
9. मानसिक शांति के लिए ध्यान और योग को दिनचर्या में शामिल करें।
10. संबंधों में पारदर्शिता और ईमानदारी बनाए रखें।

उपाय (Remedies):

1. केतु मंत्र "ॐ स्त्रां स्त्रीं स्त्रौं सः केतवे नमः" का जाप करें।
2. भगवान गणेश की पूजा करें और उन्हें दूर्वा अर्पित करें।
3. शनिवार के दिन काले तिल का दान करें।

4. हनुमान चालीसा का नियमित पाठ करें।
5. गरीबों को दान-पुण्य करने से केतु के दुष्प्रभाव कम होते हैं।
6. काले और सफेद तिल को पानी में बहाएं।
7. मंगलवार को चने का दान करना लाभकारी रहेगा।
8. केतु के दुष्प्रभाव से बचने के लिए धारण करें चांदी का छल्ला।
9. शनि से संबंधित कार्य और दान-पुण्य करें।
10. आध्यात्मिक साधना और ध्यान को जीवन में अपनाएं।

विशेष ध्यान दें (Special Attention):

- स्वास्थ्य का ख्याल रखें और नियमित स्वास्थ्य जांच करवाते रहें।
- आर्थिक मामलों में सतर्क रहें और अनावश्यक जोखिम न लें।
- पारिवारिक विवादों से बचने के लिए धैर्य और समझदारी से काम लें।
- रहस्यमयी और नकारात्मक विचारों से बचकर सकारात्मक दिशा में ध्यान केंद्रित करें।
- मन की शांति और मानसिक संतुलन के लिए योग और ध्यान को दिनचर्या में शामिल करें।

केतु नवम भाव में

एक पंक्ति की भविष्यवाणियाँ (One-liner Predictions):

1. केतु नवम भाव में होने से व्यक्ति धर्म, दर्शन और अध्यात्म में गहरी रुचि रखता है।
2. धार्मिक विश्वासों में अस्थिरता आ सकती है या व्यक्ति परंपरागत सोच से हटकर विचार रखता है।
3. विदेशी यात्राओं में बाधाएं या विलंब की संभावना होती है।
4. व्यक्ति की आध्यात्मिक यात्रा में बाधाएं और चुनौतियाँ आ सकती हैं।
5. जीवन में अनिश्चितताएं और परिवर्तनशीलता होती है।
6. शिक्षा या उच्च अध्ययन में रुकावटें आ सकती हैं।
7. व्यक्ति को धार्मिक कार्यों या गुरु से दूरी महसूस हो सकती है।
8. गहरी और असामान्य आध्यात्मिक समझ हो सकती है।
9. जीवन में अक्सर मार्गदर्शन की कमी महसूस हो सकती है।
10. व्यक्ति पारंपरिक और धार्मिक रीति-रिवाजों में अनास्था रख सकता है।

निशानियाँ (Symptoms/Characteristics):

1. व्यक्ति के धार्मिक या दार्शनिक विचार सामान्य लोगों से अलग होते हैं।
2. विदेश यात्रा की योजना बनती है, लेकिन बार-बार रुकावटें आती हैं।
3. व्यक्ति गुरु या धर्म के प्रति भटकाव महसूस कर सकता है।

4. जीवन में अचानक आध्यात्मिक जागरण का अनुभव होता है।
5. धार्मिक कर्तव्यों में रुचि कम होती है या परंपराओं से अलग सोच रखता है।
6. परिवार से धार्मिक विचारों पर टकराव की स्थिति।
7. किसी विशेष धर्म, जाति या समाज से जुड़े विवाद में फंस सकता है।
8. उच्च शिक्षा में बाधाएं आ सकती हैं, खासकर आध्यात्मिक या धार्मिक शिक्षा में।
9. असामान्य धार्मिक या दार्शनिक विश्वास।
10. जीवन में मार्गदर्शन की आवश्यकता महसूस होती है लेकिन मिलना मुश्किल होता है।

सावधानियाँ (Precautions):

1. धार्मिक कार्यों या तीर्थ यात्राओं में संयम और संतुलन बनाए रखें।
2. धर्म और अध्यात्म में अतिरेक से बचें, और किसी एक विचारधारा में फंसने से बचें।
3. उच्च शिक्षा में रुकावटें न आने दें, धैर्य से प्रयास करें।
4. विचारों में स्थिरता लाएं और अनुशासन का पालन करें।
5. विदेश यात्रा के लिए पूरी योजना और सतर्कता से तैयार रहें।

6. धार्मिक विचारों में उदारता रखें और दूसरों के दृष्टिकोण को स्वीकार करें।
7. गुरु या मार्गदर्शक के प्रति सम्मान रखें, चाहे उनके विचार आपसे मेल न खाते हों।
8. नकारात्मक विचारों और संदेहों से दूर रहें।
9. नई आध्यात्मिक अवधारणाओं में अति रुचि से बचें।
10. जीवन में स्थिरता और संतुलन बनाए रखने का प्रयास करें।

उपाय (Remedies):

1. केतु मंत्र "ॐ स्रां स्रीं स्रौं सः केतवे नमः" का जाप करें।
2. भगवान गणेश की पूजा करें और बुधवार को विशेष रूप से उनकी उपासना करें।
3. धार्मिक स्थल पर गरीबों को सफेद कपड़े का दान करें।
4. शनिवार को काले तिल का दान करें।
5. कुत्तों को दूध या रोटी खिलाएं।
6. अपनी सोच में स्थिरता लाने के लिए ध्यान का अभ्यास करें।
7. पीपल के पेड़ की पूजा करें और जल अर्पित करें।
8. धार्मिक यात्राओं या तीर्थों पर जाने से पहले उचित योजना बनाएं।
9. तंत्र-मंत्र से दूर रहें और सरल आध्यात्मिक साधनाओं को अपनाएं।

10. अपने गुरु के साथ संपर्क बनाए रखें और उनके मार्गदर्शन का अनुसरण करें।

विशेष ध्यान दें (Special Attention):

- धर्म और अध्यात्म में संतुलित दृष्टिकोण अपनाएं, और अतिरेक से बचें।
- उच्च शिक्षा या विदेश यात्रा के दौरान कठिनाइयों से बचने के लिए धैर्य रखें।
- जीवन में मार्गदर्शक का महत्व समझें और उनकी सलाह का सम्मान करें।
- अपनी धार्मिक मान्यताओं में लचीलापन रखें और दूसरों की सोच को समझने की कोशिश करें।
- मानसिक और आध्यात्मिक शांति के लिए ध्यान और योग को अपने जीवन में शामिल करें।

केतु दशम भाव में

एक पंक्ति की भविष्यवाणियाँ (One-liner Predictions):

1. केतु दशम भाव में होने से व्यक्ति के करियर में अचानक उतार-चढ़ाव आते हैं।
2. व्यक्ति नौकरी में स्थिरता की कमी महसूस कर सकता है।
3. उच्च पद या प्रतिष्ठा पाने की इच्छा होती है, लेकिन बाधाएं आती हैं।
4. काम में पूरी मेहनत के बावजूद अपेक्षित सफलता न मिलना।

5. समाज में प्रतिष्ठा प्राप्त करने में कठिनाई का अनुभव हो सकता है।
6. कार्यक्षेत्र में अप्रत्याशित बदलाव या स्थानांतरण की संभावनाएं।
7. कार्यक्षेत्र में असंतोष की भावना।
8. निर्णय लेने में असमंजस और आत्मविश्वास की कमी।
9. कार्य में एकाग्रता की कमी हो सकती है।
10. व्यक्ति को कभी-कभी कार्य में आलस्य या उदासीनता महसूस हो सकती है।

निशानियाँ (Symptoms/Characteristics):

1. व्यक्ति का करियर अस्थिर होता है, बार-बार नौकरी बदलने की प्रवृत्ति।
2. काम में पूरा मन न लग पाना और ऊब महसूस करना।
3. कार्यक्षेत्र में कभी-कभी अनजानी डर या संदेह की भावना।
4. व्यक्ति के वरिष्ठों या अधिकारियों के साथ संबंध अच्छे नहीं रहते।
5. समाज में नाम या प्रसिद्धि की कमी का अनुभव।
6. करियर के प्रति रुचि में उतार-चढ़ाव।
7. आधिकारिक कार्यों में अनावश्यक रुकावटें।
8. व्यक्ति का अचानक अलग-थलग महसूस करना।

9. नेतृत्व के गुण होते हुए भी जिम्मेदारियों से दूर भागने की प्रवृत्ति।

10. करियर में मानसिक संतोष की कमी।

सावधानियाँ (Precautions):

1. करियर में स्थिरता लाने के लिए निरंतर प्रयास करें और धैर्य बनाए रखें।

2. कार्यक्षेत्र में आत्मविश्वास और धैर्य का अभाव न आने दें।

3. नौकरी में बार-बार बदलाव से बचें।

4. किसी भी कार्य में धैर्य से निर्णय लें और आवेश में आकर निर्णय न लें।

5. कार्यस्थल पर अनावश्यक विवादों से बचें और विनम्रता रखें।

6. समाज में अपने संपर्क बढ़ाएं और अच्छे संबंध बनाए रखें।

7. अपने लक्ष्यों के प्रति फोकस रखें और आलस्य से बचें।

8. वरिष्ठों के साथ व्यवहार में संयम रखें और अनावश्यक बहस से बचें।

9. कार्यक्षेत्र में लचीलापन और धैर्य बनाए रखें।

10. असफलता या असंतोष की भावना आने पर सकारात्मक दृष्टिकोण बनाए रखें।

उपाय (Remedies):

1. केतु मंत्र "ॐ स्रां स्रीं स्रौं सः केतवे नमः" का जाप करें।

2. भगवान गणेश की पूजा करें और बुधवार को विशेष रूप से उनका ध्यान करें।

3. शनिवार को काले तिल का दान करें।

4. किसी धार्मिक स्थल पर जरूरतमंदों को वस्त्र या खाना दान करें।

5. गुरु का सम्मान करें और उनकी सलाह का पालन करें।

6. कार्यस्थल पर अपनी वाणी में संयम रखें और विनम्रता बनाए रखें।

7. अपने जीवन में संतुलन और स्थिरता लाने के लिए ध्यान का अभ्यास करें।

8. पीपल के पेड़ में जल अर्पित करें और उसकी पूजा करें।

9. करियर में आने वाली बाधाओं को दूर करने के लिए नियमित हनुमान चालीसा का पाठ करें।

10. अपनी सोच को सकारात्मक बनाए रखें और कार्य में दृढ़ता बनाए रखें।

विशेष ध्यान दें (Special Attention):

- करियर में स्थिरता और सफलता पाने के लिए संयम और धैर्य रखें।
- कार्यक्षेत्र में अपने व्यवहार और वाणी का विशेष ध्यान रखें।
- सफलता पाने के लिए मेहनत और ईमानदारी से काम करें।
- समाज में अपनी प्रतिष्ठा को सुधारने के लिए अच्छे संबंध बनाएं।

- मानसिक शांति के लिए योग और ध्यान को अपने जीवन में शामिल करें।

केतु ग्यारहवें भाव में

एक पंक्ति की भविष्यवाणियाँ (One-liner Predictions):

1. केतु ग्यारहवें भाव में होने से व्यक्ति को आकस्मिक आर्थिक लाभ प्राप्त हो सकता है।
2. व्यक्ति के दोस्तों के साथ दूरी बनी रह सकती है।
3. व्यक्ति अपनी इच्छाओं को पूरा करने के लिए संघर्ष कर सकता है।
4. व्यक्ति की आकांक्षाएं बहुत ऊँची होती हैं, लेकिन उन्हें पूरा करना कठिन हो सकता है।
5. बड़े समूहों में असहज महसूस करना।
6. अचानक मित्रों से मतभेद या दूरी का अनुभव।
7. व्यक्ति को लाभ के अवसर मिलते हैं लेकिन उन्हें पकड़ना कठिन होता है।
8. आय स्रोतों में अचानक उतार-चढ़ाव।
9. मित्रों से लाभ की उम्मीद करना निरर्थक हो सकता है।
10. कोई विशेष इच्छा अचानक पूरी हो सकती है, लेकिन स्थायित्व नहीं रहता।

निशानियाँ (Symptoms/Characteristics):

1. व्यक्ति का मित्रों का दायरा सीमित होता है या अचानक घटता-बढ़ता रहता है।
2. बड़े समूहों या सोशल गैदरिंग में असहजता।
3. कुछ महत्वपूर्ण मित्रों से दूर होने की प्रवृत्ति।
4. इच्छाओं को प्राप्त करने में कठिनाई का अनुभव।
5. लाभ होने पर भी संतोष का अभाव।
6. आय के स्त्रोतों में अचानक बाधाएं।
7. व्यक्ति का अचानक अकेलापन महसूस करना।
8. समाज में एक अलग पहचान बनाने की चाह।
9. मित्रों या परिवार से आर्थिक सहायता न मिलना।
10. जीवन में अचानक आने वाले अवसरों का जल्दी गायब हो जाना।

सावधानियाँ (Precautions):

1. आर्थिक मामलों में सावधानी बरतें और किसी पर भी जल्दी विश्वास न करें।
2. अपने मित्रों और सहकर्मियों के साथ अच्छे संबंध बनाए रखने का प्रयास करें।
3. लाभकारी अवसरों पर ध्यान दें और उनका सही उपयोग करें।
4. आकांक्षाओं के प्रति व्यावहारिक दृष्टिकोण रखें।
5. दोस्तों से आर्थिक मदद या बहुत अधिक अपेक्षा न रखें।

6. भीड़-भाड़ वाली जगहों पर जाने से बचें अगर असहज महसूस होता है।
7. अपनी इच्छाओं के प्रति संयमित दृष्टिकोण रखें।
8. लाभ कमाने के साधनों में स्थिरता बनाए रखें।
9. अचानक लाभ के अवसर मिलने पर सोच-समझकर निर्णय लें।
10. अपने लक्ष्यों को प्राप्त करने में धैर्य बनाए रखें।

उपाय (Remedies):

1. केतु मंत्र "ॐ स्रां स्रीं स्रौं सः केतवे नमः" का जाप करें।
2. मंगलवार और शनिवार को गरीबों में कंबल या वस्त्र का दान करें।
3. भगवान गणेश की आराधना करें और उनकी पूजा करें।
4. हनुमान चालीसा का नियमित पाठ करें, विशेषकर मंगलवार को।
5. शनिवार को पीपल के पेड़ में जल अर्पित करें।
6. सामाजिक समूहों में संतुलित व्यवहार रखें और विनम्रता अपनाएं।
7. किसी धार्मिक स्थल पर स्वच्छता का काम करें।
8. परिवार और दोस्तों के साथ सम्मानजनक संबंध बनाए रखें।
9. जरूरतमंदों की मदद के लिए समय-समय पर दान करें।

10. ध्यान और योग का अभ्यास करें ताकि मानसिक शांति बनी रहे।

विशेष ध्यान दें (Special Attention):

- अपने लक्ष्यों को प्राप्त करने के लिए मित्रों और सहकर्मियों का सहयोग बनाए रखें।
- बड़े समूहों में अपनी उपस्थिति को सहज बनाएं।
- आर्थिक निर्णय सोच-समझकर करें, खासकर अचानक मिले लाभों में।
- इच्छाओं के प्रति सकारात्मक सोच बनाए रखें और संतोष का भाव रखें।
- जीवन में प्राप्त अवसरों का सही समय पर उचित उपयोग करने का प्रयास करें।

केतु बारहवें भाव में

एक पंक्ति की भविष्यवाणियाँ (One-liner Predictions):

1. केतु बारहवें भाव में होने से व्यक्ति को गूढ़ और आध्यात्मिक ज्ञान की ओर झुकाव रहता है।
2. व्यक्ति का मन एकांत में ज्यादा लगता है।
3. व्यक्ति को अनचाही यात्राओं का सामना करना पड़ सकता है।
4. विदेशी भूमि या स्थानों के प्रति रुचि बढ़ सकती है।
5. व्यक्ति में अदृश्य शक्तियों के प्रति आकर्षण होता है।

6. व्यक्ति अज्ञात भय या मानसिक तनाव महसूस कर सकता है।
7. नींद में परेशानी हो सकती है।
8. व्यक्ति का खर्च बढ़ने की संभावना रहती है।
9. गुप्त कार्यों या गुप्त धन से जुड़ी रुचि।
10. व्यक्ति को अपने विचारों को गुप्त रखने की आदत हो सकती है।

निशानियाँ (Symptoms/Characteristics):

1. व्यक्ति को गहरी आध्यात्मिकता और ध्यान में रुचि होती है।
2. व्यक्ति का एकांतप्रिय स्वभाव और लोगों से दूरी बनाए रखना।
3. सपनों में अधिक सक्रियता और अनजान स्थितियों का अनुभव।
4. गुप्त शत्रुओं या अचानक चुनौतियों का सामना करना।
5. अनियंत्रित खर्चों की आदत।
6. अनजाने में मानसिक तनाव महसूस करना।
7. विदेश में बसने या काम करने की इच्छा।
8. रहस्यमयी विषयों और गूढ़ विज्ञान में रुचि।
9. व्यक्ति की निजी जीवन में एक गोपनीयता रहती है।
10. व्यक्ति को नींद में समस्याएं हो सकती हैं, जैसे अनिद्रा।

सावधानियाँ (Precautions):

1. बेवजह के खर्चों पर नियंत्रण रखें।
2. एकांत में रहने की आदत से मानसिक तनाव का सामना कर सकते हैं, इसलिए संतुलन बनाए रखें।
3. आध्यात्मिक अभ्यास में अनुशासन बनाए रखें।
4. गुप्त शत्रुओं से सतर्क रहें और किसी से भी अत्यधिक विश्वास न करें।
5. स्वास्थ्य संबंधी समस्याओं को अनदेखा न करें, खासकर मानसिक स्वास्थ्य को।
6. अनजानी जगहों की यात्रा करते समय सावधानी बरतें।
7. विदेशी कार्यों में निवेश करते समय सोच-समझकर निर्णय लें।
8. अव्यवस्थित दिनचर्या से बचें और सोने का समय नियमित रखें।
9. नींद से संबंधित समस्याओं के लिए योग और ध्यान का सहारा लें।
10. अनजानी जगहों या लोगों से जुड़ी गोपनीय बातों को साझा करने से बचें।

उपाय (Remedies):

1. केतु मंत्र "ॐ स्रां स्रीं स्रौं सः केतवे नमः" का जाप करें।
2. शनिवार को नीले या काले कपड़े का दान करें।

3. शनिवार को पीपल के पेड़ में जल अर्पित करें और उसकी पूजा करें।
4. हनुमान चालीसा का पाठ नियमित करें।
5. गरीबों को जूते-चप्पल का दान करें।
6. किसी गुप्त स्थान पर दान-पुण्य करें, जैसे अनाथालय या वृद्धाश्रम।
7. तिल के लड्डू या तिल से बनी वस्तु का दान करें।
8. विदेश यात्रा या अन्य अनजान जगहों पर जाने से पहले भगवान गणेश का आशीर्वाद लें।
9. मानसिक शांति के लिए नियमित ध्यान करें।
10. किसी धार्मिक स्थान पर स्वच्छता का कार्य करें।

विशेष ध्यान दें (Special Attention):

- अपने एकांतप्रिय स्वभाव को संतुलित करें और सामाजिक जीवन में भी सक्रियता बनाए रखें।
- गुप्त शत्रुओं के प्रति सतर्क रहें और अपने कार्यों में सावधानी बरतें।
- अपनी निजी जानकारी का अनावश्यक खुलासा न करें।
- नींद की समस्याओं से बचने के लिए ध्यान और योग को अपनी दिनचर्या में शामिल करें।
- अपनी आध्यात्मिक प्रगति के लिए नियमित ध्यान और ध्यान संबंधी अभ्यास करते रहें, इससे मानसिक शांति और संतुलन मिलेगा।

22. युति के प्रभाव

सूर्य और बुध (Sun-Mercury Conjunction)

एक पंक्ति भविष्यवाणियाँ:

1. व्यक्ति बुद्धिमान और तेज तर्रार होगा।
2. व्यापार और शिक्षा में सफलता पाने की क्षमता होगी।
3. वक्तृत्व कला में निपुणता होगी।
4. संचार में कुशल और शब्दों के माध्यम से दूसरों को प्रभावित करने की क्षमता होगी।

निशानियाँ:

- लिखने-पढ़ने में रुचि होगी और लेखनी प्रभावशाली रहेगी।
- व्यक्ति शिक्षित और ज्ञानवान होगा।
- वाणी में एक खास आकर्षण महसूस होता है।
- लोगों को सलाह देने और मार्गदर्शन करने में आनंद आता है।

सावधानियाँ:

- अहंकार और बोलचाल में कटुता से बचें।
- अपनी बुद्धि का गलत इस्तेमाल न करें।
- आलोचना को सकारात्मक रूप से लें, आत्ममुग्धता से बचें।
- धैर्य रखें, और जल्दबाजी में निर्णय न लें।

उपाय:

- रविवार और बुधवार को सूर्य और बुध से जुड़े उपाय करें, जैसे आदित्य हृदय स्तोत्र का पाठ।
- नित्य सूर्य को जल चढ़ाएँ।
- हरे रंग के वस्त्र पहनें और तुलसी में जल चढ़ाएं।
- बुध से संबंधित चीजों का दान करें, जैसे हरी मूंग या हरे वस्त्र।

विशेष ध्यान दें:

- सूर्य और बुध की युति से व्यक्ति का आत्मविश्वास बढ़ता है, इसलिए इस ऊर्जा को सकारात्मक दिशा में लगाएं।
- अपने संवाद कौशल का समाज सेवा और दूसरों को प्रेरित करने में प्रयोग करें।
- इस युति से व्यक्ति को अपने विचारों और शब्दों के माध्यम से नेतृत्व का गुण प्राप्त होता है।

सूर्य और शुक्र की युति के प्रभाव (Sun-Venus Conjunction)

एक पंक्ति भविष्यवाणियाँ:

1. व्यक्ति आकर्षक व्यक्तित्व का धनी होगा।
2. कला, सौंदर्य, और संगीत में विशेष रुचि होगी।
3. प्रेम संबंधों और रोमांटिक जीवन में सफलता मिल सकती है।

4. विलासिता और भौतिक सुखों की ओर झुकाव रहेगा।

निशानियाँ:

- व्यक्ति में शिष्टाचार और सौम्यता का भाव होता है।
- सुंदर वस्त्र पहनने और आकर्षक दिखने की इच्छा होती है।
- कला, संगीत, नृत्य या चित्रकला में रुचि होती है।
- व्यक्ति के पास सामाजिक रूप से प्रभावी होने की क्षमता होती है।

सावधानियाँ:

- अहंकार से बचें और दूसरों के विचारों का सम्मान करें।
- प्रेम संबंधों में अधिक अपेक्षाएँ न रखें।
- खर्च करने में संतुलन रखें, फिजूलखर्ची से बचें।
- संबंधों में ईमानदारी बनाए रखें और किसी प्रकार के छल-कपट से बचें।

उपाय:

- शुक्रवार को लक्ष्मी स्तोत्र का पाठ करें और सफेद वस्त्र पहनें।
- प्रेम संबंधों में स्थायित्व के लिए चमेली या गुलाब की सुगंध का प्रयोग करें।
- माता लक्ष्मी के मंदिर में सफेद पुष्प चढ़ाएं।
- ज़रूरतमंदों को सुगंधित वस्त्र, इत्र, या सुंदरता से जुड़ी वस्तुएँ दान करें।

विशेष ध्यान दें:

- यह युति व्यक्ति को कला, सौंदर्य, और सौम्यता में निपुण बनाती है, इसे सकारात्मक दिशा में उपयोग करें।
- रिश्तों में संतुलन बनाए रखें और वफादारी पर जोर दें।
- भौतिक सुखों की ओर आकर्षित होने के बजाय अपने व्यक्तित्व को निखारने में ध्यान दें।

सूर्य और मंगल की युति के प्रभाव (Sun-Mars Conjunction)

एक पंक्ति भविष्यवाणियाँ:

1. व्यक्ति में साहस और आत्मविश्वास प्रचुर मात्रा में होता है।
2. नेतृत्व और निर्णय लेने की क्षमता प्रबल होती है।
3. किसी भी कार्य में जोश और ऊर्जा से भरे होते हैं।
4. सैन्य, पुलिस, और खेल जैसे क्षेत्रों में सफलता प्राप्त कर सकते हैं।

निशानियाँ:

- गुस्से में जल्दी आ जाते हैं और प्रतिक्रिया तीव्र होती है।
- चेहरे या शरीर पर लालिमा या तेज दिखाई देता है।
- कठिन परिस्थितियों में भी आत्मविश्वास नहीं खोते।
- खेल-कूद और शारीरिक गतिविधियों में रुचि रखते हैं।

सावधानियाँ:

- गुस्से और अधीरता पर काबू रखें, अन्यथा रिश्तों में समस्या हो सकती है।
- निर्णय लेते समय जल्दबाजी से बचें और पूरी स्थिति को समझें।
- अपनी ऊर्जा को सकारात्मक दिशा में लगाएं; आक्रामकता से बचें।
- अधिक आत्मविश्वास से बचें और दूसरों के विचारों का सम्मान करें।

उपाय:

- मंगलवार को हनुमान चालीसा का पाठ करें और हनुमानजी की पूजा करें।
- जरूरतमंदों को लाल वस्त्र और मसूर की दाल का दान करें।
- लाल चंदन का तिलक लगाएं।
- सूर्य को जल अर्पित करें और "ॐ आदित्याय नमः" का जाप करें।

विशेष ध्यान दें:

- यह युति व्यक्ति को साहसी और आत्मविश्वासी बनाती है, इसका लाभ उठाएं लेकिन अहंकार से दूर रहें।
- अपने जोश को नियंत्रित कर सकारात्मक कार्यों में लगाएं।
- विपरीत परिस्थितियों में धैर्य रखें और आक्रामकता से बचें।

सूर्य और चंद्रमा की युति के प्रभाव (Sun-Moon Conjunction)

एक पंक्ति भविष्यवाणियाँ:

1. ऐसा व्यक्ति भावनात्मक और मानसिक संतुलन में मजबूत होता है।
2. स्वभाव में आत्मनिर्भरता और नेतृत्व की भावना होती है।
3. जीवन में जल्दी सफलता पाने की संभावना रहती है।
4. पारिवारिक मामलों में जिम्मेदारी निभाने में निपुण होते हैं।

निशानियाँ:

- चेहरे पर एक विशेष तेज होता है और आत्मविश्वास झलकता है।
- निर्णय लेते समय भावनाएं और बुद्धि दोनों का समन्वय करते हैं।
- जीवन में माता-पिता के प्रति लगाव अधिक होता है।
- भीड़ में भी अपनी पहचान बनाए रखते हैं।

सावधानियाँ:

- स्वाभिमान को कभी अहंकार में न बदलने दें।
- भावनाओं में बहकर निर्णय लेने से बचें।
- परिवार के सदस्यों के साथ संतुलन बनाए रखें।
- अपने अंदर आत्मनिरीक्षण की आदत डालें।

उपाय:

- सोमवार को शिवजी की पूजा करें और "ॐ नमः शिवाय" मंत्र का जाप करें।
- चंद्रमा के कमजोर प्रभाव को संतुलित करने के लिए रात को चांदी के गिलास में पानी पीएं।
- सूर्य को जल अर्पित करें और "ॐ सूर्याय नमः" का जाप करें।
- जरूरतमंदों को सफेद वस्त्र, चावल, और दूध का दान करें।

विशेष ध्यान दें:

- यह युति जीवन में सफलता और प्रसिद्धि प्रदान करती है, इसका सदुपयोग करें।
- स्वाभाव में संतुलन रखें, जिससे मानसिक शांति और आत्मविश्वास बना रहे।
- परिवार में आपके प्रति सभी का विश्वास बना रहे, इसके लिए विनम्रता से पेश आएं।

सूर्य और गुरु की युति के प्रभाव (Sun-Jupiter Conjunction)

एक पंक्ति भविष्यवाणियाँ:

1. व्यक्ति में उच्च आदर्श, ज्ञान, और धार्मिकता की भावना होती है।
2. समाज में मान-सम्मान प्राप्त होता है और नेतृत्व क्षमता प्रबल होती है।

3. शिक्षा और आध्यात्मिक क्षेत्र में उन्नति का संकेत मिलता है।
4. जीवन में गुरु और शिक्षक का विशेष प्रभाव रहता है।

निशानियाँ:

- धार्मिक और नैतिक मूल्यों के प्रति विशेष झुकाव होता है।
- नेतृत्व क्षमता प्रबल होती है, लोग सलाह मांगने आते हैं।
- चेहरे पर तेज और आँखों में आत्मविश्वास झलकता है।
- शिक्षा, कानून, या प्रशासन से जुड़े कार्यों में सफलता प्राप्त होती है।

सावधानियाँ:

- अहंकार और अति-आत्मविश्वास से बचें, अन्यथा रिश्तों पर प्रभाव पड़ सकता है।
- निर्णय लेते समय दूसरों की राय को भी महत्व दें।
- अपने ज्ञान का उपयोग सही दिशा में करें और दूसरों पर न थोपें।
- सामाजिक प्रतिष्ठा को बनाए रखने के लिए विनम्रता रखें।

उपाय:

- गुरुवार को पीले वस्त्र धारण करें और केले का दान करें।
- बृहस्पति को मजबूत करने के लिए पीपल के पेड़ पर जल अर्पित करें।

- सूर्य देव को जल अर्पित करें और "ॐ सूर्याय नमः" का जाप करें।
- गुरु के मार्गदर्शन में काम करने का संकल्प लें और अच्छे कर्म करें।

विशेष ध्यान दें:

- यह युति जीवन में उच्च शिक्षा, ज्ञान, और आध्यात्मिकता का मार्ग प्रशस्त करती है, इसका सही उपयोग करें।
- दूसरों के प्रति उदार और सहनशील बने रहें, जिससे मान-सम्मान बढ़ता रहे।
- गुरु का मार्गदर्शन जीवन में बड़ी उपलब्धियों का द्वार खोल सकता है, उनके प्रति सम्मान बनाए रखें।

सूर्य और शनि की युति के प्रभाव (Sun-Saturn Conjunction)

एक पंक्ति भविष्यवाणियाँ:

1. व्यक्ति में अनुशासन, धैर्य, और कर्मठता की भावना होती है।
2. जीवन में संघर्षों का सामना करना पड़ सकता है, लेकिन दृढ़ संकल्प से सफलता मिलती है।
3. करियर और सरकारी कामों में उन्नति की संभावना रहती है, किंतु कठिन मेहनत जरूरी होती है।
4. पिता और वरिष्ठजनों के साथ मतभेद या दूरी का संकेत हो सकता है।

निशानियाँ:

- अनुशासनप्रियता और कठोर मेहनत की आदत होती है।
- कंधे और कमर में दर्द जैसी समस्याएँ रह सकती हैं।
- जीवन में छोटी-छोटी बातों को लेकर तनाव बना रह सकता है।
- पिता या बॉस के साथ संबंधों में मतभेद देखने को मिलते हैं।

सावधानियाँ:

- गुस्से और आवेग में किसी निर्णय को न लें; शांत रहकर सोचें।
- अपने कार्यों में लचीलापन रखें और अहंकार से बचें।
- पिता और वरिष्ठजनों के साथ संबंधों को संभालकर रखें।
- कठोर शब्दों के प्रयोग से बचें और विनम्रता बनाए रखें।

उपाय:

- शनिवार के दिन गरीबों में काले तिल, काली उड़द, और काले कपड़ों का दान करें।
- प्रतिदिन "ॐ शनैश्चराय नमः" का जाप करें और सूर्य देव को जल अर्पित करें।
- पीपल के पेड़ की सेवा करें और शनिदेव का आशीर्वाद लें।
- पिता के चरण स्पर्श करें और उनसे आशीर्वाद लें, उन्हें प्रसन्न रखें।

विशेष ध्यान दें:

- इस युति के प्रभाव से जीवन में धैर्य और अनुशासन की महत्ता समझें।
- कठिन परिश्रम का मार्ग अपनाएं, इससे संघर्ष में भी सफलता संभव होती है।
- युति के कारण यदि पिता या वरिष्ठजनों से दूरियाँ हो रही हैं तो संवाद के माध्यम से संबंधों को सुधारें।
- आत्म-निर्भरता की ओर ध्यान दें, इससे सफलता के नए मार्ग खुलते हैं।

सूर्य और राहु की युति के प्रभाव (Sun-Rahu Conjunction)

एक पंक्ति भविष्यवाणियाँ:

1. व्यक्ति में महत्वाकांक्षा और उच्च स्तर पर पहुँचने की प्रबल इच्छा होती है।
2. जीवन में अचानक उतार-चढ़ाव आते हैं, और प्रसिद्धि पाने का योग बनता है।
3. कई बार निर्णयों में भ्रम या भ्रमित विचारों की स्थिति उत्पन्न होती है।
4. जातक में जोखिम उठाने की प्रवृत्ति रहती है, जो कभी-कभी हानिकारक हो सकती है।

निशानियाँ:

- व्यक्ति तेज, उत्साही और दिखावे की ओर झुका हुआ होता है।
- मन में अस्थिरता बनी रहती है, और स्थिर निर्णय लेने में कठिनाई होती है।
- पिता या पुरुष वरिष्ठजनों के साथ विवाद या दूरी का अनुभव हो सकता है।
- निर्णय और आचरण में छुपे हुए उद्देश्य हो सकते हैं, जिन्हें प्रकट नहीं किया जाता।

सावधानियाँ:

- जल्दबाजी और दिखावे से बचें; वास्तविकता में जीना सीखें।
- भ्रम और लालच से दूर रहकर समझदारी से निर्णय लें।
- पिता और वरिष्ठजनों के साथ विनम्रता बनाए रखें और अहंकार से बचें।
- झूठ बोलने या धोखाधड़ी में संलिप्त न हों, वरना हानि हो सकती है।

उपाय:

- रविवार के दिन ब्राह्मणों या जरूरतमंदों को चावल और नारियल का दान करें।
- सूर्य को जल चढ़ाएं और "ॐ घृणि सूर्याय नमः" का जाप करें।

- भगवान शिव की उपासना करें और राहु के दोष को शांत करने के लिए शिवलिंग पर जल अर्पित करें।
- सोने के आभूषण पहनने से परहेज करें, और हाथ में चांदी का कड़ा धारण करें।

विशेष ध्यान दें:

- इस युति के प्रभाव से भ्रमित करने वाली स्थिति उत्पन्न हो सकती है, इसलिए स्पष्टता बनाए रखना जरूरी है।
- सामाजिक प्रतिष्ठा के लिए सच्चाई के मार्ग पर चलें और छल से बचें।
- करियर में स्थायित्व के लिए धैर्य और संयम का पालन करें।
- जीवन में जोखिमों का आकलन करके ही कदम बढ़ाएं, क्योंकि युति की प्रवृत्ति अत्यधिक साहसिक होती है।

सूर्य और केतु की युति के प्रभाव (Sun-Ketu Conjunction)

एक पंक्ति भविष्यवाणियाँ:

1. व्यक्ति में आत्म-विश्वास की कमी या आत्म-संदेह की प्रवृत्ति हो सकती है।
2. जीवन में अनिश्चितता और अलगाव की भावना का अनुभव होता है।
3. व्यक्ति गहरी आध्यात्मिकता की ओर आकर्षित होता है।
4. पारिवारिक जीवन में दूरियाँ और पिता के साथ मतभेद हो सकते हैं।

निशानियाँ:

- व्यक्ति अंतर्मुखी या गुप्त स्वभाव का हो सकता है।
- पारिवारिक और सामाजिक जीवन में कुछ दूरी या एकाकीपन का अनुभव होता है।
- आत्मसम्मान और पहचान में संघर्ष देखने को मिलता है।
- जातक का मन कई बार अज्ञात या अनसुलझे विचारों में डूबा रहता है।

सावधानियाँ:

- अहंकार और आत्म-केंद्रितता से बचें, क्योंकि इससे रिश्तों में तनाव आ सकता है।
- आत्म-संकोच और आत्म-संदेह से मुक्त रहने का प्रयास करें।
- स्वास्थ्य पर विशेष ध्यान दें, विशेषकर मानसिक स्वास्थ्य पर।
- अपने विचारों और व्यवहार में साफगोई और ईमानदारी रखें।

उपाय:

- भगवान सूर्य को जल चढ़ाएं और "ॐ आदित्याय नमः" मंत्र का जाप करें।
- शनिवार को ब्राह्मणों या जरूरतमंदों को काले तिल का दान करें।

- पीले कपड़े पहनें और हनुमान चालीसा का पाठ करें, विशेषकर मंगलवार को।
- चांदी का कड़ा या सफेद रत्न (मोती) धारण करें, इससे मन की शांति मिलेगी।

विशेष ध्यान दें:

- इस युति में आध्यात्मिकता का गहरा प्रभाव होता है, ध्यान और साधना से लाभ प्राप्त होगा।
- आत्म-विकास के लिए अपने कमजोर पक्षों का सामना करें और अपने अंदर के डर से उबरें।
- पारिवारिक जीवन में सामंजस्य बनाए रखने के लिए धैर्य और समझदारी से काम लें।
- करियर और व्यक्तिगत जीवन में स्थिरता पाने के लिए ठोस निर्णय लें और उथल-पुथल से बचें।

बुध और शुक्र की युति के प्रभाव (Mercury-Venus Conjunction)

एक पंक्ति भविष्यवाणियाँ:

1. व्यक्ति में रचनात्मकता और कला का विशेष गुण होता है।
2. प्रेम संबंधों में संवाद कुशल और आकर्षक होते हैं।
3. व्यापार और वित्तीय मामलों में सफलता की संभावनाएँ बढ़ती हैं।
4. व्यक्ति का व्यवहार मधुर और दूसरों के लिए आकर्षक होता है।

निशानियाँ:

- जातक का स्वर सौम्य और मनमोहक होता है।
- बोलने में कुशल और रचनात्मक दृष्टिकोण वाले होते हैं।
- व्यक्ति में फैशन, संगीत, और कला के प्रति रुचि होती है।
- बुद्धि और भावनाओं का संतुलित मेल देखने को मिलता है।

सावधानियाँ:

- अतिव्यय और फिजूलखर्ची से बचें, विशेषकर विलासिता के मामलों में।
- प्रेम संबंधों में सावधान रहें और ईमानदारी बनाए रखें।
- केवल दिखावे पर ध्यान न दें, सच्चे गुणों को प्राथमिकता दें।
- जल्दबाजी में फैसले न लें, विशेषकर रिश्तों और वित्तीय मामलों में।

उपाय:

- बुधवार और शुक्रवार को देवी लक्ष्मी और भगवान गणेश की पूजा करें।
- मोती या पन्ना धारण करें, बुद्धि और विवेक में सुधार होगा।
- हरे रंग का वस्त्र धारण करें और हरी मूंग का दान करें।
- माता-पिता का आशीर्वाद लें और शुक्रवार को सफेद वस्त्र दान करें।

विशेष ध्यान दें:

- इस युति से कला, संगीत, और भाषण कला में विशेष सफलता मिलती है।
- व्यापार और साझेदारी में लाभकारी अवसर मिलते हैं।
- संतुलित जीवनशैली और संयमित व्यवहार से रिश्तों और करियर में उन्नति होगी।
- अपनी रचनात्मकता का सही दिशा में उपयोग करें, इससे आर्थिक और सामाजिक प्रतिष्ठा में वृद्धि होगी।

बुध और मंगल की युति के प्रभाव (Mercury-Mars Conjunction)

एक पंक्ति भविष्यवाणियाँ:

1. व्यक्ति में तर्कशक्ति और निर्णायकता का अच्छा संतुलन होता है।
2. नेतृत्व क्षमता और बातचीत में कुशलता से कार्यक्षेत्र में सफलता मिलती है।
3. व्यक्ति तेजस्वी, साहसी और काम में शीघ्र निर्णय लेने वाला होता है।
4. वाणी में प्रभावी शक्ति होती है, लेकिन कभी-कभी तीखा बोल सकते हैं।

निशानियाँ:

- व्यक्ति में बहस और तर्क करने की विशेष क्षमता होती है।
- काम में ऊर्जावान और हमेशा कुछ नया करने की प्रवृत्ति होती है।

- निर्णय लेने में शीघ्रता और आत्मविश्वास की झलक दिखाई देती है।
- व्यक्ति आत्मनिर्भर और संघर्षशील स्वभाव का होता है।

सावधानियाँ:

- अपने शब्दों का ध्यान रखें, कठोर बोलने से रिश्ते बिगड़ सकते हैं।
- क्रोध पर नियंत्रण रखें, विशेषकर जब बात संवाद और रिश्तों की हो।
- जल्दबाजी में निर्णय न लें; विचारशील होकर काम करें।
- अधिक तनाव और प्रतिस्पर्धा से बचें, इससे मानसिक अशांति हो सकती है।

उपाय:

- मंगलवार को हनुमान जी का व्रत रखें और लाल वस्त्र धारण करें।
- हरे और लाल रंग की वस्तुएं अपने पास रखें; इससे संतुलन बना रहेगा।
- ॐ अंगारकाय नमः मंत्र का जाप करें।
- बुधवार और मंगलवार को जरूरतमंदों को मूंग और मसूर की दाल दान करें।

विशेष ध्यान दें:

- इस युति से व्यक्ति में नेतृत्व की क्षमता विकसित होती है, जिससे वह किसी भी कार्य में अग्रणी बनता है।

- त्वरित निर्णय और कुशल संवाद से व्यक्ति कार्यक्षेत्र में ऊंचाइयों को छू सकता है।
- साहस और बुद्धिमानी का समन्वय व्यक्ति को चुनौतियों का सामना करने में सक्षम बनाता है।
- आत्मनिरीक्षण से लाभ मिलेगा, और बेहतर संवाद कौशल से संबंधों में मधुरता बढ़ेगी।

बुध और चंद्रमा की युति के प्रभाव (Mercury-Moon Conjunction)

एक पंक्ति भविष्यवाणियाँ:

1. व्यक्ति में भावनात्मक समझ और संवाद क्षमता का अच्छा संतुलन होता है।
2. रचनात्मकता और कल्पनाशक्ति से व्यक्ति लेखन, कला और संगीत में सफल होता है।
3. मानसिक शांति और स्थिरता की प्रवृत्ति होती है, जो उन्हें मित्रों के बीच प्रिय बनाती है।
4. व्यक्ति का स्वभाव कोमल, दयालु और सहानुभूतिपूर्ण होता है।

निशानियाँ:

- विचारों में कोमलता और रचनात्मकता की झलक होती है।
- व्यक्ति अच्छा श्रोता होता है और दूसरों की भावनाओं को समझता है।

- कल्पनाशीलता में वृद्धि होती है, और साहित्य या संगीत में रुचि हो सकती है।
- सहज ज्ञान और मन की स्थिरता से लाभ मिलता है।

सावधानियाँ:

- अत्यधिक भावुकता से बचें, इससे निर्णय लेने में समस्या हो सकती है।
- दूसरों की भावनाओं में बहुत अधिक उलझने से अपने विचारों में स्पष्टता का अभाव हो सकता है।
- चंचलता पर नियंत्रण रखें, ताकि ध्यान बंटने से बचा जा सके।
- किसी भी कार्य में अधिक आशावादी न बनें, यथार्थवादी दृष्टिकोण अपनाएं।

उपाय:

- बुद्धवार को भगवान विष्णु की पूजा करें और हरे रंग की वस्तुएं धारण करें।
- रोज़ाना हरे मूंग का दान करें या पक्षियों को मूंग खिलाएं।
- मानसिक शांति के लिए ॐ नमः शिवाय मंत्र का जाप करें।
- बुधवार और सोमवार को जरूरतमंदों को चावल और दूध दान करें।

विशेष ध्यान दें:

- बुध-चंद्र की युति से व्यक्ति की संवाद शक्ति बढ़ती है, जिससे वे परिवार और मित्रों के बीच लोकप्रिय बनते हैं।

- भावनाओं को व्यक्त करने में कुशलता आती है, और व्यक्ति अपने विचारों को प्रभावशाली तरीके से पेश कर सकता है।
- इस युति का लाभ लेखन, शिक्षा और कला से जुड़े कार्यों में विशेष रूप से प्राप्त होता है।
- चंद्रमा की शीतलता और बुध की चतुराई से संतुलित जीवन जीने में सहूलियत होती है।

बुध और गुरु की युति के प्रभाव (Mercury-Jupiter Conjunction)

एक पंक्ति भविष्यवाणियाँ:

1. व्यक्ति में ज्ञान, बुद्धि और संवाद में संतुलन होता है, जिससे वे शिक्षण, कानून, और परामर्श में सफल होते हैं।
2. यह युति व्यक्ति को धर्म, अध्यात्म और उच्च शिक्षाओं के प्रति झुकाव देती है।
3. व्यक्ति अपने विचारों और विचारधारा को प्रभावी ढंग से व्यक्त करने में सक्षम होता है।
4. बुद्धिमानी और व्यापक दृष्टिकोण से व्यक्ति अच्छे निर्णय लेने में सफल होता है।

निशानियाँ:

- शिक्षा और ज्ञान के प्रति गहरी रुचि होती है, और व्यक्ति अक्सर पढ़ाई-लिखाई में उत्कृष्टता प्राप्त करता है।
- दयालुता, ईमानदारी और नैतिकता के प्रति झुकाव रहता है।

- व्यक्ति में धार्मिक, आध्यात्मिक या सांस्कृतिक मुद्दों के प्रति जागरूकता होती है।
- समाज में एक समझदार और प्रभावशाली व्यक्तित्व के रूप में पहचान बनती है।

सावधानियाँ:

- अत्यधिक ज्ञान या श्रेष्ठता के भाव से अहंकार से बचें।
- बौद्धिकता के साथ-साथ व्यावहारिकता को भी महत्व दें, ताकि निर्णय व्यावहारिक रहें।
- ज्ञान का सही उपयोग करें और दूसरों को नीचा दिखाने की प्रवृत्ति से बचें।
- दूसरों की भावनाओं का भी सम्मान करें और कठोर भाषण से बचें।

उपाय:

- बृहस्पतिवार को भगवान विष्णु या गुरु ग्रह की पूजा करें।
- गुरुवार को पीले वस्त्र पहनें और पीले खाद्य पदार्थों का सेवन करें।
- गरीब और जरूरतमंद बच्चों की शिक्षा में सहायता करें।
- नियमित रूप से "ॐ बृं बृहस्पतये नमः" मंत्र का जाप करें।

विशेष ध्यान दें:

- बुध और गुरु की युति से व्यक्ति में गहरी बुद्धिमता और अच्छे संचार कौशल का संयोग होता है, जिससे वे एक अच्छे शिक्षक, वकील, या परामर्शदाता बन सकते हैं।

- इस युति के प्रभाव से व्यक्ति की दृष्टि व्यापक और सुसंस्कृत होती है, जिससे वे जीवन में सकारात्मक बदलाव ला सकते हैं।
- बुध की तार्किकता और गुरु की गहराई व्यक्ति को अपने क्षेत्र में एक सफल और प्रभावशाली व्यक्ति बनाती है।
- यह युति उच्च शिक्षा और ज्ञान के क्षेत्रों में विशेष लाभकारी मानी जाती है।

बुध और शनि की युति के प्रभाव (Mercury-Saturn Conjunction)

एक पंक्ति भविष्यवाणियाँ:

1. व्यक्ति में गहरी सोच और तार्किकता का विकास होता है, जिससे वे समस्याओं का हल ढूंढ़ने में सक्षम होते हैं।
2. इस युति के प्रभाव से व्यक्ति धैर्यवान और व्यवस्थित होते हैं, जो जीवन में स्थायित्व लाता है।
3. यह युति व्यक्ति को शोध, लेखन, और अनुसंधान में सफलता दिला सकती है।
4. बुध-शनि की युति से व्यक्ति में स्पष्टवादिता और दृढ़ता आती है, जिससे वे जीवन में लंबे समय तक चलते हैं।

निशानियाँ:

- व्यक्ति अक्सर गंभीर और शांत स्वभाव का होता है।
- कम बोलने वाले और शब्दों को सोच-समझकर उपयोग करने वाले होते हैं।

- कार्य को धीमी गति से लेकिन पूर्णता के साथ करने का प्रयास करते हैं।
- ज्ञान और मेहनत को महत्व देने के साथ-साथ अपने कर्तव्यों के प्रति प्रतिबद्ध होते हैं।

सावधानियाँ:

- निराशावादी सोच और अत्यधिक चिंता से बचें, जो मानसिक शांति को प्रभावित कर सकती है।
- छोटी-छोटी बातों में अधिक कठोरता या अड़ियल स्वभाव से बचें।
- अधिक शंकालु प्रवृत्ति से बचें, जिससे रिश्तों में दरार आ सकती है।
- संदेह या आत्म-संदेह की प्रवृत्ति से दूरी बनाए रखें और सकारात्मकता पर ध्यान दें।

उपाय:

- शनिवार को भगवान शनि की पूजा करें और काले तिल का दान करें।
- "ॐ प्रां प्रीं प्रौं सः शनैश्चराय नमः" मंत्र का नियमित जाप करें।
- जरूरतमंदों की मदद करें और समय-समय पर गरीबों को वस्त्र और भोजन दान करें।
- अपने व्यवहार में लचीलापन बनाए रखें और गहरी सोच को सकारात्मक दिशा में उपयोग करें।

विशेष ध्यान दें:

- बुध और शनि की युति से व्यक्ति में गंभीरता और जिम्मेदारी का भाव आता है, जो उनके कार्यक्षेत्र में अनुशासन और सफलता का आधार बनता है।
- यह युति व्यक्ति को शोध, लेखन, और किसी भी तकनीकी क्षेत्र में गहराई से सोचने और परिश्रम करने के योग्य बनाती है।
- बुध की बुद्धिमानी और शनि की दृढ़ता से व्यक्ति में एक ठोस विचारधारा का निर्माण होता है, जो उन्हें भविष्य में स्थायित्व और सफलता दिला सकती है।
- इस युति के प्रभाव से व्यक्ति धीमी गति से लेकिन ठोस प्रगति करते हैं, जो उन्हें दीर्घकालिक सफलता दिलाने में सहायक होती है।

बुध और राहु की युति के प्रभाव (Mercury-Rahu Conjunction)

एक पंक्ति भविष्यवाणियाँ:

1. व्यक्ति में चतुराई और समझदारी के साथ नयी-नयी तकनीक या योजनाओं के प्रति रुचि बढ़ती है।
2. इस युति के कारण व्यक्ति में संवाद कुशलता होती है, जिससे वे किसी भी विषय में जल्दी पकड़ बना सकते हैं।
3. व्यक्ति में गहरी समझ और विश्लेषणात्मक सोच होती है, लेकिन कभी-कभी भटकाव भी हो सकता है।

4. राहु का प्रभाव बुध की बुद्धिमत्ता को बढ़ाता है, जिससे व्यक्ति में असामान्य विचार और नवीनता की प्रवृत्ति होती है।

निशानियाँ:

- व्यक्ति किसी भी बात में अनोखे और असामान्य दृष्टिकोण का उपयोग करते हैं।
- योजनाओं को अंजाम देने के लिए अत्यधिक स्मार्ट और कूटनीतिक होते हैं।
- रहस्यपूर्ण और अचानक निर्णय लेने की प्रवृत्ति होती है।
- तेजी से सोचने वाले और किसी भी कार्य को अनोखे तरीके से करने की कोशिश करते हैं।

सावधानियाँ:

- अनावश्यक बातों में उलझकर अपने उद्देश्य से न भटकें।
- धोखेबाज या गलत विचारों वाले लोगों से दूर रहें, जो भ्रमित कर सकते हैं।
- हर स्थिति में ईमानदारी बनाए रखें और अत्यधिक चतुराई से बचें।
- अपने विचारों में स्पष्टता बनाए रखें और फिजूल की योजनाओं में समय बर्बाद न करें।

उपाय:

- बुधवार को गणपति की पूजा करें और हरे वस्त्र पहनें।
- "ॐ ब्रां ब्रीं ब्रौं सः बुधाय नमः" मंत्र का जाप करें।

- हरे रंग की चीजें जैसे मूंग का दान करें और गरीबों को भोजन कराएं।
- ध्यान और प्राणायाम करें, जिससे मानसिक स्थिरता बनी रहे और निर्णय लेने में स्पष्टता आए।

विशेष ध्यान दें:

- बुध-राहु की युति व्यक्ति में तर्कशक्ति और अनोखी सोच को जन्म देती है, जिससे वे नए-नए तरीकों से समस्याओं का समाधान निकाल सकते हैं।
- इस युति के कारण व्यक्ति में तकनीकी और डिजिटल क्षेत्रों में सफलता पाने की संभावना होती है।
- राहु का प्रभाव कभी-कभी व्यक्ति को भटकाव या धोखे की ओर ले जा सकता है, इसलिए उन्हें हमेशा सचेत और स्पष्ट रहना चाहिए।
- बुध की बुद्धिमानी और राहु के अनोखे दृष्टिकोण के कारण व्यक्ति में गहरी समझ होती है, जो उन्हें किसी भी विषय में निपुणता दिला सकती है।

बुध और केतु की युति के प्रभाव (Mercury-Ketu Conjunction)

एक पंक्ति भविष्यवाणियाँ:

1. व्यक्ति में गहरी अंतर्दृष्टि और आध्यात्मिक सोच का विकास होता है।
2. इस युति के कारण व्यक्ति में मौन और विचारशीलता की प्रवृत्ति रहती है।

3. व्यक्ति ज्ञान के गूढ़ रहस्यों और अनुसंधान की ओर आकर्षित हो सकते हैं।
4. बुध-केतु की युति से व्यक्ति में असामान्य बुद्धिमत्ता और चतुराई विकसित होती है।

निशानियाँ:

- गूढ़ विषयों और रहस्यपूर्ण बातों में विशेष रुचि।
- व्यक्ति को बोलने में संयम और विचारशीलता रहती है।
- स्वभाव में गंभीरता और मस्तिष्क में गहरी सोच की प्रवृत्ति।
- किसी एक ही विषय में अत्यधिक रूचि और ज्ञान की गहराई में जाने की आदत।

सावधानियाँ:

- अत्यधिक विचारशीलता के कारण भ्रम या असमंजस से बचें।
- मौन में रहकर हर बात को मन में न रखें, खुलकर विचार साझा करें।
- असुरक्षा की भावना से बचें, जो निर्णय लेने की शक्ति को प्रभावित कर सकती है।
- गहरे विचारों के साथ संतुलन बनाए रखें और वास्तविकता से जुड़ाव बनाए रखें।

उपाय:

- बुधवार को गणेश जी की पूजा करें और हरे वस्त्र पहनें।

- "ॐ कें केतवे नमः" मंत्र का जाप करें।
- पढ़ाई में ध्यान केंद्रित करने के लिए ध्यान और प्राणायाम का अभ्यास करें।
- धार्मिक या सामाजिक गतिविधियों में भाग लें, जिससे मानसिक संतुलन बना रहे।

विशेष ध्यान दें:

- बुध और केतु की युति व्यक्ति को तार्किक और विश्लेषणात्मक सोच से संपन्न करती है, जो शोध, विज्ञान या ज्योतिष जैसे गूढ़ विषयों में रुचि को प्रबल करती है।
- इस युति से व्यक्ति में गहरे विषयों को समझने और अनुसंधान करने की क्षमता बढ़ती है।
- हालांकि, केतु का प्रभाव बुध की विचारधारा को भ्रमित कर सकता है, इसलिए स्पष्टता बनाए रखना आवश्यक है।
- मानसिक शांति और ध्यान के अभ्यास से व्यक्ति इस युति के प्रभाव को सकारात्मक बना सकते हैं और जीवन में संतुलन बनाए रख सकते हैं।

शुक्र और मंगल की युति के प्रभाव (Venus-Mars Conjunction)

एक पंक्ति भविष्यवाणियाँ:

1. यह युति व्यक्ति में आकर्षण, ऊर्जा और रचनात्मकता का संचार करती है।

2. रोमांटिक संबंधों और कला में गहरी रुचि का संकेत देती है।
3. व्यक्ति में साहस, आत्मविश्वास और रिश्तों में प्रगाढ़ता होती है।
4. जीवन में प्रेम और जोश का संगम देखने को मिलता है।

निशानियाँ:

- व्यक्ति का आकर्षक व्यक्तित्व और लोगों को आकर्षित करने की क्षमता।
- कलात्मक रुचि और रचनात्मकता में निपुणता।
- संबंधों में भावुकता और प्रगाढ़ता का अनुभव।
- अपनी इच्छाओं के प्रति दृढ़ निश्चय और उन्हें पाने का प्रयास।

सावधानियाँ:

- संबंधों में अत्यधिक लगाव और नियंत्रण की प्रवृत्ति से बचें।
- अतिउत्साह में कोई निर्णय न लें, संतुलित दृष्टिकोण अपनाएं।
- अपने गुस्से और आवेगों पर काबू रखें, जिससे रिश्तों में तनाव न हो।
- अपनी भावनाओं को नियंत्रित करें और रिश्तों में समझदारी से काम लें।

उपाय:

- शुक्रवार को लक्ष्मी जी की पूजा करें और सफेद वस्त्र पहनें।
- "ॐ शुक्राय नमः" मंत्र का जाप करें।
- संयम और धैर्य के लिए ध्यान का अभ्यास करें।
- जरूरतमंदों को मिठाई और सुगंधित वस्त्रों का दान करें।

विशेष ध्यान दें:

- शुक्र और मंगल की युति से व्यक्ति का व्यक्तित्व बेहद आकर्षक और ऊर्जावान बनता है, जो कला, संगीत और रचनात्मकता में उन्नति की ओर ले जाता है।
- इस युति से व्यक्ति में आत्मविश्वास और जीवन के प्रति एक जोश की भावना आती है, जो उन्हें अपने लक्ष्यों को पाने में सहायक होती है।
- हालांकि, अत्यधिक भावुकता या आक्रामकता से बचना जरूरी है, जिससे संबंधों में संतुलन बना रहे।
- इस युति का सकारात्मक प्रभाव जीवन में सौंदर्य, प्रेम और ऊर्जा का अद्भुत समन्वय बनाता है, जिससे व्यक्ति अपने आसपास एक सकारात्मक प्रभाव डालता है।

शुक्र और चंद्रमा की युति के प्रभाव (Venus-Moon Conjunction)

एक पंक्ति भविष्यवाणियाँ:

1. यह युति व्यक्ति को सौम्य, आकर्षक और रचनात्मक बनाती है।

2. जीवन में सुख-सुविधाओं और सौंदर्य के प्रति रुचि का संकेत देती है।
3. व्यक्ति के व्यवहार में कोमलता और भावुकता होती है।
4. रिश्तों में संतुलन और प्रेम की भावना मजबूत होती है।

निशानियाँ:

- सौंदर्य, कला, संगीत और सजावट में रुचि।
- व्यक्तित्व में आकर्षण और दूसरों को सहजता से प्रभावित करने की क्षमता।
- भावुक और संवेदनशील स्वभाव, जो दूसरों की भावनाओं को समझने में सहायक हो।
- भावनाओं में स्थिरता और रिश्तों में प्रेम की गहराई।

सावधानियाँ:

- भावनाओं में बहकर त्वरित निर्णय न लें, संतुलित दृष्टिकोण अपनाएं।
- दूसरों की भावनाओं का ध्यान रखते हुए अपनी भावनाओं को नियंत्रित रखें।
- भौतिक सुखों पर अधिक निर्भर न हों, संतुलित जीवनशैली अपनाएं।
- रिश्तों में अत्यधिक लगाव और संवेदनशीलता से बचें।

उपाय:

- शुक्रवार और सोमवार को लक्ष्मी और चंद्र देव की पूजा करें।
- "ॐ चंद्राय नमः" मंत्र का जाप करें।
- गरीबों को दूध और मिठाई का दान करें।
- रिश्तों में संतुलन के लिए ध्यान और प्राणायाम का अभ्यास करें।

विशेष ध्यान दें:

- शुक्र और चंद्रमा की युति से व्यक्ति का स्वभाव सौम्य और सुंदर होता है, जो उन्हें कला और रचनात्मक क्षेत्रों में सफलता दिला सकता है।
- इस युति से जीवन में सौंदर्य, प्रेम और भावनात्मक संतुलन का अद्भुत संयोजन प्राप्त होता है।
- भावनात्मक स्थिरता और प्रेम की भावना रिश्तों को मजबूत बनाने में सहायक होती है।
- इस युति का प्रभाव व्यक्ति के जीवन में सहजता, सौंदर्य और आत्मीयता का प्रवाह बनाता है, जिससे वे अपने जीवन में संतुलन और सुख की अनुभूति करते हैं।

शुक्र और गुरु की युति के प्रभाव (Venus-Jupiter Conjunction)

एक पंक्ति भविष्यवाणियाँ:

1. यह युति व्यक्ति को भाग्यशाली और धनवान बनाती है।

2. शिक्षा, धर्म, और संस्कृति के प्रति गहरी रुचि का संकेत देती है।
3. व्यक्ति का स्वभाव दयालु, उदार और बुद्धिमान होता है।
4. कला, सौंदर्य, और ज्ञान में विशेष सफलता प्राप्त होती है।

निशानियाँ:

- धार्मिक और आध्यात्मिक रुचि।
- दूसरों की सहायता करने की प्रवृत्ति।
- उच्च शिक्षा और ज्ञान की प्राप्ति की इच्छा।
- धन-संपत्ति और सुख-सुविधाओं का उचित संतुलन।

सावधानियाँ:

- अत्यधिक उदारता से आर्थिक समस्याएँ हो सकती हैं, इसीलिए खर्चों में संतुलन रखें।
- रिश्तों में अत्यधिक आदर्शवाद से बचें, यथार्थवादी दृष्टिकोण अपनाएं।
- गुरु और शुक्र की युति भौतिक सुखों की ओर आकर्षण बढ़ा सकती है, इस पर ध्यान दें।
- धन-संपत्ति में अनावश्यक निवेश से बचें और सोच-समझकर निर्णय लें।

उपाय:

- गुरुवार और शुक्रवार को लक्ष्मी और गुरु देव की पूजा करें।
- "ॐ ब्रहस्पतये नमः" मंत्र का जाप करें।

- जरूरतमंदों को पीले वस्त्र और मिठाई का दान करें।
- शिक्षा और धार्मिक कार्यों में नियमित सहयोग करें।

विशेष ध्यान दें:

- शुक्र और गुरु की युति से व्यक्ति में करुणा, दया और धार्मिकता का संचार होता है।
- यह युति जीवन में भौतिक और आध्यात्मिक संतुलन बनाए रखती है।
- व्यक्ति अपने ज्ञान और बुद्धिमत्ता से लोगों को आकर्षित कर सकता है।
- यह युति भाग्यवर्धक होती है और धन, समृद्धि, और सफलता के रास्ते खोल सकती है।

शुक्र और शनि की युति के प्रभाव (Venus-Saturn Conjunction)

एक पंक्ति भविष्यवाणियाँ:

1. यह युति व्यक्ति को दृढ़ संकल्प और अनुशासनप्रिय बनाती है।
2. धन संचय और संपत्ति के मामले में स्थिरता का संकेत देती है।
3. रिश्तों में परिपक्वता और गंभीरता का भाव लाती है।
4. कला, संगीत, और फैशन में सफलताएं दिला सकती है, लेकिन मेहनत के बाद।

निशानियाँ:

- जीवन में सरलता और संतोष का रवैया।
- रिश्तों में धैर्य और निष्ठा।
- वित्तीय मामलों में सावधानी और निवेश का समझदारी से प्रबंधन।
- कलात्मक रुचि और शास्त्रीय संगीत की ओर आकर्षण।

सावधानियाँ:

- संबंधों में अधिक ठंडापन या दूरी का एहसास न होने दें, भावनात्मक संचार बनाए रखें।
- अत्यधिक संयम से अवसर चूक सकते हैं, जोखिम लेने में झिझक से बचें।
- अपने जीवन में असफलताओं को व्यक्तिगत असुरक्षा में बदलने से बचें।
- सुख-सुविधाओं का संतुलित उपयोग करें और बहुत अधिक कठोरता न अपनाएं।

उपाय:

- शुक्रवार और शनिवार को लक्ष्मी और शनिदेव की पूजा करें।
- "ॐ शं शनैश्चराय नमः" मंत्र का जाप करें।
- जरूरतमंदों को काले कपड़े और भोजन का दान करें।

- नियमित रूप से किसी पेड़ की देखभाल करें, विशेषकर पीपल का पेड़।

विशेष ध्यान दें:

- शुक्र और शनि की युति व्यक्ति को जीवन के प्रति यथार्थवादी दृष्टिकोण प्रदान करती है।
- यह युति व्यक्ति को कठोर परिश्रम और आत्म-नियंत्रण की शक्ति देती है।
- कलात्मक क्षेत्र में सफलता मिलती है, विशेष रूप से वे काम जो समय और धैर्य की मांग करते हैं।
- व्यक्ति को अपने निर्णयों में ठहराव और स्थिरता बनाए रखने में मदद मिलती है।

शुक्र और राहु की युति के प्रभाव (Venus-Rahu Conjunction)

एक पंक्ति भविष्यवाणियाँ:

1. यह युति व्यक्ति को जीवन में भौतिक सुखों और विलासिता की ओर आकर्षित करती है।
2. कला, मनोरंजन और ग्लैमर के क्षेत्र में सफलता के संकेत देती है।
3. प्रेम संबंधों में भावनात्मक उतार-चढ़ाव का सामना करना पड़ सकता है।
4. आर्थिक मामलों में अचानक लाभ या हानि की संभावना रहती है।

निशानियाँ:

- व्यक्ति का विलासिता और सुंदरता के प्रति विशेष लगाव।
- दिखावे और प्रतिष्ठा की ओर अधिक ध्यान।
- प्रेम संबंधों में अप्रत्याशित घटनाओं का सामना।
- विदेश यात्रा या विदेशी लोगों के साथ जुड़ाव।

सावधानियाँ:

- लालच और अनैतिक साधनों से धन प्राप्त करने की इच्छा से बचें।
- संबंधों में दिखावे की बजाय सच्चाई पर ध्यान दें।
- अतिविलासिता से अपने खर्चों को संतुलित करें।
- जीवन में स्थायित्व और संतुलन बनाए रखने का प्रयास करें।

उपाय:

- शुक्रवार को लक्ष्मी माता और राहु के लिए पूजा करें।
- "ॐ रां राहवे नमः" मंत्र का जाप करें।
- तिल का दान करें और जरूरतमंदों को सफेद कपड़े भेंट करें।
- नशे से दूर रहें और मन को नियंत्रित करने के लिए ध्यान करें।

विशेष ध्यान दें:

- शुक्र और राहु की युति से व्यक्ति को अपनी इच्छाओं पर नियंत्रण रखना चाहिए।
- इस युति से सुदूर क्षेत्रों में सफलता मिलने की संभावना होती है, विशेषकर कला और मनोरंजन के क्षेत्र में।
- दिखावे की प्रवृत्ति को कम करने और सच्चे रिश्तों का सम्मान करने की सलाह दी जाती है।
- इस युति से व्यक्ति के जीवन में विलासिता की प्रबल इच्छा उत्पन्न होती है, जिससे आर्थिक संतुलन बिगड़ सकता है।

शुक्र और केतु की युति के प्रभाव (Venus-Ketu Conjunction)

एक पंक्ति भविष्यवाणियाँ:

1. यह युति व्यक्ति को प्रेम, संबंध और भौतिक सुखों से एक अलग दृष्टिकोण प्रदान करती है।
2. आध्यात्मिक रुचियों और साधना की ओर झुकाव का संकेत देती है।
3. प्रेम और विवाह में अलगाव या समस्याओं की संभावना बढ़ा सकती है।
4. व्यक्ति के जीवन में एक रहस्यमयी और अनिश्चित तत्व बना रहता है।

निशानियाँ:

- भौतिक वस्तुओं और धन के प्रति उदासीनता।
- संबंधों में दूरी और लगाव का अभाव।

- जीवन में रहस्य, भ्रम या उलझन की स्थिति।
- आकर्षण में रहस्यमयी और अनिश्चित व्यवहार।

सावधानियाँ:

- अनमनेपन और प्रेम संबंधों में ठहराव से बचें।
- निराशा और अवसाद से दूर रहने का प्रयास करें।
- अपने जीवन में स्पष्टता और सच्चाई बनाए रखें।
- विवाह संबंधी निर्णय लेने में सावधानी रखें और सोच-समझ कर कदम उठाएं।

उपाय:

- शुक्रवार को लक्ष्मी माता और केतु के लिए पूजा करें।
- "ॐ कें केतवे नमः" मंत्र का जाप करें।
- जरूरतमंदों को सफ़ेद कपड़े और तिल का दान करें।
- केतु के प्रभाव को संतुलित करने के लिए हरे रंग का रत्न धारण करें या हरे कपड़े पहनें।

विशेष ध्यान दें:

- शुक्र और केतु की युति से व्यक्ति को भौतिकता और आध्यात्मिकता के बीच संतुलन बनाने की आवश्यकता होती है।
- प्रेम और संबंधों में भावनात्मक संतुलन बनाए रखने का प्रयास करें।

- इस युति से जीवन में आत्मनिरीक्षण और आंतरिक शांति के लिए प्रोत्साहन मिलता है, जिससे व्यक्ति को आंतरिक विकास में सहायता मिलती है।
- संबंधों में पारदर्शिता और विश्वास बनाए रखें ताकि भ्रम और उलझनें दूर हों।

मंगल और चंद्रमा की युति के प्रभाव (Mars-Moon Conjunction)

एक पंक्ति भविष्यवाणियाँ:

1. यह युति व्यक्ति को साहसी, ऊर्जावान और क्रियाशील बनाती है।
2. भावनाओं में तीव्रता और गहरी इच्छाओं का संकेत देती है।
3. व्यक्ति को जिद्दी और जल्दबाज बना सकती है।
4. मानसिक तनाव और गुस्से की प्रवृत्ति बढ़ा सकती है।

निशानियाँ:

- भावनाओं में तीव्रता और आक्रामकता।
- निर्णय लेने में अधीरता और गुस्सा आना।
- अचानक परिस्थितियों में साहसी और निडर प्रतिक्रिया।
- बार-बार मूड स्विंग या भावनाओं में बदलाव।

सावधानियाँ:

- गुस्से और आवेग को नियंत्रित करने का प्रयास करें।

- जल्दीबाजी में निर्णय न लें; सोच-समझकर कदम बढ़ाएं।
- भावनाओं और इच्छाओं को शांतिपूर्ण ढंग से व्यक्त करने की कोशिश करें।
- आंतरिक शांति और धैर्य बनाए रखने के लिए ध्यान का सहारा लें।

उपाय:

- मंगलवार को हनुमान जी की पूजा करें और उनके मंत्रों का जाप करें।
- "ॐ अंगारकाय नमः" का जाप करें।
- सफेद चंदन या मोती धारण करें ताकि मानसिक शांति बनी रहे।
- सोमवार और मंगलवार को दूध और चावल का दान करें।

विशेष ध्यान दें:

- मंगल-चंद्र की युति से व्यक्ति में नेतृत्व क्षमता और साहस का विकास होता है, परंतु भावनाओं को संतुलित रखना आवश्यक है।
- भावनाओं को नियंत्रित करना और उन्हें सही दिशा देना सफलता का मूलमंत्र है।
- क्रोध में कही गई बातों और लिए गए निर्णयों पर ध्यान दें ताकि बाद में पछताना न पड़े।
- यह युति मानसिक शक्ति और साहस को बढ़ाती है, लेकिन आक्रामकता पर नियंत्रण रखना आवश्यक है।

मंगल और गुरु की युति के प्रभाव (Mars-Jupiter Conjunction)

एक पंक्ति भविष्यवाणियाँ:

1. यह युति व्यक्ति में साहस और बुद्धिमानी का मिश्रण पैदा करती है।
2. आध्यात्मिकता और नेतृत्व के गुणों का विकास करती है।
3. व्यक्ति में न्यायप्रियता और सच्चाई के प्रति आस्था बढ़ती है।
4. यह युति जीवन में विस्तार, आत्मविश्वास, और उच्च आदर्शों का संकेत देती है।

निशानियाँ:

- उत्साह और जोश से भरी ऊर्जा।
- न्याय के प्रति लगाव और सच्चाई का समर्थन।
- शिक्षा और ज्ञान की ओर गहरी रुचि।
- दूसरों के लिए प्रेरणास्रोत बनना और मार्गदर्शन करना।

सावधानियाँ:

- अति-आत्मविश्वास और अहंकार से बचें।
- किसी भी विषय पर जल्दबाजी में निर्णय न लें।
- खुद को श्रेष्ठ समझने की प्रवृत्ति पर नियंत्रण रखें।

- जरूरत से ज्यादा जोखिम लेने से बचें, खासकर आर्थिक मामलों में।

उपाय:

- गुरुवार को पीले वस्त्र पहनें और पीली चीजों का दान करें।
- "ॐ बृहस्पतये नमः" मंत्र का नियमित जाप करें।
- मंगलवार को हनुमान जी की पूजा करें और लाल चंदन का तिलक लगाएं।
- गरीबों और जरूरतमंदों की मदद करें।

विशेष ध्यान दें:

- मंगल-गुरु की युति व्यक्ति को निडर, बुद्धिमान और प्रभावशाली बनाती है, जो अपने विचारों को दृढ़ता से व्यक्त करता है।
- यह संयोजन नेतृत्व क्षमता बढ़ाता है, परंतु ध्यान दें कि निर्णय हमेशा संतुलित और सही सोच के साथ लें।
- आध्यात्मिकता और धार्मिकता के मार्ग पर चलते हुए भी, जीवन में व्यावहारिकता बनाए रखें।
- अपने लक्ष्यों को ऊंचा रखें, लेकिन साथ ही विनम्रता और संयम को न छोड़ें।

मंगल और शनि की युति के प्रभाव (Mars-Saturn Conjunction)

एक पंक्ति भविष्यवाणियाँ:

1. यह युति व्यक्ति में संयम और अनुशासन को विकसित करती है।
2. मेहनत और समर्पण के जरिए सफलता पाने की क्षमता बढ़ती है।
3. जिम्मेदारी और कर्तव्य के प्रति गहरी समझ विकसित होती है।
4. यह युति व्यक्ति को कठिनाइयों का सामना करने की शक्ति प्रदान करती है।

निशानियाँ:

- कार्य के प्रति गंभीरता और अनुशासन का पालन।
- कभी-कभी चिड़चिड़ापन और असंतोष की भावना।
- लक्ष्यों को प्राप्त करने के लिए कठिन परिश्रम की आवश्यकता।
- वित्तीय मामलों में समझदारी और ध्यान देने की प्रवृत्ति।

सावधानियाँ:

- अति मेहनत के कारण शारीरिक और मानसिक स्वास्थ्य को न नजरअंदाज करें।
- दूसरों के प्रति अत्यधिक आलोचना करने से बचें।
- संयम का अभाव या जिद्दी व्यवहार से दूर रहें।
- अपने विचारों को सही तरीके से व्यक्त करने का प्रयास करें, अन्यथा गलतफहमियां हो सकती हैं।

उपाय:

- शनिवार को काली वस्त्र पहनें और काले तिल का दान करें।
- "ॐ शं शनैश्चराय नमः" मंत्र का नियमित जाप करें।
- किसी भी कार्य को समय पर पूरा करने का प्रयास करें, ताकि जिम्मेदारियों का बोझ न बढ़े।
- स्वास्थ्य का ध्यान रखते हुए व्यायाम और योग करें।

विशेष ध्यान दें:

- मंगल-शनि की युति व्यक्ति को कठोर परिश्रमी और दृढ़ निश्चयी बनाती है, लेकिन इसे संयमित करना आवश्यक है।
- इस युति के दौरान, दूसरों के साथ सहयोग और सामंजस्य बनाए रखना बहुत महत्वपूर्ण है।
- अपने लक्ष्यों की ओर ध्यान केंद्रित करें, लेकिन आत्म-समर्पण और विनम्रता को न भूलें।
- जीवन की चुनौतियों का सामना करते हुए सकारात्मक दृष्टिकोण बनाए रखें।

मंगल और राहु की युति के प्रभाव (Mars-Rahu Conjunction)

एक पंक्ति भविष्यवाणियाँ:

1. यह युति व्यक्ति में साहस और जोखिम उठाने की तीव्रता बढ़ाती है।

2. व्यक्ति को तेज और प्रभावशाली कार्यशैली अपनाने की ओर प्रेरित करती है।

3. अचानक बदलाव और अप्रत्याशित घटनाओं का सामना करने की प्रवृत्ति बढ़ाती है।

4. यह युति महत्वाकांक्षा और तेजी से परिणाम प्राप्त करने की इच्छा को प्रबल करती है।

निशानियाँ:

- बोलने और कार्यों में तीखापन और आक्रामकता।
- साहसिक कार्यों में दिलचस्पी और जोखिम उठाने की प्रवृत्ति।
- कभी-कभी बिना सोचे-समझे निर्णय लेने का स्वभाव।
- सत्ता और प्रभाव प्राप्त करने की तीव्र इच्छा।

सावधानियाँ:

- जल्दबाजी और आवेश में निर्णय न लें, वरना परेशानी हो सकती है।
- अपने विचारों को ठहराव के साथ व्यक्त करें, ताकि विवादों से बचा जा सके।
- अत्यधिक जोखिम भरे कार्यों से दूर रहें, विशेषकर वित्तीय मामलों में।
- दूसरों पर अपना दृष्टिकोण थोपने से बचें।

उपाय:

- मंगलवार को हनुमान जी की पूजा करें और हनुमान चालीसा का पाठ करें।
- "ॐ अं अंगारकाय नमः" और "ॐ राहवे नमः" मंत्र का जाप करें।
- लाल और काले वस्त्र न पहनें; शांत रंगों का प्रयोग करें।
- गुस्से और अधीरता पर नियंत्रण रखें, नियमित रूप से ध्यान और योग का अभ्यास करें।

विशेष ध्यान दें:

- मंगल-राहु की युति व्यक्ति को साहसिक और जोशीला बनाती है, लेकिन इसके साथ संयम की जरूरत होती है।
- इस युति के दौरान, संघर्ष और विवादों से दूर रहने का प्रयास करें।
- अपने लक्ष्यों को ध्यान में रखते हुए योजना बनाएं, ताकि अनावश्यक कठिनाइयों से बचा जा सके।
- जीवन में सकारात्मक ऊर्जा बनाए रखने के लिए संयमित रहें और धैर्य से काम लें।

मंगल और केतु की युति के प्रभाव (Mars-Ketu Conjunction)

एक पंक्ति भविष्यवाणियाँ:

1. यह युति व्यक्ति में गहरी खोज और तीव्रता का संचार करती है।
2. व्यक्ति को गूढ़ और रहस्यमय विषयों में रुचि दिलाती है।

3. संघर्ष की प्रवृत्ति को बढ़ाती है और व्यक्ति को दृढ़ निश्चयी बनाती है।
4. अचानक गुस्से या आवेश की भावना को जन्म दे सकती है, लेकिन ध्यान से नियंत्रित करना लाभदायक होता है।

निशानियाँ:

- गहरी और रहस्यमयी सोच रखने की प्रवृत्ति।
- आत्म-अन्वेषण और आध्यात्मिकता की ओर झुकाव।
- कभी-कभी बेवजह आक्रोश और आवेग का प्रदर्शन।
- कठिन परिस्थितियों में भी साहस और संकल्प बनाए रखना।

सावधानियाँ:

- किसी भी काम में जल्दबाजी और अति-उत्साह से बचें, ताकि समस्याओं का सामना न करना पड़े।
- आक्रोश और अधीरता को नियंत्रित रखें और शांतिपूर्वक सोचें।
- बिना सोचे-समझे बड़े फैसले लेने से बचें।
- क्रोध पर काबू पाने के लिए नियमित ध्यान और योग का अभ्यास करें।

उपाय:

- मंगलवार को हनुमान जी की पूजा करें और हनुमान चालीसा का पाठ करें।

- "ॐ अं अंगारकाय नमः" और "ॐ केतवे नमः" मंत्र का जाप करें।
- लाल और ग्रे रंग के वस्त्रों से बचें और शांतिपूर्ण रंगों का चयन करें।
- ध्यान और प्राणायाम का नियमित अभ्यास करें, ताकि मन को स्थिरता मिल सके।

विशेष ध्यान दें:

- मंगल-केतु की युति व्यक्ति को आंतरिक रूप से शक्तिशाली बनाती है, लेकिन बाहरी आवेश को संयमित रखना महत्वपूर्ण है।
- इस युति से संघर्ष और अप्रत्याशित स्थितियों का सामना करना पड़ सकता है, इसलिए धैर्य और विवेक से काम लें।
- इस ऊर्जा का उपयोग आत्मविकास और आध्यात्मिक उन्नति में करें।
- जीवन में संतुलन बनाए रखें और अपनी प्रवृत्तियों को समझकर शांतिपूर्ण निर्णय लें।

चंद्र और गुरु की युति के प्रभाव (Moon-Jupiter Conjunction)

एक पंक्ति भविष्यवाणियाँ:

1. यह युति व्यक्ति को सौम्य, दयालु और बुद्धिमान बनाती है।
2. व्यक्ति के मन में उच्च आदर्शों और नैतिक मूल्यों का संचार करती है।

3. जीवन में ज्ञान, धन, और सकारात्मकता का प्रवाह बढ़ाती है।
4. धार्मिक और आध्यात्मिक झुकाव को प्रकट करती है, जिससे व्यक्ति धर्म, दर्शन या समाजसेवा में रुचि लेता है।

निशानियाँ:

- व्यक्तित्व में सहजता, विनम्रता और करुणा का भाव।
- शिक्षा और ज्ञान के प्रति गहरी रुचि, नए-नए विषयों को सीखने का जुनून।
- उच्च आदर्श और जीवन के प्रति एक सकारात्मक दृष्टिकोण।
- दूसरों की मदद करने और समाज को कुछ लौटाने का स्वभाव।

सावधानियाँ:

- कभी-कभी अत्यधिक भावुकता से निर्णय गलत हो सकते हैं, इसलिए सोच-समझकर फैसले लें।
- दूसरों पर जरूरत से ज्यादा भरोसा करने से बचें, खासकर आर्थिक मामलों में।
- अति-सहिष्णुता और भरोसे का फायदा न उठाने दें।
- अपनी भावनाओं को सुदृढ़ बनाकर, संतुलित दृष्टिकोण अपनाएँ।

उपाय:

- बृहस्पतिवार को केले के पेड़ की पूजा करें और केले का दान करें।
- "ॐ नमो भगवते वासुदेवाय" या "ॐ ग्रां ग्रीं ग्रौं सः गुरवे नमः" मंत्र का जाप करें।
- चांदी या पीले रंग का प्रयोग करें, विशेष रूप से बृहस्पतिवार को।
- गुरु और माता-पिता की सेवा और आशीर्वाद प्राप्त करें।

विशेष ध्यान दें:

- चंद्र-गुरु की युति व्यक्ति के जीवन में सौभाग्य और समृद्धि लाती है, इसलिए इसे समझदारी से काम में लें।
- यह युति धार्मिक और सामाजिक कार्यों में सफलता दिला सकती है; अपने ज्ञान का उपयोग दूसरों की भलाई में करें।
- मानसिक और भावनात्मक संतुलन बनाए रखें ताकि आदर्शों के प्रति अपने जुड़ाव को मजबूत कर सकें।
- इस युति से व्यक्ति को खुद में विश्वास और आत्मिक शांति प्राप्त होती है, इसे बढ़ाने के लिए ध्यान और प्रार्थना का सहारा लें।

चंद्र और शनि की युति के प्रभाव (Moon-Saturn Conjunction)

एक पंक्ति भविष्यवाणियाँ:

1. यह युति व्यक्ति के स्वभाव में गंभीरता और स्थिरता लाती है।

2. व्यक्ति को जीवन के प्रति जिम्मेदार और अनुशासित बनाती है।
3. चंद्र-शनि की युति मानसिक तनाव का कारण बन सकती है, इसलिए संतुलन बनाए रखना आवश्यक है।
4. यह युति जीवन में कठिनाइयों से उबरने की शक्ति देती है।

निशानियाँ:

- व्यक्ति का स्वभाव गंभीर और जिम्मेदार होता है, जिसे छोटी-छोटी बातों में रुचि नहीं होती।
- भावनात्मक स्थिरता और अपनी जिम्मेदारियों के प्रति ईमानदारी।
- जीवन में हर चीज को लेकर एक व्यावहारिक और वास्तविक दृष्टिकोण।
- आत्म-अनुशासन, परिश्रम और धैर्य के गुण प्रबल होते हैं।

सावधानियाँ:

- अत्यधिक नकारात्मक विचारों या अवसाद से बचने के लिए मानसिक संतुलन बनाए रखें।
- व्यक्तिगत संबंधों में कठोरता से बचें और अपने भावों को स्पष्ट रूप से प्रकट करें।
- अकेलापन और उदासी से निपटने के लिए सामाजिक और आध्यात्मिक गतिविधियों में भाग लें।
- ध्यान और प्राणायाम का सहारा लें ताकि मानसिक शांति बनी रहे।

उपाय:

- प्रत्येक शनिवार को सरसों के तेल का दान करें और शनिदेव की पूजा करें।
- चांदी का उपयोग करें या चांदी के बर्तन में पानी पीएं।
- "ॐ नमः शिवाय" या "ॐ शं शनैश्चराय नमः" मंत्र का नियमित जाप करें।
- गरीबों की सहायता और सेवा करें, विशेषकर वृद्ध लोगों की।

विशेष ध्यान दें:

- यह युति जीवन में धैर्य और कठिनाइयों को सहने की क्षमता को बढ़ाती है।
- व्यक्ति का स्वभाव समय के साथ और भी मजबूत और सहिष्णु हो सकता है।
- जीवन में अनुशासन और व्यवस्था बनाए रखना महत्वपूर्ण है ताकि तनाव और कठिनाइयों का सामना किया जा सके।
- पारिवारिक और व्यक्तिगत संबंधों में सहृदयता का भाव रखें; यह युति कठोरता बढ़ा सकती है, इसलिए संवाद को सहज रखें।

चंद्र और राहु की युति के प्रभाव (Moon-Rahu Conjunction)

एक पंक्ति भविष्यवाणियाँ:

1. यह युति व्यक्ति को भ्रमित, अस्थिर और मानसिक रूप से बेचैन बना सकती है।

2. जीवन में उतार-चढ़ाव अधिक देखने को मिल सकते हैं, विशेषकर भावनात्मक क्षेत्र में।

3. व्यक्ति असामान्य और अद्वितीय सोच का धनी होता है, जिसमें आकर्षण और रहस्य छुपा रहता है।

4. चंद्र-राहु की युति व्यक्ति को एकांतप्रिय बना सकती है और मनोवैज्ञानिक मुद्दों से प्रभावित कर सकती है।

निशानियाँ:

- व्यक्ति को अचानक से डर, अनहोनी का अनुभव या चिंता महसूस हो सकती है।
- असाधारण विचार और कल्पनाशीलता की प्रवृत्ति होती है, जो कभी-कभी वास्तविकता से भटका भी सकती है।
- रहस्यमय चीजों, गुप्त विद्याओं और असामान्य ज्ञान में रुचि होती है।
- व्यक्तित्व में कुछ अलग और आकर्षक विशेषता होती है, लेकिन भावनात्मक अस्थिरता भी रह सकती है।

सावधानियाँ:

- मानसिक स्पष्टता बनाए रखने के लिए ध्यान और योग का सहारा लें।
- अनिश्चित विचारों या भ्रम से बचने के लिए अपने निर्णयों में स्थिरता रखें।

- नकारात्मक भावनाओं पर नियंत्रण बनाए रखें, और आवश्यकता पड़ने पर दोस्तों और परिवार से संवाद करें।
- जीवन में एक स्थिर मार्ग पर चलने का प्रयास करें, ताकि राहु की अस्थिर ऊर्जा पर काबू पाया जा सके।

उपाय:

- नियमित रूप से चंद्रमा की पूजा करें और सोमवार का व्रत रखें।
- शिवलिंग पर जल चढ़ाएं और "ॐ नमः शिवाय" का जाप करें।
- चांदी का प्रयोग करें या चांदी की वस्तु अपने पास रखें।
- मानसिक शांति के लिए सफेद वस्त्र पहनें और सफेद चीजों का दान करें।

विशेष ध्यान दें:

- यह युति व्यक्ति के जीवन में कल्पनाशीलता और रहस्यमयता का संचार करती है।
- व्यक्ति में असाधारण और नए विचार लाने की क्षमता होती है, लेकिन उन्हें सही दिशा में लगाना भी आवश्यक होता है।
- मानसिक शांति और संतुलन बनाए रखना आवश्यक है, क्योंकि यह युति व्यक्ति को अत्यधिक भावनात्मक और संवेदनशील बना सकती है।
- राहु की छाया से बचने के लिए सकारात्मक सोच और नियमित ध्यान का अभ्यास करना लाभदायक रहेगा।

चंद्र और केतु की युति के प्रभाव (Moon-Ketu Conjunction)

एक पंक्ति भविष्यवाणियाँ:

1. यह युति व्यक्ति को आध्यात्मिक, अंतर्मुखी और अतीत से जुड़ी यादों में खोया रहने वाला बना सकती है।
2. व्यक्ति में गहरी संवेदनशीलता और मानसिक अस्थिरता होने की संभावना होती है।
3. आत्म-जागरूकता बढ़ने के साथ व्यक्ति का झुकाव आध्यात्मिकता और रहस्यमय चीजों की ओर हो सकता है।
4. चंद्र-केतु की युति में अज्ञात भय और संवेदनशीलता अधिक हो सकती है, जो उसे मानसिक रूप से कभी-कभी अस्थिर बना सकती है।

निशानियाँ:

- व्यक्ति में अतीत के प्रति लगाव और उसके विचारों में उलझाव रहता है।
- व्यक्तित्व में रहस्यमयता और कुछ हद तक अस्पष्टता हो सकती है, जिससे लोगों के लिए इसे समझना कठिन हो सकता है।
- व्यक्ति का स्वभाव अंतर्मुखी और एकांतप्रिय हो सकता है।
- असामान्य या अलौकिक विषयों में रुचि होती है, जैसे ध्यान, साधना, और आत्म-जागरूकता।

सावधानियाँ:

- भावनात्मक स्थिरता बनाए रखने के लिए नियमित ध्यान और योग का अभ्यास करें।
- जीवन के वर्तमान पहलुओं पर ध्यान केंद्रित करने का प्रयास करें, ताकि अतीत के बोझ से बच सकें।
- एकांत में समय बिताने के साथ-साथ सामाजिक संपर्क भी बनाए रखें, ताकि मानसिक संतुलन बना रहे।
- अचानक आने वाले विचारों को सोच-समझकर ही व्यवहार में लाएं, ताकि भ्रम और मानसिक उलझन से बच सकें।

उपाय:

- चंद्रमा की पूजा करें और सोमवार का व्रत रखें।
- शिवजी की आराधना करें, विशेषकर "ॐ नमः शिवाय" का नियमित जाप करें।
- मानसिक शांति के लिए चांदी धारण करें या चांदी की वस्तुएं साथ रखें।
- सफेद रंग के वस्त्र पहनें और किसी गरीब व्यक्ति को चावल, चीनी या सफेद चीजों का दान करें।

विशेष ध्यान दें:

- यह युति मानसिक स्तर पर संवेदनशीलता और आध्यात्मिकता को बढ़ावा देती है।
- व्यक्ति में गहन आत्म-चिंतन और ध्यान की प्रवृत्ति हो सकती है, जिससे उसकी आंतरिक समझ बढ़ती है।

- जीवन में स्पष्टता बनाए रखने और मानसिक शांति के लिए अपने विचारों को सही दिशा देना आवश्यक होता है।
- चंद्र-केतु की युति व्यक्ति को उसकी आत्मा के गहरे रहस्यों से जोड़ सकती है, लेकिन जीवन में स्थिरता बनाए रखना भी आवश्यक होता है।

गुरु और शनि की युति के प्रभाव (Jupiter-Saturn Conjunction)

एक पंक्ति भविष्यवाणियाँ:

1. यह युति व्यक्ति को संयमित, अनुशासित और गहरी सोच रखने वाला बनाती है।
2. व्यक्ति में संतुलित दृष्टिकोण, कड़ी मेहनत और धैर्य से सफलता प्राप्त करने की क्षमता होती है।
3. गुरु-शनि की युति अक्सर जीवन में देरी से, लेकिन स्थायी सफलता प्रदान करती है।
4. यह युति व्यक्ति को धार्मिक, सुसंस्कृत, और अपने लक्ष्यों के प्रति गंभीर बनाती है।

निशानियाँ:

- व्यक्ति का व्यवहार ग़ंभीर, स्थिर और जिम्मेदार होता है।
- शिक्षा और करियर में धीमी प्रगति हो सकती है, लेकिन वह धैर्य से अपनी स्थिति को मजबूत करता है।
- आध्यात्मिक और नैतिक मूल्यों में गहरी रुचि होती है, और व्यक्ति अक्सर धर्म या समाज सेवा में रुचि रखता है।

- यह युति व्यक्ति को वास्तविकता का गहरा अनुभव देती है, जिससे वह तार्किक और व्यावहारिक दृष्टिकोण अपनाता है।

सावधानियाँ:

- धैर्य और संयम बनाए रखें, क्योंकि यह युति सफलता में धीमी गति का संकेत देती है।
- जीवन में संतुलन बनाए रखें और कठोरता से बचें, क्योंकि शनि की ऊर्जा कठोरता ला सकती है।
- जिम्मेदारियों को निभाते समय अपने स्वास्थ्य और मानसिक शांति का ध्यान रखें।
- अपने लक्ष्यों के प्रति दृढ़ रहें, लेकिन लचीलापन भी बनाए रखें ताकि सफलता का मार्ग सुगम रहे।

उपाय:

- गुरुवार को पीले वस्त्र पहनें और पीली वस्तुओं का दान करें।
- "ॐ ग्रां ग्रीं ग्रौं सः गुरवे नमः" मंत्र का जाप करें।
- शनिवार को हनुमान जी या शनि देव की पूजा करें और शनिवार का व्रत रखें।
- दान और समाज सेवा में भाग लें, जिससे आपके भीतर का सकारात्मक पक्ष और मजबूत होगा।

विशेष ध्यान दें:

- यह युति जीवन में संतुलन और स्थायित्व लाती है, जिससे व्यक्ति जिम्मेदार और सफल होता है।

- गुरु और शनि का संयोग व्यक्ति को एक ऐसा दृष्टिकोण देता है जो केवल खुद के लिए नहीं, बल्कि समाज के हित में भी कार्य करने की प्रेरणा देता है।
- शनि की ऊर्जा अनुशासन और संयम सिखाती है, जबकि गुरु की ऊर्जा व्यक्ति को जीवन में उच्च आदर्शों के लिए प्रेरित करती है।
- यह युति व्यक्ति के जीवन में जिम्मेदारियों का भार ला सकती है, लेकिन अगर इस भार को संभाला जाए, तो सफलता और प्रतिष्ठा का मार्ग प्रशस्त होता है।

गुरु और राहु की युति के प्रभाव (Jupiter-Rahu Conjunction)

एक पंक्ति भविष्यवाणियाँ:

1. गुरु-राहु की युति व्यक्ति में विद्या, धर्म, और ज्ञान की गहरी इच्छा उत्पन्न करती है, लेकिन जीवन में कुछ भ्रम या अनिश्चितता ला सकती है।
2. यह युति व्यक्ति को अनोखे और रहस्यमयी विषयों के प्रति आकर्षित करती है।
3. इस युति के कारण व्यक्ति की सोच में मौलिकता और उन्नति की तीव्र आकांक्षा होती है।
4. व्यक्ति में अधीरता और तुरंत परिणाम पाने की प्रवृत्ति हो सकती है।

निशानियाँ:

- व्यक्ति का रुझान आध्यात्मिकता और धार्मिक गतिविधियों के साथ-साथ विदेशी संस्कृतियों या रहस्यमयी विषयों की ओर होता है।
- गुरु की ऊर्जा व्यक्ति को नैतिकता की ओर प्रेरित करती है, जबकि राहु भ्रम और अनिश्चितता का भाव पैदा करता है।
- ऐसे व्यक्ति में ज्ञान प्राप्त करने की अत्यधिक चाह होती है, लेकिन वह कभी-कभी इसे अनुचित साधनों या शॉर्टकट के माध्यम से प्राप्त करना चाह सकता है।
- राहु के कारण व्यक्ति की बुद्धि कभी-कभी भटक सकती है, जिससे उसके निर्णयों में अस्थिरता आ सकती है।

सावधानियाँ:

- मार्गदर्शन और ज्ञान प्राप्त करते समय सही गुरु या मार्गदर्शक का चुनाव करें, ताकि राहु के कारण होने वाला भ्रम दूर हो सके।
- स्वार्थ या त्वरित लाभ की प्रवृत्ति पर नियंत्रण रखें, क्योंकि राहु की ऊर्जा व्यक्ति को ऐसे जाल में फंसा सकती है।
- जल्दबाजी में निर्णय लेने से बचें और विवेकपूर्ण विचार करें, क्योंकि राहु की ऊर्जा अधीरता बढ़ा सकती है।
- जीवन में संतुलन बनाए रखें और अनुचित साधनों से दूर रहें।

उपाय:

- बृहस्पति को मज़बूत करने के लिए गुरुवार का व्रत रखें और पीले वस्त्र पहनें।

- "ॐ बृं बृहस्पतये नमः" और "ॐ रां राहवे नमः" मंत्र का जाप करें।
- पीले रंग के वस्त्र, हल्दी, चने की दाल आदि का दान करें।
- जीवन में सच्चाई और ईमानदारी का पालन करें, जिससे राहु की नकारात्मक ऊर्जा कम होगी।

विशेष ध्यान दें:

- इस युति के कारण व्यक्ति को कई बार गलतफहमी या भ्रम का सामना करना पड़ सकता है, इसलिए अपने विचारों को स्पष्ट और संगठित रखें।
- राहु की ऊर्जा व्यक्ति को नए अनुभव और अलग दृष्टिकोण प्रदान करती है, जबकि गुरु उसे धर्म और ज्ञान के मार्ग पर स्थिर करता है।
- गुरु-राहु की युति व्यक्ति को सामाजिक और धर्म के क्षेत्र में नई सोच अपनाने के लिए प्रेरित कर सकती है, लेकिन इसके लिए संयम और सावधानी बनाए रखना आवश्यक है।
- यह युति किसी विशेष विषय में गहन शोध और अध्ययन की क्षमता देती है, जिससे व्यक्ति अपनी क्षेत्र में नई ऊँचाइयों को छू सकता है।

गुरु और केतु की युति के प्रभाव (Jupiter-Ketu Conjunction)

एक पंक्ति भविष्यवाणियाँ:

1. गुरु-केतु की युति व्यक्ति में आध्यात्मिकता, ज्ञान, और गहन ध्यान का स्वभाव लाती है, जिससे व्यक्ति को आंतरिक शांति की खोज में रुचि होती है।
2. इस युति के कारण व्यक्ति को धार्मिक ग्रंथों, रहस्यमयी विषयों, और परंपरागत ज्ञान में गहरी रुचि होती है।
3. यह युति व्यक्ति को आदर्शवादी और स्वच्छंद विचारधारा वाला बनाती है।
4. व्यक्ति में सांसारिक आकर्षणों की कमी होती है और वह आत्मा की यात्रा के प्रति जागरूक हो सकता है।

निशानियाँ:

- व्यक्ति का झुकाव एकांत साधना, योग, ध्यान, और गूढ़ ज्ञान की ओर होता है।
- गुरु व्यक्ति में सच्चाई, नैतिकता, और न्याय की भावना विकसित करता है, जबकि केतु उसे संसार के मोह से मुक्त होने का भाव देता है।
- व्यक्ति रहस्यमयी और अद्वितीय ज्ञान प्राप्त करने के लिए प्रयासरत रहता है, और उसकी सोच आम लोगों से कुछ अलग हो सकती है।
- यह युति व्यक्ति में करुणा और सेवा की भावना उत्पन्न करती है, जिससे वह लोगों की सहायता में रुचि रख सकता है।

सावधानियाँ:

- स्वयं में अत्यधिक आदर्शवादी बनने से बचें, क्योंकि यह व्यावहारिक जीवन में समस्याएं ला सकता है।
- लोगों से जुड़ाव और सामाजिक संबंधों का ध्यान रखें, क्योंकि केतु का प्रभाव एकांत और सामाजिक दूरी बढ़ा सकता है।
- अपने विचारों और ज्ञान को दूसरों से साझा करने में संकोच न करें, ताकि केतु का प्रभाव आपको अत्यधिक अंतर्मुखी न बना दे।
- सांसारिक जिम्मेदारियों का पालन करते हुए भी आध्यात्मिक विकास का मार्ग अपनाएं।

उपाय:

- बृहस्पति के लिए "ॐ बृं बृहस्पतये नमः" का जाप करें और पीले रंग के वस्त्र पहनें।
- गुरु को मजबूत करने के लिए गुरुवार का व्रत रखें और पीले रंग का दान करें।
- केतु के लिए "ॐ कें केतवे नमः" का जाप करें और शनिवार को चावल, तिल और ऊनी वस्त्र का दान करें।
- ध्यान और साधना का अभ्यास करें, जो गुरु-केतु की ऊर्जा को संतुलित करने में सहायक होता है।

विशेष ध्यान दें:

- यह युति व्यक्ति को भौतिकता से दूर करके आत्म-साक्षात्कार के मार्ग पर प्रेरित करती है, जिससे उसे जीवन में गहरी आंतरिक संतुष्टि प्राप्त हो सकती है।

- गुरु-केतु की युति व्यक्ति को जीवन के रहस्यों को समझने में मदद करती है, जिससे वह अपने उद्देश्य और आत्म-ज्ञान के प्रति जागरूक होता है।
- व्यक्ति को ज्ञान की प्राप्ति और सेवा कार्य में रुचि होती है, जिससे उसे समाज में सम्मान और प्रतिष्ठा मिलती है।
- यह युति व्यक्ति को एक दार्शनिक और विचारशील दृष्टिकोण देती है, लेकिन जीवन में स्थिरता बनाए रखने के लिए व्यावहारिकता अपनाना आवश्यक होता है।

शनि और राहु की युति के प्रभाव (Saturn-Rahu Conjunction)

एक पंक्ति भविष्यवाणियाँ:

1. शनि-राहु की युति व्यक्ति को कठिन परिश्रम, धैर्य और दृढ़ संकल्प के मार्ग पर ले जाती है, लेकिन यह युति कभी-कभी जीवन में संघर्ष और मानसिक तनाव भी ला सकती है।
2. इस युति से व्यक्ति में स्वतंत्रता की चाह और नियमों से हटकर कार्य करने की प्रवृत्ति विकसित होती है।
3. व्यक्ति में किसी कार्य में देर तक मेहनत करने की क्षमता होती है, लेकिन राहु का प्रभाव उसे अस्थिर और भ्रमित भी कर सकता है।
4. यह युति व्यक्ति को जीवन में अनुशासन और जिम्मेदारियों के प्रति सतर्क बनाती है, लेकिन राहु की ऊर्जा कभी-कभी उसे भ्रमित रास्तों पर भी ले जा सकती है।

निशानियाँ:

- व्यक्ति में विशेष रूप से अपनी पहचान और समाज में स्थायित्व पाने की चाह होती है, लेकिन राहु का प्रभाव उसे असामान्य रास्तों की ओर आकर्षित कर सकता है।
- शनि व्यक्ति को कठोर और अनुशासित बनाता है, जबकि राहु में अधीरता होती है, जिससे व्यक्ति में कभी-कभी तनाव और असंतोष का भाव पैदा हो सकता है।
- व्यक्ति में लंबे समय तक किसी कार्य में लगे रहने की दृढ़ता होती है, लेकिन राहु का प्रभाव उसे जल्दबाजी या गलत फैसले लेने की ओर धकेल सकता है।
- जीवन में लक्ष्य की प्राप्ति के लिए व्यक्ति कड़ी मेहनत करता है और कई बार संघर्षपूर्ण परिस्थितियों का सामना करता है।

सावधानियाँ:

- अपने जीवन में अनुशासन और संयम बनाए रखें, और राहु के प्रभाव में आकर अधीरता या जल्दबाजी से बचें।
- किसी भी कार्य में सही दिशा में प्रयास करें और भ्रमित रास्तों से बचने का प्रयास करें।
- जीवन में धैर्य और सावधानी का महत्व समझें, ताकि राहु का प्रभाव आपको गलत निर्णय लेने की ओर न धकेल सके।
- अपने भीतर की दृढ़ता और संयम को पहचानें, जिससे शनि की सकारात्मक ऊर्जा का लाभ उठाया जा सके।

उपाय:

- शनि के लिए "ॐ शं शनैश्चराय नमः" का जाप करें और शनिवार को दान-पुण्य करें।
- राहु के लिए "ॐ रां राहवे नमः" का जाप करें और राहु की ऊर्जा को संतुलित करने के लिए नीले या काले रंग का वस्त्र पहनें।
- शनिवार के दिन तिल, काले चने, और लोहे का दान करें।
- ध्यान और योग का अभ्यास करें, जो मानसिक शांति प्रदान करेगा और राहु के भ्रम से दूर रहने में सहायता करेगा।

विशेष ध्यान दें:

- यह युति व्यक्ति को जीवन में अनेकानेक चुनौतियों और कठिनाइयों का सामना करवा सकती है, लेकिन अगर अनुशासन और संयम के साथ चला जाए, तो व्यक्ति सफलता प्राप्त कर सकता है।
- शनि-राहु की युति के प्रभाव से व्यक्ति के भीतर आत्मनियंत्रण और मानसिक दृढ़ता विकसित होती है, जो किसी भी कठिन परिस्थिति में उसे सहारा देती है।
- राहु का प्रभाव व्यक्ति को अपने उद्देश्य से भटकाने का प्रयास कर सकता है, इसलिए अपने लक्ष्य को स्पष्ट और दृढ़ बनाए रखें।
- यह युति व्यक्ति को कठिन परिश्रम और संतुलन का पाठ सिखाती है, जिससे वह जीवन में अपने कार्यक्षेत्र में ऊंचाइयों तक पहुंच सकता है।

शनि और केतु की युति के प्रभाव (Saturn-Ketu Conjunction)

एक पंक्ति भविष्यवाणियाँ:

1. शनि-केतु की युति व्यक्ति को आध्यात्मिक गहराई और आत्म-निरीक्षण की ओर आकर्षित करती है, लेकिन यह युति कभी-कभी भौतिक जीवन में चुनौतियों और कठिनाइयों को भी ला सकती है।

2. इस युति से व्यक्ति में संकल्प शक्ति और धैर्य बढ़ता है, लेकिन केतु का प्रभाव उसे भौतिकता से दूर कर सकता है।

3. व्यक्ति के जीवन में बाधाएँ और परेशानियाँ आ सकती हैं, जिससे उसे अपने वास्तविक लक्ष्यों के प्रति सजग रहना पड़ेगा।

4. यह युति व्यक्ति को मानसिक तनाव और असंतोष की भावना से प्रभावित कर सकती है, लेकिन इसे सही दिशा में मोड़ने का प्रयास महत्वपूर्ण है।

निशानियाँ:

- व्यक्ति के अंदर गहन आत्मविश्लेषण और आत्म-सुधार की प्रवृत्ति होती है, जिससे वह अपनी गलतियों को पहचानने और सुधारने का प्रयास करता है।

- शनि की कठोरता के साथ केतु की अनिश्चितता मिलकर व्यक्ति को आंतरिक संघर्ष में डाल सकती है, जिससे उसे अपने जीवन के लक्ष्यों को पुनः परिभाषित करने की आवश्यकता होती है।

- यह युति व्यक्ति को भौतिक और आध्यात्मिक के बीच संतुलन बनाने में सहायता करती है, लेकिन कभी-कभी यह भ्रमित और अस्थिर भी कर सकती है।
- व्यक्ति में किसी भी समस्या का सामना करने के लिए कड़ी मेहनत और संघर्ष करने की क्षमता होती है, लेकिन केतु का प्रभाव उसे आलसी भी बना सकता है।

सावधानियाँ:

- अपनी मानसिक स्थिति को संतुलित रखने के लिए ध्यान और मेडिटेशन का अभ्यास करें।
- भौतिक वस्तुओं के प्रति आसक्ति से बचें और आत्म-निरीक्षण की दिशा में आगे बढ़ें।
- कठिनाइयों का सामना करते समय धैर्य बनाए रखें और समय के साथ बदलाव की प्रक्रिया को स्वीकार करें।
- अपने लक्ष्यों की स्पष्टता बनाए रखें और भौतिक सुखों से अधिक आत्मिक संतोष की ओर ध्यान केंद्रित करें।

उपाय:

- शनि के लिए "ॐ शं शनैश्चराय नमः" का जाप करें और शनिवार को दान-पुण्य करें।
- केतु के लिए "ॐ केतवे नमः" का जाप करें और सफेद या हल्के रंग के वस्त्र पहनें।
- शनिवार के दिन काले तिल, मूली, और लोहे का दान करें।
- नियमित रूप से ध्यान और योग का अभ्यास करें, जिससे मानसिक शांति प्राप्त हो और आंतरिक संतुलन बना रहे।

विशेष ध्यान दें:

- यह युति व्यक्ति को अपनी असल पहचान और आध्यात्मिक लक्ष्य के प्रति सजग बनाती है, जिससे उसे जीवन में संतोष और खुशी मिल सकती है।
- शनि-केतु की युति व्यक्ति को कड़ी मेहनत और मानसिक दृढ़ता का पाठ सिखाती है, जिससे वह आत्म-निर्भरता को अपनाता है।
- अगर व्यक्ति इस युति के प्रभाव को समझकर आत्म-सुधार की दिशा में कार्य करे, तो वह अपने जीवन में संतुलन और सफलता प्राप्त कर सकता है।
- यह युति व्यक्ति को भौतिकता से आत्मिकता की ओर मोड़ती है, जो उसे असली सुख की खोज में सहायता करती है।

23. समझने की यात्रा

अंत अध्याय:

जब हम ग्रहों के बीच जटिल नृत्य और उनके जीवन पर गहरे प्रभावों की इस खोज को समाप्त करते हैं, तो हमें याद दिलाया जाता है कि ज्योतिष केवल भविष्यवाणियों का एक सेट नहीं है, बल्कि खुद और हमारे चारों ओर के ब्रह्मांड को समझने का एक मार्ग है। प्रत्येक ग्रह, अपनी अद्वितीय ऊर्जा और चरित्र के साथ, हमें हमारी शक्तियों, चुनौतियों और संभावित रास्तों के बारे में जानकारी प्रदान करता है। ग्रहों और उनके स्थानों की हमारी विस्तृत जांच के माध्यम से, हमने उन कहानियों का पता लगाया है जो वे हमारे बारे में बताती हैं।

सितारों की बुद्धि

बारह घरों और विभिन्न युजनों के माध्यम से यात्रा हमें सिखाती है कि हम केवल पृथक व्यक्ति नहीं हैं, बल्कि एक बड़े ब्रह्मांडीय कढ़ाई का हिस्सा हैं। जिस तरह ग्रह अपनी कक्षाओं में घूमते हैं, हमारी जीवन यात्रा भी उन ऊर्जा के प्रभावों से आकारित होती है जो हमें घेरती हैं। हमने जो युजनों की खोज की, वे सुखद से लेकर चुनौतीपूर्ण तक, हमें याद दिलाते हैं कि हमारे अनुभव एक मिश्रण की ऊर्जा से आकारित होते हैं, जो हमें विकास की ओर प्रेरित कर सकते हैं या हमें रोक सकते हैं।

अपनी सच्चाइयों को अपनाना

सूर्य, चंद्रमा और अन्य ग्रहों के प्रभावों को समझने में, हम अपनी सच्चाइयों को अपनाने के लिए सक्षम होते हैं। प्रत्येक ज्योतिषीय स्थान हमें हमारे मन की गहराई में जाने, हमारे डर का सामना करने

और हमारी उपलब्धियों का जश्न मनाने के लिए आमंत्रित करता है। धैर्य, सहनशीलता और आत्म-जागरूकता के पाठ जीवन के जटिलताओं के साथ नेविगेट करते समय हमारे मार्गदर्शक तारे बन जाते हैं।

यात्रा जारी है

ज्योतिष एक दर्पण के रूप में कार्य करता है, जो हमारे आंतरिक संसार और बाहरी ब्रह्मांड को दर्शाता है। यह हमें अपने मार्ग को अपनाने के लिए प्रेरित करता है, यह समझते हुए कि प्रत्येक बाधा वापसी का कारण बन सकती है और प्रत्येक चुनौती विकास की क्षमता रखती है। जैसे-जैसे आप अपने मार्ग पर आगे बढ़ते हैं, याद रखें कि सितारे केवल पूर्व निर्धारित नहीं हैं; बल्कि, वे एक ब्लूप्रिंट प्रदान करते हैं—एक संभावित मार्ग जिसे आप चुन सकते हैं।

क्रिया का आह्वान

अब, इस ज्ञान के साथ, मैं आपको ज्योतिष के अपने व्यक्तिगत अन्वेषण में शामिल होने के लिए आमंत्रित करता हूँ। चाहे आप अपनी अपनी कुंडली के स्थानों का अध्ययन करने का निर्णय लें या अपने आस-पास के लोगों के जीवन में गहराई से जाएं, ग्रहों की बुद्धि से प्रेरित हों। इस समझ का उपयोग करें ताकि आप खुद के और दूसरों के प्रति सहानुभूति विकसित कर सकें, यह पहचानते हुए कि हम सभी अद्वितीय तरीकों से इन आकाशीय ऊर्जा से प्रभावित होते हैं।

आभार और विचार

मैं आपसे, प्रिय पाठक, इस यात्रा में मेरे साथ चलने के लिए दिल से आभार व्यक्त करता हूँ। आपकी ज्योतिष की गहराइयों की खोज में रुचि विकास और समझ की इच्छा को दर्शाती है। इस पुस्तक से

मिली जानकारी आपके मार्ग को रोशन करे और ब्रह्मांड के साथ आपके संबंध को गहरा करे।

अंत में, याद रखें कि ज्योतिष एक जीवनभर की यात्रा है। सितारे हमें मार्गदर्शन करते रहेंगे, हमें विकसित होने और अपने सच्चे स्व के साथ संरेखित करने के लिए प्रेरित करेंगे। आओ, हम आकाशीय नृत्य को अपनाएं, अपने जीवन के समय और ब्रह्मांड की बुद्धि में विश्वास करें।

निष्कर्ष

जब हम आकाश की ओर देखते हैं, तो हम केवल उत्तर नहीं बल्कि इस विशाल ब्रह्मांड में एक स्थान की भावना भी पाते हैं। प्रत्येक ग्रह की ऊर्जा आपको अपने उद्देश्य की खोज करने, अपने संबंधों का पोषण करने और एक ऐसा जीवन जीने के लिए प्रेरित करें जो आपके सर्वोच्च आत्म के साथ गूंजता हो। यात्रा यहीं समाप्त नहीं होती; यह केवल शुरुआत है। सितारे आपके आगे के मार्ग को रोशन करें, आपके भाग्य के पथ को उजागर करें।

24. संक्षेपण और आशीर्वाद

अंतिम अध्याय:

प्रिय पाठकगण,

जैसे-जैसे हम इस पुस्तक "ईज़ी फलादेश" के अंत की ओर बढ़ते हैं, हमें आशा है कि आपने ग्रहों और उनके प्रभावों के प्रति एक नई समझ और दृष्टिकोण विकसित किया है। ज्योतिष एक ऐसा अद्भुत विज्ञान है, जो न केवल हमारे अतीत को समझने में मदद करता है, बल्कि हमारे वर्तमान और भविष्य को भी उजागर करता है।

इस पुस्तक में हमनें ग्रहों के महत्व, उनके फलादेश और उनके संयोजनों की विस्तृत जानकारी प्रस्तुत की है। हमने यह समझाने का प्रयास किया है कि कैसे ये सभी तत्व आपके जीवन के विभिन्न क्षेत्रों को प्रभावित करते हैं, और कैसे आप इनका सही उपयोग करके अपने जीवन को एक नई दिशा दे सकते हैं।

अब, जब आप इस ज्ञान के साथ आगे बढ़ते हैं, तो याद रखें कि आपके पास अपने जीवन को बदलने की शक्ति है। ग्रहों का ज्ञान एक उपकरण है, लेकिन अंततः आपके निर्णय, आपके विचार, और आपके कार्य ही आपकी वास्तविकता का निर्माण करते हैं। यह ज्ञान आपको मार्गदर्शन कर सकता है, लेकिन वास्तविक परिवर्तन आपके हाथों में है।

आप सभी के लिए हमारी कामना है कि आप अपने जीवन में सुख, समृद्धि और संतुलन का अनुभव करें। आपके मन की शांति और सच्ची खुशी आपके जीवन की सबसे बड़ी पूंजी हैं। अपने सपनों की ओर

बढ़ें, कठिनाइयों से न डरें, और हमेशा याद रखें कि आकाश में चमकते तारे भी अंधकार में अपनी राह खोजते हैं।

अंत में, हम आपको आशीर्वाद देते हैं कि आप जीवन के इस अद्भुत सफर में अपनी आंतरिक शक्ति को पहचानें और उसे पहचानें। यह यात्रा आपकी है, और हम इस यात्रा में आपके साथ हैं।

आपका जीवन खुशियों और सफलता से भरा रहे, यही हमारी कामना है।

धन्यवाद और शुभकामनाएँ!

Rishi Rohit Sharma

25. About the Author

Rishi Rohit Sharma is a beacon of wisdom and mastery in the realms of Astrology, Metaphysics, and Reiki. As a distinguished figure in these mystical fields, he is revered globally as a living legend whose insights and expertise are sought after by those eager to unlock the secrets of the universe.

Renowned for his profound knowledge and intuitive prowess, Rishi Rohit Sharma stands at the forefront of astrological and metaphysical studies. His unparalleled mastery in Astrology allows him to decipher the cosmic patterns that influence our lives, offering guidance that transcends ordinary understanding. His work in Metaphysics delves deep into the nature of reality, exploring the intricate connections between the physical and spiritual realms. In Reiki, he harnesses the universal life force energy to facilitate healing and transformation, embodying a profound connection between mind, body, and spirit.

Rishi Rohit Sharma's extraordinary journey is deeply rooted in his esteemed Brahmin heritage, tracing his lineage back to the illustrious Maharishi Sankhyana. This rich ancestral background imbues him with a profound understanding of ancient wisdom and esoteric knowledge, which he integrates into his contemporary practices. His lineage reflects a tradition of scholarly excellence and spiritual insight, positioning him as a bridge between timeless wisdom and modern metaphysical applications.

With a career marked by dedication and excellence, Rishi Rohit Sharma continues to inspire and enlighten those who seek to explore the deeper dimensions of existence. His teachings resonate with clarity and depth, guiding individuals on a transformative path toward understanding and fulfillment.

Educational Background

Rishi Rohit Sharma stands out as a distinguished erudite luminary, possessing a remarkable breadth of knowledge across multiple disciplines. His intellectual journey is marked by an exceptional academic and professional trajectory that spans the realms of Technology, Computers, Electronics, and Metaphysics.

With not one, but two master's degrees in engineering, Rishi Rohit Sharma has demonstrated an extraordinary depth of expertise. His academic foundation was laid in India, where he pursued his undergraduate studies in Information and Technology at a prestigious Indian engineering university. His quest for knowledge led him further to Victoria University in Australia, where he earned his master's degree in Electronics and Computer Engineering. This dual mastery in engineering highlights his commitment to understanding the complexities of modern technology and its applications.

Beyond his engineering accomplishments, Rishi Rohit Sharma has achieved the esteemed title of Doctor of Metaphysics. This distinction reflects his profound exploration into the nature of reality and the deeper dimensions of existence. His scholarly work in Metaphysics bridges the gap between scientific inquiry and spiritual wisdom, enriching his understanding of both the material and metaphysical realms.

Rishi Rohit Sharma's passion extends into the realms of Physics and Astronomy, where he delves into the fundamental principles governing the universe. His fascination with these sciences complements his engineering background and metaphysical studies, showcasing his holistic approach to understanding the cosmos.

Originally born in India and now holding Australian citizenship, Rishi Rohit Sharma embodies a global perspective enriched by diverse cultural and academic experiences. His multifaceted expertise and unwavering dedication to learning position him as a leading figure in both technological and metaphysical domains, inspiring those who seek knowledge across the spectrum of human understanding.

Founder of Nazm E Jyotish

Amidst the rich tapestry of Rishi Rohit Sharma's creative brilliance, one gem shines with exceptional radiance:

"Nazm E Jyotish." This literary masterpiece is a groundbreaking creation that redefines the art of astrological prediction through its unique and captivating form.

"Nazm E Jyotish" is not merely a collection of astrological insights but a mesmerizing anthology presented in exquisite rhyming couplets. Each couplet weaves together profound astrological predictions with lyrical elegance, creating a harmonious blend of art and science. The thematic core of this work explores the idea that love serves as the muse for poetry, and, in turn, this poetic essence illuminates the field of astrology.

In "Nazm E Jyotish," the fusion of two rhyming lines symbolizes the union of celestial influences and human experiences, resulting in a complete, insightful prediction. This innovative approach mirrors the harmonious union of souls, reflecting the depth and intricacy of astrological insights through poetic expression. The impact of this magnum opus is nothing short of revolutionary, ushering in a new era in astrological thought and practice.

Rishi Rohit Sharma's pioneering style has captivated admirers and practitioners alike, inspiring them to embrace and replicate his distinctive "Nazm" form. This has led to a proliferation of predictions crafted in a similarly poetic and visionary manner, further enriching the field of astrology.

The pages of "Nazm E Jyotish" are adorned with a myriad of breathtaking predictions, each presented with a blend of aesthetic beauty and profound insight. Readers find themselves awe-struck by the depth and clarity of the predictions, marveling at the seamless integration of poetic artistry and astrological wisdom. This extraordinary work stands as a testament to Rishi Rohit Sharma's unparalleled creative genius and his transformative influence on the world of astrology.

Founder of Many Reiki Systems

Rishi Rohit Sharma stands as a visionary force in the realm of Reiki, having pioneered a series of transformative systems that have garnered widespread acclaim. His creations, including the revered "Orb of Om," "Holy Ganga," and "Angel Wings," are celebrated for their profound impact and transformative power.

Each of these Reiki systems is a testament to Rishi Rohit Sharma's exceptional insight and innovation. The "Orb of Om" invites practitioners to connect with the universal energy of divine harmony, offering a profound experience of inner peace and spiritual alignment. "Holy Ganga" channels the purifying and rejuvenating energies associated with the sacred river, fostering deep cleansing and renewal. Meanwhile, "Angel Wings" opens pathways to celestial guidance and protection, allowing individuals to tap into the nurturing presence of angelic forces.

Enthusiastic testimonials from students and practitioners underscore the profound effects of these systems. Individuals consistently report experiencing a seamless connection with the transcendent white light, effortlessly accessing higher states of consciousness and healing energies. The resonance of Rishi Rohit Sharma's systems is evident in the transformative experiences reported by those who engage with them.

Rishi Rohit Sharma's meticulously crafted manuals and systems are nothing short of extraordinary. Each manual is a work of art, meticulously designed to captivate the senses and evoke a palpable flow of energy. Whether through the written word or visual presentation, his creations inspire awe and reverence, offering a direct experience of the powerful energies they convey.

In essence, Rishi Rohit Sharma's Reiki systems are more than just practices; they are gateways to profound spiritual experiences and transformative healing. His visionary approach continues to shape the landscape of Reiki, leaving an indelible mark on practitioners and seekers around the world.

Mentor of Online Courses

A beacon of knowledge and mentorship, Rishi Rohit Sharma generously imparts his wisdom through a range of online courses. Leveraging the power of digital media platforms such as YouTube, Facebook, and WhatsApp, he connects with eager learners worldwide. On his YouTube channel, aptly named Rishi Rohit Sharma, seekers of wisdom discover a treasure trove of enlightening content. Under the auspices of his organization, VAYOM, he serves as an umbrella encompassing a diverse array of disciplines including Vastu, Astrology, Yoga, Occultism, and Meditation. Through these platforms, Rishi Rohit Sharma empowers individuals to unlock their true potential and embark on a path of self-discovery and personal growth.

While Rishi Rohit Sharma's influence extends far and wide, it is his literary works that have left an indelible mark on the minds of readers. Among his extensive repertoire, two books stand out as perennial favorites and instant bestsellers: "Nazam-e-Jyotish" and "Grahon ki Nishaniyan." In these captivating writings, he deftly elucidates complex concepts with a finesse that engages and enlightens. The reader is transported to a realm of profound understanding, forever transformed by the wisdom imparted within these pages. Additionally, his life-changing book, "How to Meditate," serves as a guiding light for those seeking inner peace, clarity, and spiritual enlightenment."

How to seek the guidance of Rishi Rohit Sharma?

Harnessing the knowledge of Rishi Rohit Sharma in your own life promises to be a transformative endeavor. He fervently believes that just as every product arrives with a manual and specifications, so too do humans enter this world with a personalized guide called a horoscope. Much like a manual, the horoscope reveals the gifts, characteristics, and potential that each individual possesses. By understanding this cosmic blueprint, we gain invaluable insights into ourselves, enabling us to focus on our inherent strengths and make informed choices that shape our future and destiny in the most favorable way. The stars and our latent talents and capabilities become allies, supporting us once we comprehend and align with our horoscope's guidance.

Furthermore, Rishi Rohit Sharma espouses the belief that each of us possesses a guardian angel, granting us the profound right to connect with the divine white light or God. By forging this ethereal connection and attuning ourselves to our guardian angels, we navigate life's path with unwavering guidance, always being directed towards our highest good.

Such is the accuracy and precision of Rishi Rohit Sharma's predictions that esteemed astrologers have adopted his distinctive style and techniques when prognosticating the futures of their clients. His influence reverberates throughout the astrological community, a testament to his unparalleled expertise.

Contact Information

To reach out to the esteemed Rishi Rohit Sharma for guidance and assistance, simply dial (+61) 466 999 296. Alternatively, you can communicate with him via email at omkarhealer@gmail.com or join his engaging Facebook page at www.facebook.com/vayomss. For further information and exploration, do visit his website at www.vayom.com.au

Conclusion

In conclusion, Rishi Rohit Sharma stands as an unwavering beacon of wisdom and inspiration, dedicated to assisting individuals in realizing their fullest potential. His transformative teachings and captivating literary works have left an indelible imprint on countless lives. To embark on a transformative journey with Rishi Rohit Sharma, delve into his profound free courses available on YouTube and Facebook.

Links

Website: www.vayom.com.au

Website: www.Green Reiki.org

Website: www.SunnySeems.com

Website: www.Kundalinifirereiki.com

Facebook: www.facebook.com/vayomss

Instagram: www.instagram.com/rishirohitsharma

Twitter: www.twitter.com/rishirohits

YouTube: www.youtube.com/TheModernGuru

www.ingramcontent.com/pod-product-compliance
Lightning Source LLC
LaVergne TN
LVHW060309051026
849517LV00004B/1042
* 9 7 9 8 8 9 6 1 0 2 2 9 8 *